MATTHIAS W. SEIDEL
Zeitelmoos

Vorbemerkung des Verfassers:

Handlung sowie Personen des Romans
sind frei erfunden. Jede Ähnlichkeit mit lebenden
oder verstorbenen Personen wäre rein zufällig.
Die Schauplätze des Krimis habe ich
den Bedürfnissen meiner Geschichte angepasst.
Wirklich echt ist nur das Zeitelmoos,
um das sich nach wie vor düstere
Legenden ranken.

MATTHIAS W. SEIDEL
Zeitelmoos

Ein Fichtelgebirgs-Krimi

Für Tom Bjarne

Bibliografische Information der Deutschen Bibliothek:
Die Deutsche Bibliothek verzeichnet diese Publikation in der Deutschen Nationalbibliografie; detaillierte Daten sind im Internet über <http://dnb.d-nb.de> abrufbar.

© 2017 Matthias W. Seidel
Herstellung und Verlag: BoD - Books on Demand, Norderstedt
ISBN 978-3-7431-0925-4

*Grausig ist's im Zeitelmoos,
kein Blatt regt sich am Baume.
Aus düstrem Tümpel flüstert's mir,
und wüsst' ich es nicht besser selbst,
käm's vor mir wie im Traume.*

*Grausig ist's im Zeitelmoos,
kein Vogel singt im Haine.
Kein Weg, kein Steg sich finden lässt,
von Nebelschwaden fest umhüllt,
folgt sie mir still, die Meine.*

*Grausig ist's im Zeitelmoos,
die Nacht bricht rasch hernieder.
Aus der Ferne winkt ein Licht,
doch folg' ich seinem Sehnen,
weiß ich, ich kehr nie wieder …*

(Verfasser unbekannt)

I.

Bei Gott, es war nie meine Absicht gewesen; nie habe ich Vergleichbares vorgehabt oder bewusst erwogen. Bis zu dem Tag, an dem es erstmals geschah, hatte ich nicht im Traum daran gedacht, dass überhaupt irgendjemand zu so etwas fähig sein könnte. Es hat sich ergeben wie ein Unheil sich ereignet, wenn man am allerwenigsten damit rechnet. Der Herr möge mir verzeihen, was ich seinen Kreaturen angetan habe, aber gilt es nicht Leben zu retten? Nein, nein, nicht mein eigenes Dasein. Ich weiß sehr wohl, dass meine Seele jeden Anspruch auf Absolution eingebüßt hat. Und da sie kein Priester sind, werde ich mich hier und jetzt auf die nackten Tatsachen beschränken, so gut und so weit es mein Erinnerungsvermögen zulässt.

Noch ein Wort vielleicht, denn inzwischen glaube ich felsenfest daran, dass der Weg in die Verdammnis jedem Einzelnen von uns von Geburt an vorgezeichnet ist. Vielleicht gibt es einen Kampf zwischen Gut und Böse, Engeln und Teufeln, der, wenn wir die Welt erblicken, längst entschieden hat, wohin die Reise geht. Vielleicht verhelfen mir derartige Gedanken und Bilder über die simple Tatsache hinweg, dass ich Todsünden begangen habe, die mir kein Gott verzeihen kann. Haben sie sich je die Frage gestellt, was es letzten Endes ist, das aus einem Menschen Mutter Theresa auf der einen Seite, Adolf Hitler auf der anderen werden lässt? Ich für meinen Teil habe sie mir ein Leben lang gestellt, zu meinem Leidwesen jedoch bis heute keine erfindliche oder gar überzeugende Antwort erhalten. Ich denke, es ist die Tiefe des Grautons, der sich für die meisten von uns aus dem Schwarz und Weiß mischt, aus dem wir bruchstückhaft zusammengefügt sind.

Wie dem auch sei. Alles begann im zehnten Sommer, einem Sommer, wie man ihn sich nicht besser wünschen konnte. Die Tage waren heiß, die Luft war trocken und der Südwind führte Sand aus der Sahara mit sich. An den hellen Abenden durfte ich mit Anna und Joseph bis in die milden Nächte hinein hinter der Scheune sitzen und Sterne beobachten. Es war gar nicht so leicht, den Abendstern auszumachen, selbst wenn man wusste, wo in etwa man danach zu suchen hatte. In einem Augenblick war er noch unauffindbar, im nächsten funkelte er bereits am blassblauen Firmament. Joseph paffte immer seine uralte Pfeife, blies herrliche Kringel in die Luft und erzählte so lebendig von der guten alten Zeit, dass ich, auch ohne die Augen geschlossen zu halten, alles wie auf einer Kinoleinwand vor mir sah. Anna saß da und stopfte Socken, sang bisweilen Lieder oder lachte, wenn Joseph wieder einmal erzählte, wie das damals war, als er das erste Mal auf unserem Traktor gesessen und gleich den Zaun vom Hühnerstall damit platt gemacht hatte. *Teufelszeug!*, wetterte er immer, und hob mahnend den Zeigefinger. Er war seiner Lebtage Knecht gewesen und im Krieg obendrein zum Krüppel geworden. Der Splitter eines englischen Panzergeschosses hatte in der Nähe von Amiens ein bleibendes Andenken in Form eines steifen Beins hinterlassen.

Einmal die Woche durfte ich mit meiner Schwester die Schlager im Radio hören. Der riesige Nordmende – Papas ganzer Stolz – stand auf der Kommode gleich neben dem Sofa. Ich lauschte gerne seinem fülligen Klang und studierte oft die komischen Namen auf der warmweißen Senderskala, wie Lahti oder Minsk. Ganz besonders aber hatte es mir das magische Auge angetan. Sein grünes Leuchten zog mich derart in seinen Bann, dass ich stets vorgab, den Sender neu einstellen zu müssen, nur um zu sehen, wie der geisterhaft schimmernde Ring in vier Teile zerbrach und die schmalen Fächer sich erneut zu dem geheimnisvollen Reif vereinten. Während Vati ausschließlich dem Bayerischen Rundfunk lauschte, hörten wir Rias Berlin. Peter Kraus sang da von seinem Sugar Baby, Bill Haley von einer gewissen Skinny Minnie und Elvis von sich selbst als verliebten Narren. Meine Schwester wirbelte dabei quer durch die gute Stube oder tänzelte kokett um den klobigen Wohnzimmertisch herum. Danach klatschte ich Beifall und sie verbeugte sich vor ihrem imaginären Publikum. Vater hätte uns bestimmt geschimpft, wenn er gewusst hätte, wie laut wir diese wilde Musik hörten, aber Mutter hat uns niemals verpetzt.

Meine Schwester hatte im Frühjahr einen jungen Mann kennengelernt. Er hieß Franz und wohnte im Nachbardorf. An so manchem

Wochenende kam er in diesem Sommer auf den Hof und holte sie zum Tanz ab. Das war immer eine urkomische Sache, denn meine Schwester führte sich jedes Mal reichlich albern auf. Der Franz wiederum stolzierte um sie herum, wie der Hahn um die Henne. Wenn ihm jedoch zufällig unser Vater über den Weg lief, war es mit der Schneid dahin. Dann stand er da wie ein dummer Junge, der eine Fensterscheibe eingeworfen hatte, und wusste nicht wohin mit seinen Händen. Für mich war er schlichtweg ein unmöglicher Kerl. Ich fragte mich jedes Mal, was mein Schwesterherz an ihm finden mochte. Natürlich hatte ich sie danach gefragt, aber sie hatte mir nicht viel mehr geantwortet, als dass ich dafür noch zu jung sei und eines Tages selbst Bescheid wüsste.

Ende August war es, als sie am Vorabend ihres nächsten Treffens mit einer ungewöhnlichen Bitte zu mir kam. Ich saß allein auf der Bank hinter der Scheune und wartete auf Anna und Joseph, die im Stall Futter an die Kühe verteilten. Das Muhen der Tiere war bis zu uns zu hören.

»Morgen kommt er wieder«, sagte sie brüskiert, ohne mich eines Blickes zu würdigen.

»Freust du dich nicht auf den Tanz?«, fragte ich und musterte sie von der Seite.

»Nein«, antwortete sie mürrisch. »Ich werde nie wieder tanzen – nicht mit ihm.«

»Wieso nicht? Tanzt er denn so schlecht?«, fragte ich leichthin.

Meine Schwester drehte sich zu mir. »Er ist böse gewesen«, schnaubte sie mit zusammengekniffenen Augenbrauen.

»Dann darf er nicht mehr kommen«, versicherte ich und wollte sie trösten. Sie aber packte mich fest an den Schultern und sah mir tief in die Augen. In ihrem Blick lag etwas, das ich nie zuvor gesehen, geschweige denn bei ihr erwartet hätte: herzloser, blanker Hass.

»Ich möchte, dass er verschwindet«, raunte sie mir eiskalt entgegen. »Für immer, verstehst du?«

»Du tust mir weh!«, rief ich, und wollte mich von ihr losreißen.

»Hilfst du mir, dafür zu sorgen, dass er mir nicht mehr wehtun kann? Hilfst du deiner Schwester, ja?«, forderte sie und schüttelte mich wie ein Apfelbäumchen bei der Obsternte.

»Ja doch«, gab ich vorsichtshalber von mir.

»Aber du darfst niemandem ein Wort davon sagen! Niemals, versprichst du mir das?«

»Auch Mutti nicht?«

»NIEMANDEM!«

Ich nickte – in erster Linie, weil ich wollte, dass sie endlich aufhörte –, gleichwohl argwöhnte ich, dass mit dieser wortlosen Zustimmung mein Leben eine völlig neue Richtung eingeschlagen hatte.

Tags darauf liefen wir in den Wald. Sie hatte Mutters Rucksack dabei, und zwischen uns wand sich eine von Vaters Zugsägen wie ein gefangener Aal. Ein heftiger Sturm hatte im Frühjahr für reichlich Windbruch gesorgt. Joseph und Papa hatten bis zur Feldarbeit kaum Zeit gefunden alles zur Gänze aufzuarbeiten. Viele Bäume waren abgeknickt oder mit dem gesamten Wurzelteller umgefallen, ineinander, manchmal kreuz und quer übereinander. Es war nicht ungefährlich, die Stämme zu trennen, dazu brauchte es die nötige Ruhe und reichlich Erfahrung. Mutti hatte immer Angst, wenn die beiden Männer zu diesem Zweck in den Wald aufbrachen. Und nun sollten wir beide diese schwere Arbeit allein verrichten, ohne den Eltern Bescheid zu geben?

Im Forst lagen bereits gut zwei Dutzend Stämme am Wegesrand, die der alte Paul mit seiner Brunhilde herausgezogen hatte. Mindestens genauso viele waren über den gesamten Bestand verteilt und warteten auf ihre Aufarbeitung.

Meine Schwester steuerte zielsicher auf einen riesigen Wurzelteller zu, der wie eine Kralle des Teufels senkrecht aus dem Boden ragte. Ich mochte diese Dinger nie leiden, weil sie mir Angst machten. Sie rochen nach Moor und Fäulnis, und die pechschwarze Erde um die entblößten Wurzeln wirkte auf mich wie verfaultes Fleisch um die bleichen Knochen eines vor Urzeiten verendeten Riesen. Zudem pflegte unsere Oma bis zu ihrem Tod allerlei Geschichten zu erzählen, von Hexen und Gnomen, Moosweibern und Feen, feurigen Hunden und dergleichen mehr. Wurzelteller waren für sie schlichtweg Eingänge zu jener gespenstischen Welt unter Tage, die jeder Wandersmann, so ihm sein Leben etwas wert war, tunlichst mied.

Zaghaft schlich ich um die finstere Öffnung im Boden herum. Ein mächtiger Fichtenstamm schloss sich dahinter an. Von dieser Seite wirkte alles vertraut und normal, bis auf die Tatsache, dass die Welt Kopf stand. Die gähnende Öffnung jedoch war eine Falle, ein aufgerissener Rachen. Er wartete auf unvorsichtige Spaziergänger, die sich ihm näherten und ihn als Unterstand gegen Wind und Wetter nutzten. Mich fröstelte, als ich mir vorstellte, wie dieses Maul zuklappte und alles, was sich darin befand, unwiderruflich der Vergangenheit anheimfallen ließ.

Meine Schwester hatte den Rucksack abgelegt und gab mir zu verstehen, das freie Ende der Säge zu ergreifen. Ich hatte bisweilen Joseph hin und wieder beim Brennholzmachen geholfen, aber solch dicke Stämme waren nie dabei gewesen. Nichtsdestotrotz packte ich zu, und das scharfe Blatt glitt, Zug um Zug, in das trockene Holz.

Hand aufs Herz! Mir war bis dahin nicht klar, was meine Schwester tatsächlich beabsichtigte, denn dahingehend hatte sie zuhause kein Sterbenswörtchen verloren. Ich hatte jedoch geahnt, dass es irgendwie zu dem Plan gehören musste, den verhassten Franz loszuwerden. Beim Anblick des offenen Wurzeltellers lief es mir eiskalt über den Rücken, weil ich mir ausmalte, wie es dem armen Teufel da unten ergehen mochte, welche Qualen und Torturen ihn erwarteten, wenn er dieses Höllentor erst durchschritten hatte.

Da nun aber der gähnende Schlund bald verschlossen war, atmete ich erleichtert auf. Noch zwei, drei Minuten harte Arbeit und der Stamm würde nachgeben, der Rest des Holzes zersplittern und der riesige Stumpf geräuschvoll dahin zurückkehren, wohin er gehörte. Was jedoch folgte, überraschte mich so sehr, dass ich, mitten in der Bewegung ausgebremst, schmerzhaft gegen den Griff der Säge prallte.

»Das soll genug sein.« Meine Schwester hörte unverrichteter Dinge mit dem Sägen auf und ließ diese im Stamm stecken.

»Wollen wir das Loch nicht schließen?«, fragte ich naiv, wie ich war.

Meine Schwester schüttelte den Kopf. »Nicht jetzt«, sagte sie leise, und lächelte vielsagend.

An diesem Abend hatte ich keine Lust, weder auf Sterne noch auf Geschichten noch auf Lieder. Wie es der Zufall wollte, zog von Westen kommend eine Gewitterfront über die Berge. Es schüttete wie aus Kannen, blitze und donnerte die halbe Nacht hindurch. Erst gegen Morgen verfiel ich in einen dumpfen, traumlosen Schlaf.

Tags darauf war meine Schwester wie verwandelt. So gut gelaunt und sorglos hatte ich sie lange nicht gesehen. Mir fiel ein Stein vom Herzen, glaubte ich doch, alles sei noch einmal gut gegangen, und der Franz habe dazugelernt, und meine Schwester habe ihm verziehen, und er würde auch weiterhin mit ihr zum Tanz gehen.

Die restlichen Sommerwochen verstrichen, Franz jedoch ward nicht gesehen. Sie sagte mir, dass es endgültig aus und vorbei sei zwischen ihnen und er nie wieder zu uns kommen würde. Mir konnte es ja egal sein, denn ich hatte ihn, wie gesagt, ohnehin nicht ins Herz geschlossen.

Der Herbst brachte für uns alle reichlich Arbeit – auf dem Feld wie auf dem Hof. Kohl, Kartoffeln und Getreide mussten geerntet, Obst und Gemüse eingekocht, Gänse, Puten und zwei Schweine geschlachtet und der Karpfenteich abgefischt werden. Der vergangene Sommer war plötzlich nicht viel mehr als eine schöne Erinnerung aus längst vergangenen Tagen.

Bald wehte der erste Schnee ins Land. Die Abende wurden lang und länger. Wir saßen zusammen in der warmen Stube über dem Backofen. Die Männer schnitzten Zinken für Holzrechen, die Frauen spannen Wolle oder strickten. Nebenbei erfuhr ich, dass der Franz seit geraumer Zeit spurlos verschwunden war. Während ich darüber nachdachte, machte sich ein mulmiges Gefühl in mit breit. Meine Schwester hingegen zeigte in Anbetracht dieser Tatsache nicht die geringste Anteilnahme.

Ich war eben dabei, die Sache erneut zu vergessen, als kurz vor dem Nikolausabend ein Polizeiauto auf den Hof gefahren kam. Es war ein weißgrüner VW Käfer mit einem dicken Blaulicht auf dem Dach, dem zwei Beamte in Uniform entstiegen. Ich wurde von meiner Mutter sogleich aus dem Zimmer geschickt, aber ich konnte nicht umhin, auf der Treppe kehrt zu machen und heimlich dem Wenigen zu lauschen, das durch die massive Tür drang. Es ging, soviel bekam ich rasch mit, um den Verbleib des Jungen. Sie hatten in Erfahrung gebracht, dass meine Schwester eine Zeit lang mit ihm zusammen gewesen war, doch die ganze Familie, nebst Anne und Joseph, versicherte glaubhaft, keiner wisse, wo er abgeblieben sei. Der Käfer verließ daraufhin den Hof so schnell wie er gekommen war, und kehrte nie wieder.

Mutterseelenallein machte ich mich tags darauf klammheimlich auf den beschwerlichen Weg in Richtung Zeitelmoos. Der Schnee lag kniehoch und keiner der Waldwege war geräumt. Ich musste mir die Kapuze tief ins Gesicht ziehen, so eisig blies und stach der Wind. Dennoch wollte ich, nein, ich musste mir ein für alle Mal Gewissheit verschaffen.

Im Bestand angekommen, ließ der Wind urplötzlich nach. Der ganze Forst war zu Schnee und Eis erstarrt. Die Sonne brach durch die Wolkendecke und verwandelte die weiße Welt in eine glitzernde Märchenlandschaft. Ruhe und Frieden herrschten um mich herum. Das Knirschen des Schnees unter meinen Schuhsohlen und mein Atem waren die einzigen Geräusche weit und breit. Vereinzelt rieselte Schnee lautlosen Fontänen gleich von den Ästen der Bäume. Ich kann nicht sagen wie lange dieser Zustand anhielt – die Zeit selbst schien eingefroren zu sein –, ich weiß nur, dass es lautlos zu schneien begann, als ich mich auf den Rückweg machte.

Ich musste mir hin und wieder Schneeflocken aus den Augen wischen. Mein Herz pochte wild in meiner Brust, denn was ich gesehen und gefunden hatte waren Stümpfe, nichts als kahle Stümpfe …

II.

Das Schuljahr war bereits weit fortgeschritten, ohne die Aussicht darauf, sämtliche im Lehrplan vorgesehenen Weisheiten ordnungsgemäß in den Schülern zu verfestigen. Gut zwanzig Prozent des jeweiligen Jahrgangs litten unter chronischer Intelligenzallergie. Ob dies der fehlenden Didaktik seitens des Lehrkörpers oder den vermissten kognitiven Anlagen wie der Sorgfaltspflicht seitens der Eltern zuzuschreiben war, ließ sich nicht schlüssig beantworten. Eine Seite schob der anderen den Schwarzen Peter zu.

Es war der Freitag nach Christi Himmelfahrt. Das herrliche Frühsommerwetter der vergangenen Tage hatte dazu beigetragen, die Konzentrationsfähigkeit der Schüler weit unterhalb des zu erwartenden Durchschnitts anzutreffen. Aus diesem und ähnlichen Gründen hatte man kurzfristig beschlossen, dem Greifvogelpark in Wunsiedel einen Besuch abzustatten. Die Hoffnung bestand darin, dass der vergangene Feiertag, der Ausflug sowie das bevorstehende Wochenende dem Schulleben insgesamt die Aufmerksamkeit zurückgeben mochten, die die verbleibende Woche vor den Pfingstferien für sich beanspruchte.

Obwohl direkt vor der Haustür gelegen kannten die wenigsten Kinder diesen Tierpark der besonderen Art. Am Mittwoch war der notwendige Unkostenbeitrag eingesammelt worden. Während die Klassen 1 bis 4 in Reih und Glied vor dem Schulgebäude aufmarschierten, brachten es auch die letzten Nachzügler fertig, das bis dato säumige Geld bei Studienrat Glaubrecht abzugeben.

Zwei Busse fuhren vor. Die Meute drängte ungestüm zu den sich öffnenden Türen. Frau Anselm und Frau Töpfer schickten sich an, den allgemeinen Rangeleien um die besten Plätze Herr zu werden, während Studienrat Glaubrecht, nachdem er das Geld in einer Mappe verstaut hatte, einen gemütlichen Plausch mit einem der Busfahrer pflegte. Schlussendlich hatte jeder einen Platz gefunden. Die Fahrt konnte beginnen.

Kaum eine halbe Stunde später hielten die Busse direkt vor dem Eingang am Katharinenberg. Es folgte das nämliche Chaos: Die kleine Sophia aus der Ersten weinte, weil sie ihr Lunchpaket an der Schulgarderobe vergessen hatte. Max und Tom aus der Dritten mussten davon abgehalten werden, lebensgefährlich auf dem den Park umgebenden Zaun herumzuturnen. Lisa-Maria hatte sich den Finger in der Armlehne ihres Sitzes eingeklemmt und Jeremy musste dringend aufs Klo.

Fünf Minuten später war die Welt wieder in Ordnung. Lehrer Glaubrecht zählte das vereinbarte Eintrittsgeld (das meiste in Münzen) an der Kasse ab, während die Schülerinnen und Schüler in Zweierreihen unter der Aufsicht von Frau Anselm und Frau Töpfer in den Park schlüpften. Relativ entspannt nahmen die Knirpse auf der Zuschauertribüne Platz und harrten mehr oder weniger geduldig der Dinge, die da folgen sollten.

Die Vormittagssonne beleuchtete die im Halbkreis hinter einem Rasenstück angelegten Volieren. Vereinzelt waren die Rufe der

Raubvögel zu hören. Der Greifvogelpark Katharinenberg genoss weit über die Landkreisgrenze hinaus allgemeines Wohlwollen – nicht nur aus den Reihen der Jagdvogelliebhaber. Falkner Burghard Riedel war es mit dem entsprechenden Know-how, mit viel Mühe und Ehrgeiz gelungen, der Fichtelgebirgsregion auch in dieser Hinsicht zu dem ihr gebührenden Ansehen zu verhelfen. Er war es auch, der die Schüler samt Lehrkörper in seinem Park herzlich willkommen hieß.

Von seinen Mitarbeitern unterstützt wurde der staunenden Menge nun ein Bewohner nach dem anderen präsentiert. Zum Entsetzen der weiblichen Zuschauer stellten sich alsbald die gelben Wattebäusche, die den Vögeln als Belohung gereicht wurden, als Küken heraus. Es folgte ein knapper Hinweis auf die schmackhaften Steaks und Bratwürste, die am vergangenen Feiertag auf dem Grill gelandet waren. Ein wirklicher Trost war das nicht.

Eine der Hauptattraktionen stellte die simulierte Flugwildjagd dar. Zunächst ließ Pilot Andy sein Modellflugzeug surrend in die Lüfte steigen (samt und sonders die Jungs waren hellauf begeistert). Wie jeder erkennen konnte, befand ich an seinem Heck ein kleiner, gelber Ball. Als Falke Mira in den wolkenlosen Himmel stieg, wurde selbst den Jungs klar, dass dieses kleine Etwas nichts anderes als ein Lockvogel, die Attrappe eines Kükens war. Schwamm drüber!

Ausgerechnet die kleine Sophia wurde zu guter Letzt auserkoren vor versammelter Mannschaft, mit einer mit Futter präparieren Käppi auf dem Kopf, in der Mitte der Wiese ihren Platz einzunehmen. Dass sie sich sichtlich unwohl fühlte, konnte jeder sehen. Aaron startete mit kurzem Flügelschlag, segelte auf die arme Sophia zu und stibitzte sich den dargebotenen Happen. Tosender Applaus war zu hören. Sophia grinste jetzt über beide Wangen und genoss den seltenen Rummel um ihre Person.

Als sie sich der Kopfbedeckung entledigen wollte, spürte sie, dass etwas dort oben gelandet war. Sie verzog sogleich die Mundwinkel, fürchtete sie doch, Aaron habe, zum Dank für ihre Mühe, etwas Unfeines auf ihr abgeladen. Mit zitronensaurer Miene, und in Erwartung eines Häufchens, griff sie über sich und ertastete einen rundlichen Gegenstand, nicht größer als eine Murmel. Das Ding fühlte sich glitschig an. Um sich bittere Gewissheit zu verschaffen, fasste sie zu, hielt sich das ergriffene Elend vor die Augen ... und erstarrte.

Es dauerte nur den Bruchteil einer Sekunde (der kleinen Sophia hingegen schien es wie eine nicht enden wollende Ewigkeit), ehe ein markerschütternder Schrei aus dem Mund des Mädchens die Farbe aus den Gesichtern der Erwachsenen weichen ließ. Falkner Burghard stürmte dem armen Kind zu Hilfe, Frau Anselm und Frau Töpfer folgten. Keiner der Umstehenden konnte sich einen Reim darauf machen, was die Kleine derart aus dem Häuschen gebracht haben mochte. Die entstandenen Fragezeichen sammelten sich rasch über dem Kopf des armen Mädchens. Doch da war nichts zu entdecken. Die Kleine fing schlussendlich an zu weinen, und öffnete zaghaft die Hand.

Chef Burghard hob nur eine Augenbraue, Frau Anselm und Frau Töpfer warfen sich die Hände vor das Gesicht und ließen zwei weitere Schreie folgen.

Der Vollständigkeit halber gesellte sich nach einigem Zögern auch Studienrat Glaubrecht zu dem Grüppchen. »Ach herrje!«, entfuhr es ihm, als er das blinde Auge in Sophias Hand entdeckte.

III.

Fürchtegott Hager saß an diesem Vormittag in seinem Büro und studierte widerwillig die Akte zu einer vor zwei Tagen angezeigten Kindsmisshandlung. Die buschigen Augenbrauen zusammengezogen, die fliehende Stirn in tausend Fältchen gelegt, brannten seine grünen Katzenaugen vor abgrundtiefem Hass. Solche Vorkommnisse waren ihm äußerst zuwider. Bei den Vernehmungen der mutmaßlichen Täter musste er sich gehörig am Riemen reißen. Ein wehrloses Kind grün und blau zu prügeln (in diesem speziellen Fall obendrein mit zwei gebrochenen Rippen und einer leichten Gehirnerschütterung vorgefunden), war eine riesengroße Sauerei. Es war eine Schande für die Menschheit, ein persönlicher Angriff auf seine Vorstellung von Sitte und Anstand. Auch er hatte als Kind hin und wieder eine Ohrfeige oder eine Tracht Prügel auf den Allerwertesten bezogen, aber da hatte es seinerzeit triftige Gründe gegeben. Heutzutage knüppelten Eltern aus zumeist niederen Beweggründen solange auf ihre Sprösslinge ein, bis diese keinen Mucks mehr von sich gaben. Fürchtegott sehnte sich förmlich danach, die Schmach und Pein der zu Unrecht Unterdrückten denen heimzuzahlen, die sie zu verantworten hatten. Wenn es nach ihm ginge, würden die sich nach seiner Sonderbehandlung bestimmt nie wieder an einem Kind vergreifen. Doch die landläufige Handhabe bestand darin, bei den Schuldigen nach schlüssigen Gründen für die Tat zu forschen. Alkohol- oder Drogenabhängigkeit, Arbeitslosigkeit, Überforderung oder schlichtes Desinteresse an den eigenen Sprösslingen waren die Schlagworte, die Therapeuten als Rechtfertigung vorschoben. An die Kids und an die Folgen für ihr Leben dachte keiner. Entweder blieben die Opfer weiterhin in der sogenannten Ursprungsfamilie (was weitere Misshandlungen nach sich zog), oder das Jugendamt bemühte sich um einen Heimplatz. Pflegefamilien waren rar in dieser Gegend. Es reichte hinten und vorne nicht aus.

Elende Saubande!

Das Telefon klingelte. Er bog den Rücken gerade und nahm den Hörer ab. »Kriminalpolizei Hof, Oberkommissar Hager.«

»Hi Kommissar! Ich wollte mich mal nach Ihrem werten Befinden erkundigen.«

Fürchtegott Hager erkannte die Stimme nicht gleich wieder. Erst als er ein Lachen hörte, wusste er, wen er in der Leitung hatte. »Streitberg?«

»Martin, ja!«, klang es ihm vollmundig entgegen.

»Dass gerade Sie bei mir anrufen …« Der Kommissar rutschte auf seinem Sessel hin und her. Damit hatte er weiß Gott nicht gerechnet.

»Ich wollte nur hören, ob Sie noch im Dienst sind«, trällerte ihm Martins Stimme fröhlich entgegen.

Hager fuhr sich mit der freien Hand durch die wirren, schütteren Haare. »Ähm … ja! Wieso?«

»Na, wegen Schmidts und Wagenschneider.«

Der Kommissar holte demonstrativ Luft. »Hören Sie mir bloß mit den Witzfiguren auf!«

»Haben die Ihnen im Ernst Probleme bereitet? Ich meine, angedeutet hatten sie es ja.«

Fürchtegott wurde augenblicklich in die grausame Realität des vergangenen Herbstes zurückgeworfen. Der Fall Epprechtstein hatte ihm nicht nur seine letzten Nerven, sondern obendrein einen Teil seiner persönlichen wie Amtsautorität gekostet. Damals hatte sich das LKA in den laufenden Mordfall eingeschaltet. Obwohl es ohne deren Hilfe gelungen war, den Fall zu den Akten zu legen, hatte die Presse die verhassten Kollegen über den grünen Klee gelobt:

Lösung im Epprechtsteinmordfall hatten fette Lettern verkündet. *Das Eingreifen von LKA-Beamten ermöglicht den lang ersehnten Durchbruch*, hieß es weiter. *Einer eilends anberaumten Pressekonferenz entnehmend, ist es der Polizei endlich gelungen, den grausigen Mord am Epprechtstein restlos aufzuklären. Nach den über Wochen hinweg unbefriedigten Ermittlungsbestrebungen der Hofer Kripo – allen voran Oberkommissar Fürchtegott Hagers –, sah sich das Landeskriminalamt Bayern genötigt, tatkräftig in die Untersuchung einzugreifen. Außerordentlich schnell gelang es den Münchener Beamten um Hauptkommissar Ferdinand Schmidts, die längst überfälligen Erfolge vorzuweisen ...*

»Hallo? Sind Sie noch dran?«, fragte Martin.

Hager räusperte sich. »Ja, doch! Und nein, sie haben mir keine Steine in den Weg gelegt, wenn Sie das meinen. Aber die Schmierfinken von der Zeitung haben die beiden als Retter in der Not präsentiert. Das hat ihnen wohl als Abreibung für mich gereicht. Ach, was soll's? Wie Sie hören, sitze ich nach wie vor fest im Sattel. Und selbst?«

»Ich habe alle Hände voll zu tun. Diverse Ausgrabungen und das ganze Brimborium.«

»Ausstellungen?«, forschte der Kommissar weiter. Martin Streitberg hatte seinerzeit eine Präsentation im Fichtelgebirgsmuseum vorbereitet.

»Nö!«, antwortete Martin knapp. »Ich hab mich auf die rudimentären Aufgaben des Archäologen konzentriert. Sie wissen schon: im Dreck buddeln und auf den Fund seines Lebens hoffen.« Er lachte bellend, fast heiser.

»Und wie geht es Ihrer Freundin, wenn ich fragen darf?« Fürchtegott Hager lauschte gespannt in die Muschel.

»Hm ... Tja ...«

Der Kommissar stutzte. Martin Streitberg suchte offenkundig nach Worten, und eben das erschien Hager deshalb verwunderlich, weil er den jungen Herrn Doktor als jemanden kennengelernt hatte, der um solche Worte nie verlegen schien.

»Es ... hat nicht geklappt«, flüsterte er leise, fast betreten.

Hager schluckte. »Das tut mir leid. Für sie beide, ganz ehrlich! – Sie haben also keinen Kontakt mehr?«

»Sie hat sich nach allem, was vorgefallen ist, komplett abgekapselt.«

Der Kommissar spürte, wie schwer Streitberg die Worte fielen.

»Aber ich habe die Hoffnung nicht ganz aufgegeben«, machte sich Martin Mut.

In Fürchtegotts Ohren klang dies alles andere als überzeugend. Dennoch wollte er den Freund irgendwie aufmuntern. »Recht so, Martin! Sie sind blutjung und ein prima Kerl. Die Welt liegt ihnen zu Füßen. Ihnen werden bestimmt noch viele hübsche Mädchen über den Weg laufen. Andere Mütter haben auch schöne Töchter ...«

Fürchtegott verstummte. Es war in Anbetracht der Tatsachen töricht, wenn nicht herzlos, so etwas von sich zu geben. »Ent...schuldigung«, stammelte er. »Ich ... das war ziemlich – «

»Ist schon okay.« Martin hustete. »Jedenfalls war es toll Sie wieder mal zu hören. Falls Sie irgendwann an einem neuen Fall zu knabbern haben sollten, melden Sie sich bei mir, ja? Etwas Abwechslung kann nie schaden.«

»Gewiss, Martin, gewiss.« Hager biss kurz die Lippen aufeinander. »Und wenn Sie im Sommer nicht wissen, was sie anstellen sollen, sind Sie allzeit willkommen – als Gast wie auch als Freund.«

»Sie waren in dieser Zeit ein echter Gefährte, auch wenn Sie selbst vielleicht anderer Meinung sein mögen. Und sie können gut zuhören. Das ist selten geworden in unserer Welt.« Martin schwieg zwei Sekunden. »Ein Lebensabschnitt endet, ein neuer beginnt. Menschen kommen und gehen. Ereignisse finden statt und verblassen. Liebe erblüht und vergeht. Das Rad des Lebens dreht sich unaufhörlich weiter. Der Schöpfer allein weiß, wann es an der Zeit ist, es anzuhalten. Das Karma unseres irdischen Lebens, die

Gesamtheit all unsere Handlungen und Taten, die guten wie die schlechten, finden sich in den Ereignissen, die uns widerfahren. Wir alle sind durchtränkt davon ...« Martin schwieg. »Lassen wir es gut sein. Ich werde mich bestimmt bei Ihnen melden. Versprochen.«

»Das haben Sie wieder schön gesagt, Martin. Machen Sie es gut, und halten Sie die Ohren steif.«

»Machen Sie's besser, Fürchtegott.«

Das Gespräch war beendet. Streitbergs letzte Worte klangen in Hagers Ohren nach. Er fühlte sich mit einem Mal schlechter als zuvor. Dieser Martin war schon ein toller Bursche. Er hatte, trotz anfänglicher Schwierigkeiten, gerne mit ihm zusammengearbeitet. Einen Kollegen von seiner Sorte hatte er immer schmerzlich vermisst. Fürchtegott rückte nachdenklich die Unterlagen auf seinem Schreibtisch zurecht. Instinktiv wusste er, dass es diesen Kollegen für ihn niemals geben würde.

Erneut klingelte das Telefon. Der Kommissar raffte nach dem Hörer. »Haben Sie etwas vergessen, Martin?«, sagte er, hielt jedoch sogleich inne. Ein Oberwachtmeister von der Polizeiinspektion Wunsiedel war am Apparat. Fürchtegott Hager fiel augenblicklich in die Alltagsroutine zurück. Er lauschte aufmerksam. »Noch mal, bitte! Was hat man wo gefunden?«

Der Anrufer wiederholte geduldig die Sachlage und verdeutlichte sein Anliegen.

»Katharinenberg, aha! Steht dort nicht auch diese Ruine?« Hager lauschte. »Und ein Rotwildgehege, soso!« Er holte Luft. »Und weshalb, bitteschön, sollte ich mir das ansehen?«

Der Anrufer wurde eindringlicher, beschwörender.

»Hören Sie mal zu, Kollege! Wegen eines einzelnen Auges fahre ich heute bestimmt nicht mehr nach Wunsiedel. Wer sagt überhaupt, dass es sich um ein menschliches Auge handelt?« Der Kommissar lauschte abermals, allerdings weniger aufmerksam als zuvor.

»Was denken Sie eigentlich, was ich den ganzen Tag über zu tun habe?« Fürchtegotts Stimme wurde aggressiv. Manche kapierten es nie. Er würde auch viel lieber eine ganze Schicht durch die Gegend fahren und auf Verkehrssünder warten, die falsch parken, die zu schnell oder zu dicht auffuhren. Er hatte weit Wichtigeres zu tun, als schnöde Nachbarschaftsstreitigkeiten zu schlichten oder entflohenen Wellensittichen und Katzen hinterher zu jagen. Was sich manche Dorfpolizisten einbildeten?

In die Stimme des Oberwachtmeisters mischte sich eine Spur von Unterwürfigkeit – das half.

Der Kommissar beruhigte sich wieder. Wenn er ehrlich war, kam ihm diese Ablenkung nach Martins Anruf sogar sehr gelegen. Die leidige Kindsmisshandlung konnte warten.

»Also schön, ich komme. Haben Sie die Schüler befragt? – Gut. Meinetwegen können Sie sie jetzt gehen lassen. – Die Lehrer auch, klar!«

Ehe er sein Büro verließ, schenkte er sich eine Tasse Kaffee ein.

IV.

In Kram versunken nippte er an seinem wer weiß wievielten Cognac. Selten bekam er harte Sachen in die Finger, meist musste er sich mit billigem Bier begnügen, das im Supermarkt zu Spottpreisen verschleudert wurde. Dennoch gab es keinen Grund, sich über seine Situation zu beschweren. Seine Rente war zwar mickrig (alles in allem schlappe 638 € für ein Leben voller Arbeit), seine Lebenshaltung jedoch befand sich auf gleichem Niveau. Im Großen und Ganzen war er also zufrieden mit sich und seinem Dasein, und, Hand aufs Herz, was konnte er mehr erwarten?

Leben und leben lassen war sein Motto. Nie hatte er sich groß in die wichtigen Familienentscheidungen eingebracht, hatte seiner Frau den Vorzug gelassen, weil er wusste, dass sie die Klügere von beiden gewesen war. Ihr Tod hatte eine Lücke gerissen, die sich nie ganz geschlossen hatte. Im Gegenteil, er vermisste sie mehr denn je.

Die Flasche Weinbrand hatte er seiner Schwiegertochter Bettina zu verdanken, die sich hin und wieder um sein Wohl kümmerte. Sein Sohn Norbert wäre nie und nimmer auf den Gedanken gekommen, ihn wissentlich mit Alkohol zu versorgen. Seiner Meinung nach hatte er bisher mehr als genug davon getrunken. Er hatte nicht vor, es bis zur unvermeidlichen Leberzirrhose oder bis zum Delirium tremens kommen zu lassen. So hielt sich Georg in diesen Angelegenheiten vertrauensvoll an Bettina, die bisweilen ein sorgendes Herz für diese seine Schwäche hatte.

Seine zweite Liebhaberei war das Schlagen und Sammeln von Brennholz. Seit Jahrzehnten trieb es ihn hinaus in den Forst, das ganze Jahr über, meist frühmorgens oder spät abends, wenn er mit sich und der Welt allein war. Dann sammelte er Holz, soviel sein Fahrrad oder der alte Leiterwagen zu transportieren vermochten. Wenn er einen Fehler hatte, dann den, nicht und niemandem Bescheid zu sagen, bevor er auf seine Art von Raubzug ging. Die meisten Waldbesitzer drückten ein Auge zu, wenn er ihnen schwitzend aber glücklich über den Weg lief. Man hielt ihn bestenfalls für verrückt, weil er alles, was ihm in die Finger kam, in handliche Stücke zersägte und mitgehen ließ. Zu einer Anzeige war es nie gekommen, die Ausbeute hingegen konnte sich sehen lassen. Gut zweihundert Festmeter feinstes Brennholz stapelten sich zwischen dem Anwesen und den angrenzenden Feldern. Klar, die Arbeit durfte man nicht rechnen, doch das tat ohnehin niemand in der Familie. Man sparte Geld und dachte äußerst selten darüber nach, wen man diese Gunst eigentlich zu verdanken hatte.

Hier im Zeitelmoos war er bekannt wie ein bunter Hund. Die, die ihn nicht wirklich kannten, nannten ihn abfällig *Old Woody*, die, die ihn kannten, den Haber Schorsch.

Er nahm einen weiteren kräftigen Schluck und stellte das Glas hart auf dem Tisch ab, der, neben seinem Bett, dem Schrank und einer winzigen Kommode, im Wesentlichen die Einrichtung seines Zimmers darstellte. Seit seine Bruni verstorben war, begnügte er sich mit dem Raum, der früher einmal die Speisekammer gewesen war. Das alte Schlafzimmer war nach ihrem Dahinscheiden viel zu groß und einsam geworden. Norbert hatte seinem jetzigen Kabuff einen Heizkörper und ein größeres Fenster spendiert. Die riesige Kühltruhe, die nun im Gang vor seiner Tür unermüdlich surrte, machte die alte Rumpelkammer überflüssig.

Georg war kein Mann vieler Worte. Was er zu sagen hatte, sagte er, und damit hatte es sich. Ab und an, wenn er richtig gut gelaunt war, summte er leise vor sich hin, zusammenhanglose Melodien, die nur er kannte. Seit gestern Abend hockte er trübsinnig in seiner Bude und hielt den Alkoholspiegel weit jenseits des zuträglichen. Der Kasten Bier war leer getrunken, die Flasche Cognac würde in Bälde folgen.

Luisa, seine Enkeltochter, hatte mehrfach versucht, ihn aus der Reserve zu locken, jedoch war heute nichts mit ihm anzufangen.

»Opa ist böse mit mir«, hatte sie ihrer Mutter erzählt, und Bettina wollte denn auch gleich wissen, was zwischen den beiden vorgefallen war. Sie wusste, dass Georg am Abend zuvor im Zeitelmoos gewesen war, aber kein Holz, nicht ein Scheit mitgebracht hatte. Sie hatte ihn heute kein einziges Mal gesehen und war ziemlich überrascht, ihn um diese Zeit bereits betrunken in seinem Zimmer vorzufinden.

»Was ist denn dir über die Leber gelaufen?«, fragte sie mit einem Blick auf die halbleere Flasche.

»Dein ... Cognac ...«

»Hat es irgendetwas mit Luisa zu tun?«, forschte sie weiter.

Der Schorsch hob mühsam den Kopf und blickte ihr mit glasigen Augen entgegen. »Ne!«

»Ist gestern im Wald etwas vorgefallen? Du hast ja kein einziges Stück Holz mitgebracht!«

»Das willst du nicht wissen – ganz bestimmt nicht«, raunte der Alte finster, und nahm einen kräftigen Schluck.

V.

*E*ine halbe Stunde später befand sich Fürchtegott auf der A 93 in Richtung Wunsiedel. Die Autobahn wurde, wie fast immer, von Lastwagen beherrscht. Gemütlich zuckelte er hinter einem polnischen Sattelzug her, dessen Firmenlogo entfernt an eine deutsche Nudelmarke erinnerte. Das Telefonat mit Martin Streitberg wollte einfach nicht aus seinem Kopf. Widerwillen musste er schmunzeln als er an ihren letzten Abend dachte. Sie hatten Bier getrunken, Musik gehört, eine Flasche Whisky geleert und tatsächlich einen

Joint geraucht. Drei Stunden hatte er am nächsten Tag Wohnung und Hirn belüftet, aber noch Tage danach war es ihm vorgekommen, als wollte der Duft nach Cannabis partout nicht weichen. Schließlich hatte er die Vorhänge im Wohnzimmer einer gründlichen Wäsche unterzogen und die ganze Wohnung mit Fichtennadelspray eingenebelt. Ganz schlecht war ihm dabei geworden, und selbst seine aus der Kur zurückgekehrte Irmgard hatte ihn um Klärungsbedarf genötigt. Er habe aus Versehen Bier verschüttet, hatte als Notlüge herhalten müssen.

Fürchtegott Hager grinste und schüttelte den Kopf. Als er den Blinker setzte, um endlich den Laster zu überholen, bimmelte sein Handy. Sein dunkelblauer Passat blieb der rechten Fahrspur treu. Der Kommissar drückte die Freisprechtaste. »Hager.«

»Ich bin's, Irmgard!«

Wenn man vom Teufel spricht!, dachte Fürchtegott und nahm den Fuß vom Gaspedal. Der Abstand zu seinem polnischen Nachbarn vergrößerte sich.

»Ich wollte dich zur Sicherheit nur noch mal an die Walkingstöcke erinnern. Herr Schütz hat mir zwar versprochen, dass er uns bis Freitagabend zwei Paar zurücklegt, aber sicher ist sicher. Die sind spottbillig! Im Sportgeschäft zahlt man das Dreifache dafür. Es liegt also ganz in deinem Interesse, die Sachen rechtzeitig abzuholen. Oder hast du sie schon abgeholt? Und sag jetzt bitte nicht, dass dir etwas dazwischen gekommen ist. Die Ausrede kenne ich zu Genüge. Die zieht bei mir nicht mehr. Ich möchte mich vor Betty und ihrem Mann ungern blamieren, verstehst du? Es reicht schon, dass du vorhast, deinen uralten Trainingsanzug und deine ausgelatschten Turnschuhe anzuziehen. Was sollen die beiden von uns halten? Daran will ich gar nicht denken. Hast du die Stöcke oder hast du sie nicht?«

Der Kommissar verzog die Mundwinkel. Der Pole war trotz Bergauffahrt entschwunden. Ein roter Kleinlaster neben ihm hupte. Der Fahrer zeigte ihm während des Überholvorgangs den Vogel. Hager warf einen Blick auf das Tachometer: sagenhafte 75 Stundenkilometer wurden angezeigt. »Ich ... ich bin soeben auf dem Weg nach Wunsiedel. Dringender Einsatz.«

»Fürchtegott!«, schrillte es ihm unmissverständlich entgegen.

Der Kommissar schluckte. »Es ... es ist alles in Ordnung.« Seine Stimme klang wenig überzeugend.

»Hast du die Sachen abgeholt oder nicht?« Irmgards Stimme klang hingegen sehr resolut. »Mir genügt ein einfaches Ja oder Nein!«

»Ja ... doch! Selbstverständlich!«, würgte Hager hervor.

»Ich will es hoffen – für dich!«

»Ich muss jetzt weiter, ja? Sonst halte ich den ganzen Verkehr auf.«

»Meinetwegen brauchst du niemanden aufhalten – am allerwenigsten dich selbst. Aber ich weiß schon: Multitasking ist Frauen vorbehalten. Kommst du wenigstens heute pünktlich nach Hause?«

»Das ... das kann ich dir im Augenblick nicht versprechen«, druckste der Kommissar herum.

»Hätte mich auch gewundert«, kam es prompt zurück. »Bis irgendwann, tschüss!«

Du mich auch!, dachte der Kommissar und drückte Irmgard beiseite. Er trat das Gaspedal durch und ließ das Seitenfenster zwei Zentimeter nach unten gleiten. Mit Grauen dachte er an das bevorstehende Wochenende. Er hatte seiner Frau nicht ausreden können, ihre Kurbekanntschaft samt Ehegatten einzuladen. Viel lieber wäre es ihm gewesen, wenn sie sich einen entsprechenden Schatten angelacht hätte, dann würde er wenigstens an den Wochenenden seine Ruhe haben.

»In einem Kilometer bitte die Autobahn an der Ausfahrt Wunsiedel verlassen«, tönte ihm die Stimme aus dem Navi entgegen.

Fürchtegott presste die Luft aus den Nasenlöchern. *Ganoven und Weibsbilder sind mein Schicksal!* Plötzlich waren Martins Worte überdeutlich präsent.

*

Die Stimme aus dem Computer lotste ihn bis in die Kreisstadt. Ein schmaler Hohlweg führte in etlichen Windungen bis hoch zum Katharinenberg. Vorbei ging es an besagtem Rotwildgehege nebst Parkplatz. Neben einem einsam gelegenen Haus endete das Sträßlein.

»Sie haben ihr Ziel erreicht«, wusste die Navigatorin emotionslos zu berichten.

Der Kommissar stoppte seinen Wagen direkt auf dem ausgewiesenen Behindertenparkplatz, zog den Zündschlüssel und stieg aus. Direkt daneben führte ein Fußweg in den Park hinein. Bald erkannte er die linker Hand gelegene Ruine der Kirche St. Katharina. Auf diesem Hügel hatten dereinst blutige Schlachten stattgefunden: Hans von Kotzau hatte hier die Hussiten besiegt, Jobst von Schirnding die Böhmen überrannt. Doch das war lange her. Heute war es ein Ort der Ruhe und Entspannung. Es gab einen Spielplatz, diverse Rundwege, Infotafeln und dergleichen mehr.

Ein Schild wies ihm den rechten Weg: Greifvogelpark 300 Meter! Hager stapfte los.

Nach fünf Minuten hatte er sein Ziel erreicht. Erst jetzt bemerkte er, dass es eine Straße gab, die direkt bis vor den Eingang führte. Ein Streifenwagen parkte unmittelbar davor. Der Kommissar trat ein. Wie es aussah, befanden sich derzeit keine Besucher im Park. Fürchtegott blickte auf das Zifferblatt seiner Mühle Sport. Es war kurz vor Mittag. Logisch.

»Kommissar Hager?« Ein Beamter in Uniform kam ihm entgegen geeilt. »Wachtmeister Müßiggang. Schön, dass Sie kommen konnten.«

»Wo ist das Auge?«, fragte Fürchtegott ohne Umschweife.

Der Polizist ging voraus, der Kommissar folgte. In der Mitte einer großzügigen Rasenfläche, direkt unterhalb der Sitzbänke, lag ein winziger Stofffetzen. Erst beim zweiten Hinsehen erkannte Hager, was sich darauf befand. »Das ist also das Corpus Delicti?«, wandte er sich dem Streifenbeamten zu.

»Jawohl. Allem Anschein nach fiel es während der laufenden Vorstellung vom Himmel.«

Witzbold! Der Kommissar verzog die Mundwinkel zu einer zynischen Miene. »Hören Sie, ich bin allein an Tatsachen interessiert.«

Polizist Müßiggang blickte betreten drein: »Aber das sind die Tatsachen! Gegen Ende der Schulvorstellung wurde eine Schülerin ausgewählt, die mit einer präparierten Kopfbedeckung«, der Beamte wies auf die rundliche Stoffansammlung am Boden, »an haargenau dieser Stelle stand. Ein Vogel schnappte sich das dargebotene Leckerli, und das sollte es eigentlich gewesen sein. Leider landete in diesem Moment das Auge auf der Mütze.«

Der Kommissar sah sich um. »Das ist mir eindeutig zu wage. Gibt es Zeugen, die gesehen haben, woher das Auge gekommen ist? Ich meine, es wird ja kaum aus eigener Kraft geflogen sein.«

Müßiggang räusperte sich: »Alle waren von der Darbietung gefesselt. Niemand interessierte sich in diesem Augenblick dafür, was hoch über ihren Köpfen geschah!«

»Nachvollziehbar«, antwortete Fürchtegott Hager trocken. »Naja, zu allererst müssen wir auf die KTU warten. Es steht lange nicht fest, dass dieses Ding da tatsächlich von einem Menschen stammt. Ich habe irgendwo gelesen, dass das Auge des Schweins frappierende Ähnlichkeit mit dem des Menschen besitzt.« Der Kommissar wandte sich ab. »Wer ist hier eigentlich verantwortlich?«

»Ich!« Ein Mann in Falknertracht kam auf ihn zu geschritten. Er hatte die Unterhaltung der Beamten aus einiger Entfernung belauscht und streckte dem Kommissar die Hand entgegen. »Burghard Riedel.«

»Oberkommissar Hager. Waren Sie bei der Vorstellung zugegen?« Er musterte den Mann von Kopf bis Fuß. Sein fester Händedruck war ganz nach seinem Geschmack, die Kostümierung wohl eher dem vorangegangenen Auftritt geschuldet.

»Aber sicher!« Riedel trat zwei Schritte zurück.

»Ist Ihnen am heutigen Vormittag irgendetwas Ungewöhnliches aufgefallen?«

»Nein. Mein Augenmerk konzentriert sich ganz auf meine Lieblinge. Eine Vorstellung ist nicht ohne. Wir arbeiten ja mit mehr oder weniger wilden Tieren. Da kann allerhand schief gehen, wenn Sie verstehen, was ich meine.«

»Verstehe, verstehe.« Hager räusperte sich. »Über den Augenfund zu spekulieren bringt uns nicht weiter, solange wir keine Gewissheit haben. Ich muss auf meine Leute warten. Sind für heute weitere Vorführungen geplant?«

»Nein. Die heutige Show war quasi eine Ausnahme. Eigentlich machen wir so was nur an Wochenenden, aber Besucher werden am Nachmittag bestimmt kommen. Bei dem Wetter!« Burghard blinzelte gen Westen.

»Der Park muss selbstredend geschlossen bleiben, bis die Untersuchung abgeschlossen ist«, erwähnte Hager beiläufig.

»Was?«, rief ihm der Falkner entgegen. »Das können Sie nicht …! Was glauben Sie, was der Laden hier verschlingt?«

»Tut mir leid, es geht nicht anders«, kam es Fürchtegott Hager wohldosiert über die Lippen. »Kann ich mich auf dem Gelände umsehen?«

»Meinetwegen.« Burghard Riedel wandte sich von ihm ab. »Hat jemand Cosima gesehen?«, rief er ins Rund der Käfige.

»Ich bin hier!«, tönte es aus einer der Volieren hervor.

Wenig später kam eine junge Frau mit roten Haaren, in grüner Cargohose und schwarzem T-Shirt ihnen entgegen geeilt.

»Cosima wird Ihnen alles zeigen«, sagte Riedel knapp und übergab Hager in ihre Obhut.

»Hallo! Sie interessieren sich für unsere Vögel?«

»Ja …« Fürchtegott legte ein Lächeln auf. »Ich bin Kommissar Hager von der Hofer Kriminalpolizei. Leider sind meine Kollegen noch nicht eingetroffen. Ich hätte also ein klein wenig Zeit.«

»Dann kommen Sie. Wir fangen da oben an.«

Der Kommissar folgte dem Mädchen.

Cosima hatte viel zu berichten. Nach etwa der Hälfte der Führung begann sich alles in Hagers Kopf zu drehen: Namen, Herkunftsländer, Lebensweisen, Eigenarten und Vorlieben der unterschiedlichen Greifvögel, all das war eindeutig zu viel an Input. Fürchtegott konnte sich kaum etwas merken. Die sibirischen Schnee-Eulen hingegen fand er nachhaltig interessant, da er über die Tiere kürzlich eine Dokumentation im Fernsehen gesehen hatte. Zudem empfand er ihre auf das äußerste Minimum beschränkte Lebensweise überaus sympathisch.

Als sie ihren Rundgang beinahe vollendet hatten, trafen zwei Herren von der Kriminaltechnik ein. Sie strebten der Wiesenmitte zu, wo sie sich angeregt mit Steifenpolizist Müßiggang unterhielten.

»Na, hast wohl 'ne Sonderführung bekommen, was?«, scherzte der Chef der Spurensicherung, als Hager und das Mädchen bei ihm angekommen waren.

»Ja, eine sehr umfangreiche Führung.« Der Kommissar schenkte Cosima ein dankbares Lächeln und wandte sich dem massigen Herrn in Weiß zu. »Schön, dass du so schnell kommen konntest, Alfons. Im Augenblick kann ich dir nicht sagen, ob sich der ganze

Aufwand lohnt. Sieh selbst.« Der Kommissar wies auf das Auge zu seinen Füßen.

Alfons ging sogleich in die Hocke und studierte das dargebotene Fundstück. »Tja ...«

»Was meinst du? Könnte es sich um ein menschliches Auge handeln?«

Der Chef der Kriminaltechnik kratzte sich am Hinterkopf. »Da fragst du den Falschen. Der Größe nach, ja, aber das Auge wurde stark in Mitleidenschaft gezogen. Pupille und Iris sind kaum noch zu erkennen.« Alfons stützte sich mit einer Hand auf dem Rasen ab und wuchtete seine hundertzwanzig Kilo in die Höhe. »Bevor du die Pferde scheu machst, sollten wir den Fund sichern und in die Pathologie schaffen. Mit etwas Glück bekommst du bis heute Abend eine Antwort. Sollen wir den Laden hier mal unter die Lupe nehmen?«

»Schaden kann es nicht.« Der Kommissar überlegte. »Aber macht mir Menschen und Vögel nicht scheu. Bis jetzt steht lange nicht fest, dass es sich um ein Verbrechen handelt.«

»Schon klar. Wir machen das wie immer, halt äußerst diskret.« Alfons verteilte rasch die Arbeiten und widmete seine ganze Aufmerksamkeit dem Auge.

Hager richtete seine nächste Frage wiederum an Cosima: »Ist so etwas schon einmal vorgekommen?«

»Sie meinen, ob hin und wieder Augen bei uns landen?« Die junge Frau musste ein Lachen unterdrücken und warf sich die Hand vor den Mund. »Entschuldigung ... Nein!«

»Ich bin mit den Bedenken mancher Leute hinreichend bedient.« Falkner Burghard trat erneut auf Hager zu.

»Welchen Bedenken?«, forschte der Kommissar nach.

»Dass die Käfige zu klein sind, dass wir putzige Küken verfüttern. All das! Tierschutz bekommen manche in den falschen Hals, dabei ist es genau das, was wir mit unserer Arbeit bezwecken. Wenn sich jedoch herausstellt, dass dieses Auge von einem Menschen, vielleicht sogar von einem Wunsiedler stammt, macht man mir die Hölle heiß.«

Hager war ganz Ohr. »Sie könnten sich also vorstellen, dass das Auge von einem ihrer Vögel ... sagen wir mal ... stibitzt wurde?«

»Vorstellen kann ich es mir nicht. Raubvögel gehen im Allgemeinen nicht auf Augen – unsere schon gar nicht.«

»Warum nicht?«

»Weil sie hinreichend gefüttert werden und normalerweise in ihren Käfigen sitzen. Aber selbst frei lebende Exemplare stehen eher auf pelzige Leckerbissen: Mäuse, Hasen, Füchse, Rehe. Haben Sie jemals ein Auge probiert?«

Hager verschlug es für einen Moment die Sprache. »Äh ... Rehe?« Burghard lachte schallend. »Tja, Greifvögel werden selbst bei uns für die Jagd verwendet.«

Fürchtegott sah kurz die Bilder einer Hetzjagd aus luftiger Höhe vor seinem geistigen Auge vorbeiziehen. »Und während der Vorstellung?«, fuhr er zögernd fort.

»Hab ich meine Lieblinge die ganze Zeit über im Blick. Heute ist bestimmt keiner ausgebüchst.«

Der Kommissar schien nicht zufrieden. »Dann frage ich anders herum: Könnte man einen Vogel auf Augen dressieren?«

»Das könnte man sicherlich. Aber wozu?«

Hager schüttelte den Kopf. »Sie glauben gar nicht, wie viele perverse Zeitgenossen es gibt.«

»Hören Sie mal! Raubvögel sind, wenn sie keine Beute erlegen können, Aasfresser. Wenn sie also irgendwo einen toten Körper ausfindig gemacht haben, geht der Run auf das Futter los. Selbst ein Auge ist dann besser als nichts, verstehen Sie?«

Der Kommissar stöhnte.

Falkner Riedel klopfte ihm auf die Schulter: »Wir haben hier oben auf dem Katharinenberg jede Menge Krähen. Die halten zwar meist gehörigen Abstand zu den Käfigen, aber hin und wieder will es eine von ihnen genau wissen.«

Fürchtegott blickte dem Mann fragend in die Augen.

»Rabenvögel sind frech, dreist und unglaublich vielseitig. Es würde mich nicht wundern, wenn sich eine von ihnen in einen unserer Lieblinge verguckt hätte.«

Der Kommissar grinste schief. »Sie meinen, das Auge könnte so etwas wie ein ... Liebesbeweis ... gewesen sein?«

»Wo die Liebe hinfällt«, antwortete der Falkner leichthin.

Der Kommissar schien verwirrt. »Tja, dann ...«

»War's das gewesen?« Riedel rieb sich geschäftig die Hände. »Ich hab noch einiges zu tun, selbst wenn Sie mir den Laden für heute dichtgemacht haben.«

»Fürs Erste, ja!« Hager wandte sich zum Gehen. »Vielen Dank für Ihre Auskünfte und Ihr Verständnis. Bevor ich mich in Spekulationen ergehe, warte ich den Bericht unseres Pathologen ab. Falls sich der Verdacht aber bestätigt, komme ich wieder. Sie hören von mir.«

»Tun Sie, was Sie nicht lassen können.«

Der Kommissar strebte dem Ausgang zu. Die Informationsquellen vor Ort hatten sich vorerst erschöpft. Und wenn er jetzt nicht gleich die vermaledeiten Walkingstöcke abholte, würde das Wochenende ohnehin gelaufen sein.

VI.

*E*r hatte sich beileibe nicht um diesen Auftrag gerissen.

Im Februar hatte völlig überraschend ein in der Atmosphäre explodierter Meteorit im Ural für tausend Verletzte und Zehntausende zu Bruch gegangener Fensterscheiben gesorgt. Just an dem Tag, an dem der Asteroid 2012 DA14 die Erde in der winzigen Distanz von gerade mal 28.000 Kilometern passiert hatte. Obwohl laut Spezialisten das eine Ereignis mit dem anderen rein gar nicht zu tun hatte, war die Menschheit ein weiteres Mal an die stets lauernde Gefahr aus dem Weltall erinnert worden. Grund genug für das Magazin, sich erneut der brisanten Thematik zu widmen.

Leider hatte sein Kollege Juri den Job bekommen, vor Ort die Beinahekatastrophe in Wort und Bild festzuhalten. Sicher ließen sich spektakuläre Augenzeugen finden, kleinere Krater von Bruchstücken und dergleichen mehr. Juri war Landsmann, mit Sprache, Sitten und Mentalität bestens vertraut, außerdem hatte er bereits astronomische Themen in der Vergangenheit bearbeitet.

Sein eigenes Spezialgebiet war die Tierfotografie, waren Landschaften und vor allem die Berichterstattung über Naturschutzgebiete in ganz Europa.

Landschaftlich hatte dieses Fichtelgebirge durchaus seine Reize. Obwohl im dicht besiedelten Deutschland gelegen, war es der Natur bis dato gelungen, die zu ihrem Funktionieren minimal notwendige Distanz zu den Errungenschaften der Menschheit einzuhalten. Es war wohl der Topografie der Region, seiner ökonomischen Randlage und den geologischen Besonderheiten zu verdanken, dass es bisher nicht zu der vielerorts im Lande üblichen Zersiedelung gekommen war. Wenn überhaupt, war die Abwanderung wegen fehlender Arbeitsplätze Grund dafür, dass diese Region sich seit Jahr und Tag in einer Art Dornröschenschlaf befand. Die Umstrukturierung von einer bäuerlich geprägten Agrarwirtschaft (mit wenig bis schwindender Industrie) hin zu einer von Dienstleistung und Tourismus geprägten Gesellschaft, schritt zäh voran. Freilich, mit den Regionen im Osten der Republik (etwa der Uckermark) konnte das Mittelgebirge nicht mithalten. Voriges Jahr hatte er an einem Beitrag über das dortige Biosphärenreservat gearbeitet, hatte Weißstörche im Unteren Odertal, die Balz des Damwilds in der Schorfheide und Fischotter in den Uckermärkischen Seen fotografiert. Er war fasziniert davon gewesen, dass nur wenige Kilometer nördlich der Hauptstadt ein Naturparadies lag, das keiner ernsthaft dort vermuten würde. Mittendrin, in dem winzigen Nest Wilmersdorf, hatte er für ganze zwei Wochen eine helle Ferienwohnung bezogen.

Armin blickte um sich. Für sein neuestes Projekt war die Unterkunft bei Weitem bescheidener ausgefallen. Ein in die Jahre gekommener Wohnwagen bot ihm wenig mehr als die zum Überleben unabdingbarsten Voraussetzungen. Die Campingtoilette in der Ecke konnte er verschmerzen, den penetrant nach Butangas stinkenden Kochherd auch, die allgemeine Enge und die daraus resultierende Unordnung waren unvermeidbar, aber die komplett durchgelegene Matratze, die des Nachts aus der schmalen Essecke eine Schlafstatt machte, war spürbar unerträglich.

Gerädert und schlaftrunken schälte er sich aus seinem Schlafsack. Die vergangene Nacht war aufreibend, die Fotoausbeute eher bescheiden ausgefallen. Wer sich, wie er, die meiste Zeit über in der verbliebenen Wildnis herumtrieb, wusste, welche unkalkulierbaren

Gefahren im weglosen Dickicht lauerten, was für Geheimnisse verschneite Gipfelriesen bargen oder welche Schreckgestalten in diffusen, nebelgetränkten Mooren mitunter anzutreffen waren. Armin war an Trugbilder verkrüppelter Bäume und Sträucher gewöhnt, wusste zumeist, zu welchem Tier die entsprechenden Laute und Geräusche gehörten, die im Dunklen eindringlich und befremdlich zu vernehmen waren. Und dennoch, die obskuren Erlebnisse der vergangenen Nacht steckten ihm tief in den Knochen.

Während er auf der Kochstelle Wasser für den morgendlichen Kaffee aufsetzte, übermannten ihn die Bilder seines letzten Streifzuges ...

Auf der Jagd nach Motiven war er eine Stunde vor Mitternacht mit Sack und Pack aufgebrochen. Sein Weg führte ihn am Waldrand entlang, denn hier war die Finsternis weniger undurchdringlich. Man konnte (so sich die Augen an die Dunkelheit gewöhnt hatten) selbst ohne Lichtquelle die Umgebung erfassen. Eigentlich hatte er von dem zuständigen Revierförster die Zusicherung erhalten, in dieser Nacht unbehelligt und allein durchs Moor steifen zu dürfen, und so bekam er auch gleich zu Beginn einen prächtigen Keiler vor die Linse, der sich ausgiebig in einer Pfütze suhlte. Wenig später jedoch entdeckte er zu seiner allergrößten Verwunderung drei vermummte Gestalten. Im Gänsemarsch näherten sie sich der Inselzunge eines flachen Weihers, der die mondlose Lichtung beherrschte. In knöchellange Kutten waren sie gekleidet, wie Mönche, die Häupter unter Kapuzen verborgen. Der Pfad führte, vom Waldsaum kommend, bis knapp zur Hälfte in den Teich hinein. Mitten in der Nacht mochte es schwierig sein zu entscheiden, wo der Weg endete und der teils verlandete Teil des Gewässers begann. Die pechschwarzen, unergründlichen Tümpel in dieser Zone zwischen Land und Wasser waren nicht ohne. Ein Fehltritt genügte, um den morastigen Untiefen anheimzufallen. Er selbst war (wohl bemerkt bei Tageslicht) bei seinem allerersten Ausflug ins Zeitelmoos bis zum Nabel in eines dieser abgrundtiefen Löcher geraten. Der geheimnisvolle Trupp hingegen bewegte sich mit schier schlafwandlerischer Sicherheit auf das einige Meter vom Ufer entfernte Inselchen zu.

Er ging in die Hocke und beobachtete den Fortgang des Schauspiels. Am Ende des Weges angekommen riss der Himmel auf. Die letzten Wolkenfetzen jagten über den sichtbaren Teil des Firmaments. Vereinzelt blinzelten Sterne am samtschwarzen Gewölbe.

Die Mönche hielten inne. Er meinte, ihre Kutten im aufkommenden Wind wehen zu sehen. Sehr schaurig, sehr ausdrucksstark und über alle Maßen gespenstisch. Aber das mochte aufgrund der Lichtverhältnisse eher seiner Einbildung geschuldet sein. Und dennoch, da war etwas zwischen ihnen, ein Etwas, das für den schwankenden Gang sorgte.

Was mochte das sein? Eine Kiste? Ein Sack?

Armin ärgerte sich. Im Wohnwagen lag sein nagelneues Nachtsichtgerät. Warum zum Teufel hatte er es nicht mitgenommen? Angestrengt versuchte er dieses Mango wettzumachen. Und plötzlich glaubte er zu wissen, was er vor sich sah – aber das war ganz und gar unmöglich.

Rasch nahm er seinen Rucksack von der Schulter und kramte in dessen Innenleben nach der Kamera mit der lichtstarken 500er Festbrennweite. Routiniert klappte er sein Stativ aus, befestigte den Fotoapparat und führte ein Auge an den Sucher.

Tatsächlich! Zwischen den Kutten erkannte er einen flachen Gegenstand. Etwas lag darauf, ohne dass er Genaueres erkennen konnte. Aber …? Das Sucherbild begann unmerklich zu zittern. Nein, das war keine Trage – es war allem Anschein nach eine Bahre. Aber damit nicht genug: Ein längliches Ding, das aussah wie ein krummer Ast, entpuppte sich bei näherer Betrachtung als ein menschlicher Arm, an dessen Ende eine bleiche Hand mit fünf ausgestreckten Fingern zu erkennen war. Unwillkürlich griff er sich an die Kehle. Nicht nur das Bild im Display geriet in gesteigerte Unruhe. Das ist eine Beerdigung, und bestimmt keine im Namen des Herrn!

Instinktiv schoss er einige Bilder in der verzweifelten Hoffnung, sein seit Mittag leerer Magen mochte ihm die grausige Szene vorgegaukelt haben. Fast wünschte er, die Trauergestalten wären einem Spuk, einer Geistererscheinung entsprungen. Nie zuvor hatte er an Ammenmärchen geglaubt, nie etwas Ungewöhnliches oder Unerklärbares persönlich erlebt. In dieser Sekunde jedoch hätte er die Anwesenheit flüchtiger Gesellen weitaus leichter hingenommen als die offensichtlich realen Ereignisse. Hier wurde ein Mensch zu

Grabe getragen, ohne Beistand, ohne die tröstenden Worte eines Priesters, gänzlich ohne Feierlichkeit.

Die Bahre glitt zu Boden, unachtsam hingeworfen, pietätlos wie ein Müllsack. Einer der Kuttenträger beugte sich über den Leichnam, machte etwas, ohne dass er erkennen konnte, was es war; ein zweiter kam ihm zu Hilfe.

Meine Güte! Sie wollen die Leiche im Moor versenken; einen unliebsamen Bruder seinem feuchten Grab übergeben!

Was sollte er tun? Hier bleiben und abwarten, was weiter geschähe? Den Notruf oder die Polizei verständigen? Aber wer würde ihm das Gesehene glauben? Außerdem lag sein Handy irgendwo im Wohnwagen. Seine Kamera war der einzig glaubhafte Zeuge.

Er versuchte sich zu beruhigen. Es misslang.

Das letzte erkennbare Bild im Sucher war eine dunkle Masse aus diffusen Leibern, die sich anschickte, ihr grausames Werk zu vollenden. Zeitgleich spürte er, wie sich ein Bedürfnis in ihm breitzumachen begann.

Verdammt, nicht jetzt! Nicht hier!, versuchte er es unter Kontrolle zu bringen, warf Stativ und Kamera neben sich ins feuchte Gras, wollte sich mit einer Hand rasch die juckende Nase zuhalten. Zu spät.

Er nieste. Laut. Störend. Entlarvend.

Als er die Lider öffnete, sorgten einige Tränen dafür, dass das Bild vor ihm in grauschwarze Schlieren verlief. Rasch rieb er sich die Augen, raffte nach dem Fotoapparat, presste ihn an sich, suchte die unheimlichen Mönche ... und fand sie.

Sie hatten sich erhoben, und wenn er sich nicht täuschte, blickten sie genau zu ihm herüber. Er glaubte sogar ein Flüstern zu vernehmen, oder war es nur das Säuseln des Nachtwindes? Nein, sie tuschelten miteinander. Und er? Er war enttarnt. Die grässlichen Mönche wussten nun, dass sie nicht allein waren, dass es einen ungebetenen Zeugen gab.

Fassungslos musste er mit ansehen, wie sich das Grüppchen in Bewegung setzte, wie es behände, und ohne monströse Fracht, den schmalen Weg zurück zum Waldrand eilte.

Das Herz schlug ihm bis zum Hals. Wie ein Trommelwirbel dröhnte es in seinem Kopf. Er raffte seine Siebensachen zusammen, warf sich den Rucksack über die Schulter und stürzte in panischer

Flucht davon. Keinen einzigen Blick warf er hinter sich, bis er keuchend und völlig außer Puste seinen Wohnwagen erreicht hatte.

Als er wieder bei Atem war, holte er die halbvolle Flasche Wodka aus dem Kühlschrank. Lauschend und zweifelnd ließ er die glasklare Flüssigkeit in großen Schlucken in seine Kehle rinnen. Nach fünf Minuten begann die Szene endlich zu verblassen. Nach weiteren zehn Minuten übermannte ihn betäubender Schlaf ...

Armin goss heißes Wasser in die Tasse, in der sich drei gehäufte Esslöffel Kaffeepulver befanden, rührte nachdenklich um und leckte anschließend den Löffel ab. Der Alkohol hatte zwar für einen traumlosen Schlaf gesorgt, aber die Bilder der Nacht waren damit nicht ausgelöscht worden. Er wagte kaum, die gemachten Aufnahmen anzusehen, weil er sich vor der bitteren Gewissheit fürchtete. Zögernd setzte er sich mit der Tasse in der Hand auf sein Bett, nippte hin und wieder daran und brütete vor sich hin.

Gab es ganz in der Nähe nicht eine Freilichtbühne? Hatte er heimlich und unwissend einer Szenenprobe beigewohnt?

Um Mitternacht in einem Moor? *Quatsch!*, entschied er.

Gehörten die grausamen Mönche einer Art fränkischen Ku-Klux-Klan an? Handelte es sich bei dem Opfer um einen unliebsamen Bruder? *Unwahrscheinlich!*, stellte er verzweifelt fest.

Die einzig richtige Antwort stand für ihn längst außer Frage. Vehement sträubte er sich dagegen.

VII.

Am Samstagmorgen saß Fürchtegott Hager gegen neun Uhr im Schlafanzug am Esstisch und schlürfte nachdenklich an der zweiten Tasse Kaffee. Ab und zu tunkte er ein widerborstig krosses Croissant hinein und hoffte inständig, Irmgard würde es nicht bemerken. Sie hasste es, wenn er irgendetwas in Kaffee, Tee oder Suppen tauchte. Ihm hingegen war ein gutmütiger Teig lieber als ein vor seinem Mund zerbröselndes Hörnchen oder krümelige

Semmeln. Wenn er an die Sauerei dachte, mit der er früher oft seinen Essplatz verlassen hatte, und an Irmgard, die ihm bei derartigen Begebenheiten wortlos den Akkustaubsauger in die Hand zu drücken pflegte, wusste er, dass der selbst gewählte Kompromiss die vernünftigste Entscheidung war.

Das vorläufige Untersuchungsergebnis war ihm noch am späten Freitagnachmittag mitten auf dem Aldi-Parkplatz telefonisch mitgeteilt worden: Bei dem aufgefundenen Auge im Greifvogelpark handelte es sich eindeutig um das eines Menschen. Anhand der ursprünglichen Größe von 24 Millimetern im Durchmesser, und einem Gesamtgewicht von 10 Gramm, musste es einem Erwachsenen gehört haben. Augenfarbe grau bis blau, da ein Großteil der Cornea, der Sclera, der Iris wie der Pupille beim Entfernen stark beschädigt worden waren. Eine in Auftrag gegebene DNS-Untersuchung würde zudem das Geschlecht offenbaren. Der Kommissar hatte sich bei dem Pathologen mit einem kurzen Dankschön verabschiedet, ohne sich die genannten Fachausdrücke in verständliches Deutsch übersetzen zu lassen. Er wusste auch so, was er wissen wollte. Zudem hasste er es, wenn Mediziner ihr mühsam erlerntes Lateinkauderwelsch vollmundig zur Schau stellten.

Mit den erworbenen Walkingstöcken war er in die Dienststelle, von da auf direktem Wege nach Hause gebraust. Es hatte sich bislang niemand gemeldet, dem ein einzelnes Auge abhanden gekommen war.

Obwohl die übermittelte Tatsache den ganzen Ermittlungsapparat in Gang setzte, kam ihm dieser neue Fall durchaus gelegen. Eigentlich hatte er Irmgard versprochen, an diesem Wochenende dem Büro fern zu bleiben. Da es jedoch immer wahrscheinlicher wurde, dass es einen ungeklärten Mordfall gab, brauchte er kein schlechtes Gewissen zu haben, wenn er heute oder morgen dringenden Routinearbeiten nachging. Dieses legitime Hintertürchen hielt ihm alle Fluchtwege offen.

Fürchtegott lächelte und blätterte die Zeitung um. Die Schlagzeile über den Fund des Auges war zu seiner Erleichterung ausgeblieben – bisher! Er hatte aber seinem Vorgesetzten Saalfelder zusichern müssen, gleich am Montag sich der Sache mit höchster Priorität anzunehmen. In Ermangelung stichhaltiger Hinweise hatte er keine

Antwort griffbereit gehabt, wo sie auf die Schnelle nach dem Besitzer des Auges fahnden sollten. Es gab keine Vermisstenanzeigen, keine besorgniserregenden Beobachtungen, keine sonstigen Hinweise – rein gar nichts. Ein Aufruf in den örtlichen Medien sollte dies in Kürze ändern.

»Was meinst du? Wie lange werden die beiden von Wuppertal bis zu uns unterwegs sein?«

Die Stimme von Irmgard aus der Küche ließ sein Lächeln dahinschmelzen wie Butter in der heißen Pfanne. »Hm?«

»Betty hat gesagt, sie werden spätestens um acht losfahren! Wie viel Kilometer sind es bis zu uns?«

Der Kommissar holte Luft und ertränkte den Rest seines Croissants mit Hingabe in der Kaffeetasse. »Woher soll ich das wissen? Ich bin nie in Wuppertal gewesen«, raunzte er unwirsch.

»Das wird sich bald ändern. Betty und ich haben schon darüber gesprochen. Vor dem Sommerurlaub werden wir zu ihnen fahren. Zwei, drei Tage. Übers Wochenende halt. Sie haben ein Haus. Wir müssen nicht in einer Pension übernachten.«

»Jaja, mal sehen«, brummte der Kommissar säuerlich.

»Was heißt da: *mal sehen!* Ich hab es bereits mit Betty ausgemacht! Außerdem ist klar, dass sie uns auch zeigen wollen, wie sie leben.«

»Wenn ich Zeit hab ...« Der Kommissar wischte sich mit der Hand Krümel vom Mund.

»Fürchtegott!« Irmgard erschien in der Tür zum Esszimmer. Ein Spültuch hing über ihrem linken Unterarm. »Dieses eine Mal will ich etwas von dir ...«

»Ich sag ja ... wenn es meine Arbeit zulässt.«

»Wir fahren – und Schluss! Wie weit ist es von Wuppertal bis zu uns?«

»So um die fünfhundert Kilometer werden es sein, ungefähr, glaub ich«, mühte sich Hager ab.

Irmgard legte den Zeigefinger der freien Hand an die Lippen. »Das heißt, wenn sie mit hundertfünfzig Sachen unterwegs sind, könnten sie es bis Mittag schaffen. Na, das Essen werde ich jedenfalls auf punkt zwölf Uhr richten.«

Der Kommissar verschluckte sich an seinem letzten Bissen. Er musste husten. »Mit ... hundertfünfzig ... Sachen?«

»Tja, Fürchtegott, da siehst du es mal wieder. Nicht jeder schleicht auf der Autobahn dahin«, gab ihm seine Frau zur Antwort. »Außerdem geschieht es dir ganz recht, wenn du dich an deinem Mampf verschluckst!«

»Was ... haben die denn für ... einen Wagen?«

»Was weiß ich? Bestimmt keinen Passat!«

»Heute ist ... Samstag ... vergiss das nicht«, meinte Fürchtegott loswerden zu müssen. Er griff sich mit der Hand an den Hals. Der letzte Brocken wollte einfach nicht den rechten Weg finden.

Irmgard sah ihn streng an. »Bin ich doof?«

»Mein Gott! Man wird ja wohl noch ein Wort sagen dürfen.«

Irmgard machte kehrt und stolzierte brüskiert von dannen. »Sieh lieber zu, dass du was Anständiges anziehst. Ich hab keine Lust, mich wegen dir vor Betty und ihrem Mann restlos zu blamieren«, rief sie ihm erneut von der Küche aus zu. »Wenigstens zum Essen!«

Fürchtegott nickte ergeben, würgte geräuschlos den letzten Rest Kaffee in sich hinein, stellte die leere Tasse auf den Frühstücksteller, erhob sich und schlurfte in seinen alten Pantoffeln in die Küche.

*

Die Zeit bis Mittag zog sich wie Kaugummi. Irmgard hantierte bereits seit den frühen Morgenstunden an ihrem Menü herum. Biersuppe (ganz bewusst ohne Beilage) stellte die Vorspeise dar, Ente in Rotweinsoße mit Böhmischen Semmelknödeln den Hauptgang und Eierlikörtorte den Nachtisch. Zum Hauptgang gab es teueren Rotwein, zum Dessert wahlweise Espresso oder Bohnenkaffee. Die Eierlikörtorte hatte sie bereits gestern zubereitet. Die Ente schmorte im Backofen vor sich hin.

Ihre Küche bot einen selten unaufgeräumten Anblick. Fürchtegott sah sich bereits, in eine Schürze verpackt, einem gigantischen Aufwasch schutzlos ausgeliefert. Nicht dass sie keine Spülmaschine gehabt hätten, aber seine Frau liebte es, ihre Sachen in penibler Ordnung zu halten. Außerdem passte der Gansbräter, nebst diverser Töpfe, ohnehin nicht in die Maschine.

Als sie die Zutaten für die Biersuppe und die Knödel fein säuberlich auf der Arbeitsplatte bereitgelegt hatte, entfuhr ihr ein Stöhnen.

»Ach herrje, die Eier reichen nicht ...« Und so fuhr Fürchtegott Hager in die Stadt, um neue zu besorgen. Allerdings hatte er übersehen, dass die gekauften Eier nicht aus Bio-Freilandhaltung stammten, also schnurstracks zurück und gegen die gewünschten ausgetauscht. Er hatte ohnehin nichts vor, stünde Irmgard sowieso nur im Weg herum.

Während sie sich gegen halb zwölf eilends daranmachte, den Tisch im Esszimmer einzudecken, kündigte sich die nächste Katastrophe an. Die Kerzen in dem hässlichen Leuchter (den sie dereinst von ihrer Mutter zur Vermählung geschenkt bekommen hatten) waren zur Hälfte heruntergebrannt und mit Wachsresten verunstaltet, eine sogar gebrochen, also nochmals ins Geschäft und neue gekauft.

Diesmal war Irmgard auf Anhieb zufrieden.

Ab den Zwölfuhrnachrichten streunte sie von einem Fenster zum andern. Die Ente war fix und fertig, die Rotweinsoße köchelte auf kleiner Flamme vor sich hin, die Böhmischen Knödel verloren zusehends an Festigkeit und die Biersuppe war lauwarm geworden.

Fürchtegott saß seelenruhig im Wohnzimmer und widmete sich seiner Schallplattensammlung. Wenn sie schon Besuch bekämen, wollte er ihm am Abend wenigstens akustische Schmankerln servieren. Seine Frau hatte die dunkelblauen Bundfaltenhosen und sein Lieblingspolo gerade so durchgehen lassen. Sie selbst trug ein geblümtes, viel zu leichtes Sommerkleid sowie das Erbstück ihrer Großmutter, eine echte Perlenkette, zur Schau. Wie sie es an diesem Vormittag geschafft hatte, ihr Haar in Topform zu bringen, blieb ihm ein Rätsel. Für gewöhnlich verbrachte sie Stunden im Badezimmer, ohne nennenswert sichtbare Erfolge zu erzielen.

Kurz vor halb eins brachte das Klingeln an der Wohnungstür die von beiden sehnlich erwartete Erlösung.

»Sie sind da-ha!«, trällerte Irmgard, zupfte im Flurspiegel ein letztes Mal ihre Frisur zurecht, wischte sich die schwitzigen Hände an einem Geschirrtuch ab und öffnete die Tür.

Fürchtegott legte die ausgesuchten Aufnahmen behutsam auf dem Deckel des Plattenspielers ab, holte tief Luft und riskierte einen Blick zwischen den Gardinen hindurch.

Er konnte sich ein Lächeln kaum verkneifen.

*

Betty und Egon Hammstedt entpuppten sich bereits während des leicht verspäteten Mittagessens (das allen am Tisch außerordentlich mundete) als durchaus angenehme Zeitgenossen. Betty war um einiges fülliger als Irmgard, hatte brünettes, halblanges Haar und schien stets zu einem Lächeln bereit. Besonders ihre üppige Oberweite zog die Blicke der Männer auf sich. Egon war bestimmt dreißig Kilo schwerer als Fürchtegott (bei nahezu gleicher Größe), aber dieses Mehr an Pfunden verteilte sich bei ihm auf den ganzen Körper, nicht nur auf die Bauch- und Hüftregion. Er besaß ein rundliches Gesicht, darüber eine hohe Stirnglatze, an den Seiten kurze Stoppelhaare und trug einen sehr gepflegten, jedoch ergrauten Kinn- und Oberlippenbart.

Fürchtegott fiel ein Stein vom Herzen.

Bald war der Nachtisch verputzt, Kaffee und Espresso getrunken. Die Frauen hatten sich, nachdem die Männer den Tisch abgeräumt und das Geschirr in gefährlich schwankender Höhe neben dem Spüler aufgestapelt hatten, in die Küche zurückgezogen.

Der Kommissar erlaubte sich, Egon einen Cognac anzubieten. Sein Gegenüber nahm dankend an. Beide saßen auf der Couch im Wohnzimmer und übten sich in Smalltalk. Der Alkohol begann zu wirken. Fürchtegott versöhnte sich mit dem leidigen Vormittag.

»Naja«, sagte Egon und hob sein Glas, »der Job ist auch nicht mehr das, was er mal war.« Er prostete Fürchtegott zu.

Der Kommissar nickte. Beide tranken.

»Immer mehr Aufgaben in immer weniger Zeit«, sagte Egon, nachdem er sein Glas auf den Untersetzer zurückgestellt hatte.

»Und mit immer weniger Personal«, unterstrich Fürchtegott. »Das ist das Entscheidende. Ich weiß nicht, wohin das führen soll.«

»Die Jungen kann man vergessen. Die sind nicht an der Arbeit interessiert, sondern überlegen tagein, tagaus, wie sie ihre Freizeit verbringen sollen. *Wehret den Anfängen!*, sage ich Ihnen!« Egon musste husten.

Der Kommissar nickte einvernehmlich. »Dazu ist es längst zu spät. Aber ich weiß, was Sie meinen. Es läuft überall so. Wenn wir paar Alten weg sind, geht alles den Bach runter.«

»Ich arbeite ja bei den Stadtwerken, Sachgebiet Müll und Entsorgung. Früher haben wir unsere eigenen Leute gehabt. Denen konnte man zur Not Dampf machen, wenn es nötig war. Heute schlägt man sich mit einer Handvoll Subunternehmer herum, die wiederum ihre Bilanzen mit Leiharbeitern aufzubessern suchen. Wenn du denen was sagst, pfeifen die drauf – falls sie überhaupt verstehen, was du von ihnen willst.« Egon zog demonstrativ eine seiner schmalen Augenbrauen hoch.

Hager nickte und starrte auf die beiden Gläser vor sich auf dem Tisch. »Verbrechern wird heute allerorts Tür und Tor geöffnet. Es ist eine Leichtigkeit geworden, sich am Leben und Gut anderer zu vergreifen. Unser Rechtsstaat wird von Tag zu Tag immer weiter ausgehöhlt. Eine Schande ist das. Ich für meinen Teil bin bis vor ein paar Jahren gern Polizist gewesen. Heute rennt man den Kriminellen im Kilometerabstand und ohne geeignete Grundlagen und Handhabe hinterher. Und falls es wider Erwarten gelingt, ihrer habhaft zu werden, sprechen sie gewiefte Anwälte und lauwarme Richter ruckzuck von allen Vorwürfen frei. Schuld sind immer die andern. So sieht es aus!«

Egon griff nach seinem Glas. »Sagen Sie mal, mein lieber Fürchtegott, ist Polizeiarbeit nicht wahnsinnig gefährlich?« Er trank und fuhr sich mit der Zunge über den Oberlippenbart.

»Nicht gefährlicher als andere Berufe«, gab der Kommissar leichthin von sich. »Also hier in der Provinz. Ich kann mich gar nicht erinnern, wann ich das letzte Mal meine Waffe benutzt habe – im Einsatz, versteht sich.«

»Ach was?«

»Doch, doch! Gauner gibt es hier wie überall, aber die richtig brutalen und abgebrühten Kaliber, denen das Leben eines Menschen nichts wert ist, sind eher die Seltenheit.«

Egon räusperte sich. »Entschuldigung, wenn ich Sie danach frage, aber gab es da nicht im vergangenen Herbst diesen seltsamen Dingsbums-Stein-Fall?«

»Sie meinen den Mord am Epprechtstein?«

Egon nickte. »Epprecht..., genau den meine ich!«

»Das war gottlob eine Ausnahme. Und doch beweist es, dass die großen Verbrechen stetig näher rücken. Früher wäre so etwas undenkbar gewesen.« Hager schwieg für zwei Sekunden. »Lassen Sie uns über erfreulichere Dinge reden.«

»Gerne.« Egon nippte abermals an seinem Cognac.

Fürchtegott lächelte. »Wie sind Sie mit ihrem Passat zufrieden?«

»Mit meinem ...?« Egon staunte. »Woher ...?« Dann lachte er polternd. »Versteh schon! Kommissar! Hätte mich auch gewundert.«

Hager winkte verlegen ab. »Von wegen, ich stand rein zufällig am Fenster.«

»Zufälle gibt es nicht, das sollten Sie eigentlich besser wissen als ich, stimmt's?«

Der Angesprochene errötete.

»Ich bin hochzufrieden mit meinem Wagen. Zwar nicht ganz billig, aber bei Weitem kostengünstiger als so manch andere Blechkiste.«

»Ich fahre das Vorgängermodell, als Kombi, und nicht in Silber, sondern in Dunkelblau.«

»Ach was?«

Das Eis war gebrochen.

Als die beiden Damen nach getaner Arbeit ins Wohnzimmer zurückkehrten, genehmigten sie sich einen Kirschlikör und die Plauderei ging für ein Weilchen so weiter. Schlussendlich raffte man sich auf. Irmgards Zeitplan war eng gestrickt.

*

Die improvisierte Sightseeing-Tour mit den Highlights Fichtelgebirgsmuseum, Felsenlabyrinth und Eremitage war für Sonntag anberaumt worden. Heute Nachmittag stand sportliche Betätigung auf dem Programm. Irmgard hatte vor einer Woche von einer Kollegin im Landratsamt Wunsiedel den vermeintlichen Tipp in die Hand gedrückt bekommen:

Walk dich frei, hab Spaß dabei!
Ab sofort jeden Mittwoch um 19 Uhr
und jeden Samstag um 16 Uhr,
am Parkplatz Zeitelmoos!

Die Leitung dieser Aktion der AOK-Bayern hatte eine einundzwanzigjährige Sportstudentin übernommen. Irmgard hatte sich bei der Allgemeinen Ortskrankenkasse eingehend nach den Teilnahmemodalitäten erkundigt. Für Nichtmitglieder wurde ein Unkostenbeitrag von 50.- € für die laufende Saison erhoben. Die einmalige Teilnahme (quasi als Schnupperangebot) war selbstredend kostenlos. Irmgard hatte sich selbst und Fürchtegott verbindlich angemeldet und den Betrag ordnungsgemäß überwiesen. Betty und Egon sollten unter der Rubrik Schnupperkurs laufen.

Der Parkplatz war gut gefüllt, vornehmlich mit Mittelklassewagen in den Standardfarben dunkelblau- und silbermetallic. Während der Kommissar die Anzahl der Kursteilnehmer mit der der vorgefahrenen Limousinen verglich, stellte sich die Studentin in aller Kürze den Teilnehmern vor.

»Immer schön locker bleiben!«, trällerte sie alsdann. »Bevor es richtig losgeht, ein wenig Stretching. Das Aufwärmtraining ist die wichtigste Voraussetzung bei sportlichen Aktivitäten. Wir wollen uns doch keine Muskelzerrung holen, gell?« Ein lupenreines Lächeln folgte.

Mandy trug neongelbe Walkingschuhe, hautenge graue Leggings und ein grünes Top, auf dem, hinten wie vorn, das Logo der Krankenkasse prangte. Ein silbernes High-Tech-Multimeter zierte ihr linkes Handgelenk.

Firlefanz!, entschied Fürchtegott und beugte sich dem weiteren Fortgang der Veranstaltung.

Dass er bei Weitem der am schlechtesten gekleidete Mann in der Runde war, machte ihn fast ein wenig stolz. Sein hellblauer, ausgewaschener Jogginganzug und seine in die Jahre gekommen Turnschuhe hoben sich radikal gegen den vorherrschenden Zeitgeist ab. Irmgard musterte ihn sehr eindringlich von Kopf bis Fuß. Fürchtegott wusste genau, was und wie sie darüber dachte. *Schwamm drüber!*

Das aus knapp dreißig Personen bestehende Grüppchen machte sich daran, die vorgeführten Übungen mehr oder weniger überzeugend zu imitieren. Der Altersdurchschnitt der Damen und Herrn lag schätzungsweise bei fünfundsechzig.

»Füße in Schulterbreite aufgestellt! Beine durchdrücken! Rücken gerade! Und ...«

»Nach der langen Autofahrt und dem üppigen Essen genau das

Richtige«, frohlockte Egon und vollführte ein paar miserabel kopierte Rumpfbeugen.

»Gell!«, äffte Fürchtegott die Studentin nach, die innerhalb kürzester Zeit mühelos ein Vielfaches der geforderten Trainingseinheiten verrichtete. *Wir!* Wenn er das schon hörte. Hager hatte diese allumfassende Form der Anrede nie leiden können. Man kam sich dabei so hilflos und ausgeliefert vor. Waren sie denn ein seniler Altenclub?

»Die macht das gut«, sagte Irmgard ganz und gar auf die junge Frau fixiert.

Betty an ihrer Seite nickte stumm. Sie versuchte vergeblich mit der Freundin mitzuhalten. Ihr üppiger Busen geriet dabei in bedenkliche Unruhe.

Zwei weitere Übungen folgten. Betty und Egon hielten tapfer mit, selbst wenn ihnen die geforderte Anstrengung überdeutlich im Gesicht abzulesen war.

»Ich glaube, ich hätte nicht so viel … essen dürfen.« Egon hielt keuchend inne. »Aber es war einfach zu gut!«

»Danke, danke«, gab Irmgard zurück und lächelte selig.

Betty grinste schief. »Wir hätten die Völlerei auf später verschieben sollen.«

Fürchtegott Hager schwieg vorsichtshalber.

Nun ging es erst richtig los. Der Trupp setzte sich voller Elan in Bewegung. Zunächst folgten sie rund zweihundert Meter dem sogenannten Eisensteinweg, alsdann bogen sie linkerhand in den Torflohweg ab, der sie direkt bis an den Rand des Hochmoores führte. Es war windstill. Die Nachmittagssonne kitzelte die Spitzen der Fichten und Kiefern. Die Kühle des nahen Zeitelmoos' kam den nicht mehr ganz so jungen Athleten sehr entgegen.

»Beim Laufen auf das Abrollen der Fußsohlen achten! Und am Anfang nicht zu schnell! Jeder muss seinen eigenen Rhythmus finden, gell?«, trällerte die junge Frau an der Spitze der Gruppe.

Hager schüttelte den Kopf und verkniff sich weitere sarkastische Bemerkungen.

Ein Großteil der Teilnehmer war, in Anbetracht ihrer Fitness, reichlich overdressed. Obwohl Fürchtegott den von Irmgard dargereichten Aldi-Prospekt nur widerwillig überflogen hatte, glaubte er zu wissen, dass sich mehr als einer der Anwesenden aus dessen

Produktpalette bedient hatte. Neben den allerneuesten Modetrends waren auch unabdingbare Accessoires, vom Schrittzähler übers Blutdruckmessgerät bis hin zu edlen Karbonstöcken, vertreten. Trotz allerfeinster Ausrüstung hatten die meisten der Teilnehmer jedoch Schwierigkeiten, den an sie gestellten Anforderungen gerecht zu werden. Das Stakkato der Stockspitzen hallte wie das unrhythmische Klopfen einer ganzen Armee von Spechten durch den Wald.

»Geschmeidig, meine Damen und Herren! Und immer locker bleiben. Den Oberkörper mit in die Bewegung integrieren. Die Armmuskulatur als zusätzlichen Vorschub nutzen. SO! SO! SO! Nach hinten abdrücken. Dann den Stock loslassen. HOPP! HOPP! HOPP! Anspannung – Entspannung. Die Stöcke nicht zu weit vorne, sondern in Höhe der Fersen aufsetzen. Wir wollen ja keinen Achttausender besteigen, gell?«

Hager sog die kühlende Waldluft tief in seine Lungen. Nicht aus der Notwendigkeit heraus, sondern weil ihn die Anweisungen dieser Tussi allmählich zur Weißglut brachten.

Mannomann, geht die mir auf den Senkel!

Die anfänglichen Gespräche waren verstummt. Jeder konzentrierte sich auf diese völlig neue Art des Gehens. Zugegeben, nicht alle, denn zwei in die Jahre gekommene Möchtegernsportler in der ersten Reihe starrten unentwegt auf das verführerisch wogende Hinterteil der Kursleiterin – und wurden dafür von ihren Ehefrauen mit eindeutigen Gesten gerügt.

»Nicht verkrampfen! Locker! Locker! Locker!«

Langsam aber sicher dehnte sich der Trupp in die Länge. Mandy trabte auf der Stelle, verließ ihre Spitzenposition und wartete auf die Nachzügler, die zwar ihr individuelles Tempo gefunden zu haben glaubten, damit aber kaum mehr als einen gemächlichen Spazierschritt zur Schau stellten.

»Ein bisschen schneller, meine Damen und Herren! Wir wollen ja Erfolge sehen, gell? HOPP! HOPP! HOPP!«

Die Angesprochenen gehorchten widerstandslos mit gesenkten Blicken, zusammengekniffenen Lippen und verschwitzten Gesichtern.

Irmgard, Betty, Egon und Fürchtegott befanden sich etwa in der Mitte der Gruppe. Die Spitze wurde, ihrer Anführerin beraubt, im

Nu langsamer. Der Trupp fügte sich nach und nach wieder zusammen.

Plötzlich scherte Betty nach links aus und verschwand zwischen den Bäumen.

»Was ist, Schatz?«, rief ihr Egon hinterher.

»Ich muss mal für kleine Mädchen!«, schallte es aus dem Forst zurück.

Egon stoppte und verzog den Mund zu einem entschuldigenden Grinsen. Irmgard und Fürchtegott verlangsamten ihr Tempo. In dem Augenblick, als Mandy mit den Nachzüglern bei ihnen ankam, dröhnte ein gellender Schrei durchs Gehölz. Alle hielten den Atem an und wandten sich der Richtung zu, aus der das alarmierende Signal gekommen war.

Egons Kinnlade klappte nach unten. Alle bis dato angestaute Farbe verflüchtigte sich in Sekundenbruchteilen. »Betty?«

Er bekam keine Antwort.

»Betty! Liebes!«, rief er lauter als beabsichtigt.

Kursleiterin Mandy verließ den Weg und rannte in den Wald hinein. Der Kommissar folgte ihr. Irmgard bedachte Egon mit ratlosen Blicken. Der Rest versammelte sich in abwartender Haltung.

Mandy sprang federleicht über Wurzelstöcke und Äste. Dennoch war sie innerlich zum Bersten gespannt. Ein Unfall einer der Teilnehmer war das Letzte, was sie sich wünschte. Sie biss die Zähne zusammen, kreuzte einen schmalen Pfad, folgte ihm und fand sich bald am Rand einer Lichtung wieder.

Fürchtegott Hager stolperte hinter der jungen Frau her. Für ihn war es alles andere als leicht, den Hindernissen auszuweichen. Um ein Haar wäre er gestolpert und der Länge nach hingefallen. Im letzten Moment gelang es ihm, das Gleichgewicht zurückzugewinnen. Als er den Pfad kreuzte, ertönte ein zweiter Aufschrei.

Paralysiert registrierten die verbliebenen Mitglieder vorne am Torflohweg den erneuten Hilferuf. Keiner der Anwesenden konnte sich einen Reim darauf machen, was das zu bedeuten hatte.

Endlich erwachte Egon aus der eingetretenen Starre und machte sich mit verhaltenen Schritten auf die Suche nach seiner Frau. Irmgard folgte ihm ohne Umschweife. Der Rest schien abzuwägen, ob es sinnig war, sich anzuschließen.

Schnaubend und prustend erreichte Fürchtegott Hager den Waldrand. Ein Fußweg führte von dort mitten in einen Weiher hinein. In einigen Metern Entfernung erkannte er Betty und Mandy. Stocksteif standen sie links und rechts neben einem Bündel, das mitten auf einer kleinen Insel lag. Dahinter kauerte eine Gestalt, die nur schemenhaft zu erkennen war. Fürchtegott hielt unvermittelt darauf zu.

Dem Kommissar genügte ein Blick, um zu wissen, was er vor sich hatte. Halb in dunkelgrünes Segeltuch gewickelt lag die Leiche wenig später direkt vor seinen Füßen. Ein grausiger Anblick bot sich ihm dar: Das Gesicht war kaum noch zu erkennen. Die Fratze, die ihn anstarrte, sah aus wie eine Halloweenmaske, die man mit einem Pürierstab bearbeitet hatte. Von der Stirn war fast sämtliche Haut entfernt worden. Reststücke klebten an dem freiliegenden Schädelknochen. Die Nase war fein säuberlich abgenagt worden. Das Nasenbein wies diverse Bissspuren auf; verbliebene Fleischfasern standen grau vom zersplitterten Knochen ab. Wangen und Lippen waren ebenfalls zum Großteil abgeknabbert worden. Die freiliegenden Zähne schimmerten fahl hinter fransigen Löchern hervor. Der Unterkiefer war zur Seite verschoben und zeigte ein Furcht einflößendes, diabolisches Grinsen.

Hager spürte, wie sein Magen zu rebellieren begann. Unwillkürlich sah er die verstümmelte Leiche auf dem Epprechtstein vor seinem geistigen Auge. Aber dieser neue Fund unterschied sich in einem wichtigen Punkt. Hier war so gut wie kein Blut zu erkennen. Mochte der Leichnam bereits seit längerer Zeit hier gelegen haben? Unwahrscheinlich, denn dann wäre der Körper sicher komplett skelettiert. Handelte es sich bei dem Opfer um den vermuteten Toten?

Was den Kommissar über alle Zweifel erhaben machte, war die Tatsache, dass ihm ein Auge fehlte.

Der junge Mann daneben zitterte wie Espenlaub. Als Hager ihm vorsichtig eine Hand auf die Schulter legte, zuckte er zusammen und hob scheu den Kopf. Bei seinem Gesichtsausdruck drängten sich dem Kommissar unwillkürlich drei Worte auf: Ohnmacht. Beklemmung. Fassungslosigkeit.

»Bleiben Sie bitte ganz ruhig. Ich hole sofort Hilfe.« Fürchtegott richtete kurz den Blick gen Himmel. Direkt über ihnen zog ein

Rabenvogel seine Kreise. Dem Kommissar lief es eiskalt über den Rücken.

»Was ist das hier?«, entfuhr es der jungen Studentin, nachdem sie den ersten Schock überwunden hatte. »Soll das etwa …? Ist das …?«

»Ja«, bestätigte Hager sachlich und kratzte sich am Hinterkopf.

»Fürchtegott!« Betty, leichenblass geworden, ließ alle Etikette fallen. Sie warf sich ihm ungeniert an die Schulter und ließ den Tränen freien Lauf.

»Wir … müssen sofort die … Polizei verständigen«, stammelte Mandy widerstrebend.

»Nicht nötig. Ich bin die Polizei. Oberkommissar Hager von der Kripo Hof. Das ist ein Tatort«, erläuterte Fürchtegott und zog mit der freien Hand sein Handy aus der Trainingshose. »Und Sie, Mandy, halten mir fürs Erste die Leute vom Hals – soll heißen vom See fern, gell!«

*

Die ersten Kollegen, die keine zehn Minuten später im Zeitelmoos eintrafen, waren zwei Streifenpolizisten von der Wache in Wunsiedel. Während einer der Beamten mit Feuereifer und Hingabe die einer Ohnmacht nahe Mandy tröstete (und nebenher die Walkinggruppe in Schach zu halten versuchte), inspizierte der andere den Tatort. Betty war, nachdem sie Fürchtegotts Schulter reichlich benetzt hatte, an Egon und Irmgard weitergereicht worden. Der Kommissar, zu dem Inselchen zurückgekehrt, gab sich alle Mühe, aus dem Mann neben der Leiche etwas herauszubekommen.

»Sie sind also nicht für diese Tat verantwortlich, habe ich das richtig verstanden?«

Der Mann nickte stumm. Wie paralysiert starrte er auf die verunstaltete Leiche.

»Und sie heißen?«

»Armin.«

»Und weiter?«

»Adrian.«

»Armin mit Vornamen, Adrian mit Nachnamen.«

Abermals nickte der Mann.

»Was hatten Sie hier zu suchen?«

Armin hob langsam den Kopf. Sein Gesichtsausdruck beschrieb ein in Stein gemeißeltes Bild völliger Fassungslosigkeit. »Ich wollte ... ein paar Fotos machen«, flüsterte er mit gebrochener Stimme.

»Von der Leiche?«

Armin schüttelte zum wiederholten Male den Kopf. »Vom Zeitelmoos.«

»Sie hatten also vor, das Moor zu fotografieren. Und fanden die Leiche.«

Armin Adrian zog die Stirn in tiefe Falten. »Gestern Nacht ... da waren plötzlich ...«

»Gestern Nacht?« Hager war ganz Ohr.

Der Mann vor ihm begann am ganzen Leib zu zittern. »Diese ... Mönche.«

»Mönche?« Fürchtegott Hager sah kurz einige der genannten Kuttenträger vor sich – demütig, gottergeben, der Welt gerade soweit entrückt, dass der Kontext zwischen Himmel und Erde eine sinnvolle Einheit bildete. »Was war mit diesen Mönchen?«, hakte er nach.

»Die ... Mönche ...« Armin senkte den Blick.

»Was war mit ihnen?«

Der Mann zu seinen Füßen schwieg beharrlich. Ob er nicht reden konnte oder wollte, schien ungewiss.

So komm ich nicht weiter!, dachte der Kommissar resigniert. Ich werde ihn wohl oder übel mitnehmen müssen, falls es nicht besser ist, ihn zuvor in ärztliche Behandlung zu geben.

»Stehen Sie auf – bitte!« Hager streckte ihm die Hand entgegen. »Ich helfe Ihnen. Halten Sie sich an mir fest.«

Der Mann brauchte ein Weilchen, bis er die hilfreiche Geste registrierte. Seine rechte Hand bewegte sich nur zögernd auf die des Kommissars zu.

Hager bekam eine schweißnasse Hand zu spüren. Er zog zunächst eher zögerlich, alsbald kräftiger daran. »Vorsichtig, sonst fallen Sie in den Weiher«, sagte er. »Genau so. Ich hab Sie.« Fürchtegott musste all seine Kräfte zusammennehmen, damit der Mann nicht seitlich ins Wasser kippte.

»Was tun Sie da?«, rief jemand. »Lassen Sie sofort den Mann los!«

Der Kommissar umfasste mit der freien Hand Armins Oberarm. Schwankend stand er neben ihm. Armins Kreislauf schien der Anforderung nicht länger gewachsen zu sein. Jeden Moment rechnete Hager damit, dass er vor seinen Füßen zusammenklappte. »Gut so! Gleich haben wir's geschafft.«

»Sie sollen den Mann loslassen! Sind Sie schwerhörig?«, schrie die Stimme jetzt drohend nahe.

Fürchtegott Hager scherte sich nicht darum. »Geht's?«, erkundigte er sich fürsorglich bei Armin Adrian.

»Jetzt reicht's!«, donnerte die Stimme ungehalten. »Lassen Sie den Mann los, oder ich sehe mich gezwungen, von der Schusswaffe Gebrauch zu machen.«

Der Kommissar blickte auf. Am Weg stand ein ihm unbekannter Kollege in Uniform. Er mochte um die dreißig sein, und wirkte sehr entschlossen. Seine gezogene Waffe war direkt auf ihn gerichtet.

»Bist du noch ganz bei Trost? Steck das Ding weg, aber ein bisschen dalli«, sagte Hager ruhig, aber bestimmt.

»Keinen Schritt weiter!« Die Pistole begann zu zittern.

»Schluss jetzt! Ich bin Oberkommissar Hager von der Kripo in Hof!«, schnaubte Fürchtegott gereizt.

Es schien für einen Augenblick, als wolle der Beamte die vernommenen Worte überdenken. Er musterte den vermeintlichen Vorgesetzten von Kopf bis Fuß. Dann schüttelte er den Kopf, legte ein skeptisches Grinsen auf und umspannte mit Nachdruck den Griff seiner Waffe. »Und ich bin der Polizeipräsident, höchstpersönlich«, raunte er finster.

Hager verzog die Mundwinkel. »Kruzitürken! Sag mal – «

»Stehen bleiben! Zeigen Sie mir augenblicklich Ihre Dienstmarke!«, forderte der Beamte ungestüm.

»Meine …?« Hager tastete mit der freien Hand seine Hosentasche ab. Dann sah er sich gezwungen aufzugeben, denn er hatte nur sein Handy am Parkplatz eingesteckt, die Brieftasche hingegen im Auto liegen lassen. »Die hab ich nicht bei mir«, startete er einen allerletzten Versuch. »Sie liegt im Wagen.«

»Was Sie nicht sagen.« Der Streifenpolizist grinste schief. »Also noch mal ganz von vorne. Sie lassen sofort den Mann los. Und dann heben sie ganz vorsichtig die Hände. Kapiert?«

Hager riss der Geduldsfaden. Vergleichbares war ihm in seinen dreiunddreißig Berufsjahren noch nicht untergekommen. Er kam sich vor wie in einem schlechten Film. »Du willst mir erzählen ... Also, das schlägt dem Fass den Boden aus!« Der Kommissar gab einen gequälten Laut von sich. »Ich häng dir eine Fachaufsichtsbeschwerde an den Hals, an der du deiner Lebtage herumknabbern wirst!«

Der Polizist räusperte sich kurz. »Ich sag's zum letzten Mal.«

»Bau keinen Scheiß, Wischnewski!«, hallte es vom Waldrand zu ihnen herüber. »Der Kollege, den du mit deiner Waffe bedrohst, ist Oberkommissar Fürchtegott Hager!«

Der Kommissar blickte schräg an dem aufsässigen Kollegen vorbei und glaubte Müßiggang am Waldrand zu erblicken.

Der Polizist vor ihm ließ augenblicklich seine Waffe verschwinden und senkte den Blick. »Entschuldigen Sie, Herr Kommissar. Wie hätte ich ...?«

Hager zeigte sich versöhnlich. Fürwahr, er selbst hätte sich beim Anblick seines Spiegelbildes wohl kaum anders verhalten. »Vergessen wir das, Wischnewski«, brummte er unwirsch. »Kümmere dich um den Mann hier. Wir werden ihn mitnehmen. Notiert mir Namen und Anschrift der Leute vorne am Weg. Und seht zu, dass ihr den Tatort weiträumig absperrt, verstanden?«

Der Kollege nickte untertänig und nahm Armin Adrian äußerst behutsam in Empfang.

*

Eine halbe Stunde später hatten sich die Gemüter einigermaßen beruhigt. Die beiden Streifenpolizisten waren damit beschäftigt, das in Auftrag gegebene Absperrband zwischen den Bäumen zu befestigen. Armin Adrian kauerte auf der Rückbank des Steifenwagens. Die Walkinggruppe hatte sich nach einer ersten Befragung aufgelöst. Irmgard war mit Betty und Egon nach Hause gefahren.

Alfons und seine Mannen von der Kriminaltechnik versuchten die vorhandenen Spuren zu sichern. Auf dem federnd feuchten Untergrund stellte sich dies alles andere als leicht dar.

»Da haben wir also den Besitzer des Auges«, sagte der Chef der

Spurensicherung redselig. »Sieht im Gesicht ganz schön ramponiert aus. Da hat wohl Wild kräftig zugelangt.«

»Hm ...« Fürchtegott Hager massierte sich das Kinn. »Bestimmt Raben. Die Biester sind berühmt für solche Schweinereinen.«

Alfons sah ihn von unten herauf an: »Wie meinst du das?«

»Galgenvögel«, entwich es dem Kommissar lakonisch.

Sein Gegenüber schmunzelte kurz. »Aber ansonsten scheint er auf den ersten Blick heil und unversehrt.« Er schlug den Stoff der improvisierten Bahre beiseite. Der Pullover des Toten war etwas hoch gerutscht und zeigte eine wächserne Bauchdecke. »Holla, ein nicht alltägliches Tattoo in der Form eines ...«, Alfons verdrehte den Kopf, »Schmetterlings, wenn ich mich nicht irre. Hilft dir das weiter?«

»Bestimmt. Mal sehen. Wie lange mag der Mann tot sein?«, fuhr Hager nachdenklich fort.

Alfons' Kopf wippte hin und her. »Wenigstens vierundzwanzig, höchstens achtundvierzig Stunden.«

»Das heißt mit anderen Worten, der Mann kann in der vergangenen Nacht nicht hier umgebracht worden sein.«

»Wieso?«

»Weil mir dieser Armin, also der Finder der Leiche, etwas von Mönchen erzählte, die er letzte Nacht beobachtet haben will.«

»Mönche im Zeitelmoos?« Alfons lachte glucksend. »Das ist ja mal ganz was Neues. Elfen, Feen, Kobolde, Moosweiber, die lass ich mir eingehen. Aber Mönche? Wo sollen die hergekommen sein?«

»Keine Ahnung. Mir kommt diese Äußerung auch ziemlich suspekt vor.«

»Hältst du ihn für den Täter?«, erkundigte sich Alfons beiläufig.

Hager hob die Schultern. »Ich weiß nicht – nein. Er hat hier bloß fotografiert.«

Alfons gab ein Glucksen von sich. »Was denn? Abgestorbene Bäume?«

»Er arbeitet für so ein Magazin.«

»Wenn du mich fragst, tickt der nicht ganz richtig.« Alfons verdrehte die Augen und ließ einen Finger an seiner Stirn kreisen. »Ist bestimmt einer von diesen durchgeknallten Naturschützern. So ein Freak, der für Umweltschutz über Leichen geht.«

»Das wird die Vernehmung zeigen«, sinnierte Fürchtegott Hager.

Alfons musterte sehr aufmerksam den Kommissar. Alsdann grinste er breit. »Was ich dich noch fragen wollte: Seit wann treibst du eigentlich Sport?«

Hager räusperte sich und wich der stichelnden Bemerkung mit den Worten aus: »Irmgard hat Bekannte eingeladen.«

»Ach so. Ja, dann. Jedenfalls cooles Outfit, ehrlich!«

Der Kommissar schwieg beharrlich und schickte sich an, trockenen Fußes den Waldrand zu erreichen.

VIII.

Die Flasche Weinbrand war längst leer; der Alkohol im Blut hatte sich restlos verflüchtigt. Dieses Trockenlaufen seines Verstandes behagte Georg in keiner Weise. Es erweckte Bilder in ihm, die er zu vergessen suchte. Zu allem Überfluss hatte er gestern Abend einen handfesten Streit mit Norbert vom Zaun gebrochen. Da hatte er reichlich Cognac intus und sich deshalb mutig geschlagen. Heute würde er nicht so leicht davonkommen. Norbert war auf dem Fußballplatz und pfiff irgendein Spiel der D-Jugend. Aber er würde bald nach Hause kommen und wieder Fragen stellen.

Verdammt, was musste er sich gerade jetzt um seinen Vater kümmern? Jahrelang war es ihm scheißegal gewesen, was er tat oder nicht tat, ob er sich gut fühlte oder schlecht, was für Probleme er hatte und wen er vermisste. Er hatte ihm gegenüber gerade so getan, als sei nicht nur seine Mutter gestorben, sondern er gleich mit. Georg wusste, dass er ihm die Schuld an ihrem Tod gab. Aber was in aller Welt hätte er tun sollen? Brunhilde musste ihr ganzes Leben lang mit sanfter Gewalt zum Arzt geschleift werden. Die wenigen Besuche vermochte er an einer Hand abzuzählen. Wirklich ernsthaft krank war sie nie gewesen. Der Sturz vom Heuwagen und das gebrochene Bein, als Norbert ein Kind war, stellten die einsame Spitze dar. Bis vier Wochen vor ihrem Tod hatte sie weder über Schmerzen noch über Schwäche geklagt. Ein paar Kilo abgenommen hatte sie, aber das stand ihr richtig gut, und er hatte sich absolut nichts dabei gedacht. Eines Vormittags hatte sie vor ihm mitten in der Küche gelegen und leise vor sich hin gejammert. Er hatte sofort gewusst, dass es Ernst war. Im Krankenhaus folgte die knappe Ernüchterung: Bauspeicheldrüsenkrebs im Endstadium. Ende und Aus!

Georg knirschte mit den Zähnen. »Herrgott im Himmel, warum lässt du mich nicht einfach verrecken?«, raunte er bitter.

»Vater?«

Georg blickte müde auf. Sein Sohn stand in der Tür. Hilflos und klein kam er ihm heute vor. »Ich weiß genau, dass du mir die Schuld an ihrem Tod gibst.«

»Wovon redest du?«

»Das weißt du genau.«

Norbert kam näher und setzte sich zu ihm an den schmalen Tisch. »Wie kommst du darauf?«

»Mach mir nichts vor, Norbert.« Georg legte eine Hand auf die seines Sohnes und drückte sie zärtlich.

»Verflucht noch eins!« Norbert zog sie augenblicklich zurück. »Was ist seit gestern in dich gefahren? Ich will es wissen, sofort!«

»Ich habe nichts mehr zu trinken«, antwortete er leise.

»Ach ja?«, brüllte Norbert los. »Ist das dein einziges Problem? Gut, meinetwegen! Was brauchst du? Cognac, Rum, Whisky? Soll es billiger Fusel sein oder bist du mittlerweile auf den guten Geschmack gekommen? Von mir aus sauf dich doch kaputt! Mein Gott, wie mich das anekelt. Hast du in letzter Zeit mal in den Spiegel gesehen?«

»Ich bin nicht eitel«, sagte Georg ruhig und faltete seine zittrigen Hände.

»VATER!« Norbert hieb mit der Faust auf die Tischplatte.

Georg zuckte unwillkürlich zusammen. »Du willst mich schlagen?«, rief er mit gebrochener Stimme. »Deinen eigenen Vater? Ist es das, was du willst? Hier, bitte!« Georg hielt ihm die linke und die rechte Wange entgegen. »Schlag nur zu. Bestimmt hab ich das verdient, auch wenn es für einen Vater verdammt bitter ist, von seinem eigenen Sohn für die Verfehlungen des Lebens zur Rechenschaft gezogen zu werden.«

Norbert kehrte ihm den Rücken zu und starrte aus dem Fenster. Wie viele Jahre war es her, dass sie miteinander geredet hatten? Zu lange waren sie sich und dem, was unausgesprochen war, aus dem Weg gegangen. Das Maß war voll – übervoll. Der Anlass spielte längst keine Rolle mehr, der Druck musste weichen, so oder so.

»Da fällt dir nichts mehr ein, wie?«, vermutete Georg herabwürdigend.

»Das ist lächerlich«, schnaubte Norbert und verschränkte die Arme vor der Brust.

»O ja, du hast einen lächerlichen Vater – einen dummen, alten, lebensmüden Vater.«

Norbert sog hörbar Luft in seine Lungen. »Was soll das?«

»Weißt du, wie sie mich überall nennen? Weißt du es, hä? Old Woody nennen sie deinen Vater. Ist das nicht lächerlich?« Georg lachte schmerzlich.

»Verdammt noch mal!« Norbert fuhr herum. »Seit wann interessiert es dich, was andere Leute denken? Du hast dich ein Leben lang einen Dreck darum geschert. Und nun sitzt du vor mir wie ein Häufchen Elend und zerfließt in Selbstmitleid. Mir ist es scheißegal, was andere von meinem Vater halten, aber mir wäre es lieb gewesen, wenn er sich einmal um seine Familie gekümmert hätte.«

»Das ist gemein und ungerecht!«, rief Georg mit ersten Tränen in den Augen. »Und das weißt du sehr wohl. Wer hat denn all die Jahre hinweg für dich und deine Mutter gesorgt? Wer ist tagein, tagaus in die Arbeit gelaufen, damit wir über die Runden kamen? Und das da? Sieh es dir ruhig an.« Georg wies mit der ausgestreckten Hand zu den endlosen Holzstößen vor dem Fenster. »Wer sorgt dafür, dass ihr es im Winter schön warm habt?«

»Keiner hat dich darum gebeten«, antwortete Norbert kühl. »Es ist deine Sache, nicht unsere.«

»Aber die Ersparnis nehmt ihr gerne in Kauf, oder etwa nicht?«, brüllte Georg.

»Verflucht! In einer Familie geht es um mehr als ums bloße Überleben. Es geht darum, sich sicher und geborgen zu fühlen. Da draußen ist die böse weite Welt, aber da drin«, Norbert klopfte sich mit der Faust an die Brust, »sollte ein Herz schlagen, das weiß, wo es hingehört.«

»Wer von euch hat sich denn je wirklich für mich interessiert? Du ganz bestimmt nicht.«

»Schluss jetzt, Vater!«, schrie Norbert. »Ich bin nicht gekommen, um mit dir über Dinge zu streiten, die vorbei und vergessen sind. Das ist sinnlos.«

»Vorbei sind sie, ja«, konterte Georg, »aber wie es aussieht längst nicht vergessen.«

»Schluss damit«, beharrte sein Sohn. »Ich will wissen, was mit dir los ist? Heute, hier und jetzt!«

»Du willst tatsächlich an dem Leben deines nichtsnutzigen Vaters teilhaben? Schön!« Georg sah seinem Sohn standhaft in die Augen, und Norbert blickte ebenso ungebeugt zurück. Es war ein Kräftemessen, ein Zweikampf. Während Norbert fieberhaft überlegte, wie er seinen Vater endlich zum Reden bringen konnte, nahm in Georgs klarem Gehirn eine spontane Idee Gestalt an. *Er will sich sorgen? Bitteschön, das kann er haben!* »Hast du heute Abend schon etwas vor?«, fragte er seinen Sohn frei von der Leber weg.

Norbert zog die Stirn in Falten. Er hatte mit vielem gerechnet, nur nicht damit, derart offensichtlich vertröstet zu werden. »Wieso?«

»Weil wir, sobald es dämmert, dem Zeitelmoos einen Besuch abstatten werden. Nur du und ich. Vater und Sohn.«

Norbert wirkte einigermaßen perplex. »Das ist jetzt ein Scherz, nicht?«

»Leider nein«, beharrte Georg mit ernster Miene. »Und ich würde dir raten, eine Flasche Schnaps mitzunehmen.«

IX.

Hager saß am Tisch im Verhörraum und rückte das Mikrofon des Rekorders zurecht. Nur kurz hatte er daheim vorbeigeschaut, sich für seine Unpässlichkeit entschuldigt und war gleich anschließend zur Polizeiinspektion gefahren. Gott sei Dank war ihm keiner seiner Bereitschaftskollegen im Flur oder im Treppenhaus über den Weg gelaufen. In seinem Aufzug hätte er damit nichts als dumme Kommentare provoziert. Es reichte völlig, dass der diensthabende Beamte die ungewohnte Erscheinung Hagers mit ungläubigen Blicken bedachte.

Ihm gegenüber saß Armin Adrian, noch immer ein Häufchen Elend, obwohl ihm zuvor im Klinikum eine entsprechende Dosis Beruhigungsmittel verabreicht worden war. Der Kommissar drückte die Aufnahmetaste, studierte seinen Personalausweis vor sich auf der Tischplatte und faltete die Hände. »Wird es gehen? Ich meine, wenn Sie wollen, können wir die Vernehmung auch auf morgen verschieben.«

»Nicht nötig«, murmelte sein Gegenüber.

»Gut. Sie heißen Armin Adrian, geboren am 19. Januar 1981 in … Marktredwitz?«

»Meine Mutter wohnt bis heute im Fichtelgebirge, aber ich habe seit Jahren keinen Kontakt zu ihr.« Seine Stimme klang jetzt auffallend klar und deutlich.

»Warum haben Sie die Verbindung abgebrochen?«

»Eigentlich möchte ich nur ungern darüber reden. Wollen Sie das wirklich hören?«

»Später vielleicht«, sagte Fürchtegott Hager. »Was machen Sie beruflich?«

Armin blickte dem Kommissar kurz in die Augen. »Ich habe Journalistik studiert. Seit vier Jahren lebe ich als freischaffender Künstler. Mein Spezialgebiet sind Fotoreportagen über Naturparks und Naturschutzgebiete«, kam prompt die Antwort.

»Und davon kann man leben?«, bohrte Hager nach.

»Mehr schlecht als recht«, gestand Armin.

»Sie sind wohnhaft in Kempten, Herrmann-Löns-Straße 38.«

Armin Adrian nickte.

Fürchtegott legte den Ausweis beiseite. »Sie sind in Ihre Heimat zurückgekommen, weil Sie einen Auftrag angenommen haben?«

Armin knetete nun an seinen Fingern herum. »Ich habe mich bestimmt nicht darum gerissen«, antwortete er düster.

»Wegen der Nähe zu Ihrer Mutter?«, mutmaßte Fürchtegott.

»Ja und nein«, sagte Armin knapp. »Es reißt alte Wunden auf, von denen ich glaubte, dass sie längst verheilt seien.«

Hager bemerkte den Kummer in seinen Worten. »Lassen wir das vorerst außen vor. Wo wohnen Sie während ihres Auftrags?«

»In einem abgehalfterten Wohnwagen, mitten im Zeitelmoos.« Armin gab ein Glucksen von sich. »Heutzutage müssen alle sparen, und ich kann mir meine Auftraggeber nicht aussuchen. Außerdem bin ich unmittelbar vor Ort, kann auf jede Stimmung sofort reagieren. Selbst wenn heutzutage alles am Computer nachbearbeitet wird, ist es besser, die Atmosphäre unmittelbar einzufangen. Den Himmel. Das Licht. Das Echte ist durch nichts zu ersetzen.«

Dieser Armin Adrian wirkte offen und zugänglich. Hager ertappte sich dabei, wie er den jungen Mann von der Liste der Verdächtigen zu streichen begann. »Nachvollziehbar«, konstatierte er und fuhr sich über die Stirn. »Das Zeitelmoos ist ein Moor, und nicht das einzige im Fichtelgebirge. Was ist Besonderes daran?«

»Das Zeitelmoos war bis vor wenigen Jahren ein ziemlich totes Hochmoor. Trotzdem ist es eines der größten seiner Art in ganz Nordbayern. In letzter Zeit versucht man akribisch den ursprünglichen Zustand wiederherzustellen. Stichwort Renaturierung, und siehe da, die für das Moor typischen Bewohner kehren nach und nach zurück: Sumpfblutauge oder Drachenwurz, Moorfrosch oder Schwarzstorch. Ich habe vor zwei Tagen – «

»Gestatten Sie mit die dumme Frage«, unterbrach ihn der Kommissar. »Wieso eigentlich Hochmoor? Bestimmt nicht, weil es in einem Mittelgebirge liegt, oder?«

»Nein.« Armin grinste kurz. »Der Begriff Hochmoor bezieht sich auf seine Entstehungsgeschichte. Gehen wir gedanklich 10.000 Jahre zurück: Die letzte Eiszeit neigt sich ihrem Ende zu. Das ablaufende Wasser sammelt sich vielerorts in Seen, so auch im Zeitelmoos. Dass jeder Weiher ohne Zutun des Menschen früher oder später verlandet, wissen Sie vielleicht, aber nicht aus jedem ehemaligen Teich wird gleich ein Moor. Dazu bedarf es obendrein der Voraussetzung, dass sich die im Wasser befindlichen Pflanzenreste nicht vollständig zersetzen. Die freie Wasserfläche wird so von den Rändern her beständig kleiner und kleiner, bis sie allmählich ganz verschwindet. Aus den nicht verwesten Floraresten bildete sich über viele Jahre hinweg der Torfkörper – zunächst ein Niedermoor.«

Fürchtegott Hager nickte verständig.

»Aber es geht weiter. Einem Uhrglas gleich wächst der Torfkörper über das ehemalige Niveau des Wasserspiegels hinaus. Ein Hochmoor entsteht. Da die obersten Schichten irgendwann das Grundwasser nicht mehr erreichen können, muss künftig alles, was darauf wächst, mit dem auskommen, was der Regen zu bieten hat. Niederschläge sind äußerst nährstoffarm, müssen Sie wissen. Aus diesem Grund findet sich im Zeitelmoos eine einzigartige Flora und Fauna, die perfekt an diese harten Bedingungen angepasst ist.«

Hager schien noch nicht zufrieden: »Und wieso Zeitelmoos?«

»Die Endung Moos rührt daher, dass es zumeist Torfmoose sind, die sich auf dem kargen Boden behaupten können. Diese nimmermüden Pflanzen wachsen unentwegt. Der untere Teil stirbt ab und vertorft. So wächst das Moor rund einen Millimeter pro Jahr, oder einen Meter pro Jahrtausend.«

Hager zog beeindruckt die linke Augenbraue hoch. »Donnerwetter, das hätte ich nicht gedacht.«

»Der Begriff *Zeitel* erinnert an die einstige Wildbienenwirtschaft. Die Imker von heute bezeichnete man früher als Zeidler. Sie betrieben im Mittelalter die nach strenger Ordnung geregelte Zeidelweide. Tja, Honig und Wachs stellten damals bei Weitem einen höheren Stellenwert als heute dar.«

»Überaus interessant«, sagte Hager. »Sie haben sich auf Ihren Einsatz sehr gut vorbereitet.«

Armin grinste müde. »Das gehört zum Geschäft.«

»Sie hatten also vor, das Zeitelmoos bei Nacht zu fotografieren«, nahm Fürchtegott Hager den verloren gegangenen Faden wieder auf. »Geht das denn? Ich meine, sieht man auf diesen Bildern überhaupt etwas?«

»Ich habe mir eine professionelle Fotoausrüstung zugelegt – so was kostet ein kleines Vermögen. Gerade Nachtaufnahmen benötigen ein ausgefeiltes Equipment. Kunstlicht findet im Makrobereich durchaus Verwendung, aber es muss so eingesetzt werden, dass der Kontext zur Peripherie nicht verloren geht. Bei Weitwinkelaufnahmen arbeite ich hauptsächlich mit Stativ, lichtstarker Optik und langen Belichtungszeiten. Wissen Sie, mein Verlag erwartet Bilder, wie sie noch keiner gesehen hat. Die Zeiten, in denen man mit einer analogen Spiegelreflexkamera und scharfen Aufnahmen Geld verdienen konnte, sind lange vorbei. Ich war auf der Suche nach einem zweckdienlichen Motiv.«

»Wie hätte das Ihrer Meinung nach aussehen müssen?«, warf Hager neugierig geworden ein.

»Was weiß ich?« Armin zuckte mit den Schultern. »Eine Schleiereule auf der Jagd, ein stimmungsvolles Panorama im Mondschein, was auch immer. Leider schien in dieser Nacht weder der Mond noch sind mir Eulen vor die Lise gekommen.«

»Verstehe ...« Fürchtegott Hager wechselte die Sitzposition. »Wie sind Sie überhaupt dazu gekommen, als Journalist Naturfotograf zu werden?«

Armin legte erneut ein dünnes Lächeln auf. »Die Natur ist unsere Wiege, unsere Heimat. Als die tierischen Vorfahren des Menschen sich aufmachten, den Wald zu verlassen und die Steppe zu erobern, waren wir ein Teil der Wildnis. Wir gehörten dazu. Heute kann sich das keiner mehr vorstellen. Die letzten Brücken sind längst abgerissen. Deshalb empfinden wir die Natur nicht als Freund, sondern als Feind, den es nach allen Regeln der Kunst zu bekämpfen gilt. Wenn Sie jemals einem Wolf oder einem Bären in freier Wildbahn begegnet sind, wissen Sie, von was ich rede. Aber die Natur ist gerecht zu ihren Bewohnern. Ein wildes Tier mag Ihnen noch so gefährlich und unberechenbar erscheinen, in Wahrheit ist es ehrlich und aufrichtig – zu sich selbst wie zu allen andern. Vor allem aber wird es sie nicht arglistig täuschen. Es ist diese besondere Beseeltheit der Natur, die mich in ihren Bann gezogen hat.«

»Verzeihen Sie mir, wenn ich das sage, aber Tiere täuschen sehr wohl«, widersprach ihm der Kommissar. »Katzen schleichen sich heimlich an ihre Beute an, Käfer stellen sich tot, wenn Sie sie anfassen, harmlose Fliegen sehen aus wie Wespen. Gibt es nicht Hunderte von Beispielen?«

Armin lachte zaghaft. »Es sind angeborene Verhaltensweisen. Kein Tier kann sich dagegen zur Wehr setzen. Trotzdem werden sie Ihnen niemals ein beabsichtigtes oder gar im Voraus geplantes Verhalten zeigen, obschon man in den letzten Jahren die Intelligenzleistung von Tieren Schritt um Schritt nach oben korrigieren musste. Und wie das mit der Mimikry im Detail funktioniert, weiß keiner zu sagen. Das ist Selbstschutz durch Anpassung, keine

Arglist aus Boshaftigkeit. Die Gier des Menschen ist im Tierreich gänzlich unbekannt. Jedes nimmt sich nur so viel, wie es zum Überleben benötigt. Nur der Mensch kennt keine Grenzen. Er ist das einzige Lebewesen auf diesem Planeten, das seine Unzufriedenheit und Unzulänglichkeit durch ein Mehr und immer Mehr zu kompensieren sucht.«

Hager nickte verständig; ein Lächeln huschte über seine Lippen. Dieser junge Mann erinnerte ihn plötzlich an Martin. In gewisser Weise waren die beiden sich sehr ähnlich, und doch grundverschieden. Der Kommissar überlegte eine Weile. Dann hatte er die Antwort gefunden. Was die beiden verband, war die Hingabe für das, was sie taten, war die gralhafte Suche nach den großen Fragen und Antworten, das Aufspüren der letzten Geheimnisse und die Liebe zum Leben. Armin schien ihm in dieser Hinsicht jedoch bedeutend distanzierter, verdrießlicher, eher pessimistisch eingestellt zu sein. Martin akzeptierte und liebte die Welt, wie sie war. Hatte sein Gegenüber dies jemals getan? Und wenn ja, was war der Grund, sich davon abzuwenden? Fürchtegott dachte nach. Er wollte es auf einen Versuch ankommen lassen: »Sie lieben die Natur und verachten den Menschen. Habe ich Sie da richtig verstanden?«

Armin wirkte verlegen. »Verachtung würde ich es nicht nennen«, gab er zögernd Antwort.

»Wie würden Sie es dann beschreiben?«, bohrte Hager weiter.

Armin atmete aus. »Ich bin zu oft enttäuscht worden. Das hat mich bewogen, die Natur zu lieben und der Menschheit ein Stück weit den Rücken zu kehren.«

»Machen Sie Ihre Mutter dafür verantwortlich?«

»Meine Mutter?« Nachdenklich schüttelte Armin den Kopf. »Nein. Aber sagen Sie mir, welchen Grund Sie haben, an das Gute im Menschen zu glauben?«

»Hm ...« Der Kommissar wechselte das Thema. Ein derartiger Disput schien ihm für den Augenblick fehl am Platze. »Sie wollten vergangene Nacht also partout das Foto Ihres Lebens schießen.«

»Das ist das Mindeste, was man von mir erwartet.«

»Aber es kam etwas dazwischen.« Der Kommissar fixierte die Person gegenüber jetzt sehr eindringlich.

»Ja ...« Armin schluckte. »Ich sah diese ... seltsamen Mönche.

Drei an der Zahl. Sie trugen etwas zwischen sich, aber ich konnte zunächst nicht genau erkennen, was es war.«

»Sie bleiben also dabei: Mönche! Und wo kamen die Ihrer Meinung nach her?«

»Sie waren plötzlich aufgetaucht.«

»Und erst nach einer Weile ging Ihnen auf, was sie zwischen sich trugen?«

»Ja doch!« Armin Adrian hob den Kopf und blickte dem Kommissar beschwörend in die Augen. »Es war beinahe stockfinster. Selbst mein lichtstärkstes Objektiv vermochte daran wenig zu ändern. Und doch genügte es, um erkennen zu können, dass es ein Leichnam auf einer Art Bahre war. Diese Mönche, oder wer auch immer sie waren, wollten ihr Opfer verschwinden lassen.«

»Mitten im Zeitelmoos?«

»Es gibt zahllose Orte, an denen man Leichen spurlos verschwinden lassen kann«, gab Armin überzeugend von sich. »Wer jahrein, jahraus in der freien Natur herumschweift, entdeckt solche Plätze zuhauf.«

Hager sah kurz die zerbrechlichen Gebeine vergilbter Moorleichen vor sich. »Das mag fürwahr in früheren Zeiten so gewesen sein. Aber woher nehmen Sie die Gewissheit, dass das im einundzwanzigsten Jahrhundert noch immer gilt?«

»Das steht für mich außer Frage! Was sollten diese Typen sonst mitten in der Nacht mit einer Leiche im Schlepptau im Moor verloren haben?«

»Geht das denn überhaupt? Sie sagten, man sei dabei, das Moor in seinen ursprünglichen Zustand zurück zu versetzen. Ein ausgewachsener Mann ist ein ziemlich großer Brocken. Wie und an welcher Stelle hätten sie die Leiche verschwinden lassen können?«

»Was weiß ich? Eben in einem der zahlreichen Tümpel.«

»Na gut. Nehmen wir also an, die Mönche wollten den Leichnam auf Nimmerwiedersehen verschwinden lassen. Was hat sie davon abgehalten?«

Armin blickte Hager fragend an. »Was sie davon ...? Na, sie haben mich entdeckt!«

Der Kommissar lehnte sich auf seinem Stuhl zurück. »Warum? Standen Sie ihnen mitten im Weg?«

»Nein, natürlich nicht. Ich hatte mich am Waldrand in Position gebracht und musste niesen.«

»Niesen! Soso!«

»Ich habe mir eine leichte Erkältung eingefangen.« Armin schniefte demonstrativ.

Hager wog den Wahrheitsgehalt seiner Worte ab. »Verstehe. Was geschah weiter?«

»Nicht viel. Die Mönche haben mich entdeckt. Ich glaube, sie haben sich kurz beraten und sind den Weg zurückgeeilt.«

»Sie meinen, sie sind geflohen? Einfach so?«, sagte Hager ruhig.

Armin richtete sich unerwartet in seinem Stuhl auf und ließ beide Fäuste hart auf die Tischplatte knallen. »Verdammt, ich habe keine Ahnung, ob sie fliehen wollten! Ich hatte eine Scheißangst! Ich raffte meine Sachen zusammen und machte mich so schnell es ging aus dem Staub. Ich hatte nicht vor, herauszufinden, was sie tun würden. Ich habe mich für den Rest der Nacht in meinem Wohnwagen verbarrikadiert und mich bewusstlos gesoffen.«

Fürchtegott Hager wirkte skeptisch. »Mit anderen Worten: Sie wissen nicht, wohin die Mönche verschwunden sind?«

»Selbstverständlich nicht! Sie sind gleich, nachdem sie mich bemerkt hatten, zurück in den Wald geeilt. Ich hatte weiß Gott keine Lust, ihnen zu folgen.«

Hager hob die Augenbrauen. »Und die Leiche samt Bahre ließen sie einfach so liegen?« Der Kommissar stützte die Ellenbogen auf die Tischplatte. Der Zweifel obsiegte. »Verzeihen Sie mir, wenn ich das so offen sage, aber Ihre Geschichte klingt über weite Teile hinweg ziemlich unglaubwürdig.«

Armin ließ ein spitzes Lachen hören. »Das kann ich sehr gut nachvollziehen. Mein Erlebnis klingt in der Tat reichlich aus der Luft gegriffen. Aber glauben Sie mir, haargenau so und nicht anders hat es sich zugetragen.« Er blickte dem Kommissar wiederum offen in die Augen. »Sie glauben mir kein Wort, stimmt's?«

Hager suchte in seinem Gegenüber nach List und Tücke. Die jahrelange Arbeit bei der Polizei hatte seine Sinne geschärft. Selbst die geringste Mimik, die kleinste ungewollte Regung entging kaum seiner Aufmerksamkeit. Wenn es zudem stimmte, dass das Opfer nicht in besagter Nacht, sondern bereits am Donnerstag umgebracht worden war, sprach einiges für Armins absonderliche Version. Der Kommissar beobachtete, registrierte, ließ sich bewusst Zeit, um sein Gegenüber aus der Reserve zu locken. Er fand nicht die Spur von Unaufrichtigkeit, nicht den Schatten einer Lüge. Zudem hätte sich niemand eine derart verworrene Geschichte ausgedacht, wenn er den Verdacht von sich ablenken wollte – ein studierter Journalist schon gar nicht.

»Ist Ihnen zuvor etwas Ungewöhnliches aufgefallen?«

Armin überlegte eine Weile, schüttelte aber den Kopf. »Nein. Nicht dass ich wüsste.«

»Und am Donnerstag?«

»Auch nicht.«

»Gut. Falls Ihnen doch irgendetwas einfallen sollte, können Sie es mich jederzeit wissen lassen.«

»Und wie geht es nun weiter?«, erkundigte sich Armin Adrian.

Hager überlegte. »Was Sie sagen, klingt fantastisch, unglaubwürdig, so bizarr, dass ich mir noch kein Urteil darüber bilden kann.«

»Verstehe.«

Fürchtgott Hager senkte den Blick: »Ich werde natürlich Ihre Aussage überprüfen müssen.«

Armin zog die Stirn in Falten. »Und wie wollen Sie das anstellen?«

»Sie haben doch Fotos gemacht, oder?«

»Auf denen fast nichts zu erkennen ist.«

»Unsere Techniker werden sich Mühe geben«, versprach Hager.

»Meinetwegen. Tun Sie, was Sie nicht lassen können.« Armin wirkte mehr als gleichgültig dieser Tatsache gegenüber. »Eine Bitte hätte ich aber: Könnten Sie meine Mutter aus dem Spiel lassen?«

»Ich werde sehen, was sich machen lässt. Versprechen kann ich es nicht«, gestand der Kommissar.

Armins Gesicht hellte sich auf. »Danke.«

»Freuen Sie sich nicht zu früh. Ich fürchte, ich werde Sie die Nacht über hier behalten müssen.«

Sein Gegenüber zuckte mit den Schultern. »Wissen Sie, unbequemer als in meinem Wohnwagen kann es in einer Ihrer Zellen auch nicht sein.«

*

Fürchtegott Hager machte sich auf den Nachhauseweg. Heute gab es nichts mehr zu tun. Der Leichnam war in die Pathologie geliefert worden, der Bericht würde wohl frühestens am Montag bei ihm eintrudeln, die ausgewerteten Fotos von der Speicherkarte aus Armins Fotoapparat ebenso.

Irmgard, Betty und Egon saßen im Wohnzimmer und unterhielten sich lustlos über Belanglosigkeiten. Der grausige Fund am Nachmittag schien alle reichlich mitgenommen zu haben. Der Kommissar gesellte sich zu ihnen, ohne den verschwitzten Trainingsanzug gewechselt zu haben.

»Tja, mein lieber Fürchtegott«, begann Egon gedämpft, »die aufsehenerregenden Fälle mehren sich auch in der Provinz.«

Hager verspürte nicht die geringste Lust, den neuen Mord als Grundlage für ihre Unterhaltung zu verwenden, zudem es außer offenen Fragen nicht den Hauch eines Motivs, geschweige denn den Namen des Opfers gab. In dieser Hinsicht hielt er sich penibel an die Dienstvorschriften. »Es geht schneller als ich gedacht habe«, war alles, was er zu dieser leidigen Angelegenheit zu sagen hatte.

»Verstehe«, sagte Egon und zwinkerte ihm wissend zu. »Wir wollen bestimmt nicht, dass streng geheime Details ausgeplaudert werden, was?«

Irmgard spitzte die Lippen. »Mein Mann wird diesen Fall im Handumdrehen gelöst haben.«

»Wir werden sehen«, sagte der Kommissar kurz angebunden.

»Er ist Profi auf seinem Gebiet, auch wenn man es ihm auf den ersten Blick kaum ansieht«, fügte Irmgard hinzu.

Fürchtegott verstand diesen Seitenhieb als Aufforderung, den geliebten Jogginganzug gegen eine entspreche Abendgarderobe einzutauschen. Schwerfällig erhob er sich aus dem Sessel und trottete ins Schlafzimmer. Dort lagen auf seiner Bettseite die Kleidungsstücke parat, die er bereits zum Essen getragen hatte. Viel lieber wäre er in seinen Schlafanzug geschlüpft.

»Gerade haben wir darüber gesprochen. Hörst du, Fürchtegott?«, sagte seine bessere Hälfte, als er sich anschickte, das Schlafzimmer zu verlassen.

Der Kommissar blieb auf der Türschwelle stehen. »Worüber?«

»Betty und ich haben heute jemanden kennengelernt – also, nachdem das da geschah. Alle waren ganz aus dem Häuschen, das ist ja sonnenklar. Sie heißt Jakoba und hat einen Strickladen in Röslau. Wollikate für Wollmäuse heißt er. Klingt das nicht süß? Und für ihre Siebzig ist sie ausgesprochen fit – körperlich und geistig. Sie fand das auch ganz schrecklich. Jakoba hat gesagt, Stricken sei das rechte Mittel, um sich in der heutigen Zeit zu entspannen. Sie hat uns beide eingeladen, ihren Laden zu besuchen. Leider ist Betty ja am Montag nicht mehr hier, aber ich werde ihr eine schöne Wolle aussuchen und sie ihr nachschicken. Gleich nach der Arbeit fahr ich vorbei. Ich bin schon wahnsinnig neugierig. Mein Gott, wie viele Jahre habe ich nichts mehr gestrickt ...«

Bevor Fürchtegott in seinem Wohnzimmersessel Platz nahm, warf er einen Blick auf seine Mühle Sport. »Dann werde ich uns mal eine Platte auflegen, was?«

»Wenn es unbedingt sein muss. Aber leise«, merkte Irmgard an. »Wir wollen uns schließlich unterhalten.«

Hager nickte ergeben. Für ihn persönlich war der Abend sowieso gelaufen.

Es war kurz vor zweiundzwanzig Uhr als der Pick-up hinter Vierst geräuschvoll in den schweigenden Forst polterte. Georg saß stocksteif auf der Sitzbank und stierte in den Lichtkegel der Fahrzeuglampen. Ihm war ganz und gar elend zumute. Nicht einen Blick wagte er zu dem Fahrer an seiner Seite, der, wie er, mit starrem Blick, jedoch weitaus konzentrierter, dem Straßenverlauf folgte. Was er am Nachmittag gesagt und versprochen hatte, schien nun weit weniger überzeugend wie gescheit zu sein. Er hatte Norbert doch nur reizen, ihm einen Brocken hinwerfen wollen, damit er endlich Ruhe gab und nicht länger auf alten Kamellen herumritt. Doch sein Sohn hatte wider Erwarten den Ball zurückgeworfen, hatte zugesagt und ihm damit nicht nur eine wichtige Entscheidung abgenommen, sondern ihr angekratztes Verhältnis darüber hinaus einem unnötigen Belastungstest unterworfen.

Er wagte erst gar nicht sich auszumalen, was aus ihm werden würde, sollte dieser Test negativ verlaufen. Geheimnisse waren dazu da, verborgen zu bleiben, Schwierigkeiten wie Konsequenzen zu vermeiden. Was er sich mit seinen unbedachten Worten eingebrockt hatte, würde in Kürze den Lauf seines Lebens in ungeahnter Weise beeinflussen.

Bis kurz vor der Abfahrt waren sie sich tunlichst aus dem Weg gegangen. Norbert hatte dringende Arbeiten an seinem in die Jahre gekommenen Wagen vorgeschützt, Georg hinter dem Haus einen Ster Brennholz gehackt.

Der Pick-up stoppte hart an der Einmündung zum Eisensteinweg. Angriffslustig knurrte der Motor. Im Lichtkegel wurden watteweiße Nebelschwaden sichtbar, die träge durch den dunklen Forst waberten.

Georg wurde kurz nach vorne gegen die Konsole gedrückt. »Autsch.«

»Wohin?« Norbert hielt das Lenkrad fest mit beiden Händen umklammert, stierte in den Nebel und wartete auf die Anweisung seines Vaters.

»Rechts«, sagte Georg kleinlaut.

Norbert wirbelte das Steuer herum. Die Reifen zerwühlten den lockeren Split. Georg hielt sich verkrampft am Türgriff fest. Weiter ging die Fahrt durch die Nacht.

Norbert biss die Zähne zusammen und schüttelte unmerklich den Kopf. Der Herrgott mochte wissen, was sein Vater mit diesem nächtlichen Ausflug zu bezwecken gedachte. Er selbst hielt die ganze Sache für ausgemachten Blödsinn. Was um alles in der Welt wollte er ihm zeigen? Und wozu musste es finster sein? Seit seine Mutter gestorben war, kam er ihm bisweilen seltsam und verschroben vor. Was er zunächst für eine Marotte gehalten hatte, stellte sich nunmehr als psychische Abnormität dar, die förmlich nach Behandlung schrie. Gleich morgen würde er bei einer dieser Beratungsstellen anrufen und sich nach dem Procedere erkundigen. Nie und nimmer würde sich sein Vater freiwillig auf seinen Geisteszustand hin untersuchen lassen. Abermals schüttelte Norbert den Kopf und knabberte auf seinen Lippen herum.

»Langsam«, meldete sich sein Vater zu Wort. »Da vorne müssen wir rechts ab.«

Sie verließen den Eisensteinweg und bogen in den Torflohweg ein. Georg lotste seinen Sohn durch die beunruhigende Nacht. Nach kurzer Wegstrecke erschienen die Umrisse eines winzigen Caravans im Scheinwerferlicht.

»Was ist denn das?«, entfuhr es Norbert missmutig. »Wird jetzt schon mitten im Wald campiert? Oder ist das einer von Försters mobilen Schießständen?«

Georg räusperte sich. »Soll irgend so ein Fotograf sein.«

»Fotograf?«

»Halt, da müssen wir links!«

Der Wagen wurde erneut hart abgebremst. Langsam ging es einen schmalen, verwachsenen Weg entlang, der nach gut hundert Metern in einem Fußweg endete, dem das Auto nicht folgen konnte. Der Motor verstummte, das Licht ging aus.

Norbert kramte eine Taschenlampe hervor und öffnete die Fahrertür. Georg machte keine Anstalten, den Wagen zu verlassen. Ein letztes Mal schien er über Sinn und Zweck dieser Aktion nachzugrübeln.

»Hast du kalte Füße bekommen?«

Die spöttischen Worte seines Sohnes trieben ihn vorwärts.

»Natürlich nicht!« Georg öffnete die Tür und ließ sich vom Sitz gleiten. Kalt und klamm schwappte ihm die Nebelsuppe entgegen.

»Und nun?«, wollte Norbert wissen und zog den Kragen seiner Jacke höher.

»Hier entlang«, sagte Georg, und der Schein von Norberts Lampe beleuchtete fahl den vor ihnen liegenden Pfad. Zur Umkehr war es längst zu spät. Jetzt hieß es standhaft bleiben, sich keine Schwäche anmerken lassen. Wenn er die nächsten Minuten heil überstehen wollte, musste er jedwede Gewissensbisse herunterschlucken, die Fakten für sich sprechen lassen und den Überraschungsmoment ausnutzen.

Bald nach links, bald nach rechts wand sich der enge Weg, bis sie unvermittelt an einem Einschlag anlangten, der, wie mit dem Lineal gezogen, den Bestand zerteilte. An seinen Rändern türmten sich, gespenstisch und sehr unheimlich im Licht der trüben Taschenlampe, Wurzelstöcke und allerlei Astwerk. Der Nebel schien jetzt direkt aus dem aufgewühlten Boden zu quellen. Es roch nach fauliger Erde und Morast. Die Unterwelt schien ihre Tore geöffnet zu haben.

»Hier wird ein neuer Weg gebaut«, wusste Norbert zu berichten.

»Ganz recht«, bestätigte Georg. Er verließ den Pfad und kraxelte vorsichtig über den unebenen Untergrund. »Wie du siehst, ist der Bestand zu beiden Seiten sehr alt und kann geerntet werden.« Er kletterte noch ein paar Meter weiter.

Alsdann bat Georg Norbert die Lampe auf eine Mulde im Boden zu richten. Der hatte nicht die leiseste Ahnung, was ihn erwartete. Der Strahl der Lampe wanderte über den Boden, verharrte über der Vertiefung, aus der ein Rest weißlichen Dunsts quoll, und offenbarte schlussendlich sein düsteres Geheimnis.

»Aber ...« Norberts Stimme versagte, als er sah, was sich darin befand. Abwechselnd starrte er von seinem Vater zu dem vor ihnen am Boden liegenden Monstrositäten. »Aber das ... das sind ... Knochen ...«

»Sehr richtig«, sagte Georg jetzt völlig ruhig geworden. »Knochen von einem Menschen.«

»Von einem ...?«

»Menschen, jawohl.« Georg suchte den Blick seines Sohnes. »Ich hoffe, du hast den Schnaps nicht vergessen!«

XI.

Am Sonntag gegen zehn Uhr saßen alle schweigend am Esstisch und rührten, in Gedanken versunken, in ihren Kaffeetassen herum. Obwohl sich Irmgard wirklich die allergrößte Mühe gegeben hatte, ein königliches Frühstück zu kredenzen, verspürte keiner der Anwesenden den hierfür notwendigen Appetit. Egon kämpfte sich mit einem weich gekochten Ei ab, während Betty ihr Nusshörnchen zu immer kleineren Teilen zerbröselte. Fürchtegott beobachtete diese Prozedur mit Genugtuung. Er nippte hin und wieder an seiner Tasse und warf seiner Frau augenfällige Blicke zu. Irmgard zog es vor, so zu tun, als bemerkte sie es nicht.

Niemand hatte in der vergangenen Nacht wirklich gut geschlafen. Bis kurz nach dreiundzwanzig Uhr hatten sie zusammengesessen. Die Frauen hatten lustlos ihre Kurerlebnisse aufgefrischt, die Männer die kurzen Sprechpausen genutzt, um die Probleme unserer Welt anzureißen. Die erlesene Musik im Hintergrund nahm außer Fürchtegott niemand wahr. Alles in allem ein unbefriedigender Abend.

Betty war im Schlaf von Alpträumen heimgesucht worden. Egon hatte sie zu trösten versucht. Alle halbe Stunde war sie hochgeschreckt und hatte in seinen Armen doppelt so lange gebraucht, um wieder halbwegs zur Ruhe zu kommen.

Irmgard hatte kurz vor dem Zubettgehen einen Migräneanfall bekommen, nach Einnahme zweier chemischer Keulen die Vorhänge zugezogen und das Licht gelöscht. Fürchtegott hatten ihre Sticheleien über seine mangelnde Anteilnahme vom Schlaf abgehalten.

Mit Schrecken blickte der Kommissar dem geplanten Ausflug entgegen. Es würde, nach der allgemeinen Stimmung zu urteilen, ein Fiasko werden.

»Ehrlich gesagt hab ich mir dieses erste gemeinsame Wochenende anders vorgestellt«, sagte Irmgard schmollend und warf Fürchtegott einen wohldosierten Seitenblick zu.

»Es kommt alles so, wie es kommen muss«, meinte Egon loswerden zu müssen.

»Schrecklich, ganz schrecklich«, beteuerte Betty.

Fürchtegott Hager faltete die Hände auf der Tischplatte und blickte in die Runde. »Es tut mir aufrichtig leid, dass gerade an diesem Wochenende so etwas passieren muss.«

Egon klopfte ihm freundschaftlich auf die Schulter. »Du kannst ja nichts dafür. Beruf ist Beruf, und der deine ist wahrlich alles andere als leicht. Ich könnte das nicht.«

»Schrecklich, ganz schrecklich«, wiederholte Betty und schenkte Fürchtegott ein mitleidvolles Lächeln.

»Wenn keiner mehr zu speisen wünscht, räume ich den Tisch ab«, sagte Irmgard distinguiert und erhob sich.

»Warte, ich helfe dir«, meinte Betty, und schon wurde eifrig mit Geschirr und Besteck geklappert.

»Versuchen wir das Beste daraus zu machen«, gelobte Egon und schloss sich ihnen an.

»Bei meinem Beruf ist es von Haus aus schwer Freundschaften zu pflegen«, flüsterte der Kommissar vor sich hin. *Aber irgendwie hab ich mich längst damit abgefunden,* fügte er im Geiste hinzu.

Gegen elf erhielt er einen erlösenden Anruf. Irmgard, Betty und Egon machten sich notgedrungen allein auf den Weg.

*

Armin Adrian wollte nicht länger festgehalten werden. Hager ließ ihn mangels Tatverdacht gewähren. Eine Streife brachte ihn zurück zu seinem Wohnwagen. Die in Windeseile ausgewerteten Fotos, die Hager kurz zuvor überreicht worden waren, zeigten wenig mehr als schwarze Konturen vor einem grauen Hintergrund. Der Kommissar hatte all seine Fantasie bemühen müssen, um drei Mönche und eine Bahre wenigstens erahnen zu können. Einzig der Arm und die Hand des Opfers waren als heller Haken in all der Ungewissheit deutlich zu erkennen.

Als er gegen Mittag das Verhörzimmer betrat, kauerte eine junge Frau an dem Tisch in der Mitte des Raumes. Sie hielt ein Taschentuch in ihren Händen. Während Hager auf sie zu schritt, tupfte sie sich damit die Augen trocken und knüllte es zu einem unansehnlichen Bündel zusammen. Sie hatte ein schmales Gesicht, eine ebenmäßige Nase, einen sinnlichen Mund und blaue Augen. Die blonden, halblangen Haare unterstrichen ihre grazile Erscheinung. Morgens, um kurz nach acht, hatte sie eine Vermisstenanzeige aufgegeben. Da die Kollegen in Wunsiedel ahnten, wer damit gemeint sein könnte, hatten sie sich vorsorglich mit der Kripo in Hof in Verbindung gesetzt und die Frau in die Direktion bestellt.

Hager legte ein schmales Lächeln an den Tag und begann ohne Umschweife mit seiner Befragung: »Ihr Name ist Jutta Langer. Sie wohnen in Bad Alexandersbad, sind unverheiratet, von Beruf Krankenschwester und arbeiten in einem Altersheim vor Ort.«

Die Frau nickte stumm.

»Wie ich hörte, haben Sie heute Morgen in Wunsiedel eine Vermisstenanzeige aufgegeben.«

Die junge Frau hob scheu den Blick. Bisher hatte sie nie etwas mit der Polizei zu tun gehabt – mit der Kripo schon gar nicht. »Ja, das stimmt. Ich mach mir halt Sorgen. Thomas ist gestern nicht nach Hause gekommen.«

»Gestern?«, fragte Hager erstaunt. »Und da stellen sie bereits heute eine Vermisstenanzeige? Vor Ablauf von wenigstens vierundzwanzig Stunden können wir normalerweise – «

»Entschuldigen Sie. Thomas hat bereits am Donnerstag ein Klassentreffen besucht, in Nürnberg. Na ja, eigentlich sollte das Ehemaligentreffen erst ab Freitag stattfinden. Er sagte, dass er frühestens Samstag nach Hause kommen würde. Solche Feiern dauern ja immer länger als man denkt, und er hat gesagt, dass er sich ein Zimmer nehmen will – wegen des Alkohols und so. Jedenfalls machte ich mir zunächst keine Gedanken. Vielleicht haben sie ja bis in den Samstag hinein gefeiert, dachte ich mir. Sein Handy war ausgeschaltet, aber auch das ist verständlich. Sie wollten ein paar Stunden unter sich sein. Erst als es Abend wurde, begann ich mir allmählich Gedanken zu machen. Sein Handy war immer noch aus, und ehrlich gesagt weiß ich gar nicht, wo genau und mit wem er in Nürnberg feiern wollte.« Jutta tupfte sich abermals die Augen. »Nachdem er die ganze Nacht über nicht zurückgekehrt war, machte ich mir am Morgen ernstlich Sorgen. Wissen Sie, es ist sonst nicht seine Art, sich so lange nicht bei mir zu melden. So beschloss ich, die Polizei zu verständigen.«

»Ist ihr Freund mit dem Auto oder mit dem Zug nach Nürnberg gefahren?«

»Mit seinem Wagen.«

Fürchtegott Hager sah sie eindringlich an.

»Er fährt einen schwarzen BMW X3«, fügte sie rasch hinzu. »Ihre Kollegen haben sich bereits das Kennzeichen notiert.«

»Ist Thomas des Öfteren nachts unterwegs?«, fragte der Kommissar matt. Er kannte die Personenbeschreibung, die Jutta

Langer bei den Kollegen abgeliefert hatte, und er kannte sein Mordopfer, zu dem diese auch ohne Gesicht passte.

»Eigentlich nicht«, sagte die Frau und legte den Kopf schief. »Es kommt selten vor, dass er über Nacht wegbleibt.«

»Was macht er beruflich?«, wollte der Kommissar wissen.

»Er ist Bankangestellter, seit Kurzem sogar stellvertretender Filialleiter. Pünktlich ist er fast nie. Er hat immer ziemlich viel um die Ohren. Aber die freien Wochenenden verbringen wir gemeinsam.«

»Wie lange kennen Sie sich?«

»Ich bin mit ihm seit gut zwei Jahren zusammen.«

»Verlobt?«, wollte Hager wissen.

»Nein. Macht man das heute noch?«

Hager antwortete nicht gleich. »Wissen Sie, mit wem er davor liiert war?«

»Nein. Er hat mir nie davon erzählt, und ich will es ehrlich gesagt auch nicht wissen.«

»Sind Sie sich also ganz sicher, dass er nach Nürnberg gefahren ist?«, fragte der Kommissar vorsichtig.

»Gesagt hat er es.« Jutta wurde misstrauisch. »Welchen Grund sollte er haben, mich anzulügen?«

Der Kommissar zuckte mir den Schultern. »Können Sie mir einen nennen?«

Die Frau schwieg. Fürchtegott vermutete, dass sie über eine ehrliche Antwort nachdachte. Wenn es sich bei dem Opfer tatsächlich um Thomas Frank handelte, stand ihr Fürchterliches bevor.

»Er ist halt auch nur ein Mann«, murmelte sie leise vor sich hin, und hob schlapp die Schultern.

Hager sah sie mitleidig an. »Wollen Sie mir damit sagen, dass es während Ihrer Beziehung ... Affären gab?«

Wiederum schwieg sie ein Weilchen. »Ja – nein! Ich kann es nicht mit Sicherheit behaupten.« Jutta suchte nach geeigneten Worten.

»Lassen Sie sich ruhig Zeit«, unterstrich Hager.

»Wissen Sie, in den ersten eineinhalb Jahren lief alles ganz prima. Ich glaubte fest daran, dass wir uns aufeinander eingestimmt hatten. Aber in der letzten Zeit hatte er auch an unseren Wochenenden dringende Termine. Ich vermutete anfangs nichts Schlimmes, das müssen Sie mir glauben, denn so bin ich nicht. Thomas ist sehr strebsam und ehrgeizig.« Sie schwieg betreten und senkte den Blick. »Ich fing an, seine Kleidung zu inspizieren ...«

»Sie haben ganz bewusst nach Spuren von Frauen gesucht. Ist es das, was Sie mir sagen wollen?«, fragte Hager leise.

Jutta nickte und zog die Luft durch die Nasenflügel. »Wenn er von diesen Terminen kommt, riecht er anders als sonst.« Jutta stockte. Die ganze Sache war ihr außerordentlich peinlich. »Und ... in ... in seiner ... Unterwäsche ...«

»Fanden sich Spermaspuren«, nahm Fürchtegott Hager vorweg.

Die Frau nickte und schniefte. »Ich weiß nicht, warum er mir das antut. Es läuft doch alles wie am Schnürchen. Aber das bilde ich mir wohl nur ein.«

»Sagt Ihnen der Name Armin Adrian etwas?«

Jutta schüttelte langsam den Kopf.

Die Frage, die er nun zu stellen hatte, würde für beide Seiten Gewissheit bringen, für Jutta Langer zudem Selbstvorwürfe, uneingestandene Versäumnisse, Gewissensbisse, Kummer, Trauer und nicht zuletzt den Horror der bevorstehenden Identifikation. »Gibt es irgendein körperliches Merkmal, mit dem man ihren Freund einwandfrei identifizieren könnte?«

Die Frau zuckte zusammen. »Warum fragen Sie mich das? Was ist geschehen?« Sie musterte den Beamten sehr eindringlich.

»Gibt es etwas Außergewöhnliches an Thomas, das ihn von allen anderen unterscheidet?«, fuhr Hager ruhig fort.

»Er hat nur einen Hoden«, flüsterte die junge Frau beschämt.

»Sonst nichts?«

»Nein – doch!«

»Was ist es?«

»Ein Muttermal in der Nabelgegend.«

Hager biss kurz die Zähne zusammen. »Sieht es aus wie ein ... Schmetterling?«, fragte er zögernd.

Jutta Langer hob den Kopf. Ihre hellen Augen verloren augenblicklich allen Glanz. »Woher wissen Sie das?« Sie stockte. »Wollen Sie damit sagen ...? Haben Sie ihn ...?«

»Es tut mir leid, Ihnen das sagen zu müssen, Jutta, aber wie es aussieht, haben wir gestern Nachmittag die Leiche Ihres Freundes im Zeitelmoos gefunden.« Der Kommissar schluckte. »Da deren

Zustand sehr … ungewöhnlich ist, würde ich Ihnen gern die Identifizierung ersparen.«

Jutta Langer begann wie Espenlaub zu zittern. »Herrgott, warum?«

»Wie es aussieht, lag der Leichnam einige Zeit im Freien …«

»Und das heißt?« Jutta Langer fixierte den Kommissar aus irren Augen.

»Jutta, bitte, Sie haben natürlich das Recht, ihren Freund ein letztes Mal zu sehen, aber wenn ich ehrlich sein soll, würde ich auf diesen Anblick verzichten. Behalten Sie ihn so in ihrem Gedächtnis, wie Sie ihn gekannt haben. Leben seine Eltern noch?«

Frau Langer nickte.

»In der Gegend?«

»In Hohlenbrunn«, sagte die Frau tonlos.

»Gut. Bitte halten Sie sich in den nächsten Tagen zu unserer Verfügung. Ich werde alles Weitere veranlassen.«

Jutta konnte dem Kommissar nicht länger in die Augen sehen. Was sie soeben gehört hatte, raubte ihr den Verstand. In qualvoll süßen Bildern sah sie die Zeit mit Thomas im Zeitraffer an sich vorüberziehen. Alle Ängste um ihre Liebe, alle Sorgen und aller Hass waren dumpfer Ohnmacht gewichen. Teilnahmslos starrte sie einige Sekunden auf ihre schneeweißen Hände, warf sie sich schließlich vor das Gesicht und begann wie ein Kind zu schluchzen.

»Dies alles tut mir aufrichtig leid, Frau Langer.« Der Kommissar schwieg und litt unter der Bürde seines Amtes. Die Kunde vom Tod eines geliebten Menschen ist die Stunde der eigenen Verdammnis …

*

Jutta Langer war längst von einer Kollegin nach Hause gebracht worden, da stand Fürchtegott Hager mit einem Edding bewaffnet vor der Tafel in seinem Büro und versuchte die bisherigen Ereignisse und Ergebnisse des neuen Falls in grafischer Manier darzustellen. Sein Chef Saalfelder hatte ihm dieses Hilfsmittel im letzten Herbst beschafft, weil die Erfolge im Mordfall Epprechtstein ausgeblieben waren. Zunächst hatte er sich vehement dagegen gesträubt, aber bald hatte er einsehen müssen, dass es für ihn, wie für andere, besser war, alle Fakten an einem Punkt versammelt zu wissen.

Sie hatten eine männliche Leiche gefunden, das Gesicht zum Großteil skelettiert. Wie er jetzt wusste, handelte sich dabei höchstwahrscheinlich um Thomas Frank: einunddreißig Jahre, seit einer Banklehre und BWL-Studium als Diplombetriebswirt bei der Sparkasse tätig, ledig, keine Kinder, keine Vorstrafen, wohnhaft in Bad Alexandersbad, zusammen mit Lebensgefährtin Jutta Langer. Angeblich war er mit seinem Wagen am Donnerstag unterwegs nach Nürnberg gewesen. Wie es jedoch aussah, war er nie dort angekommen. Die Fahndung nach dem BMW würde vielleicht nähere Aufschlüsse liefern.

Fürchtegott musterte das Tatortfoto inmitten der Tafel, schüttelte sich und schrieb den Namen der Freundin unmittelbar rechts daneben.

Sie wusste seit einiger Zeit, dass er hin und wieder fremdging. Sie hat seine Wäsche untersucht und Sperma gefunden.

Ein Motiv!

Hager war sich nicht sicher – noch nicht. Jutta Langer erweckte nicht den Eindruck, als könnte sie ihren Liebsten kaltblütig um die Ecke gebracht haben.

Stille Wasser sind tief!, relativierte er.

Alsdann schrieb er Armins Namen links davon an die weiße Tafel. Dahinter malte er ein Fragezeichen. Adrian war ebenfalls verdächtig, auch wenn es Hager bislang an einem Motiv fehlte. Er hatte neben der Leiche gekauert. Würde der Täter das tun? Und wenn ja, was sollte dann die Geschichte mit den Mönchen?

Kein Mörder verbringt freiwillig vierundzwanzig Stunden in unmittelbarer Nähe seiner Leiche!

Er war angeblich in seine Heimat zurückgekehrt, weil es einen Auftrag gab, den er nicht hatte ausschlagen können.

Stimmte das wirklich?

Hager würde sich bei seinem Verlag erkundigen müssen. Abrupt hielt er inne.

Kannte er Thomas Frank?

Möglich, denn die beiden befanden sich in etwa dem gleichen Alter, waren vielleicht sogar auf dieselbe Schule gegangen.

Nachprüfen!

Armin hatte gesagt, dass er längere Zeit keinen Kontakt mehr mit seiner Mutter gehabt hatte. War das der Anlass, das Fichtelgebirge zu verlassen?

Die Mutter. Der Beruf.

Oder gab es andere Gründe?

Hager dachte nach, kam aber zu keinem greifbaren Ergebnis. Es gab einfach viel zu viele offene Fragen für den Augenblick. Ohne entsprechende Antworten käme er nicht weiter. Auch die Sache mit den Ordensbrüdern wollte ihm nicht aus dem Kopf. Er schrieb das Wort MÖNCHE in Großbuchstaben über das Foto der Leiche und malte ein noch größeres Fragezeichen dahinter.

Sie wollten die Leiche beerdigen.

Es war ein Begräbnis.

Ein Ritus!

Kuttenträger ...

Plötzlich sah er Falkner Riedel in seiner altertümlichen Kleidung vor sich. Womöglich befanden sich auch Mönchskutten in seinem Kleiderrepertoire.

Wenn das Opfer gar nicht im Zeitelmoos den Tod gefunden hatte, sondern am Katharinenberg?

Riedel als Mörder?

Fürchtegott Hager schüttelte sogleich den Kopf. Von allen bisher Befragten war der Falkner seiner Meinung nach der am wenigsten in Betracht kommende Kandidat. Stattdessen schrieb er Katharinenberg als möglichen Tatort auf die Tafel. Und das bedeutete, dass sie den kompletten Hügel penibel und gleich morgen früh unter die Lupe nehmen mussten.

Als Überschrift wählte er kurzerhand den Fundort der Leiche: ZEITELMOOS. Zwar wusste er jetzt, wie das Moor entstanden war und warum es so hieß, aber welchen Stellenwert der Ort heute in den Augen der Anwohner besaß, war ungewiss.

Wird das Zeitelmoos gemieden, weil die alten Sagen und Legenden nach wie vor präsent sind? Oder ist es ein Ort, der mittlerweile zum Naherholungsgebiet von Wunsiedel gehört?

Morgen würde er sich auch dort genauer umsehen müssen.

Damit hatte er sein bisheriges Wissen erschöpfend dargestellt. Für den ersten Tag konnte er mit den Ergebnissen durchaus zufrieden sein. Ob sein Vorgesetzter Saalfelder diese Meinung teilte, würde das

Gespräch am Montagmorgen offenbaren. Er trat ein paar Schritte zurück und ließ die vollbrachte Arbeit auf sich wirken.

Obwohl es innerhalb kürzester Zeit reichlich Verdächtige zu geben schien, ahnte Hager, dass er abermals einen widerspenstigen Fisch an der Angel hatte. Und diesmal durfte er nichts dem Zufall überlassen. Noch eine Pleite, und sein Stuhl würde nicht nur wackeln, sondern gänzlich umfallen.

Die Gesamtheit all unsere Handlungen und Taten, die guten wie die schlechten, finden sich in den Ereignissen, die uns widerfahren. Wir alle sind durchtränkt davon ...

»Wie recht du hast, Martin«, sagte Hager und wünschte sich sehnlich den Freund herbei.

*

Als er gegen siebzehn Uhr die Wohnung betrat, war es ungewöhnlich still. Richtig! Hager fasste sich an die Stirn. Irmgard und ihr Besuch befanden sich ja auf Sightseeingtour. Vor dem Abend würden sie kaum zurückkehren. Das Wetter war gut und die Bayreuther Eremitage der geeignete Ort für einen sonntäglichen Nachmittagsspaziergang.

Er zog seine Schuhe aus, schlüpfte in seine Pantoffeln und ging in die Küche. Er holte sich ein Bier aus dem Kühlschrank und trottete damit ins Wohnzimmer.

Als er die Tür öffnete, erkannte er Irmgard auf dem Sofa. Ihr Kopf war in Richtung Fernseher gerichtet. Gedämpft lief irgendein deutscher Spielfilm aus den 60er Jahren, mit Peter Alexander und Katharina Valente in den Hauptrollen.

»Ich bin für heute fertig«, sagte er leise und setzte sich in seinen Sessel. »Ihr seid ja schnell zurück. Wolltet ihr nicht ...? Wo sind Betty und Egon?« Erst jetzt bemerkte er, dass sie die Augen geschlossen hatte und sich ihr Brustkorb langsam und gleichmäßig hob und senkte. Irmgard schief. Er wollte sie nicht wecken. In kleinen Schlucken trank er sein Bier und folgte dem Geschehen im Fernsehen. Egal, wo ihr Besuch abgeblieben sein mochte, auf seltsame Weise versöhnte ihn die beruhigende Stille mit dem durchlebten Wochenende.

XII.

Kurz vor sechs Uhr bimmelte das Handy auf ihrem Nachttisch. Schlaftrunken rappelte sie sich hoch, blickte müde um sich und wusste plötzlich, was heute für ein Tag war. Gestern Abend hatte sie nur mühsam in den Schlaf gefunden. Die bevorstehende Reise und die Aufgabe, die es zu erledigen galt, lagen schwer wie Blei auf ihrem Gemüt. Zu ihrem Glück hatte sie erst am Samstagnachmittag, kurz vor Dienstschluss, davon erfahren, Hals über Kopf und ohne die geringste Chance, sich zur Wehr zu setzen. Bei ihren Vorgesetzten stand sie hoch im Kurs. Ein Vetorecht hingegen hatte sie nicht wirklich. Trotzdem konnte sie auf ihre bisherige Laufbahn stolz sein. Die besten Noten ihres Jahrgangs und überdurchschnittlicher Diensteifer zeichneten sie aus. Zudem verstand sie es, sich scheinbar mühelos in verzwickte Fakten einzuarbeiten. Dass es hin und wieder Fälle gäbe, die sie von der Heimat wegführten, damit hatte sie gerechnet, dass es jedoch so schnell und ohne Vorwarnung geschehen würde, hatte sie nicht in Erwägung gezogen.

Sie sah die ganze Angelegenheit als Bewährungsprobe, als Test dafür, ob man sich auf sie verlassen konnte, ob sie reif genug war, einen Fall professionell zu lösen. Sie nahm sich vor, ihr Bestes zu geben.

Nach einem Glas Milch und einer Laugenbrezel fühlte sie sich gleich besser. Ihr Koffer war gepackt, die morgendliche Badroutine nach fünfzehn Minuten erledigt. Mit einem guten Gefühl versperrte sie ihre Wohnung und wartete unten an der Straße auf das Taxi, das sie zum Bahnhof bringen sollte. Die Luft war beinahe sommerlich mild und angenehm. Sie atmete tief durch. Das Abenteuer konnte beginnen.

Am Münchner Hauptbahnhof herrschte, wie immer um diese Zeit, emsiges Treiben. Ein Großteil der Reisenden bestand aus Pendlern, die sich qualmend oder Kaffee schlürfend in den

Raucherzonen am Gelände oder vor den Kiosken in der Bahnhofshalle herumtrieben. Beinahe im Minutentakt brachten Nahverkehrszüge Hunderte von Arbeitnehmern zu ihren Arbeitsstätten. Die Menge war bunt gemischt, reichte vom Malerlehrling in Berufskleidung bis hin zum Büroangestellten in Anzug und Krawatte.

Als ihr Zug bereitgestellt wurde, war sie eine der ersten Reisenden, die ihn betraten. In den mit peppiger Farbe aufpolierten Wagen der ehemaligen Deutschen Bundesbahn roch es nach Putz- und Desinfektionsmitteln. Sie suchte sich einen Platz im dritten Waggon. Gediegenes Ambiente der späten 80er Jahre empfing sie in ihrem Zweite-Klasse-Abteil. Die verbliebenen Sitze waren leer. Sie verstaute ihren Koffer und setzte sich in Fahrtrichtung ans Fenster.

Als der Alex sich endlich in Bewegung gesetzt hatte, folgte sie mit starrem Blick zunächst dem fliehenden Bahnsteig, später den unzähligen Weichen und Geleisen, die sie der Heimat entrissen.

Inzwischen hatten sich zwei weitere Passagiere in ihrem Abteil eingefunden. Ein älterer Herr mit einem schweren Koffer, den er nur mühsam in die Ablage zu befördern wusste, und ein junger Mann in etwa ihrem Alter, der sie verstohlen begutachtete. Augenscheinlich war er in sein Handy vertieft, aber sie konnte spüren, wie sein Blick öfter als zufällig auf ihr ruhte.

Bald erschien der Schaffner (ein kräftiger Kerl in einer etwas zu engen Uniform und mit kahl rasiertem Schädel), dem sie ihre Fahrkarte mit einem smarten Lächeln in die Hand drückte. Sie entdeckte dabei eine Tätowierung in Form einer Schlange auf seinem Unterarm und fragte sich, wie der Mensch wohl zu diesem Job gekommen sein mochte.

»Wünsche eine gute Reise«, sagte er in ostdeutschem Dialekt und verließ das Abteil mit einer schwungvollen Drehung.

Die Zeit bis zur Ankunft in Regensburg verging wie im Flug. Der ältere Mitreisende hatte ein lautstarkes Nickerchen gemacht, der jüngere den penetranten Blickkontakt mangels Interesse ihrerseits aufgegeben und sich voll und ganz seinem Smartphone gewidmet.

Im Bahnhof angekommen wurde der Zug verkürzt. Gottlob blieb ihr Waggon von dieser Maßnahme unbehelligt. Mit einer neuen Lok versehen machte sich der Alex auf den langen Weg nach Hof.

Zuhause hatte sie Google zurate ziehen müssen, um sich ihr Ziel zu vergegenwärtigen. Dieses Hof lag in Bayern ganz oben, nahe der Grenze zur Tschechischen Republik und direkt an der ehemaligen Zonengrenze. Vogtland hieß diese Region laut Landkarte. Oberhalb schloss sich Thüringen an, halblinks der Frankenwald, rechts ein Zipfel des Freistaates Sachsen. Unterhalb öffnete sich nach Nordosten das Fichtelgebirge, eine Region, die ihr soviel sagte wie die Steppen Ostsibiriens.

Längst hatte der Frühling die Hauptstadt Bayerns mit üppigem Grün und sommerlichen Temperaturen verwöhnt. Nun musste sie feststellen, dass die Landschaft mit jedem Kilometer an Farbe und Glanz verlor. Sie kam sich vor wie bei einer Zeitreise in die Vergangenheit. Wohin mochte man sie geschickt haben?

Nach einem kurzen Stopp in Weiden in der Oberpfalz hatte sie das Abteil für sich allein. Der junge Mann hatte sich ohne Gruß (und ohne einen einzigen Blick) aus dem Staub gemacht. Sie zog die Schuhe aus und legte ihre Füße auf die gegenüberliegende Sitzfläche. Und plötzlich kam sie sich vor wie im Wilden Westen. Der Zug stampfte dahin. Die endlose Prärie bot dem Auge wenig Abwechslung. Kleine Stationen und Haltestellen schossen im Zeitraffertempo vorbei, ohne dass sie Gelegenheit gehabt hätte, die Ortsnamen zu lesen.

Nirgendwo!, kam ihr spontan in den Sinn. Sie musste unwillkürlich grinsen. In Gedanken sah sie Indianer, die versuchten, aus einem Hinterhalt heraus den Zug zu überfallen. Überall lauerten Rothäute: im verwachsenen Gebüsch des Bahndamms, an einsamen Übergängen oder auf altersschwachen Brücken. Alles in allem reichlich albern und viel zu theatralisch. Sie schämte sich ob dieser Hirngespinste.

Und dennoch, dieses Oberfranken war ein Land für sich. Eines mit Gegensätzen und eigenen Regeln und Gebräuchen. Bilder von dem kleinen gallischen Dorf überschütteten sie. Eine ungehobelte Horde aufsässiger Raufbolde setzte sich akribisch gegen das Römische Weltreich zur Wehr. *Lachhaft!* Abermals verscheuchte sie die unpassenden Gedanken.

Es hatte einen mysteriösen Mord gegeben – in einem Moor. Sie konnte sich darunter nicht allzu viel vorstellen, nur soviel, wie sie als

Zwölfjährige aus Sir Arthur Conan Doyles Hund von Baskervilles herauszulesen imstande gewesen war. Jedoch würden in der fränkischen Provinz weder Sherlock Holmes noch Dr. Watson, auch nicht Asterix und Obelix, erst recht nicht Winnetou und Old Shatterhand auf sie warten. Ihr Mut verließ sie für eine Weile.

Überrascht registrierte sie die Obstbaumblüte vor den Fenstern. Im Voralpenland lag diese bereits Wochen zurück. Hier schien sie gerade ihren Anfang zu nehmen. Ja, sie war bestimmt in ein Zeitloch gefallen. Nicht nur der vertraute Mai zeigte sich in fremdartigen Bildern, bestimmt schrieb man hier auch nicht das Jahr 2013.

Sie grinste erneut, öffnete ihre Handtasche und zog eine Banane daraus hervor. Nachdenklich stopfte sie die Frucht in sich hinein. Bisher hatte sie sich nicht wirklich durchsetzen müssen. Ihre Chefs waren stets mit ihrer Arbeit zufrieden gewesen. Was sie in diesem Fichtelgebirge erwartete, wollte sie sich erst gar nicht ausmalen. Vorsichtshalber rechnete sie mit dem Schlimmsten. Die Bilder im Kopf verloren an Farbe und Deutlichkeit; einem Stummfilm gleich schossen sie unstet an ihr vorüber.

Das mehr oder weniger gleich bleibende Geräusch des fahrenden Zuges hatte sie schläfrig werden lassen. Als sie erneut ein Quietschen der Bremsen vernahm, wurde sie aus ihrem Tagtraum gerissen. Die Bilder verblassten. Sie blinzelte aus dem Fenster: ein tristes Bahnhofsgelände mit einigen leeren Gleisen, im Anschluss ein improvisierter Containerverladeplatz und ein Trabant vor einer armseligen Baracke. Sie stockte. War sie eingenickt und hatte ihre Station verschlafen? War sie gar bis in den Osten gefahren?

Rasch suchte sie nach einem der Bahnhofschilder. Wie durch Zufall kroch gerade in diesem Augenblick eines an ihrem Fester vorbei. Sie atmete auf: Hof (Saale) stand da geschrieben. Sie hatte ihr Ziel erreicht.

Der Zug hielt. Undeutlich hörte sie eine Ansage aus den Lautsprechern am Bahnsteig. Sie zog ihren Koffer aus der Ablage und verließ das Abteil. Der Wagen schien komplett leer zu sein. Mühsam betätigte sie den Türöffner. Erst nach dem dritten Versuch gab die Wagentür polternd nach. Auf dem Bahnsteig angekommen schlossen sich hinter ihr krachend die Türen. Ein letztes Mal sah sie den Zugbegleiter, der, in einer der Türen stehend, zunächst den

Bahnsteig kontrollierte, ihr alsdann zuwinkte und dem Lokführer das Zeichen zur Abfahrt gab. Unter lautem Dröhnen setzte sich der Alex in Bewegung.

Die Bahnsteige waren nahezu menschenleer. Ein altes Mütterchen hinkte mit einer Aldi-Tüte und einem Hündchen im Schlepptau auf die Unterführung zu. Gegenüber, auf Bahnsteig 3, lehnte ein zwielichtiger Teenager an einem Fahrplanständer und zündete sich genussvoll eine Zigarette an. Am Ende des letzten Bahnsteigs unterhielten sich zwei Beamte der Bahnpolizei.

Sie fröstelte. Die Außentemperatur war, im Vergleich zu ihrer Abreise, um gefühlte achtzehn Grad gesunken. »Herzlich willkommen in Hof, Nadine«, keuchte sie ergeben und bewegte sich matt auf das Bahnhofsgebäude zu.

Während sie eine der hohen Türen zu öffnen versuchte, wurde diese von innen aufgestoßen und ein Streifenbeamter in Uniform stürzte ihr entgegen. Die beiden prallten ungemindert aufeinander.

»Aua!«, rief sie demonstrativ und versuchte, mit der freien Hand den Mann an ihrer Brust auf Abstand zu halten. »Können Sie nicht aufpassen?«

»Entschuldigung«, stammelte der, »aber ich hab es eilig.« Er musterte sie reichlich anzüglich von Kopf bis Fuß.

Unverschämtheit!, dachte sie und strafte den Polizisten mit einem durchdringend frostigen Blick.

»Sind Sie eventuell … Frau Kommissarin Spengler?«, fragte er unsicher geworden.

»Spenglein!«

Der Beamte legte ein entschuldigendes Grinsen auf. »Ich soll Sie in die Direktion bringen. Tut mir leid, dass ich ein paar Minuten zu spät gekommen bin.«

»Vergessen Sie's«, antwortete Nadine und drückte dem Mann ihren Koffer in die Hand. »Wo steht ihr Wagen?«

»Vor dem Bahnhof.«

»Dann los, worauf warten Sie noch?« Und schon durchschritt sie mit erhobenem Haupt das Bahnhofsgebäude.

Tolle Biene!, dachte der Beamte und folgte diensteifrig der Lady aus der Großstadt.

XIII.

Fürchtegott Hagers Gespräch mit seinem Vorgesetzten Saalfelder fiel weit weniger unangenehm aus, als er es erwartet hatte. Zwar war in der hiesigen Presse über den neuen Mordfall berichtet worden, aber Saalfelder begnügte sich mit dem Hinweis auf die Sensationslüsternheit der Pressefritzen im Allgemeinen.

Über einem düsteren Foto vom Zeitelmoos (das wohl aus dem vergangenen Herbst stammte und fast ein Drittel der Seite einnahm) prangte in fetten Druckbuchstaben: TOTER IM MOOR GEFUNDEN. Weiter hieß es, dass am vergangenen Samstag die Teilnehmerin einer hiesigen Jogginggruppe überraschend zur Finderin der Leiche geworden war. Der stark entstellte Körper wies Verletzungen auf, die wohl auf Tierfraß zurückzuführen seien. Noch wäre völlig unklar, wer der Tote sei und wie er in das Hochmoor gelangt sein könnte. Der bei dem Opfer vorgefundene Mann (ein Naturschützer, wie es hieß) sei vorsorglich in Untersuchungshaft genommen worden. Über die Hintergründe zu dieser Tat sei bis Redaktionsschluss nichts bekannt geworden.

Das war Aufreißer genug, fand der Kommissar, und der V-Mann der Presse aus den eigenen Reihen hatte wieder einmal ganze Arbeit geleistet. Dennoch zeigte sich sein Chef unerwartet kooperativ und verständnisvoll ob dieser Tatsache.

»Ich stehe wie ein Mann hinter dir!«, verkündete er vollmundig. »Du machst deinen Job sehr gut, das wissen wir beide. Falls du Hilfe benötigst, ist das kein Problem. Du brauchst es nur zu sagen, ja? Vier Augen sehen mehr als zwei, und zwei Köpfe ... Na, du weißt, was ich sagen will ...« Er druckste weiter herum, war aber zu keiner eindeutigen Stellungnahme zu bewegen.

Was hat das zu bedeuten?

Eine Hundestaffel befand sich bereits auf dem Weg zum Katharinenberg. Der Plan bestand darin, die Meute anhand eines Kleidungsstücks des Opfers auf die erhoffte Fährte zu locken. Ein

Aufruf an die Bevölkerung erging im Stundentakt via Lokalradio und -fernsehen. Der Wagen von Thomas Frank war zur Fahndung ausgeschrieben worden, sämtliche Streifen zwischen Marktredwitz und Hof wurden angehalten, verstärkt nach dem BMW Ausschau zu halten.

Der Kommissar saß bald in seinem Büro und trank die dritte Tasse Kaffee. In der letzten Nacht hatte er wie ein Stein geschlafen – diesmal ohne Störung und ohne Vorwürfe. Irmgard hatte ihm nur kurz von ihrer Stippvisite im Fichtelgebirgsmuseum erzählt. Den Besuch des Labyrinths hatten sie sein lassen, waren dafür gleich nach Bayreuth gefahren und hatten dort feudal zu Mittag gegessen. Der Kommissar hatte erleichtert aufgeatmet, nachdem sie ihm erzählt hatte, dass das dreigängige Menü für sie zusammen 189 Euro gekostet und Egon nicht davon abzubringen gewesen war, die Rechung zu begleichen. Zuhause hatten sich die Gäste dann überraschend schnell nach dem Kaffee verabschiedet. Irmgards überschwängliche Begeisterung war daraufhin der Realität gewichen, dass es eben doch schwierig war, in ihrem Alter Freunde zu finden.

Hager spülte die Kaffeetasse im Waschbecken aus und stellte sie fein säuberlich neben die Maschine. Gleich anschießend würde er sich höchstpersönlich an der Suche am Katharinenberg beteiligen, Jutta Langer einen Besuch abstatten und auf dem Rückweg auf einen Sprung im Zeitelmoos vorbeischauen.

*

Rund um die alte Kirchenruine herrschte reger Betrieb. Rufe und Bellen hallten in stetigem Wechsel durch den morgendlichen Park. Auch die Männer von der Spurensicherung hatten sich eingefunden und bewegten sich in ihren hellen Overalls Astronauten gleich über die Bergkuppe. Alfons suchte akribisch zwischen den bröckelnden Mauerresten nach Hinweisen, als der Kommissar die Bildfläche betrat.

»Morgen, Fürchtegott«, sagte der Chef der KTU. »Tja, da sind wir wohl letzten Freitag etwas zu unaufmerksam gewesen, oder irre ich mich?«

»Da hatten wir auch noch keine Leiche, soll heißen Gewissheit, dass dieses Auge tatsächlich einem Mordopfer gehört«, gab Hager brüskiert von sich.

»Jedenfalls fängt die Woche gut an«, meinte Alfons und stocherte mit einem Spatel in einer der Mauerritzen herum. »Was macht eigentlich dieser Naturfotograf?«

»Armin Adrian? Den haben wir wieder laufen lassen. Aber ich werde gleich nachher bei ihm vorbeischauen. Stell dir vor, der wohnt in einem ausrangierten Wohnwagen, mitten im Zeitelmoos!«

»Sachen gibt's«, sagte Alfons und lachte überschwänglich. Gleich darauf konzentrierte er sich auf einen winzigen Gegenstand in einer der Ritzen.

»Hast du was gefunden?« Der Kommissar ging neben Alfons in die Hocke.

»Nö. Ich dachte nur.« Er schwieg zwei Sekunden. »Sieh dich um. Hier kannst du alles finden, vom Kondom bis zur leeren Bierflasche, vom Kaugummi bis zur Damenbinde. Ein urtypisches Naherholungsgebiet, verseucht mit dem Unrat unserer ach so geschätzten Freizeitgesellschaft.«

»Wirst du auf deine alten Tage etwa philosophisch?«, bemerkte Fürchtegott Hager trocken.

Der Chef der Kriminaltechnik lachte bellend. »Bin ich das nicht schon immer gewesen?«

»Wir gehen trotzdem auf Nummer sicher. Ich hab keine Lust, wegen schlampiger Ermittlungsarbeiten bei Saalfelder antanzen zu müssen.«

»Von wegen schlampige Ermittlung! Dass es so was bei mir nicht gibt, müsstest du eigentlich wissen!«, schnaubte Alfons. »Wie lange arbeiten wir jetzt zusammen? Über zehn Jahre, stimmt's? Hab ich dir jemals Anlass zu berechtigter Kritik gegeben?«

»Du hast ja völlig recht.« Hager senkte den Kopf. »Es ... es tut mir leid.«

»Merk es dir nur!«, beharrte Alfons. »Du kannst einem mit deinem Gefasel den Tag versauen.« Er trug ein beleidigtes Gesicht zur Schau. »Und jetzt verschwinde, sonst kann ich womöglich meine Arbeit nicht gut genug machen.«

Hager wollte bestimmt vieles, nur keinen Streit mit dem geschätzten Kollegen von der KTU vom Zaun brechen. Sie beide hatten weiß

Gott so manchen Verbrecher überführt – Hand in Hand und wie beste Freunde.

»Ich geh mich mal umsehen«, sagte der Kommissar nach einer Weile und klopfte Alfons umständlich auf die Schulter. »Und wenn ihr was gefunden habt, ruf mich gleich an, ja?«

»Schon klar«, brummelte Alfons, ohne ihn eines Blickes zu würdigen.

*

Fürchtgott Hager hatte sich keine zwanzig Schritte von der Ruine entfernt, als sein Handy in der Jackentasche bimmelte. Der Pathologe war am Telefon. In nüchternen Worten teilte er ihm das Ergebnis seiner Untersuchungen mit:

Thomas Frank hatte bereits in der Nacht von Donnerstag auf Freitag den Tod gefunden. Ursächlich schuld war ein angespitzter Holzpfahl, der sich von hinten mitten durch sein Herz gebohrt hatte. Er musste auf der Stelle tot gewesen sein. Das unmittelbare Moor schied als Tatort aus, denn Franks Leiche musste zuvor mindestens zwölf Stunden in einem flachen Grab gelegen haben. Die Verunstaltungen seines Gesichts waren post mortem von Nagern und Vögeln zugefügt worden. Ob in dem behelfsmäßigen Grab oder erst im Zeitelmoos, ließ sich nicht beantworten. Vieles sprach jedoch dafür, dass Tiere, höchstwahrscheinlich Wildschweine, die Leiche bereits vorher ausgegraben hatten. Bei dem Stoff, in dem der Leichnam eingewickelt worden war, handelte es sich um widerstandsfähiges Material, wie es im Freien vielseitig Verwendung fand. Aller Wahrscheinlichkeit nach wurde es zuvor zum Abdecken von Brennholz genutzt. Ein Allerweltsprodukt also, dessen genaue Herkunft schwerlich zu enträtseln sein dürfte. Auch die zwei Stangen, mit denen der Leichnam im Tuch transportiert worden war, waren unauffällig wie spurenfrei. Thomas Frank erfreute sich bis zu seinem Ableben bester Gesundheit. Sein Körper war durchtrainiert, seine Organe befanden sich in vorbildlichem Zustand. Er hatte zwar nur einen Hoden, aber auch mit diesem Manko wäre er problemlos Vater und bestimmt steinalt geworden. Die Eltern des Mannes erwartete der Arzt am späten Nachmittag zur obligatorischen

Identifizierung. Der gesamte Bericht läge frühestens am Abend auf seinem Schreibtisch.

»Was hat es mit diesem Holzpfahl auf sich?«, fragte der Kommissar interessiert.

»Das fragen Sie mich?«, antwortete der Pathologe hörbar belustigt. »Na ja, vielleicht glaubte der Mörder, dass es sich bei dem Opfer um einen Vampir handelte.« Ein kurzes Lachen war zu vernehmen.

»Das kann ja heiter werden«, keuchte Hager und biss die Lippen aufeinander.

»Spaß beiseite«, meldete sich der Arzt abermals zu Wort. »So wie ich die Sache sehe, wurde der Pfahl nicht in das Mordopfer hinein geschlagen.«

»Sondern?« Fürchtegott Hager lauschte aufmerksam.

»Das Mordopfer fiel *in* ihn hinein – hat sich also, wenn man es so ausdrücken will, selbst gepfählt.«

»Aha«, entwich es dem Kommissar.

»Rückwärts!«, präzisierte der Mann am anderen Ende der Leitung. »Oder vorwärts, dann muss er sich aber während des Sturzes gedreht haben.«

»Macht das einen Unterschied?«, fragte Hager lakonisch.

»Im Endergebnis kaum«, konterte der Arzt.

»Hm.« Hager holte Luft. »Sie sagen, die Leiche befand sich zuvor in einem flachen Grab. Außerhalb des Moores?«

»Die Erdreste lassen keinen anderen Schluss zu.«

»Und wo könnte sich dieses Grab befunden haben?«

»So ziemlich überall.«

»Also nicht zwangsläufig im Wald!«

»Nein.«

»Wir sind soeben dabei, den Katharinenberg in Wunsiedel Meter für Meter abzusuchen«, sagte Hager und blickte sich um, als könnte sein Gesprächspartner sehen, was er sah.

»Wo das Auge gefunden wurde, richtig?«, entfuhr es dem Pathologen.

»Richtig.«

»Na, da wünsch ich Ihnen bei der Suche ein glückliches Händchen. Wir hören voneinander.«

»Halt, eine Frage hab ich noch! Falls wir hier fündig werden sollten, ist dann das Grab, in der die Leiche gelegen hat, identisch mit dem Tatort?«

»Schwer zu sagen«, gestand der Arzt. »Finden Sie eines von beiden und Sie werden von mir Antworten erhalten.«

»Nach wem müssen wir suchen?«

»Nach einem Mörder, der auf perfide Art und Weise seine Ziele verfolgt«, kam prompt die Antwort.

»Nach einem Mann also«, schlussfolgerte Hager. »Einen Förster ... oder Holzfäller ...«, sinnierte er weiter.

»Langsam, langsam. Es könnte ebenso gut eine Frau gewesen sein«, meinte der Arzt. »Oder ein Kind. Eine Grube kann jeder ausheben, und spitze Holzpfähle habe ich bereits mit zwölf Jahren hinbekommen.«

»Aber nicht, um jemanden zu töten«, relativierte Hager.

»Stellen Sie sich eine Gruppe Jungen vor, die im Wald Räuber und Gendarm spielt. Die Räuber heben eine flache Grube aus, spicken sie mit Pfählen, decken sie mit Zweigen ab und legen sich auf die Lauer. Aber es kommt niemand, den sie gefangen nehmen und ausrauben können. Im Gegenteil, sie werden von den Gendarmen überrumpelt. Das Spiel ist vorbei – die Grube gerät in Vergessenheit. Thomas Frank hat vielleicht nur unglaubliches Pech gehabt, als er in eine Falle geriet, die nie für ihn bestimmt war.«

Der Kommissar schüttelt ungläubig den Kopf. Diese Version des Hergangs entbehrte jeglicher Logik und Wahrscheinlichkeit. Er räusperte sich. »Ihren kriminalistischen Spürsinn in Ehren, aber welcher Junge spielt heutzutage Räuber und Gendarm?«

»Jedenfalls nicht im Wald«, kam die Antwort. »Außerdem wollte ich mir keinerlei kriminalistischen Spürsinn anmaßen. Das ist Ihr Ressort. Ich habe nur für einen Augenblick in Kindheitserinnerungen geschwelgt.«

Mein Gott, wo um alles in der Welt bist du aufgewachsen?, sah sich Hager genötigt zu fragen, besann sich jedoch eines Besseren. »Tja, dann danke ich für Ihre umfangreichen Einschätzungen.«

»Bitte, bitte, immer gerne!«

Hager legte auf und lief eilig zu Alfons zurück, um ihm die neuesten Erkenntnisse mitzuteilen. Anschließend drehte er eine Runde, damit er sich einen Überblick über den Fortgang der Untersuchung verschaffen konnte. Das Augenmerk lag nun ganz auf der flachen Grube, in der Thomas Frank ursprünglich bestattet worden war, oder auf der Fallgrube, die (falls es sie gab) bestimmt noch einige Spieße zu bieten hatte. Bis zum Nachmittag sollte die Spurensuche abgeschlossen sein. Auf das Ergebnis war er sehr gespannt.

*

Falkner Burghard Riedel war nicht anzutreffen. Cosima stand ihm stattdessen Rede und Antwort. Diesmal lachte sie nicht, als der Kommissar ihr in wenigen Worten mitteilte, was geschehen war. Sie versicherte inständig, dass Kutten (gleich welcher Art) bei ihren Vorführungen niemals zum Einsatz kämen.

»Unser Chef zieht gerne seine Falknertracht an, müssen Sie wissen, der Rest von uns kann tragen, was er will. Sie dürfen gerne alles durchsuchen.«

»Nun, das wird, denke ich, kaum nötig sein. Wieso sollte ich an Ihren Worten zweifeln?«, beteuerte Hager.

Cosima verzog das Gesicht. »Macht das die Polizei nicht ständig?«

Der Kommissar musste lachen. »Was?«

»An den Aussagen von Leuten Zweifeln!«

»Nein, nicht ständig«, versicherte Hager. »Haben Sie dahingehend schlechte Erfahrungen gemacht?«

Cosima schwieg und blickte betreten beiseite.

»Nun gut.« Hager wandte sich zum Gehen. »Ach ja: Sagen Sie, werden bei der Jagd Fallgruben verwendet?«

»Bei welcher Jagd?«, sagte Cosima und blinzelte.

Hager kratzte sich am Kinn. »Bei der Jagd nach … Wild eben.«

»Tut mir leid, ich bin kein Jäger«, entgegnete das Mädchen. »Da müssen Sie Burghard fragen. Soweit ich weiß, benutzt man in Deutschland seit Jahrhunderten keine Fanggruben mehr.«

Hager verabschiedete sich ergebnislos und trottete zu seinem Wagen zurück. Als letzter Hoffungsschimmer blieb ihm die gemeinsame Wohnung von Jutta Langer und Thomas Frank.

*

Bleich und verstört öffnete sie dem Kommissar die Tür. Die beiden jungen Leute bewohnten in Bad Alexandersbad die Mansardenwohnung eines schmucken Dreifamilienhauses. Alles war pieksauber und aufgeräumt – ein wenig zu steril für Hagers Geschmack.

Jutta erzählte, dass sie in der vergangenen Nacht gearbeitet habe, zuhause aber keinen Schlaf gefunden hatte. Immer wieder sei sie seinen Schreibtisch durchgegangen und hätte seinen Desktop systematisch nach verräterischen E-Mails durchforstet, jedoch nichts gefunden. Thomas war offenbar kein Mensch gewesen, der vor seiner Freundin stichhaltige Beweise herumliegen ließ. Da sein Notebook spurlos verschwunden war, standen die Chancen, Licht in die Angelegenheit zu bringen, alles andere als gut.

»Tja. Unser Team von der KTU untersucht gerade den Katharinenberg. Gleich nach der Aktion werden sie sich ihre Wohnung vornehmen.«

»Oh Gott!« Jutta Langer wirkte verlegen. »Muss das denn wirklich sein?«

»Ich denke schon«, antwortete der Kommissar aufrichtig. »Wissen Sie, meine Leute sind in diesem Job wirklich sehr gut. Sie finden vielleicht einen Hinweis, der Ihnen in aller Eile und Trauer entgangen sein mag. Wir wollen doch alle wissen, was wirklich geschehen ist, nicht wahr?«

Jutta Langer nickte. »Natürlich. Entschuldigen Sie. Es ist nur so komisch ...«

»Was kommt Ihnen komisch vor?«, fragte Hager ruhig, obwohl er die dazugehörige Antwort zu Genüge kannte. Es war ihm bisher niemand in all den Dienstjahren begegnet, dem es bei einer anstehenden Haus- oder Wohnungsdurchsuchung anders ergangen wäre.

»Wenn fremde Leute in allem, was man sein Eigen nennt, herumwühlen. Man fühlt sich so schutzlos, kommt sich so ausgeliefert vor. Und bekommt ein schlechtes ...« Jutta musste schlucken. »Gewissen.«

»Haben Sie denn Grund dazu?«, erkundigte sich Fürchtegott Hager gelassen.

»Natürlich nicht!«, bekräftigte die Frau und bekam rote Wangen. »Haben Sie einen ...? Wie heißt es doch gleich?«

»Durchsuchungsbefehl«, antwortete Hager. »Nein. Brauche ich in diesem Fall einen? Falls ja, müssen Sie es mir jetzt sagen, damit ich ihn schleunigst besorgen kann.«

Jutta Langer sah ihn bestürzt an. »Wie meinen Sie das?«

»Ich meine, wenn Sie nichts zu verbergen haben und ebenso wie wir daran interessiert sind, den Mord an Thomas aufzuklären, brauchen wir keinen richterlichen Beschluss, um Ihre gemeinsame Wohnung unter die Lupe zu nehmen. Und glauben Sie mir bitte, meine Leute werden kein Chaos hinterlassen. Vielleicht müssen Sie das eine oder andere Stück nachher wieder zurechtrücken, aber mehr Unordnung wird es kaum geben. Versprochen.«

»Danke, Herr Kommissar.« Jutta Langer senkte den Blick und schwieg.

*

Der Parkplatz am Zeitelmoos war leer. Als Fürchtegott Hager seinen Wagen verlassen hatte, fiel ihm ein, dass er Armin Adrian vergessen hatte zu fragen, wo genau sein Wohnwagen stand. Also setzte er sich abermals hinters Steuer und fuhr im Schritttempo den Forstweg entlang. Wie am Samstag bog er vom Eisensteinweg links in den Torflohweg ab. Bald hatte er die Stelle erreicht, an der sie die Leiche gefunden hatten. Das Absperrband hing schlaff zwischen den Stämmen der Randfichten. Von einem Wohnwagen hingegen keine Spur. Hager überlegte, ob es möglich war, solch ein Gefährt direkt im feuchten Moorboden abzustellen. Entschieden schüttelte er den Kopf. Adrians Bleibe musste sich mehr oder weniger direkt an einem der befestigten Wege befinden.

Kurz darauf zweigte ein weiterer Schotterweg nach links ab. Der Kommissar folgte ihm. Bei jedem Trampelpfad und jeder Rückegasse hielt er an und ließ seinen Blick tief in den grünen Forst wandern. Plötzlich erkannte er einen Mann in einem karierten Holzfällerhemd, Kniebundhosen und Filzstiefeln direkt vor sich auf dem Weg. Mit eiligen Schritten näherte er sich seinem Wagen. Hager stoppte und ließ das Seitenfenster herunter.

»Haben Sie keine Augen im Kopf, Mann?«, rief der Fremde, ehe er bei ihm angekommen war. Er mochte wohl um die fünfzig sein, wirkte jedoch so drahtig und durchtrainiert wie ein Dreißigjähriger.

»Dies ist ein Forstweg, der ausschließlich von Berechtigten befahren werden darf. Sie haben Ihren Führerschein wohl im Lotto gewonnen, wie?« Mit hochrotem Kopf kam er neben der Fahrertür zum Stehen. »Ich werde mir ihr Kennzeichen notieren und Anzeige erstatten. Können Sie nicht, wie alle andern sensationsgeilen Gaffer, ihre Blechkiste vorne am Parkplatz stehen lassen? Dies hier ist ein Naturschutzgebiet, verstanden? Die Strafen bei Nichtbeachtung der geltenden Vorschriften sind empfindlich hoch. Sie können sich auf einiges gefasst machen!«

Der Kommissar konnte sich ein Grinsen nicht verkneifen. Dieser nette Herr war im Großen und Ganzen nach seinem Geschmack, Ordnungshüter durch und durch, konsequent wie eloquent zugleich. Nur an seinem Auftreten und an seinen Umgangsformen bestand dringender Nachschulungsbedarf.

»Sie brauchen gar nicht so blöd zu grinsen, Mann! Glauben Sie mir, das wird Ihnen rasch vergehen, wenn die Polizei an ihrer Haustür klingelt, oder der entsprechende Bescheid in ihren Briefkasten flattert!«

Fürchtegott Hager ließ den Motor verstummen und machte sich daran, die Fahrertür zu öffnen. »Dürfte ich wohl?«

Der Mann am Auto trat zwei Schritte zurück. Mit finsterem Blick beobachtete er jede seiner Bewegungen. Der Kommissar stieg aus und kramte seine Dienstmarke aus der Hosentasche hervor. Mit ausdruckslosem Gesicht hielt er sie dem erzürnten Ordnungshüter unter die Nase. »Und Ihr Name ist?«

»Förster«, entwich es dem Mann sichtlich unwohl.

Hager grinste. »Ich will nicht wissen, *was* Sie sind, sondern *wer* Sie sind«, präzisierte er.

»Herrgott, mein Name *ist* Förster – Meinwald Förster.«

»Wie treffend«, bemerkte Hager und ließ den Ausweis in seiner Tasche verschwinden.

»Sie entschuldigen schon, aber heutzutage meint sich niemand mehr an Gesetz und Ordnung halten zu müssen. Wenn Sie wüssten, wer sich hier alles herumtreibt, würden Ihnen die Haare zu Berge stehen. Nichts für ungut, Herr Kommissar. Wir sitzen ja alle im selben Boot, was?«

»Sie sind der Hüter des Zeitelmoos'?«

»Das ist mein Revier. Na ja, das Naturschutzgebiet ist nur ein Teil davon.«

»Und was tun Sie hier?«, wollte Hager wissen.

»Ich bin jeden Tag unterwegs«, verteidigte sich Förster. »Im Frühling gibt es immer viel zu tun: Windbruch, Pflanzarbeiten, Zaunbau, Wegebau. Sie können sich gar nicht vorstellen, was 1.000 Hektar für Strapazen bereiten.«

»*Tausend* Hektar!«, gab der Kommissar beeindruckt von sich.

»Und was hat Sie ins Moor verschlagen, wenn ich fragen darf?«, erkundigte sich Förster vorsichtig.

»Sicherlich ist Ihnen der Mordfall Zeitelmoos nicht entgangen.«

»Hören Sie mir bloß damit auf. Seit heute Morgen bin ich pausenlos auf Patrouille.«

»Aha, das ist also der Grund, warum ich Sie stinksauer antreffe!«

»Was glauben Sie denn? Natürlich ist man unterwegs, um Schaulustige von einem abgesperrten Tatort fernzuhalten. Das ist zwar ganz und gar nicht meine Aufgabe, aber eine Hand wäscht bekanntlich die andere.«

»Ist es so schlimm? Ich meine, das mit der Gafferei.«

»Es ist viel schlimmer. In Scharen strömen die herbei. Seit dem Bericht in der Zeitung habe ich bereits fünfundzwanzig Fahrzeugkennzeichen notiert.«

»Fleißig, fleißig. Da werden sich die Kollegen freuen«, sagte Hager und lächelte milde. »Meines können Sie wieder streichen, ja? Und Sie können mir bestimmt sagen, ob Sie in der betreffenden Nacht, von Freitag auf Samstag, etwas Ungewöhnliches bemerkt haben.«

Meinwald rieb sich am Kinn. »Freitag auf Samstag sagen Sie? Nein. Da war ich den ganzen Abend und die ganze Nacht über zuhause.«

»Wieso?«, wollte Hager wissen.

Försters Miene verfinsterte sich. »Weil ich dem Kerl von dem Magazin zugesichert hatte, dass er unbehelligt seine verdammten Fotos schießen darf.«

»Sie meinen Armin Adrian?«

Förster nickte. »Die Sorte kann ich am allerwenigsten ausstehen.«

»Welche Sorte?«, hakte Hager nach.

»Journalisten und Fotografen. Die trampeln einem alles kaputt, nur um an ein paar bescheuerte Aufnahmen zu kommen. Und dann schreiben sie einen Blödsinn, dass einem schlecht wird. Und das Allerschlimmste: sie bringen den ganzen Mist in Hochglanzmagazinen heraus. Wissen Sie, was das bedeutet?«

Der Kommissar schüttelte demonstrativ den Kopf.

»Dass scharenweise Naturliebhaber im Zeitelmoos aufkreuzen. Wenn sein Artikel erst in ganz Deutschland erschienen ist, wird sich eine ganze Armada von Hobbyfotografen auf den Weg zu uns machen. Die pfeifen auf Naturschutz. Denen ist es völlig egal, was wir hier machen. Die sind nur an ihren beknackten Aufnahmen interessiert.«

»Woher wissen Sie das?«

»Ich stehe permanent mit meinen Kollegen in Kontakt. Vor drei Jahren gab es eine Reportage über den Bayerischen Wald im Fernsehen. Tags darauf – es war ein Montag – fielen rund 200 selbsternannte Naturparkranger ein. Ihr Ziel: Die Plätze aufsuchen, an denen das *Filmteam* gedreht hat. Pah!«

Hager musste nachdenken. »Sie halten demnach nicht viel von Leuten wie Armin Adrian.«

»Ich halte überhaupt nichts von denen!«

»Aber Sie können mir sagen, wo ich Armin finden kann.«

Förster ließ die Schultern sinken. »Folgen Sie dem Weg. Gleich da vorn kommt eine Einbuchtung. Da steht sein Wohnwagen.«

Hager bedankte und verabschiedete sich.

Als er hinter dem Steuer saß, atmete er durch: Tja Förster, du bist nicht nur ein treuer Gesetzeshüter, sondern ab sofort auch einer meiner Verdächtigen. Kurz sah er im Geiste den Mann mit Schaufel und Pickel eine Grube ausheben und alsdann mit spitzen Holzpfählen bestücken. *Fürwahr, du wärst genau der richtige Typ für diese Art von Schweinerei ...*

*

Armins Wohnwagen sah genauso aus, wie ihn sich der Kommissar vorgestellt hatte. Er war ziemlich klein (etwa fünf Meter lang), glich seiner Form nach einem überdimensionalen Ei, und ihm war anzusehen, dass er seine glanzvollsten Zeiten längst hinter sich gelassen hatte. Das Dach war mit einem grünen Belag überzogen. Der

Caravan stand wohl nicht zum ersten Mal unter Bäumen oder im Forst. Knapp daneben parkte ein dunkelgrüner Landrover Defender.

Hager klopfte gegen die schmale Eingangstür und bekam prompt Antwort: »Treten Sie ein, Herr Kommissar«, tönte es ihm gedämpft entgegen.

Armin Adrian saß in einer engen Sitzgruppe und hatte das Gesicht in die Hände gestützt. Vor ihm auf dem Tisch lag ein Blatt Papier. »Setzen Sie sich«, sagte er, ohne seinen Besuch eines Blickes zu würdigen.

Hager quetschte sich auf die schmale Sitzbank und versuchte seine Knie unter dem Tischgestänge einzufädeln. »Ich hatte gehofft, Sie anzutreffen.«

Armin Adrian hob langsam den Kopf. »Ich bin heute noch nicht draußen gewesen.«

»Ist das Licht nicht gut?«, vermutete der Kommissar.

»Am Licht liegt es weniger«, antwortete Armin düster und schob ihm den Zettel entgegen.

»Was ist das?«, fragte Hager.

»Lesen Sie selbst.« Armin erhob sich und schlurfte zu dem kleinen Kühlschrank unterhalb der winzigen Spüle. »Möchten Sie auch ein Bier?«, fragte er und zog zwei Dosen daraus hervor.

»Danke, ich bin im Dienst«, entgegnete Hager geschäftig. »Außerdem trinke ich vor Mittag nie etwas.«

»Ach ja?« Armin stellte die zwei Dosen auf den Tisch, öffnete eine davon und machte einen ausgiebigen Schluck.

Fürchtegott Hager überfolg die Zeilen und zog die Stirn in Falten. Auf dem Blatt stand ein Gedicht – ein Gedicht über das Zeitelmoos. »Sind Sie jetzt unter die Lyriker gegangen? Für den Anfang nicht mal schlecht. Es erinnert mich an Verse, die wir damals in der Schule gelesen haben. Ich komme nur nicht auf den Namen ...«

»Es ist nicht von mir«, sagte Armin knapp.

Hager sah ihn überrascht an. »Nicht? Von wem ist es dann?«

Adrian zog die Schultern hoch. »Keinen Schimmer. Es pappte heute Morgen an meiner Tür.«

»Aha!« Der Kommissar dachte nach. »Haben Sie etwas davon mitbekommen? Ich meine, wissen Sie, wann das passiert ist?«

»Ich bin von Haus aus ein ziemlich unruhiger Schläfer. Und die ganze Aufregung hat mich auch nicht fester schlafen lassen. Es begann bereits zu dämmern, da glaubte ich draußen Schritte zu vernehmen. Ich bin sofort hellwach geworden und habe angestrengt gelauscht. Jemand ist um den Wohnwagen herumgeschlichen, dessen bin ich mir sicher. Dann gab es ein dumpfes Geräusch an der Tür. Ich war viel zu aufgeregt, um mich aufraffen zu können und nachzusehen, wer sich da draußen in aller Frühe herumtreiben mochte. So bin ich einfach liegen geblieben und hab angestrengt ins Ungewisse gelauscht.«

»Verständlich.« Hager rieb sich am Kinn. »Ist Ihnen danach noch etwas aufgefallen?«

»Nur der Zettel«, gestand Armin Adrian. »Etwa eine Stunde später hab ich mir ein Herz genommen, die Tür geöffnet und hinausgespäht. Draußen war alles ruhig. Ich drehte eine Runde um den Wohnwagen und fand den Zettel an der Tür kleben.«

Fürchtegott wechselte umständlich die Sitzposition. Er mutmaßte plötzlich einen Zusammenhang, der ihm zwar reichlich aus der Luft gegriffen dünkte, aber dennoch wie eine Welle der Erkenntnis über ihm zusammenschlug. »Was glauben Sie, hat das zu bedeuten?«

»Woher soll ich das wissen?«, entgegnete Armin Adrian verständnislos. »Ich kann beim besten Willen keinen Bezug zu mir oder meiner Arbeit feststellen.«

»Und doch gibt uns das Gedicht einen ersten Hinweis auf die Tat«, beharrte der Kommissar.

»Auf den Mord? Aber damit habe ich nicht das Geringste zu tun!«

»Grausig ist's im Zeitelmoos, kein Blatt regt sich am Baume. Aus düstrem Tümpel flüstert's mir, und wüsst' ich es nicht besser selbst, käm's vor mir wie im Traume«, rezitierte Hager die ersten Verse.

Armin sah sein Gegenüber fragend an. »Nun gut, die Stimmung im Moor wird beschrieben. Und weiter?«

»Ihre Beschreibung von den unheimlichen Mönchen entspricht genau dem Text, ... *und wüsst' ich es nicht besser selbst, käm's vor mir wie im Traume!*«

Armin holte demonstrativ Luft. »Sorry, aber das trifft auf so ziemlich alle Moore zu. Mit den Mönchen, die ich gesehen habe, hat das absolut nichts zu tun.«

Hager ließ nicht locker. »Sie haben mir erzählt, dass jemand, der sich nur selten in der freien Natur bewegt, von ihr unangenehm überrascht werden kann.« Hager legte einen Finger an die Lippen. »Dieser Jemand in dem Gedicht wird ebenfalls überrascht. Es sagt mir, dass sich der Täter im Moor auskennt, dass er weiß, wie schnell einem Trugbilder an der Nase herumführen können.«

»Aber«, protestierte Armin, »mich hat niemand an der Nase herumgeführt. Was ich gesehen habe, hat sich zweifelsfrei in der Realität zugetragen.«

»Verstehen Sie denn nicht?«, beschwor ihn Hager. »Was Sie gesehen haben, entspricht der Realität, doch das sollte es nicht.«

Adrian schüttelte den Kopf. »Ich versteh nur Bahnhof.«

»Nehmen wir die nächsten Verse«, fuhr der Kommissar unbeirrt fort. »Grausig ist's im Zeitelmoos, kein Vogel singt im Haine. Kein Weg, kein Steg sich finden lässt, von Nebelschwaden fest umhüllt, folgt sie mir still, die Meine.«

Sein Gegenüber machte ein ratloses Gesicht. »Und?«

»Hier ist von einer Frau die Rede!«, frohlockte Hager. »Die Mönche, die sie gesehen haben wollen, waren unter Umständen gar keine Männer.«

»Sie meinen Nonnen?«, entgegnete Armin Adrian spöttisch. »Das soll wohl ein Witz sein?«

»Durchaus nicht! Und da, der Schluss macht es ganz deutlich: Grausig ist's im Zeitelmoos, die Nacht bricht rasch hernieder. Aus der Ferne winkt ein Licht, doch folg' ich seinem Sehnen, weiß ich, ich kehr nie wieder.«

»Tja ... also ...«, mühte sich Armin unschlüssig.

»Es ist ganz offensichtlich.« Hager begann sich in seine Theorie hineinzusteigern. »Für mich steht zweifelsohne fest: Hier geht es um Zuneigung, um Liebe, wenigstens um die Begierde zwischen einem Mann und einer Frau. Es ist Nacht. Er folgt ihrem Licht – soll heißen, ihrer Anziehungskraft –, und während er ihr folgt, weiß er instinktiv, dass er sich damit ins Verderben stürzt. Und so geschieht es. Er kehrt nicht wieder!«

»Ich bleibe dabei«, versicherte Armin Adrian, »Ihren Ansichten, was das Gedicht betrifft, stimme ich zu, aber Ihren Schlussfolgerungen, den Mord betreffend, kann ich nicht folgen.«

»Wieso hat jemand dieses Gedicht an Ihrer Tür hinterlassen?«

»Keine Ahnung! Wohl irgendein Witzbold, der weiß, was geschehen ist, und der weiß, dass ich zurzeit im Moor fotografiere.«

»Und wozu sollte das der Witzbold getan haben?«

»Das ist doch sonnenklar! Um mir Angst zu machen – und das hat der oder die Betreffende auch geschafft.«

»Sagen wir so: Ich will ganz bestimmt nicht, dass Ihnen etwas zustößt. Wer immer diese Mönche sein mögen, sie sind mitunter sehr real, und allem Anschein nach zu allem bereit. Und sie wissen, dass Sie sie beobachtet haben, dass Sie Zeuge ihrer Tat geworden sind. Mitunter schweben Sie in größerer Gefahr als Ihnen bewusst ist. Vielleicht sogar in Lebensgefahr.«

Armin schluckte schmerzhaft. Von dieser Seite hatte er die Angelegenheit bislang nicht betrachtet.

In diesem Augenblick pochte es an der Tür. Armin zuckte unwillkürlich zusammen. Fürchtegott Hager ging, einem verinnerlichten Automatismus folgend, in Habachtstellung.

»Wer mag das sein?«, raunte Armin und nahm einen tiefen Schluck aus seiner Bierdose.

Hager verzog das Gesicht. »Bestimmt dieser Förster.«

»Sie kennen ihn?«

»Ich bin ihm auf dem Weg zu Ihnen begegnet. Ein sehr resoluter Kerl, der seinen Beruf ein wenig zu ernst nimmt.«

»Dr. Seltsam wäre passender«, entschied Armin. »Herein!«, rief er halblaut der Tür entgegen.

Sie öffnete sich zügig. Eine junge Frau betrat den Wagen. Sie hatte dunkelblondes, kurzes Haar, eine grazile Nase zwischen zwei himmelblauen Augen, ein markantes Kinn und sinnliche Lippen. Ihre Züge wirkten entschlossen wie neugierig zugleich. Sie trug einen hellgrünen, modischen Sweater, knallenge Bluejeans und gelbe Turnschuhe.

»Entschuldigen Sie, wenn ich störe, aber ich bin auf der Suche nach Hauptkommissar Hager. Man hat mir gesagt, dass ich ihn hier finden würde.«

»Immer rein in die gute Stube!«, rief Armin mit einem Anflug von Galgenhumor. »Ich fürchte, im Moment kann ich Gesellschaft gut gebrauchen.«

»Danke, das sehe ich«, antwortete die Frau mit einem missbilligenden Blick auf die beiden Bierdosen.

»Ich bin Kommissar Hager«, sagte Fürchtegott und versuchte sich zu erheben. Leider vereitelte der niedrige Tisch sein Vorhaben. Stattdessen rempelte er mit den Oberschenkeln schmerzhaft gegen die Platte, stieß die zweite Bierdose um und plumpste zurück auf die Sitzbank.

»Mein Name ist Nadine Spenglein. Ich bin Kommissaranwärterin beim LKA München und Ihnen für die Dauer der Ermittlungen zugeteilt.« Sie streckte den Männern ihren Dienstausweis entgegen.

Hager rieb sich die Oberschenkel. »Was? Das darf doch nicht ...« Alsdann ging ihm ein Licht auf: Saalfelder! *Na warte!* Mit einer gehörigen Wut im Bauch dachte er darüber nach, was er seinem Chef sagen würde, wenn er ihm das nächste Mal über den Weg lief. »Also ich ... mir hat niemand gesagt, dass sich das LKA ...«, *schon wieder*, wollte er sagen, aber er schaffte es im letzten Moment, die Worte zu unterdrücken, »... eingeschalten hat.«

»Wie dem auch sei. Jedenfalls bin ich hier und würde mich gerne mit Ihnen unterhalten. Unter vier Augen!«

»Selbstverständlich«, brummelte Hager und bahnte sich keuchend den Weg ins Freie.

Armin Adrian schüttelte den Kopf, nahm einen Schluck und verfolgte das ungleiche Pärchen, bis es schweigend seine Wohnstatt verlassen hatte.

»Sagen Sie mal, was soll das denn?«, beschwerte sich Nadine, als sie in ausreichender Entfernung neben dem Wohnwagen standen. »Sie trinken am Vormittag in aller Seelenruhe mit einem Verdächtigen ein Bier?«

»Erstens ist Herr Adrian bisher kein Tatverdächtiger. Und zweitens habe ich kein Bier getrunken«, verteidigte sich Hager, lauter als beabsichtigt. »Wie kommen Sie überhaupt dazu – «

»Was ich gesehen habe, habe ich gesehen«, beharrte Nadine trotzig und verschränkte die Arme vor der Brust. »Wenn Sie derartige Vorgehensweisen für sinnvoll erachten, ist das Ihr Problem. Ich kann so etwas weder gutheißen noch nachvollziehen.«

Hager musste Luft holen. »Gar nichts haben Sie gesehen. Was kann ich dafür, dass mein Zeuge sich in aller Frühe ein Bier hinter die Binde gießt. Die zweite Dose ist ungeöffnet. Das können Sie gerne nachprüfen.«

Nadine nahm Fahrt auf. »Wie gesagt, meinetwegen können Sie tun, was Sie für richtig halten. Ich habe mir diesen Job nicht freiwillig ausgesucht. Hof. Fichtelgebirge. Ha! Wenigstens sollten wir beide so tun, als zögen wir am gleichen Strang. Erwartet habe ich dies selbstredend nicht. Aber allmählich wird mir klar, warum meine Kollegen partout nie wieder in diese Gegend wollen.«

»Was?«, schrie Hager aufgebracht.

»Seinen Sie um Gottes Willen leise«, bad Nadine jetzt eindringlich. »Es muss ja nicht gleich jeder mitbekommen, dass der Polizeiapparat in Bayern alles andere als homogen ist.«

»Jetzt hören Sie mir mal genau zu!«, donnerte Fürchtegott los. »Egal, was Ihnen die Kollegen Schmidts und Wagenschneider weisgemacht haben, Fakt ist, dass sie rein gar nichts mit der Aufklärung des besagten Falles zu tun hatten. Was bilden die sich ein? Ich mache meinen Job lange genug, um auf Klugscheißer dieser Art verzichten zu können. Und Sie kommen hier an und wollen mir den Fall abnehmen? Schön! Meinetwegen. Ich habe ein paar Wochen Resturlaub, und ich fürchte allmählich, dass ich den bitter nötig habe. Ich werde ihn umgehend bei meinem Vorgesetzten einreichen. Sehen Sie doch zu, wie Sie allein zurechtkommen, aber versprechen Sie sich nicht allzu viel davon. Was die Oberfranken am allerwenigsten leiden können ist Überheblichkeit und Arroganz, erst recht, wenn sie aus Südbayern kommt.«

Nadine ließ den Kopf sinken. »So kommen wir nicht weiter«, sagte sie kraftlos. »Erst dieser Förster vom Silberwald und jetzt Kommissar Rambo höchstpersönlich.«

Hager wollte etwas sagen, aber ihm fehlten die Worte.

»Wenn Sie sich wieder beruhigt haben, und wir wie zwei erwachsene Menschen in Ruhe miteinander reden können, melden Sie sich bei mir. Hier ist meine Karte. Ich bin über Handy jederzeit erreichbar.« Die Jungkommissarin drückte dem Kollegen eine Visitenkarte in die Hand, dreht sich um und ließ ihn stehen.

»Aber ...« Hager öffnete die Hände zu einer entschuldigenden Geste. *Zefix!*, dachte er und kehrte resigniert in den Wohnwagen und zu Armin Adrian zurück.

»Ganz schön forsch, Ihre Münchner Kollegin«, merkte Armin an, als der Kommissar den Wagen betrat.

»Gilt Ihr Angebot mit dem Bier noch?«, fragte Hager ohne Umschweife.

»Klar doch«, antwortete Armin und grinste ihn an.

*

Am Nachmittag hielt Fürchtgott Hager die ernüchternden Ergebnisse des bisherigen Tages in Händen:

Die Begegnung mit Saalfelder war äußerst kurz, dafür umso heftiger ausgefallen. Leider hatte sich der Disput mitten im Gang zwischen ihren beiden Büros abgespielt, sodass jeder auf der Etage unfreiwillig Zeuge der unerquicklichen Streiterei geworden war. Die beiden Herren hatten einander lautstark ihre Meinung kundgetan und anschließend die Bürotüren mit voller Wucht ins Schloss krachen lassen.

Nadine hatte sich zu Hagers Erleichterung bereits in ihr Hotelzimmer zurückgezogen. Die Bemerkung, mit der sie Saalfelder von ihrer ersten Begegnung berichtet hatte, war hingegen kurz und bündig ausgefallen. *Es wird schwierig*, hatte sie gesagt und damit das Fass zum Überlaufen gebracht.

Zunächst hatte sich Fürchtegott geschworen, den Fall postwendend abzugeben und seinen verdienten Resturlaub anzutreten. Genervt hatte er sich der ausstehenden Kindsmisshandlung angenommen, aber bereits eine Stunde später, als der erste Rauch verflogen war, sich eines Besseren besonnen. Im letzten Herbst hatte er nicht klein beigegeben, warum sollte er dies jetzt tun? Der Fall war ganz frisch. Sollte diese Tussi aus der Metropole zeigen, was sie draufhatte. Wenn die beiden Witzfiguren tatsächlich ihre direkten Vorgesetzten waren, konnte es damit nicht weit her sein. Es würde ihm diebisches Vergnügen bereiten, ihr zu zeigen und zu beweisen, wie man als alter Hase an solche Fälle heranging. Ein verzwickter Fall wie dieser, der komplexe Unersuchungen wie Schlussfolgerungen würde nötig werden lassen, war etwas für Profis. Sollte er sich den sicheren Triumph kampflos vor der Nase wegschnappen lassen? Obendrein von einem Greenhorn wie dieser Kommissaranwärterin?

Wen auch immer das LKA schicken mochte, er würde standhaft bleiben – jetzt erst recht!

Die Untersuchung des Katharinenbergs war gegen 16.00 Uhr ergebnislos eingestellt worden. Weder hatte sich ein flaches Grab noch eine Fallgrube finden lassen. Die Fahndung nach Franks Wagen war ebenfalls erfolglos geblieben, desgleichen die Aufrufe in den Medien. Von der Pathologie hatte er erfahren, dass die Mutter des Opfers neben der Leiche ihres Sohnes zusammengebrochen war und daraufhin im Krankenhaus behandelt werden musste. Armin Adrians Verlag hatte den zugeteilten Auftrag bestätigt. Fürchtegott hatte das Blatt mit dem Gedicht mitgenommen. Brauchbare Spuren oder Fingerabdrücke (mit Ausnahme seiner eigenen und denen von Armin) waren darauf nicht zu finden gewesen.

Er wollte sich Adrians Schriftstück eben ein zweites Mal zu Gemüte führen, als das Telefon klingelte. Jutta Langer war am Apparat.

»Ist Ihnen etwas eingefallen?«, fragte der Kommissar frei heraus, erinnerte sich jedoch der anberaumten Wohnungsdurchsuchung. Gab es Probleme damit?

»Eingefallen nicht, aber ich habe einen Zettel gefunden«, sagte Jutta Langer.

Hager war hellwach. »Ein Gedicht?«, vermutete er.

»Gedicht? Nein, eine Art Einladung.«

Hager runzelte die Stirn. »Einladung? An wen?«

»Wohl an Thomas.«

»Und wo haben Sie die gefunden?«

»Sie lag unter dem Fußabstreifer vor der Haustür. Bestimmt hat er den Zettel verloren, als er sich an Christi Himmelfahrt auf den Weg gemacht hat.«

»Sind eigentlich meine Männer noch bei Ihnen?«, erkundigte sich der Kommissar.

»Nein, die sind vor zwanzig Minuten gegangen. Ich musste natürlich einiges aufräumen, obwohl sie sich Mühe gaben, nicht alles durcheinander zu bringen.«

»Haben meine Leute etwas von Bedeutung gefunden?«

Jutta zögerte. »Ich ... glaube nicht. Jedenfalls hat keiner etwas in dieser Richtung erwähnt.«

»Würden Sie mir bitte vorlesen, was auf dem Zettel steht?«
Jutta räusperte sich: »Ich muss dich unbedingt sehen! Du hast mich komplett verwirrt! Erwarte mich am 9. Mai, um 20.30 Uhr, an der Haltestelle Zeitelmoos! Ich bin zu allem bereit, mein Liebster ...«

XIV.

Äußerst konzentriert stand er vor dem Spiegel im Bad und verfolgte die Klinge in seiner Hand. Mit kaum zu beschreibender Geschmeidigkeit glitt sie über seinen Adamsapfel, rasierte mit gleichmäßigem Schwung auch die letzten Stoppeln von seinem makellosen Kinn. Anschließend galt seine ganze Aufmerksamkeit dem exakten Sitz seines Oberlippenbartes. Ausreißer wurden nicht geduldet, keinem einzigen Härchen war es erlaubt, über das eng gezogene Limit hinauszuschießen. Zu guter Letzt kürzte er, unter Beachtung einer strengen Symmetrie, seine buschigen Kotletten in Höhe der Ohrläppchen.

Ja, er war ein eitler Mann – eitel, was die Körperpflege anbelangte, eitel, was seine Kleidung betraf, eitel in Bezug auf sein Erscheinungsbild dem weiblichen Geschlecht gegenüber. Er selbst übrigens hielt sich kaum für anmaßend, erst recht nicht für arrogant oder insolent. Seiner Meinung nach war sein anspruchsvolles Äußeres nur die Spitze dessen, was sich unter der betörenden Hülle verbarg. Wo immer er erschien, zog er die Blicke der Damenwelt auf sich. Das fing bei halbwüchsigen Teenies an und hörte bei Endvierzigern auf. Er hätte Bücher darüber schreiben können, wie sie ihn zunächst scheu und heimlich begutachteten, alsdann einen ermittelnden Blick riskierten, diesen ersten Kontakt wohlig auskosteten, und, so sie wollten, aus himmelblauen Augen ambrosische Genüsse in Aussicht gestellt bekamen.

Eigentlich war es ganz simpel, die Damenwelt in Verzückung zu versetzen. Dazu musste ein Mann lediglich wissen, was er zu geben imstande war – und was er von Frauen erwartete. Ja, diese

Willensstärke war sein größter Trumpf, Kleinbeigeben nicht sein Typus. Für ihn bestand der Kodex seines ganz persönlichen Erfolges aus den beharrlich wiederkehrenden Maßregeln: sondieren, provozieren, triumphieren.

Er spülte die Klinge ab, steckte sie in den Rasierbecher auf der Ablage zurück, wusch sich die letzten Schaumreste aus dem Gesicht und raffte nach dem blütenweißen Handtuch. Bedächtig tupfte er sich damit die Haut trocken und warf es achtlos über den Wäschepuff neben dem Waschbecken. Selbstzufrieden mäanderte sein Blick über das dargebotene Spiegelbild: muskulöse Oberarme, sehnige Unterarme, ein breiter Brustkorb, die perfekt symmetrische Brustbehaarung im Bereich des Nabels spitz zusammenlaufend. Und erst sein bestes Stück: fleischig, mächtig, auch im nicht erigierten Zustand eine Augenweite. Ein bezeugtes Lächeln umspielte seine Mundwinkel. Das da unten war keine Mogelpackung, kein lahmes Stehaufmännchen, das erst im letzten Augenblick zu bescheidener Größe heranwuchs. Nein, dort unten lauerte geballte Manneskraft, allzeit bereit, auf den Höhepunkt gebracht zu werden.

Ein letzter Griff in den Alibert. Eine Portion Sir Irisch Moos verlieh dem Götzenbild die angemessene Duftnote.

Perfekt!

»Brauchst du noch lange?« Die Stimme vor der verschlossenen Tür katapultierte ihn in die Gegenwart zurück.

»Nein. Ich bin so gut wie fertig!« Sein Lächeln schwand.

»Bitte denk dran, der Abend gehört uns.«

Unwillkürlich zuckte er zusammen. *Verdammt, ja doch!* Das hatte er glatt vergessen. Schon die ganze Woche über hatte sie ihm damit in den Ohren gelegen. Im Prinzip hatte er auch nichts gegen einen gemeinsamen Abend einzuwenden (reichlich verwöhnt wurde sie in dieser Hinsicht sowieso nicht), aber gleich am Montag würde er für zwei Wochen nach Wolfsburg zu einer Qualifizierung im Bereich Turbotechnik fahren. Eben darum galt es, den vorerst letzten Samstagabend seinem neuesten Hobby zu widmen.

»Hör zu, Schatz!«, rief er der schneeweißen Badezimmertür entgegen. »Heute kann ich nicht. Ich treffe mich nachher mit Wolfgang. Wir müssen für die Zeit, in der ich im Werk bin, noch allerhand bequatschen.«

»Aber du hast es hoch und heilig versprochen! Und ich hab uns extra Kinokarten für die Nachtvorstellung besorgt. Saturday Night Fever läuft in der englischen Originalfassung.«
»Tut mir echt leid, aber Wolfgang muss ja zwei Wochen ohne mich zurechtkommen, und die Fortbildung ...«
»Hab schon verstanden! Dann mach doch, was du willst.« Eilige Schritte entfernten sich.

Erleichtert atmete er auf.

Die Heirat vor drei Jahren war genau genommen eine Schnapsidee gewesen, und er hatte auch reichlich Alkohol im Blut gehabt, als er seinem Schwiegervater in spe bei ihrer ersten und letzten Sauftour versprochen hatte, seine Tochter zu ehelichen. Freilich, die in Aussicht gestellte Mitgift war nicht ohne, und er wollte schließlich nicht seiner Lebtage als Geselle arbeiten, wollte seinen Meister machen und in ein paar Jahren eine eigene Kfz-Werkstatt besitzen.

Bockmist!

Im Alter von siebenundzwanzig Jahren sah er sich erstmals gezwungen einen Kompromiss einzugehen. Der Meisterkurs schritt voran, das eigene Geschäft jedoch blieb in unerreichbarer Ferne. Sie liebte keine waghalsigen Abenteuer, war häuslich geworden und bieder in jedweder Hinsicht. Nun wollte sie Kinder, damit es nicht mehr so still in dem geräumigen Haus bliebe. Dabei war sie die ersten beiden Jahre wirklich alles andere als zickig gewesen, wenn es um *seine* Bedürfnisse und *seine* Leidenschaft gegangen war. Seither rieben sie sich gegenseitig den Glanz ab, wurden unzufrieden und unleidlich gegeneinander und gegenüber dem einmal Erreichten.

Lachhaft!

Unwillkürlich musste er an seine Lehrzeit denken. An die dummen Scherze, die jeder Stift über sich ergehen lassen musste: etwa die Kurvenschnur holen, wenn ein Kotflügel ausgebeult werden sollte, oder die Kolbenrückholfeder beim Wechsel der Zylinderkopfdichtung. Ganz schön dumm hatte er dagestanden, und der Rest hatte sich auf seine Kosten amüsiert. Damals hatte er sich geschworen der Beste zu werden. Seine Gesellenprüfung bestand er mit einer glatten Eins. Und wie viel Spaß bereitete es ihm nun, andere aufs Glatteis zu führen. Susi etwa, die Lackiererin, in ihrem knallengen roten Overall. Wenn sie, mit Mundschutz und Spritzpistole bewaffnet, bei vierzig Grad in der Kammer stand und sorgfältig darauf achtete, keine Nase in die neue Motorhabe zu bekommen. Dann stellte er sich gerne dicht hinter sie, rieb seinen Schwanz an ihrem Knackarsch und forschte mit seinen Händen nach ihren prallen Möpsen. Sie war alles andere als prüde, und sie wusste auch ohne Worte, wie es gemeint war. Ja, Susi war bisweilen ganz nach seinem Geschmack.

Susi sorglos!

Genervt raffte er nach der engen Jeans auf der Waschmaschine, schlüpfte mit zusammengebissenen Zähnen hinein und zog mit einem heftigen Ruck den Hosenschlitz zu. *Blöde Kuh!*, hallte es fortwährend in seinem Innersten wider. Damals liebtest du es, nach allen Regeln der Kunst gevögelt zu werden, und heute muss ich um jeden beschissenen Kuss betteln. *Ach, fick dich doch selbst!*

Langsam und gleichmäßig holte er tief Luft.

Das half.

Nachdem er in sein hellblaues Jeanshemd geschlüpft war, lächelte er schon wieder – sein Groll verflüchtigte sich. Unten im Flur zog er seine Lederjacke an, lauschte kurz in der Stille des Hauses nach den Spuren ihrer Anwesenheit und zog die Tür hinter sich zu.

*

Pünktlich um zehn nach acht saß er in seinem Wagen, schloss den Hosenträgergurt und brachte sich in dem sündhaft teuren Recaro-Sitz in Position. Der Motor heulte auf und das Röhren aus dem nagelneuen Sportauspuff verscheuchte etwaige Bedenken.

»... Etwa fünftausend Atomkraftgegner haben sich heute in der Nähe von Gorleben versammelt. Ab sofort soll ein sogenanntes Runddorf eine dauerhafte Besetzung der Anlage ermöglichen. Die Aktion wurde von einem exorbitanten Polizeiaufgebot begleitet. Zu den anfänglich befürchteten Ausschreitungen kam es nach Meinung eines Polizeisprechers jedoch nicht. Bonn ...«

Rasch schob er eine Kassette in das Autoradio und sogleich dröhnte Funkytown aus den mächtigen Lautsprechern in der umgebauten Hutablage.

Am Ortsausgang trat er das Gaspedal durch. Sein Golf GTI (standardmäßig mit dem 110-PS-Motor aus dem Audi 80 GTE bestückt) und die 150 PS unter seiner Haube (die er mithilfe einiger professioneller Umbauten herausgekitzelt hatte) sorgten für gehörigen Vorschub. Mit festem Griff umschlang er das lederne Sportlenkrad. Es war federleicht, die 215er Goodyear in der Spur zu halten, und dennoch, das Auto schlechthin, der nagelneue Audi Quattro, war eine Klasse für sich. Kurz sah er die Werbung im Fernsehen vor sich: Der Traum aus Blech kämpfte sich bedenkenlos eine Skisprungschanze hoch ... *Geil!* Das war Power in Reinkultur, geballte Männerpotenz auf vier Rädern.

Er war die Strecke bestimmt tausendmal gefahren, an den erwähnten Parkplatz mit Bushaltestelle konnte er sich seltsamerweise nicht erinnern. Natur war langweilig, eintönig, altbacken.

Das Asphaltband führte in gerader Linie eine lange Steigung empor. Er nahm den Fuß vom Gas, verfolgte zu beiden Seiten den tristen Waldsaum.

Vollbremsung. Der GTI schlitterte über die Fahrbahn. Es bereitete ihm kaum Mühe, den Wagen mit einigen kräftigen Lenkmanövern unter Kontrolle zu behalten. Eine gegabelte Einfahrt, mitten drin eine verwachsene Insel aus niedrigen Büschen, zwei einsame Bäume, daneben eine gelbe Tafel. Die Bushaltestelle. Er legte den Rückwärtsgang ein, setzte seinen Golf einige Meter zurück und bog in den Waldweg ein.

Der Parkplatz war nicht viel mehr als eine notdürftige Verbreiterung des ohnehin vorhandenen Forstwegs. Er schüttelte den Kopf und ließ den Motor verstummen. Für ein erstes Rendezvous hätte er sich weiß Gott behaglichere Orte vorstellen können. Seine neue Verehrerin war wohl ausgesprochene Naturliebhaberin. Er hatte nicht die leiseste Ahnung. Etwas seltsam war die Sache ja gewesen. Am Mittwochmorgen war ein Zettel hinter einem der Scheibenwischer geklemmt:

Ich muss dich unbedingt sehen!
Du hast mich komplett verwirrt!
Erwarte mich am 3. Mai, pünktlich um 20.30 Uhr,
an der Haltestelle Zeitelmoos!
Ich bin zu allem bereit, mein Liebster ...

Welcher Mann auf dieser Welt konnte eine derart unmissverständliche Einladung ausschlagen?

Er kurbelte das Seitenfenster herunter. Der milde Maiwaldduft schwappte ihm würzig wie übermütig entgegen. Es würde einen herrlichen Frühsommerabend geben, mitten im Wonnemonat.

Wenn er es sich recht überlegte, war Natur pur vielleicht doch nicht so schlecht, wie er dachte. Die Temperaturen hatten in den letzten Tagen beinahe sommerliche Werte erreicht (zumindest für die Verhältnisse im Fichtelgebirge). Entspannt zündete er sich eine Zigarette an, inhalierte tief, blies den Rauch hinaus in die grüne Welt und warf einen kurzen Blick auf seine Timex: 20.23 Uhr. Noch sieben Minuten.

Während er die Kassette wendete, glaubte er aus den Augenwinkeln heraus ein Licht im Dickicht des Forstes wahrzunehmen. Der Tonträger wanderte in die Ablage der Mittelkonsole zurück. Seine Augen bohrten sich in das undurchdringlich grüne Meer.

Da war es wieder! Und noch mal!

Ein kurzes Blinksignal, irgendwo direkt vor ihm zwischen den Bäumen. Einem Automatismus folgend löste er den Gurt, zog den Zündschlüssel, öffnete die Wagentür, stieg aus und verschloss seinen Golf. Eilig stopfte er den Schlüsselbund in seine Hosentasche und folgte dem Pfad, der in den Wald hinein führte.

Du liebst es spannend!, durchzuckte ihn ein Gedanke. *O Mann, wie ich es liebe ... Blink, blink!*

Der Weg beschrieb eine Kurve, dann noch eine und noch eine. Irgendwie war es düster geworden. Die dummen Bäume spendeten unsinnig viel Schatten. Er konnte kaum zwanzig Schritte weit sehen, so dicht standen sie, doch plötzlich erkannte er eine matte, spiegelglatte Fläche hinter den Stämmen. Was konnte das sein? Er ertappte sich dabei, wie er für die Dauer eines Lidschlags an Rückzug dachte.

Perfekter Unsinn!

Am Ufer des Weihers angekommen blieb er stehen und schüttelte den Kopf. Es war nichts weiter als ein trister Waldsee, die Ufer gesäumt von ganz ansehnlichen Fichten und Kiefern, die sich vereinzelt bis weit über das Wasser räkelten. Jedoch dieses Wasser, was war das nur für ein Wasser? Es war kaum in der Lage irgendetwas zu reflektieren. Es war silberschwarz und undurchdringlich wie Pech, und plötzlich registrierte er, dass es mucksmäuschenstill geworden war.

Die Tage, die er einst im Wald zugebracht hatte, lagen lange zurück, aber er meinte, sich nie zuvor an ein derartiges Schweigen erinnern zu können. Kein Vogelgesang, kein Säuseln von Wind in den Kronen der Bäume, kein Laut von der nahen Straße, kein Knacken im Unterholz.

Er schluckte. Sein Mund war vollkommen trocken geworden. Widerwillen kam ihm die Sage von der Elfenkönigin vom Zeitelmoos in den Sinn. Damals, in der Grundschule, hatte das frivole Fräulein Friedrich sie ihnen vorgelesen. Und obwohl er damals eher ihre zarten Schenkel unter ihrem Minirock im Visier gehabt hatte, wurden die Worte in seinem Kopf lebendig ...

Ein junger Mann war auf dem Weg zu seiner Liebsten, von Weißenstadt nach Wunsiedel. Der kürzeste Weg führte ihn mitten durch das Zeitelmoos. Dort erschienen ihm Jungfrauen, die einen lieblichen Reigen tanzten. Er beobachtete sie voller Neugierde. Doch plötzlich gab der Boden unter seinen Füßen nach und er fiel in unbekannte Tiefen ...

Eilends trat er zwei Schritte vom Seeufer zurück. Sein Herz pochte. Kopfschüttelnd bemühte er sich um Ruhe. Was war denn plötzlich in ihn gefahren? Er war ein erwachsener Mann, noch dazu ein liebeshungriger, und mal ganz ehrlich: gegen Jungfrauen war absolut nichts einzuwenden.

Blink, blink!

Da war es wieder.

Das Licht leuchtete nun vom anderen Ufer herüber. Vorsichtig setze er sich in Bewegung, begann den See zu umrunden. Ein düsterer Pfad teilte alsbald den dichten Bestand wie die Schneide eines Messers. Abermals glaubte er instinktiv, dass es besser wäre, ihm nicht zu folgen, doch das verlockende Licht hatte längst gesiegt. Ganz nah sah er es jetzt vor sich.

Aber was war das?

Eine Gestalt?

Eine weiße Frau?

Die Elfenkönigin!, hämmerte ihm sein Verstand ein.

Unwillkürlich schritt er voran. Der feste Boden unter seinen Füßen veränderte sich, wurde weicher, federte, gab nach wie auf einem Trampolin.
Mein Gott! Sie will, dass ich ihr folge ...
Atemlos kämpfte er sich dem Licht und der Erscheinung entgegen. Ihr Kleid strahlte gleißend hell in der Düsternis. Es reichte bis zum Boden, bündelte sich in ihrer schmalen Taille, wölbte sich über ihrem Busen. Er konnte ihre langen Beine erahnen, glaubte zwischen ihren Schenkeln ihre Scham hervorschimmern zu sehen, starrte wie paralysiert auf die spitzen Knospen ihrer prallen Brüste.
Sie ist nackt unter dem hauchdünnen Etwas!
Die Lust kehrte zurück, augenblicklich und drängender als zuvor. Er durfte sie haben. Nein, er musste sie haben, diese schönste aller Schönheiten. Elfenkönigin hin, Elfenkönigin her, er wollte es ihr besorgen, wollte aus der Jungfrau eine folgsame Sklavin erwachsen lassen ...
Unter Schauern spürt er, wie der Knüppel zwischen seinen Beinen an Größe gewann. »Jetzt bist du mein!«, keuchte er lüstern, die Welt vergessend.
Als Antwort glaubte er ein hohles Lachen wahrzunehmen – luftig klang es ihm in den Ohren, gläsern, überirdisch, rein.
»Bleib doch endlich stehen!«, rief er ihr entgegen, aber sie winkte ihn zu sich und er folgt dem verbotenen Pfad, hastete hinterher, stolperte, verknackste sich den Fuß, schrie laut auf, hinkte weiter. Keine Macht der Welt konnte ihn jetzt aufhalten.
Abermals kam ihm die Sage von der Elfenkönigin in den Sinn ...
Der junge Mann fiel in bodenlose Tiefe und erwachte in einem zauberhaften Saal. Betörende Musik ertönte. Auf seidenen Kissen saßen die lieblichsten Jungfrauen im Kreise versammelt. Um ihn herum blitzten Gold und Edelsteine von Wänden und Decke. Das schönste der Mädchen forderte ihn zum Tanze auf. Er wirbelte sie herum, immer und immer wieder. Gar nicht genug konnte er davon bekommen. Eine nach der anderen wurde seine Tanzpartnerin ...
Als die Reihe an die Elfenkönigin kam, lächelte sie ihn an und sagte: »Du bist wahrlich ein sehr guter Tänzer! Bleib bei uns, bleib bei mir, und du wirst immer so jung und schön sein, wie du heute bist, mein Liebster. Ich bin zu allem bereit ...«

»Wohlan denn!«, rief er begeistert.

Da endlich hielt sie inne und breitete die Hände aus. Mit einem seligen Lächeln kämpfte er sich ihr entgegen. Noch vier, fünf große Schritte, dann würde er sie endlich in seinen Armen halten.

Aber was war das? Plötzlich strauchelte er; ein Hindernis holte ihn von den Beinen. Er konnte sich nicht abfangen, fiel längelang, wie ein abgesägter Baum. Im Sturz malte er sich ein letztes Mal die Liebe aus, die sie beide vollzogen hätten: Lustvoll. Engelgleich. Immerwährend.

Lähmender Schmerz verriet ihm, dass es nicht mehr dazu käme. Er hatte den Boden der Tatsachen erreicht. Mit eiserner Faust trachtete er danach, ihn festzuhalten. Unbeschreibliche Qualen wischten die letzte Fiktion hinfort. Ein Brennen wie von Feuer breitete sich von der Körpermitte über seinen ganzen Organismus aus, erfasste jede einzelne Zelle wie eine gigantische Feuerwalze. Er hatte keine Ahnung, was vorgefallen war, spürte jedoch überdeutlich, dass das Abenteuer Leben hier und jetzt ein abruptes Ende gefunden hatte. Ein Schandpfahl durchbohrte sein treuloses Herz. Er erfasste, wie die letzten Körner seiner Lebensuhr verrannen, glaubte noch, die Elfenkönigin neben sich zu sehen, wähnte sich widerstrebend in trauter Obhut, doch es wurde dunkel in und um ihn herum. Der Boden hatte sich aufgetan. Im Fallen wusste er, dass keine glitzernden Gemächer, kein Gold, keine Edelsteine und erst recht keine Jungfrauen ihn erwarteten ...

XV.

Meinwald Förster hielt kurz inne. Was er gedachte zu tun war alles andere als ein Freundschaftsdienst. Es würde sich schlichtweg um das schamlose Ausnützen seines Wissens, präzise ausgedrückt, um Erpressung handeln. Und das sollte ihm, dem Hüter über Recht und Ordnung, so mir nichts, dir nichts von der Hand gehen? Aber ja doch! In dieser Hinsicht besaß Meinwald ein leicht verzerrtes Bild von dem, was er an Rechtschaffenheit und Ehrlichkeit von seinen Mitmenschen auf der einen, an Sitte und Moral von sich selbst auf der anderen Seite erwartete. Recht und billig war das, was ihm zugutekam. Und er war ja kein Unmensch. Die Summen, die er für sein Schweigen verlangte, brachten niemanden an den Bettelstab. Er wusste sehr genau, was er von wem verlangen konnte, ohne dabei allzu großen Schaden anzurichten. Und wenn jemand nicht gleich zahlen konnte, so gewährte er Ratenzahlung oder Stundung – kein Problem.

Bisher hatten sich all seine Kunden an die getroffenen Absprachen gehalten, von fremdgehenden Ehemännern, die den Forst gerne für ein Schäferstündchen nutzten, angefangen, bis zu pflegenden Familienangehörigen, die Omas Silber nach deren Ableben im Erdreich unter markanten Bäumen parkten. Erst heute hatte ihn dieser Mord im Zeitelmoos reichlich Neukunden beschert, wenngleich die Summen, die er für unerlaubtes Fahren auf gesperrten Wegen verlangte, bescheiden ausfielen. Für derartige Fälle gab es einen Bekannten in der Zulassungsstelle, der Meinwald Namen und Adressen zu den notierten Kennzeichen besorgte. Ein kleiner Gefallen von Beamter zu Beamter auf dem kurzen Dienstweg. Wie hätte er ahnen können, dass Kollege Förster das daraus geschlagene Kapital in die eigene Tasche wirtschaftete.

Meinwald hielt noch immer den Knauf der Haustür in seinen Händen. Was er heute zu erledigen hatte, sprengte den Rahmen des bisher Erreichten, würde ihn eine Stufe höher steigen lassen, was Raffinesse und Kaltblütigkeit anbelangte, eine Stufe tiefer, was die Menschlichkeit betraf. Aber auch er musste an später denken, an Elisabeth, seine Frau, die nur die wenigen Jahre vor den Kindern berufstätig gewesen war, und an die beiden Töchter selbst, Susanne und Sandra, die in Bayreuth und Nürnberg eifrig studierten. Ein hartes Lächeln umspielte seine Mundwinkel. Entschlossen drückte er die Klinke nieder.

»Heda, jemand zuhause?«, rief er lautstark im finsteren Hausflur stehend.

Bettina kam mit einer bunten Wolldecke unter dem Arm die Treppe herunter und musterte den seltenen Gast auf ihrem Fußabstreifer. »Bist du das, Meinwald?«

»Ist dein Mann da?«, sagte Förster in seiner forschen Art und vergrub die Hände in den Hosentaschen.

»Natürlich. Wir sind alle im Wohnzimmer.«

Bettina ging voraus, Meinwald folgte ihr.

»Du?«, entwich es Norbert, als er sah, wer zu dieser späten Stunde Einlass begehrte. Förster hatte ihn bisher nur ein einziges Mal in all den Jahren besucht, und dabei war es (wie nicht anders zu erwarten) um die heimlichen Raubzüge seines Vaters gegangen. Diesem zweiten Besuch mochten wiederum die illegalen Holzgeschäfte seines Vaters zugrunde liegen. Instinktiv schlug er die Beine am Sofa übereinander und verschränkte die Arme vor der Brust. Ein Seitenblick zu seinem Vater bestätigte, dass diesen ähnlich trübe Gedanken beschäftigten.

»Setz dich«, sagte Norbert widerwillig.

Meinwald kam und setzte sich in den freien Sessel. »Ein schöner Abend heute«, begann er unverfänglich das Gespräch. »Das wird sich bald ändern. Abendgrau und feuchte Wiesen. Da wird's Morgenrot geben, und wallenden Nebel. Ich kann den Regen schon riechen«, sinnierte er weiter.

»Du bist bestimmt nicht gekommen, um uns zu erzählen, wie morgen das Wetter wird«, warf ihm Norbert kalt entgegen.

Meinwald grinste schief. »In der Tat, in der Tat! Es geht ... nun ja ...« Sein Blick wanderte über die Anwesenden. Bei Bettina und Luisa, die es sich beide mit einer Decke auf dem Zweisitzer gemütlich gemacht hatten, hielt er inne. »Vielleicht wäre es besser, wenn wir die fragliche Angelegenheit unter vier ... Pardon, unter sechs Augen diskutierten.«

Georg und Norbert tauschten düstere Blicke. Aus den Gesichtern der beiden war alle Farbe gewichen. Norbert gab dem Rest seiner Familie zu verstehen, dass es besser für sie war, der Angelegenheit fern zu bleiben. Bettina verließ daraufhin mit Tochter Luisa das Sofa. An der Wohnzimmertür warf sie ihrem Mann ängstliche Blicke zu.

»Geh nur, Betty«, sagte Norbert um Ruhe bemüht. »Es ist alles in Ordnung.«

Die Tür schloss sich leise. Im Raum wurde es sogleich frostig wie an einem eiskalten Winterabend.

»Zur Sache, Meinwald«, sagte Norbert abweisend.

Georg neben ihm rutschte unruhig auf dem Polster hin und her.

Förster blickte von einem zum anderen. »Habt ihr den Artikel in der Zeitung gelesen?«

»Welchen Artikel?«, fragte Norbert unwirsch.

»Den vom Mord im Moor«, antwortete Meinwald süßlich.

Norbert gab sich angestrengt gelassen. »Überflogen, ja. Warum?«

»Och, weil ich denke, dass ein Verbrechen direkt vor der Haustür jeden interessieren dürfte«, fuhr Förster genüsslich fort.

»Wir haben ihn gelesen«, gab Norbert abermals zu verstehen. »Und weiter?«

Meinwald räusperte sich. Wie es aussah, genoss er seine überlegene Position in vollen Zügen. »Nun ja, da fragt man sich als grundanständiger Mensch natürlich, wie und warum so etwas geschehen kann, nicht wahr?«

»Das fragt man sich wohl.«

»Nun bin ich aber nicht nur ein rechtschaffener Staatsbürger, sondern auch Förster in just dem Waldgebiet, in dem sich dieser teuflische Mord ereignet hat.«

Norbert und Georg schwiegen und tauschten abermals düstere Blicke.

»Da ist es meine Dienstpflicht, die Augen offen zu halten – offener als üblich, bei Tag und Nacht, versteht sich.«

Norbert löste sich aus seiner Haltung. »Verdammt! Red nicht um den heißen Brei herum. Was willst du von uns?«, schnaubte er seinem Kontrahenten entgegen.

»Nur immer schön ruhig bleiben«, sagte Meinwald gespielt unterwürfig. »Wir können unser kleines Problem in aller Ruhe aus der Welt schaffen, da bin ich mir hundertprozentig sicher. Niemand braucht laut zu werden, nicht wahr – du am allerwenigsten.«

»Sag, was du willst, verflucht!«, keifte ihm Norbert angriffslustig entgegen und ballte die Hände zu Fäusten.

»Lass ihn«, sagte Georg kraftlos und legte seinem Sohn die Hand auf den Arm. »Ich weiß, weshalb er gekommen ist.«

»Bravo!« Förster klatschte Beifall. »Wie es aussieht, hat dein Vater mehr Verstand und Anstand als du. Er weiß, was sich gehört, und bestimmt weiß er, was auf dem Spiel steht.«

»WAS WILLST DU!«, schrie Norbert unbeherrscht.

Meinwald lachte sich ins Fäustchen. »Du hast keine Ahnung, hab ich recht? Er hat dir nichts davon erzählt, stimmt's?« Förster blickte zu Norberts Vater, der klein und kraftlos auf dem Sofa kauerte. »Nana, so etwas tut man doch nicht. Innerhalb der Familie sollte man keine Geheimnisse haben.«

»Spuck's endlich aus!«, zischte Norbert.

»Schön! Wenn du unbedingt darauf bestehst, die Geschichte von mir zu hören, bitte: Gestern Nacht war ich im Zeitelmoos unterwegs. Nach allem, was geschehen ist, ist es meine Pflicht als Beamter, den Staatsapparat zu unterstützen, wo es nur geht. Solchem Treiben muss kurzerhand ein Riegel vorgeschoben werden. Ich bin also im Forst unterwegs, und wen sehe ich da?« Genüsslich blickte Meinwald von einem zu anderen. »Euch beide, bei der neuen Rückegasse, mitten im Bestand, und wie es aussieht, habt ihr etwas zu besorgen, das nicht jeder mitzukriegen braucht. Ich also runter auf die Knie und das Geschehen verfolgt. Und siehe da! Es werden seltsame Dinge aus dem Waldboden geborgen. Zunächst weiß ich selbst nicht, was das für Stöcke sind, die ihr da aufklaubt. Erst nachdem ihr alles fein säuberlich zu eurem Pick-up getragen habt und verschwunden ward, habe ich den Ort des Geschehens näher unter die Lupe genommen. Tja, meine Freunde, wie es aussieht, seid ihr etwas zu oberflächlich vorgegangen. Ich grub nämlich ebenfalls in der Mulde – und fand zu meiner allergrößten Verwunderung den Humerus eines Homo sapiens.«

»Den was?«, bellte Norbert heißer.

»Oberschenkelknochen eines Menschen«, ergänzte Meinwald kühl.

Georg fasste sich unwillkürlich an die Kehle.

»Nun denn, als Jäger kennt man sich in Anatomie relativ gut aus – nicht nur, was die Beute anbelangt. Und ich fragte mich also, was das zu bedeuten hat. Zuerst wird ein Toter im Moor gefunden, zwei Tage später werden die Überreste eines weiteren Opfers klammheimlich beseitigt. Der Schluss liegt auf der Hand, oder?«

»Norbert kann nichts dafür«, sagte Georg in kläglichem Tonfall. »Ich hätte längst – «

»Vater! Nein«, flehte Norbert.

Förster lachte wie der Teufel.

»Ich frag dich zum allerletzten Mal: WAS WILLST DU?«, fuhr er zu Meinwald gewand fort. Sein Gesicht verlor alle Anspannung. Plötzlich ergriff der reine Überlebenstrieb die Oberhand. Er und seine Familie waren in Gefahr, und obwohl er bislang kein allzu fürsorgliches Oberhaupt abgegeben hatte, wollte etwas in ihm, dass er sich diesmal zum Kampf rüstete. Nun galt es, die Möglichkeiten zu sondieren, einen Schlachtplan zu entwerfen, ein sinniges Kalkül.

»Ich bin nicht die Sorte Mensch, die Freundschaften mir nichts, dir nichts wegwerfen«, begann Förster in aller Seelenruhe. »Jeder von uns kann, ohne es zu beabsichtigen, in eine brenzlige Situation geraten, aus der er keinen Ausweg mehr sieht. Was liegt näher, als zusammen mit dem Problem den Verursacher gleich mit verschwinden zu lassen? Versteht mich bitte nicht falsch, aber mir liegt es fern, den Moralapostel zu spielen. Wenn es Gründe geben mag, Menschen umzubringen, dann werde ich diese niemals nachvollziehen können. Lebende sind mir ehrlich gesagt lieber. Andererseits bin ich weder der Richter über Gut und Böse noch muss ich mich mit Gewissensbissen herumschlagen. Ich denke, ein kleiner Obolus würde genügen, um mich quasi als stiller Teilhaber vom laufenden Geschäft zurückziehen zu können.«

»Wie viel soll dein Schweigen kosten? Darauf läuft es doch hinaus«, erkundigte sich Norbert gerade so, als galt es einen Kuhhandel abzuschließen. Innen drin wusste er, dass die Geldgier dieses Scheusals niemals ein Ende finden würde.

Meinwald Förster legte einen Finger an die Lippen und ließ den Kopf hin und her wippen. Er brauchte nicht wirklich zu überlegen, denn die Summe, die er gleich nennen würde, hatte er bereits zuvor festgelegt. »Ich bin kein Unmensch. Leben und leben lassen, ihr versteht? Sagen wir mal – weil ihr es seid und unserer langen Freundschaft zuliebe – lächerliche 25.000!« Ein breites Grinsen zog sich von einem Mundwinkel zum anderen. »In Raten, das versteht sich ja von selbst.«

Georgs Herz setzte zwei Sekunden aus. Alsdann griff er sich an die schmerzende Brust. »Fünf...und...zwanzig...?«

»Wer sagt uns, dass du nicht mehr willst, wenn wir bezahlt haben?« Norbert blieb ruhig, so ruhig, dass er sich über sich selbst zu wundern begann.

»Keiner! Ihr werdet euch auf mein Wort verlassen müssen«, sagte Meinwald leichthin.

Norbert lachte spitz. »Auf das Wort eines Erpressers?«

»Mörder oder Erpresser, was macht das für einen Unterschied?«, gab Förster zu bedenken.

»Wir werden es uns überlegen«, sagte Norbert entschlossen.

Meinwald zog die Stirn in Falten. »Soso, überlegen!« Damit hatte er nicht gerechnet. Seine Stimme wurde streng: »Weil ihr es seid, will ich Gnade vor Recht walten lassen. Aber ich komme morgen wieder, und dann möchte ich eine eindeutige Antwort hören – und eine hübsche Anzahlung sehen, verstanden? Andernfalls wird sich dieser Kommissar Hager brennend für eure nächtlichen Aktivitäten interessieren. Ich selbst hab ihn im Zeitelmoos kennengelernt. Wir haben uns lange über die grausame Tat unterhalten. Er scheint mir ein sehr erfahrener Kriminalbeamter zu sein, der sich so leicht nichts vormachen lässt. Wenn der eine Spur gewittert hat, wird er kaum zu bremsen sein.«

»Morgen Abend also«, sagte Norbert frostig und erhob sich.

»Ganz recht, morgen Abend«, wiederholte Förster und tat es ihm gleich.

Nachdem Meinwald das Haus verlassen hatte, saßen Norbert und Georg noch eine Zeit lang schweigend nebeneinander auf der Couch. Während Georg hibbelig seine Hände knetete, formten sich in Norberts Kopf die Grundzüge eines Schlachtplans. Von beiden unbemerkt hatte Bettina das Wohnzimmer betreten. Bleich und um Jahre gealtert sah sie aus. Als sie auf dem Zweisitzer Platz genommen hatte, blickten die beiden Männer auf.

»Bettina, mein Kind«, jammerte Georg und wischte sich über die Augen.

»Ich hab alles vor der Tür mit angehört«, sagte sie tonlos. »Ich denke, ihr seid mir beide eine Erklärung schuldig.«

Norbert nickte stumm. Für den Anfang stand sein Plan auf ziemlich wackeligen Beinen.

XVI.

Dienstagmorgen. Fürchtegott Hager ließ den ersten Liter Kaffee durch die Maschine laufen. Gut die doppelte Menge an Pulver hatte er dafür in den Filter gegeben. Er wusste, dass ihm die schwarze Brühe nicht bekommen würde. Gleichwohl brauchte er einen klaren Kopf.

Fortwährend schwirrte ihm Irmgards ausführlicher Bericht über den Besuch bei dieser Wolltante durch den Kopf. Er wusste aus leidlicher Erfahrung, dass seine Frau für Neues leicht zu begeistern war, aber derart aus dem Häuschen hatte er sie selten erlebt. Sie hatte (nach eigenen Angaben) gut zwei Stunden in diesem *Wollikate-für-Wollmäuse-Geschäft* zugebracht und gleich auf Anhieb ein kleines Vermögen an der Kasse gelassen. Dafür stapelten sich nun im Wohnzimmer ein Duzend bunter Wollstränge, ein hochwertiges Sortiment der gebräuchlichsten Stricknadeln sowie etliche Strickzeitschriften mit ausgefallenen Modellen und Anleitungen. Jahre war es her, dass sie Schals, Handschuhe, Pullover oder Socken für sie beide angefertigt hatte. Fürchtegott glaubte sich zu erinnern, dass es tief in den Innereien seines Kleiderschrankabteils ein letztes Paar brauner Socken gab, die er zu einem seiner Geburtstage von ihr bekommen, jedoch nur einmal getragen hatte, weil sie nach dem ersten Waschen über Gebühr eingelaufen waren. Nun würde es bald reichlich Nachschub an Handgemachtem geben: Passendes wie Unpassendes, Gebräuchliches wie Ungebräuchliches, Schickes wie Schnödes.

Der Kommissar schenkte Kaffee in seine Tasse und balancierte damit zu seinem Schreibtisch zurück. Als er an dem Getränk nippte, öffnete sich die Tür. Nadine Spenglein kam, im Schlepptau von Saalfelder, ins Büro. Sein Chef machte erst unmittelbar an der Tischkante halt; die junge Kollegin verharrte zwei Meter dahinter und bedachte den Raum mit prüfenden Blicken.

»Morgen, Fürchtegott«, sagte Saalfelder in Eile. »Nadine Spenglein brauche ich dir ja nicht mehr vorzustellen. Sei so gut und gibt ihr eine lückenlose Zusammenfassung über den Zeitelmoos-Mord. Du hast doch einen ersten Bericht geschrieben?«

Hagers Gesicht sprach Bände.

»Wie dem auch sei. Du gibst ihr fürs Erste eine Zusammenfassung anhand deiner Tafel, ja? Und Fürchtegott …« Saalfelder beugte sich zu seinem linken Ohr hinunter. »Wenn das mit euch beiden nicht reibungslos klappt, sehe ich mich zu Schritten genötigt, die allein du zu verantworten haben wirst. Hab ich mich diesmal klar und deutlich ausgedrückt?«

Der Kommissar zeigte ein kaum wahrnehmbares Nicken.

»Sie ist eine junge Kollegin, vergiss das nicht. Ich will keine weiteren Klagen hören. Das hier ist für sie der erste große Fall. Ich will, dass sie jede nur denkbare Unterstützung bekommt – und zwar von dir!«

»Hm …« Hager nippte abermals an seiner Kaffeetasse und musterte die vermeintliche Kollegin von Kopf bis Fuß.

»Reiß dich am Riemen, Fürchtegott. Wir haben alle mal klein angefangen. Es gibt keinen Grund Fräulein Spenglein misstrauisch gegenüber zu treten. Das im letzten Herbst war etwas völlig anderes, das weißt du genau, auch wenn sie vom LKA kommt. Vertragt euch, bitte! Ich kann und möchte mich nicht auch noch um die Reibereien zwischen Kollegen kümmern müssen.« Saalfelder erhob sich, warf der jungen Kollegin einen letzten, gut gemeinten Blick zu und verließ im Eilschritt das Büro.

Hager konzentrierte sich mit Hingabe auf die Risse in seiner Schreibtischplatte, während Nadine von einem Fuß auf den anderen wippte. Saalfelder meinte es ernst mit dem, was er sagte. Er musste sich tatsächlich am Riemen reißen. Andererseits war diese Spenglein ein junges Ding aus München. Sie hatte keine Ahnung vom harten Polizeialltag. Hier in der Provinz säße er allemal am längeren Hebel, würde ihr als Mentor zur Seite stehen und ihre Ausbildung mit einigen bemerkenswert praktischen Erfahrungen abzurunden wissen. Damit war allen geholfen: Nadine, Saalfelder, dem LKA und ihm selbst.

Perfekt!

Schlussendlich raffte Fürchtegott seinen Anstand zusammen, schnellte aus dem Sessel und streckte ihr mit einem gut gemeinten väterlichen Lächeln die Hand entgegen: »Fürchtegott Hager. Herzlich willkommen in Bayern ganz oben.«

»Nadine Spenglein«, sagte Nadine verdutzt und ertappte sich dabei, wie sie um ein Haar losgelacht hätte. Der Typ ist die perfekte Karikatur eines cholerischen Dorfpolizisten: schütteres, graues Haar, nach hinten offen und zerzaust, fliehende Sorgenstirn über zusammengekniffenen Brauen, die Augen darunter Katzen gleich grün, mit einem Hang zum stierenden Blick, rotgeäderte Hakennase (was auf reichlichen Alkoholkonsum schließen lässt), dünne, leicht blaue Lippen und ein spitzes Kinn.

»Bitte nehmen Sie Platz«, sagte Hager galant und wies einladend auf einen der beiden Stühle halbrechts neben dem Schreibtisch.

»Danke.« Nadine zog den angewiesenen Stuhl zu sich und brachte sich gegenüber in Stellung.

»Also …«, begannen sie synchron nach einer Weile beiderseitigen Schweigens.

»Bitte«, sagte Nadine. Ein schmales Lächeln huschte ihr über das Gesicht.

»Nein, nein, Sie!«, entfuhr es Fürchtegott Hager. Eine wohlwollende Geste unterstrich sein Anliegen.

»Da ich nun mal hier bin, würde ich ganz gern gemeinsam mit Ihnen den Fall lösen. Sehen Sie mich bitte als Unterstützung, als Hilfe, nicht als Hemmschuh.«

Du versuchst es heute also auf die nette Tour, dachte Hager ein klein wenig enttäuscht. Das hat dir wohl der Polizeipsychologe an der Uni beigebracht, was? Aber Zuckerbrot und Peitsche sind so alt wie die Welt, Mädel! Der Kommissar räusperte sich. »Von einer Lösung bin ich meilenweit entfernt«, gestand er.

Nadine nickte verstehend. »Es wäre sehr hilfreich, wenn Sie mir zum Einstieg einen kurzen Überblick über den bisherigen Verlauf geben könnten.«

Fürchtegott Hager erhob sich, begab sich zu seiner Tafel und berichtete, so gut es ging und so weit es die wenigen Fakten zuließen, von dem Auge am Katharinenberg, von dem Leichenfund im Zeitelmoos, von dem seltsamen Bericht Armin Adrians und dem Gedicht an seiner Wohnwagentür, von der Identifizierung der Leiche und von der Einladung, die Jutta Langer vor ihrer Tür gefunden hatte. Erst jetzt, wo er die spärlichen Fakten in aller Kürze präsentierte, ging ihm auf, dass er eigentlich rein gar nichts über den

Mord in Händen hielt, dass es bislang weder ein akzeptables Motiv noch einen brauchbaren Verdächtigen gab. Das machte ihn nicht nur ärgerlich, vielmehr spürte er, wie er kurz geneigt war, den Frust über dieses Unwissen und die Lächerlichkeit, die damit einherging, an seinem Gegenüber auszulassen. Jedoch besann er sich sogleich eines Besseren. Die Wogen des Unmuts auf seiner Stirn glätteten sich, sein Mund verzog sich zu einem versöhnenden Lächeln.

»Das ist weiß Gott nicht sonderlich viel«, schloss er seinen Bericht. »Jedenfalls für den Anfang.«

»Kann ich den bisherigen Bericht lesen?«, bat Nadine. »Nicht jetzt!«, ergänzte sie rasch.

Hager kratzte sich verlegen am Ohrläppchen. »Tja, leider bin ich bisher nicht dazu gekommen, einen Bericht anzufertigen. Der ganze Stress, Sie verstehen? Aber ich werde das selbstverständlich baldmöglichst nachholen.«

»Entschuldigung, wenn ich danach frage, aber haben Sie keine Kollegen, die Ihnen diese Arbeit abnehmen könnten?«, wollte Nadine wissen. Bei diesem Hager schien es ihr für den Anfang sinnvoller, auf naive Berufsanfängerin zu machen. Sein Temperament kannte sie zur Genüge. Mit offener Gegenwehr war dieser Typ nicht zu knacken.

»Kollegen?« Fürchtegott Hager biss die Lippen aufeinander. »Hier in der Provinz reicht das Geld hinten und vorn nicht. An jedem Blatt Klopapier muss gespart werden.« Der Kommissar war in seinem Element. »Früher oder später wird man das ganze Hofer Kommissariat dichtmachen und alles über Bayreuth oder Weiden abwickeln. Was das für die Verbrecher heißt, brauche ich Ihnen nicht zu erklären. *Freibrief!*, sage ich nur.« Fürchtegott nahm Fahrt auf. »Es ist leicht, aus der Großstadt zu kommen und sich über die Landpolizei lustig zu machen. In München lässt sich aus dem Vollen schöpfen. Sehen Sie sich bitte diese Tafel an. Mein Chef hat sie mir erst im letzten Herbst zugebilligt, dabei arbeitet bei den großen Sonderkommissionen kein Mensch mehr mit derart antiquierten Mitteln. Da hat man Multimedia-Displays und schnelle Computer, die einem in Sekundenbruchteilen alles sagen, was man wissen will.« Hager musste Luft holen. »Bei uns schätzt man sich glücklich, wenn man überhaupt einen Internetanschluss bekommt, von übergreifendem Datenzugriff möchte ich gar nicht reden. Ich persönlich bin der Meinung – «

»Herr Kollege!« Nadine Spenglein hob beschwichtigend die Hand. Ihre soeben eingeschlagene Strategie brach wie ein Kartenhaus zusammen. Sie musste sich regelrecht zur Ruhe und Besonnenheit zwingen. *Was weißt du schon von der Arbeit in der Großstadt? Nichts! Du hast deine Dienstjahre in der heimeligen Idylle eines Dorfreviers zugebracht.* Nadine schluckte angestrengt den aufkommenden Ärger hinunter. »Erstens sieht es hinsichtlich der Personalstruktur beim LKA nicht viel besser aus. Zweitens bekommen gerade wir in der Großstadt die zunehmende Gewaltbereitschaft und Brutalität mehr als anderswo hautnah zu spüren.« Nadine krempelte demonstrativ den linken Ärmel ihres Sweatshirts hoch und präsentierte eine hässliche Narbe am Oberarm. »Drittens ersparen uns technische Hilfsmittel unter Umständen zeitaufwändige Recherchen, aber ohne entsprechendes Know-how, ohne Spürsinn, ohne Beharrlichkeit geht es auch bei uns nicht.«

Hager schluckte. Ob er es wollte oder nicht, er musste sich eingestehen, dass die Ansichten der jungen Kollegin nicht nur gut und richtig, sondern bestimmt auch in weiten Teilen seinen eigenen entsprachen. Und dieses unschöne Andenken an ihrem Arm sprach mehr als Worte. »Woher haben Sie die Verletzung, wenn ich fragen darf?«, sagte er kleinlaut.

»Vor drei Jahren – ich lief mit einem älteren Kollegen Streife im Olympiapark – wollte ich zwei Jungendliche nahe der U-Bahn-Station kontrollieren. Sie schienen ziemlich angetrunken zu sein. Eine Routineübung, wie sie einem in jeder Schicht begegnet. Der Kollege hielt sich knapp hinter mir, doch er konnte nicht verhindern, dass einer der beiden Kids blitzschnell ein Messer zog und es mir ohne Vorwarnung in den Arm rammte. Hinterher behauptete der Anwalt der beiden, mein Kollege und ich hätten die beiden schikaniert und provoziert, obwohl uns klar geworden sein müsste, dass es sich um zwei sturzbetrunkene Kinder handelte, die nicht mehr nachvollziehen konnten, was wir von ihnen wollten und sich deshalb entsprechend zur Wehr setzten.« Nadine hielt inne. Ihre Wangen wurden von einem zarten Rosa überzogen. *Jetzt bist du baff, was?* Wohlwollend registrierte sie das Gesicht ihres Gegenübers.

»Wie ging die Sache aus?«, fragte Hager betreten.

»Drei Monate Jungendarrest für den Messerstecher wegen fahrlässiger Körperverletzung – Freispruch für seinen Kumpel. Mein Kollege wurde in ein Revier am anderen Ende der Stadt versetzt, und ich ging auf die Hochschule.«

Fürchtegott blickte Nadine offen in die Augen. »Das tut mir leid für Sie. Viele an Ihrer Stelle hätte nach diesem Erlebnis der Mut verlassen.« Ja, Mut besitzt du, aber es ist wohl eher deine innere Überzeugung gewesen, die dich an deinem Ziel hat festhalten lassen. Die Überzeugung, dass gute Polizeiarbeit die Welt ein kleines Bisschen sicherer macht.

»Ihnen muss nichts leidtun. Sie wissen so gut wie ich, was es heißt, diesen Beruf zu ergreifen. Die Gefahr um Leib und Leben ist unser ständiger Begleiter. Aber ich bin nicht Polizeibeamtin geworden, weil ich den permanenten Kick brauche, sondern weil ich von Kindesbeinen an etwas gegen Gewalt und Ungerechtigkeit habe. Ich bin jung genug, den Traum von einer besseren Welt zu träumen, obwohl ich mir im Klaren darüber bin, dass es ein Traum bleiben wird. Und mal ganz ehrlich, Herr Hager, bis vor drei Tagen wusste ich nichts von diesem Einsatz. Ich habe mich weder aufgedrängt noch sonst irgendwie darum bemüht. Es war der Wunsch meiner Vorgesetzten, mich vor Ort der Sache anzunehmen.«

»Schmidts und Wagenschneider«, sagte Fürchtegott Hager verdattert. Allmählich begann ihm die Sache unheimlich zu werden. Nicht nur, dass diese Nadine so ziemlich dem entsprach, was er sich als Kollegen erträumt hatte, nein, auch die Tatsache, dass die beiden verhassten Münchner Kollegen vom vergangenen Herbst ihm diese Frau geschickt hatten, ließ bei ihm sämtliche Alarmglocken Sturm läuten. Das war bestimmt kein Zufall, oder doch? Sollte er in eine wie auch immer geartete Falle tappen? Wollten Schmidts und Wagenschneider sich damit für seine Ungebührlichkeit rächen? *Moment mal!* Du hast bis vor drei Tagen selbst nichts davon gewusst? Aber das kann doch nicht ... das würde ja ...

»Was Sie mit den beiden Herren hatten oder haben, geht mich nichts an«, unterbrach Nadine Hagers Gedanken. »Es steht mir nicht zu, mir darüber ein Urteil zu bilden. Mit dem jetzigen Fall jedenfalls hat das rein gar nichts zu tun.«

Hager nickte verdrossen. »Sie haben völlig recht. Aber wie konnten Sie bereits am ...« Der Kommissar zählt zur Sicherheit an seinen Fingern die Tage rückwärts. »Montag, Sonntag, Samstag ... Wie konnten Sie bereits am Samstag von dem Fall wissen?« Seine Kinnlade klappte nach unten.

Nadine konnte sich keinen Reim darauf machen. »Na ja ...«, begann sie zögernd, »ich selbst erfuhr erst am Samstagabend, kurz vor Dienstschluss, von dem Einsatz in Oberfranken. Stimmt etwas nicht?«

Hager räusperte sich. Das Ganze war ihm jetzt sichtlich unangenehm. »Nun, an diesem Samstag stellte sich gerade mal heraus, dass es überhaupt um Mord geht. Das am Tag zuvor gefundene Auge musste untersucht, die Leiche erst gefunden werden.«

»Das wusste ich nicht«, gestand Nadine. »Ich dachte, der Mord liegt bereits länger zurück. Demnach musste alles sehr schnell gegangen sein. Hauptkommissar Schmidts bat mich kurz in sein Büro und dort eröffneten mir beide, dass es in Hof, genauer gesagt im Fichtelgebirge, einen ungelösten Fall gibt, der ...« Sie stockte. »Der auf Bitten der Dienststelle das Eingreifen des LKAs notwendig macht.«

Hager ballte die Hände zu Fäusten und schlug damit hart auf die Tischplatte ein. »Ha! Dass es in Hof einen ungelösten Fall gibt, der das Eingreifen des LKAs notwenig macht«, wiederholte er säuerlich. »Na warte, Freund Saalfelder!«

»Sie haben von diesem Gesuch gar nichts gewusst?« Nadine runzelte die Stirn. Wenn das stimmte, brauchte sie sich über nichts mehr zu wundern. Man hatte den Kollegen einfach übergangen, überrumpelt, und schlimmer noch, ihn von Anfang an als unfähig hingestellt, den Fall selbständig zu lösen. In diesem Licht stellte sich die Sachlage ganz anders dar, denn auch ihr hatte man keinen reinen Wein eingeschenkt.

Nur kurz blickte Fürchtegott Hager düster vor sich hin, dann erhellten sich seine Züge und er lächelte Nadine offen entgegen. Ihm war aufgegangen, dass man sie beide an der Nase herumgeführt hatte, dass sie nicht Gegner oder Kontrahenten, sondern Leidtragende, mehr noch, Verbünde waren. »Nein«, sagte er frei heraus, »ich habe absolut nichts davon gewusst, aber lassen wir das fürs Erste gut sein. Ich werde die Angelegenheit zu gegebener Stunde mit meinem Vorgesetzten klären. Allerdings muss ich sofort hier raus, sonst geschieht ein Unglück.« Er räusperte sich kurz. »Haben Sie Lust, Armin Adrian einen Besuch abzustatten?«

»Gerne. Warum nicht?« *Wenn Sie nicht gleich wieder Bier trinken müssen,* dachte Nadine bei sich und musste ein Kichern unterdrücken.

Hager erhob sich umständlich hinter seinem Schreibtisch. »Ich bin mir zunächst nicht sicher gewesen, aber seit dieses Gedicht aufgetaucht ist, fange ich an, mich um seine Sicherheit zu sorgen.«

»Was für ein Gedicht?«, fragte Nadine, während sie ihren Stuhl zurück an seinen Platz beförderte.

Fürchtegott Hager nickte und reichte ihr den Zettel von einer seiner Ablagen.

Bevor sie das Büro verließen, blieb der Kommissar neben der Kaffeemaschine stehen. »Sie trinken Kaffee?«

Nadine Spenglein nickte.

»Ich trinke meinen schwarz, mit einem Stück Zucker«, bemerkte er beiläufig und öffnete die Bürotür.

Die junge Frau nickte unwillkürlich und blickte dem Kollegen fragend hinterher.

*

»Entweder ist es ein Scherz – und wenn ja, dann ist er alles andere als witzig –, oder es ist eine Drohung, die heißen soll: wenn dir dein Leben lieb ist, dann verschwinde von hier«, sinnierte Nadine vor sich hin.

Der Kommissar saß am Steuer und gab sich Mühe, die Geschwindigkeit seines Wagens nicht unter 130 Km/h fallen zu lassen. Er wusste, wie Irmgard über seine spritsparende Fahrweise dachte. Bei Nadine Spenglein wollte er nicht wie ein seniler Sonntagsfahrer daherkommen. Äußerst konzentriert hielt er den Passat in der Spur, überholte Lastwagen und Gespanne, und gab sich rein äußerlich, als säße er in einem Mustang V8 und führe den Highway 66 entlang. Innerlich jedoch fühlte er sich wie bei seiner Fahrprüfung, die im Winter, kurz vor Weihnachten und mit reichlich Glatteis und Schnee vonstatten gegangen war.

»An einen Scherz glaube ich nicht«, antwortete Fürchtegott, setzte den Blinker und wechselte aufmerksam die Fahrspur. »Ich vermutete dahinter eine Warnung. Aber wozu sollte sich jemand die Mühe machen und extra ein Gedicht schreiben? Ein einziges Wort hätte genügt.«

»Wir wissen nicht, wer es geschrieben hat. Vielleicht existiert es ja schon länger. Sie haben nie davon gehört?«

Hager schüttelte den Kopf. »Ich bin offen gesagt kein großer Fan von Lyrik«, gestand er.

»Es erinnert entfernt an ein Gedicht von Annette von Droste-Hülshoff. Es heißt: Der Knabe im Moor.«

Der Knabe im Moor!, durchfuhr es den Kommissar. Auch ihm waren schemenhaft die alten Verse aus vergangenen Schultagen in den Sinn gekommen, jedoch wäre ihm niemals der Titel, geschweige denn die Verfasserin eingefallen. »Donnerwetter! Sie sind sehr belesen!«, gestand er.

»Leistungskurs Deutsch, Schwerpunkt Literatur und Lyrik«, gab Nadine leichthin zu verstehen. »Ich kann mich darum kümmern.«

Hager hatte den Faden verloren. »Um was?«

»Um den Urheber des Gedichts, falls es sich dabei um ein veröffentlichtes Werk handelt.«

Fürchtegott Hager lächelte Nadine offen ins Gesicht. »Sie täten mir damit einen wirklich großen Gefallen.«

*

Sie hatten die Autobahn verlassen und befanden sich auf dem Weg nach Wunsiedel. Obwohl die Fahrt über Landstraßen kürzer gewesen wäre, wollte Fürchtegott der jungen Münchnerin zeigen, dass selbst der allerletzte Winkel Bayerns an Deutschlands Hauptverkehrsadern angebunden war.

»Wie geht es jetzt weiter?« Nadine legte das Blatt beiseite. Die letzten Minuten waren vergangen, ohne dass einer der beiden etwas gesagt hatte. Die Spannung jedoch war gewichen.

Hager musste nicht lange überlegen. Wenn es eines in unbegrenzter Menge gab, dann waren es Fragen. »Nur wenige wissen, dass sich Armin Adrian im Zeitelmoos aufhält.«

»Wie dieser Förster«, wandte Nadine ein.
»Richtig. Woher kennen sie ihn?«
»Bevor er mir gestern wohl oder übel den Weg zu Adrians Wohnwagen verraten musste, hat er mich zur Schnecke gemacht.«
»Ach ja, richtig!« Hager schmunzelte. »Aber Sie waren doch zu Fuß unterwegs, oder täusche ich mich?«
»Eine Streife hat mich bis zur Bushaltestelle gefahren. Ich wusste ja nicht, wie weit es bis zu diesem Wohnwagen sein würde. Auf halber Strecke ist mir der Kerl über den Weg gelaufen.«
»Dieser Meinwald hat was gegen Leute, die sich in seinem Revier herumtreiben. Wohl ein Spleen. Oder es gibt für ihn wichtigere Gründe, Fremde fernzuhalten. Jedenfalls nimmt er offenkundig seine Arbeit sehr ernst. Aber er ist bei Weitem nicht der Typ, der blumige Zeilen verfasst.«
Die Kollegin nickte wissend. »Typen wie der besitzen eine andere Sprache. Trotzdem kann er es gewesen sein, der das Gedicht an Adrians Tür gepappt hat.«
»Um ihn loszuwerden«, sagte Hager.
»Und ihm Angst einzujagen«, ergänzte Nadine.
»Wir werden uns mit Förster eingehend unterhalten müssen.«
Nadine nickte zustimmend.
»Sind Sie eigentlich mit dem Auto nach Hof gekommen?«
»Nein, mit dem Zug – übrigens zweiter Klasse!«
Hager schmunzelte. »Verstehe, auch das LKA muss sparen.«
»Richtig«, antwortete Nadine und grinste zurück.
»Demnach werde ich Sie jeden Morgen zum Dienst abholen.«
»Gerne.«
Abermals vergingen einige Minuten des Schweigens, allerdings war dieses Schweigen nun alles andere als unangenehm. Das Eis war gebrochen – auf beiden Seiten.
»Leben Sie eigentlich gerne hier?«, erkundigte sich Nadine.
Der Kommissar lachte. »Sie meinen in der Provinz?«
»Lachen Sie nicht! Ich selbst bin in Amberg geboren.«
»In der Oberpfalz?«
»Ja, warum?«
»Weil zwischen Oberfranken und der Oberpfalz seit jeher so etwas wie – Sie verzeihen – Zwietracht herrscht.«

»Ist das nicht überall so?«

Hager lachte erneut, nicht überheblich, sondern frei heraus.

»Mein Vater war Finanzbeamter – ein ganz korrekter.« Nadine lächelte matt.

»Ist Ihr Vater denn …?«

»O Gott, nein, nur pensioniert. Aber ich fürchte, dass ihm dieser Zustand nicht recht bekommt.«

»So geht es vielen, wie man hört. Wen wundert's? Da opfert man sein Leben einem Beruf, richtet sich ganz und gar danach ein, und dann heißt es von heute auf morgen: Sie sind ausgemustert, mein Guter, die Welt dreht sich weiter, aber Sie müssen stehen bleiben. Vielen Dank auch, und einen netten Lebensabend.«

»Ich glaube, er hätte es für gut geheißen, wenn ich eine entsprechende Beamtenlaufbahn eingeschlagen hätte.«

»Haben Sie doch«, bekundete Hager.

»Im Finanzsektor«, korrigierte Nadine.

»Naja, das ist natürlich eine ganz andere Welt. Dazu muss man wohl geboren sein.«

»Bestimmt. Mit Zahlen jonglieren ist nie mein Ding gewesen, wenn Sie verstehen, was ich meine. Ich bin als Einzelkind groß geworden, dennoch zeigte sich bei mir früh ein ungetrübter Sinn für Gerechtigkeit. In der Schule konnte ich es nie haben, wenn Mitschüler für etwas bestraft wurden, was sie nicht begangen hatten. Lehrer sind vernunftbegabte Menschen, aber sie favorisieren die rasche Klärung unliebsamer Begebenheiten.«

»Wehret den Anfängen, sage ich immer. Aber Sie haben natürlich vollkommen recht. Jeder von uns hat seine Geschichten zu erzählen.« Hager lächelte Nadine zu.

Sie schwiegen wiederum einige Minuten.

»Verzeihen Sie mir, wenn ich danach frage, aber woher wussten Sie eigentlich, wo ich zu finden war?«, nahm Hager den verlorenen Faden auf.

Nadine hatte keinerlei Probleme damit. »In der Dienststelle sagte man mir, dass sie nach Wunsiedel gefahren seien. Dort angekommen sagte mir ein Kollege von der KTU, Sie hätten vor, Armin Adrian im Zeitelmoos aufzusuchen.«

»Alfons, stimmt.« Hager gab sich damit zufrieden. »Ich werde den

Verdacht nicht los, dass es sich bei diesem Verbrechen um eine Liebestat handelt«, kam er zum eigentlichen Thema zurück.

»Wie kommen Sie darauf?«, fragte Nadine, griff erneut nach dem Zettel und überflog die Zeilen.

»Es ist mehr ein Gefühl – und bitte sagen Sie jetzt nichts. Es ist zu wenig, ich weiß.«

»Folgt sie mir still, die Meine«, rezitierte Nadine. »In der Tat, der Verdacht drängt sich einem unwillkürlich auf. Aber der Mord war äußerst brutal, und wenn man diesem Adrian Glauben schenken darf, gibt es nicht nur einen Täter.«

»Sondern drei.«

»Oder einen Täter und zwei Helfershelfer.«

»Es passt zu wenig zusammen«, gestand Hager und trat mit Wonne das Gaspedal durch.

*

Fürchtegott Hager und Nadine Spenglein trafen Armin Adrian in einer ähnlichen Verfassung an, wie sie ihn tags zuvor verlassen hatten. Zahllose leere Bierdosen und die allgemeine Unordnung zeugten von einer weiteren durchzechten Nacht. Nadine begutachtete das Chaos im Wohnwagen erneut mit missbilligenden Blicken. Fürchtegott Hager nahm, ohne eine Einladung abzuwarten, hinten auf der Sitzbank Platz.

»Heute wieder ein Herz und eine Seele?«, sagte Armin zynisch und stützte den Kopf in die Hände.

»Haben Sie Gäste gehabt?«, ignorierte der Kommissar seine Anspielung und räumte einige der Dosen beiseite.

»Nein«, antwortete Armin düster. »Ich hab meinen ganzen Biervorrat allein gesoffen.«

Nadine verzog angewidert das Gesicht. »Warum tun Sie sich das an?«

»Ich?« Armin lachte bitter. »Lady, die Frage ist nicht, was ich mir antue, sondern was man *mir* antut!«

»Und das wäre?«, forderte die Beamtin mit unwirscher Miene.

»Pff!« Armin Adrian machte eine wegwerfende Handbewegung. »Mir glaubt ja sowieso keiner.«

»Ich würde es auf einen weiteren Versuch ankommen lassen«, äußerte der Kommissar ernst.
»Und was, zum Kuckuck, soll das bringen?«, jaulte Adrian.
»Es könnte Ihnen das Leben retten«, fuhr Hager in gleicher Weise fort.
Armin Adrian holte Luft. Sein Blick verweilte kurz an der Wohnwagendecke. »Na schön. Gestern Nacht, oder vielmehr heute früh, wurde ich wach. Ich hatte wieder etwas gehört, wusste jedoch zunächst nicht, was es war. Und als ich mich aufzurappeln versuchte, hörte ich erneut das Geräusch.« Adrian blickte den beiden Beamten abwechselnd in die Augen. In seinem Blick lagen Wahnsinn, Angst und das Martyrium mehrerer schlafloser Nächte eng beieinander. »Es war ein ... Sägen!«
»Sägen?« Nadine runzelte die Stirn.
Hager faltete geruhsam die Hände auf der Tischplatte. »Können Sie das präzisieren? War es eine Motorsäge?«
Armin schüttelte den Kopf. »Keine Motorsäge! Es war eine ...«
»Handsäge«, vermutete der Kommissar.
Abermals geriet Adrians Kopf in bedenkliche Unruhe. »Nein, nein! Es war eine ...«
»Zugsäge«, entschied Nadine.
»Ja! Eine Zugsäge. Ritsch, ratsch. Ritsch, ratsch. Ritsch, ratsch. Immer wieder.« Armin vollzog die dazugehörige Handbewegung.
»Und was taten Sie?«, erkundigte sich Fürchtegott Hager.
Armin lachte spitz. »Was ich getan habe? Ich hab mir ein letztes Helles einverleibt und mir die Decke über den Kopf gezogen.«
Allgemeines Schweigen.
»Gehen wir mal davon aus, dass Sie sich nicht geirrt haben«, sagte Nadine und erntete von Adrian eine missbilligende Geste. »Gehen wir weiterhin davon aus, dass Sie nach Ihrem Alkoholkonsum noch in soweit zurechnungsfähig waren, das Geräusch einer Säge vom Pochen eines Spechts zu unterscheiden.«
»Specht?«, rief Armin. »Haben Sie jemals mitten in der Nacht einen Specht gehört?«
»Zugegeben, der Vergleich war etwas ungünstig gewählt«, sprang Hager in die Presche, »aber meine Kollegin wollte damit nur sagen, dass Sie wohl reichlich betrunken waren, und in so einem Zustand

glaubt man leicht allerlei Dinge zu hören und zu sehen, hab ich recht?«

»Ich war ziemlich besoffen, verdammt, ja«, verteidigte sich Armin Adrian. »Aber nicht taub! Herrgott, ich hab mehr Stunden in der Wildnis zugebracht, als euer Polizeiapparat zusammengenommen. Ich werde wohl ohne Probleme die Henne vom Hahn unterscheiden können.«

Abermals Schweigen.

»Er hat recht«, gestand Hager ihm zu. »Ich fürchte, wir müssen seinen Worten glauben schenken, und ich befürchte ferner, dass in diesem Moor Dinge vor sich gehen, von denen wir nicht die leiseste Ahnung haben.«

»Danke, Kommissar«, sagte Armin matt. »Haben Sie vielleicht für die nächsten Tage eine sichere Bleibe für mich?«

»Ich habe einen viel besseren Vorschlag«, entgegnete Hager. »Wir werden uns in der kommenden Nacht bei Ihnen einquartieren und auf die Lauer legen.«

*

Bevor sie zurück ins Kommissariat fuhren, besuchten sie Jutta Langer. Verschlafen und im Morgenmantel öffnete sie ihnen die Wohnungstür.

»Ach, Sie sind's«, sagte sie und hielt sich gähnend die Hand vor den Mund. »Entschuldigung, aber ich hatte Nachtschicht. Kommen Sie rein.«

»Wir können gern ein andermal wiederkommen«, meinte Hager loswerden zu müssen. »Wir sind nur zufällig in der Gegend und da dachten wir – «

»Kein Problem, ich kann sowieso nicht schlafen«, sagte Jutta Langer und schlurfte in die Wohnung zurück. »Wollen Sie auch einen Kaffee?«

Hager und Nadine folgten ihr.

Wenig später saßen sie am Küchentisch und der Kommissar nippte an einer Tasse.

»Gibt es Neuigkeiten?«, erkundigte sich Jutta und zog nervös an ihrer Zigarette.

»Ehrlich gesagt: nein«, gestand Hager. »Aber vielleicht ist Ihnen etwas eingefallen, das uns weiterbringen könnte?«

Jutta blies den Rauch an die Zimmerdecke und schlug die Beine übereinander. »Ich stelle mir selbst nichts als Fragen«, drang es aus ihr hervor, »aber es lässt sich keine Antwort finden – keine einzige. Da lebt man mit einem geliebten Menschen zusammen, von dem man glaubt, ihn in- und auswendig zu kennen, und dann ist alles verloren, alles vorbei, alles so, als sei nie wirklich etwas zwischen uns gewesen. Thomas war ein Mensch, der seine kleinen Geheimnisse hatte, wie jeder Mann sie haben mag. Das ist doch ganz normal, oder? Und dann soll er …? Nein, ich kann … ich will nicht …« Juttas Stimme brach. Sie schniefte und wischte sich mit der freien Hand über die Augen. »Und doch war er ein Heuchler, ein Scheusal, ein Mistkerl, der mich nach Strich und Faden belogen und betrogen hat.« Ihre linke Hand ballte sich zur Faust, die rechte führte erneut den Glimmstängel an den Mund.

»Hat sich eigentlich jemand wegen des versäumten Klassentreffens gemeldet?«, erkundigte sich Fürchtegott Hager.

»Pff!« Jutta Langer lachte bitter. »Dieses Treffen hat es doch niemals gegeben!«

»Es sieht jedenfalls ganz danach aus«, bestätigte der Kommissar. »Bis heute hat sich niemand gemeldet, der etwas von dieser Ehemaligenfeier berichten könnte.«

»Wo sind Sie eigentlich in der Nacht von Donnerstag auf Freitag gewesen?«, sagte Nadine Spenglein.

Jutta Langer zerkrümelte den Rest der Zigarette im Aschenbecher. »Wo ich …?«, brüskierte sie sich. »Sie denken …?«, rief sie lauter. »Lachhaft!« Jutta wandte sich Fürchtegott Hager zu. »Würden Sie bitte Ihrer jungen Kollegin klarmachen, was es heißt, einen geliebten Menschen auf diese Art und Weise zu verlieren.«

Der Kommissar räusperte sich. »Nun ja, Frau Langer, diese leidliche Frage gehört zu unserem Standardrepertoire, und Sie haben sie bisher nicht beantwortet.«

Jutta verschränkte die Arme vor der Brust und blickte finster drein. »Ich habe ferngesehen und bin gegen elf ins Bett gegangen – allein und ohne Zeugen. Wollen Sie mich jetzt verhaften? Bitte!« Sie streckte den beiden Beamten die Hände entgegen. »Selbst wenn ich im Nachhinein allen Grund hatte, Thomas um die Ecke zu bringen, bin ich es nicht gewesen. Ich hab den Scheißkerl geliebt, und werde es wohl noch ein Weilchen länger tun.« Sie schlug mit der Faust schlapp auf die Tischplatte ein.

»Von Verhaften kann keine Rede sein«, sagte Hager milde, »aber liegt es nicht auch in Ihrem Interesse, Thomas' Mörder dingfest zu machen?«

Jutta Langer schwieg einen Augenblick, dann hob sie matt den Kopf. »Wenn Sie nichts dagegen haben, möchte ich jetzt wieder schlafen gehen.«

»Selbstverständlich«, sagte Hager.

»Würden Sie uns zuvor eine Schriftprobe geben?«, entgegnete Nadine Spenglein konzentriert.

Jutta Langer lachte spitz. »Eine was?«

»Tja, also ...« Hager krümmte sich am Tisch wie ein Aal. Ihm war die ganze Sache plötzlich unangenehm. »Richtig, der Zettel! Nun ja, wenn Sie so nett wären?«

»Sie glauben im Ernst, ich habe das selbst geschrieben?« Jutta sprang auf, lief zu einem der Küchenschränke, riss die Schublade auf und raffte einen Notizblock nebst Kugelschreiber hervor. Als sie erneut Platz genommen hatte, sah sie die beiden Polizisten streng an. »Und? Was soll ich schreiben?«

»Wie wäre es mit: Ich muss dich unbedingt sehen. Du hast mich komplett verwirrt. Erwarte mich am 9. Mai, pünktlich um 20.30 Uhr, an der Haltestelle Zeitelmoos! Ich bin zu allem bereit, mein Liebster«, sagte Nadine Spenglein ganz ohne Pathos.

Fürchtegott Hager spitzte die Lippen.

*

Auf dem Rückweg schwiegen sie beide ein Weilchen. Nadine ahnte, dass sie bei Jutta Langer, in Anbetracht ihrer Situation, zu weit gegangen war. Hager überlegte, wie er der Kollegin eben dies beibringen konnte, ohne ihre Kompetenz zu untergraben.

Erst nachdem sie eine Weile auf der Autobahn in Richtung Hof gefahren waren, ergriff er das Wort. »Sie hatten völlig recht mit der Schriftprobe. Ich selbst hätte sie mir geben lassen müssen. Und auch nach ihrem Alibi hatte ich sie bisher nicht befragt. Unsere Arbeit besteht nicht darin, Menschen zu schonen, weil wir sie bemitleiden, sondern darin, die Wahrheit herauszufinden. Trotzdem darf man das Schicksal der Menschen nicht völlig außer Acht lassen. Ich stimme Ihnen völlig zu, Nadine! Es ist unsere Aufgabe, die Spreu vom Weizen zu trennen, die Wahrheit von der Lüge. Ich kann mich noch gut an meine ersten Fälle erinnern, wo ich selbst ungestüm und strikt nach Lehrbuch vorgegangen bin. Das ist ganz normal und legitim. Kein Vorgesetzter wird Ihnen daraus einen Strick drehen. Aber wenn Sie diesen Job schon ein paar Jährchen machen, dann werden Sie feststellen, dass alles Elend und Leid, dass jeder neue Fall und die damit einhergehenden Unmenschlichkeiten am Gemüt kratzen und die Auswahl der Mittel einer inneren Stimme folgt, die nicht weniger legitim ist. Der Begriff Erfahrung mag in vielen Bereichen altbacken und antiquiert klingen, bei der Polizeiarbeit stellt er meiner Meinung nach noch immer eine der Säulen dar, ohne die effektives und effizientes Arbeiten kaum möglich scheint ...« Fürchtegott Hager erzählte und redete ohne Unterlass. Nicht anmaßend oder herablassend, sondern wie ein Vater mit seiner Tochter.

Nadine hörte ihm geduldig zu, blickte aus dem Fenster und genoss erstmals die gebotene Aussicht.

Fichtelgebirge! Hier schien alles ein klein bisschen anders zu sein.

XVII.

Das herrliche Frühsommerwetter neigte sich seinem Ende entgegen. Von Westen zogen die ersten Wolkentürme heran und verdrängten abrupt das seit Tagen verwöhnende Blau. Die Luft war feuchter und kühler geworden. An der Luftmassengrenze entwickelten sich die ersten Gewitterzellen des Jahres. Ungewöhnlich früh am Abend wurde es dunkel über dem Zeitelmoos.

Während in der Schwärze am Horizont fahle Lichter zuckten, stieg die Spannung im Wagen von Minute zu Minute, und daran war bestimmt nicht nur die elektrische Ladung in der Atmosphäre schuld. Fürchtegott Hager und Nadine Spenglein fuhren zum zweiten Mal an diesem Tag auf der A 93 in Richtung Wunsiedel. Der Kommissar konzentrierte sich auf die Fahrbahn, während Nadine schweigsam das Wetterleuchten im Westen verfolgte.

Vergeblich hatte sich Nadine im Internet auf die Suche nach dem Gedicht gemacht. Nun mussten sie sich beide damit begnügen, dass es wohl für diesen einen Zweck verfasst worden war.

»Nochmals danke für das Abendbrot«, sagte Nadine leise. Der Kommissar hatte sie kurzerhand nach dem offiziellen Dienstschluss mit zu sich nach Hause genommen und Irmgard hatte – nicht wenig überrascht über den unvermuteten Besuch und die neue Kollegin ihres Mannes – ein schnelles Abendessen aus dem Hut gezaubert.

»Gern geschehen«, gab Hager von sich. »Mit leerem Magen sollte man so eine Nachtschicht nicht beginnen.«

»Ich fürchte, Ihre Frau war anderer Meinung.«

Fürchtegott Hager schmunzelte vor sich hin. »Sie dürfen es ihr nicht verübeln, wenn sie etwas verdattert und unwirsch wirkte, als ich mit Ihnen aufgetaucht bin. Meine Frau ist Kollegen nicht gewöhnt – Kolleginnen erst recht nicht.«

»Hoffentlich bekommen Sie keinen Ärger!«

Der Kommissar schüttelte den Kopf.

»Wir haben einen denkbar schlechten Abend für unser Vorhaben ausgesucht«, meinte Nadine und blickte erneut gen Westen. »Es wird ein Unwetter geben.«

Hager summte vor sich hin. »Ganz im Gegenteil. Dieses Wetter kommt uns sehr gelegen. Im Dunkeln ist gut munkeln, nicht wahr? Verzeihen Sie, natürlich meine ich damit nicht uns beide, sondern all die, die etwas zu verbergen haben.«

»Sie glauben, wer immer sich in den vergangenen Tagen in diesem Moor herumgetrieben hat, wird es heute wieder tun?«

»Ich hoffe es«, bestätigte Hager und summte abermals vergnügt vor sich hin. Er war seit langem wieder einmal richtig guter Laune, und daran waren nicht der Dienst oder Nadine Spenglein schuld, obschon er sich in ihrer Gegenwart allmählich ganz normal und relaxed zu verhalten erlaubte. Beim gemeinsamen Abendbrot hatte ihm seine Frau mitgeteilt, dass sie beabsichtige, am kommenden

Wochenende an einem Strickkurs bei dieser Wolltante in Röslau teilzunehmen, der ihm von Samstagmittag bis Sonntagabend jede Menge Freizeit und gebührenden Ausgleich für das vergangene, verpatzte Wochenende bescheren würde. Die Tatsache, dass der ganze Spaß 250 € kosten sollte, nahm er dabei billigend in Kauf – ausnahmsweise. Zudem waren die anstehenden AOK-Nordic-Walking-Termine diese Woche ausgesetzt, weil sich Kursleiterin Mandy als unpässlich entschuldigt hatte. Wenn sie jetzt in dem Fall weiterkommen würden, wäre alles in bester Ordnung.

»Sie müssen mir versprechen, bei mir zu bleiben, ja?«, sagte er nach einer Weile. »Keine Extratouren, auch wenn es Ihnen noch so sehr in den Finger kribbelt.«

»Ich bin kein kleines Mädchen«, gab Nadine zu verstehen und lächelte heimlich gegen die Fensterscheibe.

»Aber ich bin verantwortlich für Sie. Sollte Ihnen etwas zustoßen, werden mir ihre Vorgesetzten, ihre Eltern und meine Vorgesetzten gemeinsam den Kopf abreißen.«

»Ich kann gut auf mich aufpassen, selbst wenn Sie anderer Meinung sein mögen.« Sie hätte nicht genau sagen können, weshalb, aber es gefiel Nadine, dass sich Hager offenkundig um sie sorgte. Im Prinzip war sie ohne Vater groß geworden. Er war nie greifbar, ihr nie wirklich nah gewesen. Es gibt Menschen, die sich mit ihrer Elternrolle nur schwerlich identifizieren können. Ob aus Desinteresse oder aus Angst, etwas falsch zu machen, war ihr als Leidtragende ziemlich einerlei. Ihr wäre es lieber gewesen, einen mittelmäßigen als gar keinen Vater an ihrer Seite zu wissen. Im Prinzip hatte er sich all die Jahre hindurch hinter fadenscheinigen Dringlichkeiten als leitender Beamter, hinter mittelalterlichen Chorälen (die sein Hobby darstellten) und dem Vorhandensein ihrer Mutter als Frau für alle Fälle versteckt. Einen Beschützer hatte sie sich gewünscht, als sie im zarten Alter von zehn Jahren am Blinddarm operiert worden war, als sie Jahre später nachts wach gelegen und unter Tränen ihrer ersten großen Liebe nachgeweint hatte, und als sie im Dienst verletzt worden war. *Ich habe dir von Anfang an abgeraten, Polizistin zu werden*, war alles, was sie von ihm zu hören bekam. Er war Meister darin, die Etikette zu bewahren, nicht nur nach außen hin, sondern auch bis hinein in ihre ureigensten

Familienangelegenheiten. Er war nichts weiter als eine leb- und gefühllose Maske, das Abziehbild eines treu sorgenden Vaters. Auch ihre Mutter bestand auf Harmonie, aber sie kämpfte wenigstens darum, wenn sie aus dem Lot geraten war, und sie war greifbar, erlebbar, ein Mensch aus Fleisch und Blut und Gefühlen. Ihren Vater hatte sie nie wirklich kennenlernen dürfen, und sie zweifelte daran, dass er ihr dies jemals erlauben würde.

Nadine verscheuchte die leidlichen Gedanken.

»Entschuldigen Sie, ich wollte Ihnen nicht zu nahe treten«, relativierte Fürchtegott Hager. »Ich muss auf Sie wie ein schrulliger alter Kauz wirken, aber leider war es mir und meiner Frau nicht vergönnt, Kinder zu haben. Jetzt, im Nachhinein, bedauere ich das sehr.«

»Oh!«, entwich es Nadine, denn damit hatte sie fürwahr nicht gerechnet. *Wie oft trügt der Schein?* Diese ersten Worte ihres Ausbilders hatten sich fest in ihrem Gedächtnis eingebrannt. Und wie oft er tatsächlich trog, hatte sie seit damals unzählige Male erleben müssen. »Das tut mir leid«, fügte sie aufrichtig hinzu.

»Es muss Ihnen keineswegs leidtun. Es gab keine medizinischen Ursachen, falls Sie das meinen. Wir haben einfach nie den rechten Zeitpunkt gefunden, eine Familie zu gründen. Eines Tages war es zu spät. Tja, die Zeit rast dahin, und wir können ihr nur spärlich folgen.«

»Das trifft wohl insbesondre auf unseren Beruf zu«, sagte Nadine, und spürte gleichzeitig, wie das Vibrieren des Donners ihr bis tief in die Eingeweide drang.

*

Armin hatte an diesem Tag kaum den Wohnwagen verlassen. Einmal war er hinausgestürmt, weil er nach einem ausgedehnten Mittagsschlaf geglaubt hatte, abermals das Geräusch einer Säge vernommen zu haben; ein andermal hatte er die unzähligen Bierdosen in einer Plastiktüte in seinem Landrover verstaut. Wenn die beiden Polizeibeamten sich seiner annehmen wollten, konnte er ihnen schlecht eine verlotterte, nach Bier stinkende Bude für ihre Observation anbieten. So hatte er für seine Verhältnisse penibel aufgeräumt, den ganzen Wohnwagen gelüftet und ein drittes Mal seine

Bleibe verlassen, um die Campingtoilette in ausreichender Entfernung zu entleeren.

Was die beiden vorhatten, konnte er sich nur äußerst spärlich vorstellen. Würden sie die ganze Nacht über bei ihm sitzen und darauf warten, dass etwas geschah? Oder würden sie sich irgendwann auf den Weg machen und im nächtlichen Zeitelmoos umherirren?

Armin zuckte mit den Schultern. Für ihn war die Vorstellung tröstlich, dass er die bevorstehende Nacht nicht allein mit sich und jeder Menge Alkohol verbringen musste. Ganz kurz war ihm der Gedanke gekommen, sich mit seiner Mutter in Verbindung zu setzen. Im Speicher seines Handys befand sich nach wie vor ihre Nummer. Lange hatte er die Zahlen auf dem Display angestarrt, aber es schlussendlich nicht übers Herz gebracht, sie anzurufen. Gewiss, sie hatte ein Haus, mit weichen, warmen und sicheren Betten, und sie würde ihm auch niemals die Tür weisen, wenn er um Hilfe bittend vor ihr stünde. Allein die Gründe, die sie dereinst entzweit hatten, hielten ihn zurück.

Die Zeit heilt alle Wunden, heißt es immer so schön! Armin schüttelte hartnäckig den Kopf: Verdammt, es gibt Wunden, die auch die Zeit nicht heilen kann.

*

Georg saß zusammengesunken wie ein Häufchen Elend in seinem Zimmer. Norbert hatte ihm zwei lächerliche Flaschen Bier zugebilligt, die im Handumdrehen leer gewesen waren. Der Alkohol hatte kaum zu wirken begonnen, da war ihm die Tragweite dessen, was sie beabsichtigten, derart zu Kopf gestiegen, dass es hinter seinen Schläfen alarmierend pochte und klopfte. Heute hätte er so ziemlich alles für eine Flasche billigen Cognac gegeben, für den Zustand von Taubheit und Gefühllosigkeit, die sich bei ähnlichen Begebenheiten schützend wie wohlwollend über seine Sinne und sein Gemüt zu legen pflegten.

Heute war alles anders. Kein Trost würde ihm zuteil werden, ein Rückzug undenkbar sein. Angespannt blickte er ein ums andere Mal auf die alte Uhr über dem Tisch. Die Zeit wollte einfach nicht vergehen. Sie kroch dahin wie eine schleimige Schnecke, hinterließ nichts als verräterische Spuren, nichts als schleimige Zugeständnisse und unumgängliche Verpflichtungen.

Wenigstens hatte Norbert Meinwald am Telefon überreden können, dass es sinnvoller war, sich draußen im Forst zu treffen. Was sie zu besprechen und besorgen hatten, duldete keine Zeugen, erst recht keine Mitwisser.

Draußen setzte der Regen ein. Das Gewitter begann sich mit Blitz und Donner zu entladen. Wenigstens würden sie heute Abend die einzigen Menschen sein, die sich im Zeitelmoos herumtrieben.

Die Tür öffnete sich. Norbert blickte, im Türrahmen stehend, in die Stube. »Bist du soweit?«, fragte er tonlos.

Georg nickte und schwieg. Er wollte alles andere als das Haus verlassen und seinem Sohn folgen. Lieber wollte er hier sitzen bleiben und vermodern, erst gefunden werden, wenn Gras über ihn und die Sache gewachsen war. Jedoch wusste er, dass in dieser Angelegenheit jeder Widerspruch umsonst war. *Manchmal gibt es Dinge, die einfach getan werden müssen!*

*

»Ich gehe jetzt«, sagte er bereits im Flur stehend und schlüpfte in seine Wachsjacke. Er hatte sich darum bemüht, den kleinen Kontrollgang im Revier ganz alltäglich aussehen zu lassen. Seine Frau hatte nicht nachgefragt, obwohl ihr seine innere Anspannung kaum entgangen sein dürfte. Elisabeth hatte sich lediglich bei ihm erkundigt, ob sich noch immer Journalisten und Schaulustige am Tatort herumtrieben, und er hatte kurzer Hand genickt und nicht weiter darüber gesprochen.

»Musst du denn heute wirklich raus?«, hörte Meinwald sie vom Wohnzimmer aus rufen. »Ein Gewitter zieht auf, und das im Mai! Ist das nicht sonderbar?«

»Das haben wir alles dieser verdammten Erderwärmung zu verdanken«, beschwichtigte Förster und drückte sich den Hut auf den Kopf. Innerlich war er kein bisschen ruhig. Viel stand heute auf dem Spiel. Wieso Norbert ihn gebeten hatte, ihr Treffen in den Forst zu verlegen, ließ allerlei Deutungen zu. Seine Äußerung, dass sie keine Zeugen für diesen Deal bräuchten, war allenfalls die harmlose

Variante. Diese elenden Habers konnten auf weitaus ungnädigere Ideen gekommen sein. Dem alten Woody traute er so etwas eigentlich kaum zu – der war nur ein armer Irrer, den man mit einer Bulle Fusel und einem Ster Brennholz glücklich machen konnte –, sein Sohn jedoch war in Anbetracht seiner Forderung weit weniger einschätzbar. Bei ihm wusste man nie so recht, wie man dran war. Er könnte die Sache unnötig verkomplizieren. Sich gar offen gegen ihn und sein Verlangen zur Wehr setzen?

Bockmist!

»Wann kommst du ungefähr wieder?«, schallte es vom Wohnzimmer herüber.

»Weiß nicht«, antwortete er zögernd. »Es wird eine Weile dauern. Du musst nicht wach bleiben, wenn du das meinst.«

»Pass auf dich auf, ja?«, sagte Elisabeth ernst.

»Machs gut! Tschüs!« Meinwald zog langsam und nachdenklich die Haustür hinter sich ins Schloss. Solange sie zusammen waren, hatte sie sich nie mit diesen Worten von ihm verabschiedet. *Pass auf dich auf ...!* Spürte sie ein drohendes Unheil? Er hatte bisher nie etwas auf derartige Spinnereien gegeben; dieses esoterische Zeugs, von wegen Vorahnung oder so, war ihm ein Gräuel. Wider Erwarten lief ihm ein kalter Schauer über den Rücken. Ach was, der Mord und die Leiche sind an allem schuld! Er schüttelte sich energisch, zog den Kragen seiner Jacke höher und lief gebeugt über den Hof zu seinem Wagen.

Der Regen ergoss sich Sturzbächen gleich vom Himmel. Über sich hörte er das Donnern und Rumoren des Gewitters.

Er war zu allen Tages- und Jahreszeiten draußen im Forst unterwegs. Es machte ihm normalerweise nichts aus, durch den finsteren Bestand zu laufen. Heute jedoch hörte er tief in sich eine Stimme, die ihm riet, zuhause zu bleiben, das Schicksal nicht unnötig herauszufordern, sein Heil nicht ohne Not auf die Probe zu stellen, das Treffen mit den Habers zu verschieben und sich zu seiner Frau vor die Glotze ins Wohnzimmer zu setzen.

Was war denn heute los?

Nein, nein und nochmals nein!

Wenn er bei den Habers so anfing, konnte er sich die 25 Riesen gleich abschminken. Er war ein knallharter Kerl, und als solcher wollte er von seiner unfreiwilligen Kundschaft auch gesehen werden. Das brachte ihm Anerkennung, unterstrich seine Unbeugsamkeit, seine Willenskraft und die pünktliche Erfüllung der angewiesenen Forderungen.

Ehe er losfuhr, kontrollierte er die Schrotflinte auf dem Beifahrersitz und das Päckchen Munition im Handschuhfach. Sicher ist sicher, redete er sich ein und verließ den Hof. Selbst die emsigen Scheibenwischer vermochten nicht die letzten Zweifel hinfort zu wischen.

Im Rückspiegel glaubte er kurz die schattenhaften Umrisse Elisabeths in der offen stehenden Haustür zu erkennen. Augenscheinlich winkte sie ihm hinterher, nicht um eines baldigen Wiedersehens willen, sondern zum … Abschied.

*

Als der Kommissar und Nadine im Zeitelmoos eintrafen, hatte der Regen bereits sämtliche Vertiefungen aufgefüllt. Hagers Passat rumpelte über die Schotterwege und platschte durch zahllose Pfützen. Links und rechts spritzte das Wasser Fontänen gleich empor. In den Entwässerungsgräben brodelte eine braunschwarze Brühe. Die Frontscheibe hatte sich beschlagen. Fürchtegott stellte die Lüftung an und versuchte, mit dem Handrücken die Sicht zu verbessern. Alle paar Sekunden wurde über ihren Köpfen ein Feuerwerk gezündet. Das anschließende Grollen und Rumoren übertönte bisweilen das Brummen des Motors.

»Haben Sie eigentlich Regenkleidung mitgenommen?«, wollte Nadine wissen. Sie beobachtete, wie die Hand des Kommissars über die Scheibe rubbelte.

»Ich habe meinen Mantel dabei. Der taugt fürs Gröbste. Ach, was soll's«. Fürchtegott Hager zog die Hand zurück. »Warum fragen Sie? Haben sie Angst vor ein bisschen Frühlingsregen?«

»Nein, aber falls wir uns länger im Freien aufhalten, werden wir bis auf die Haut durchnässt.«

»Naja, mit so viel Regen hab ich ehrlich gesagt nicht gerechnet. Aber das Gewitter wird kaum die ganze Nacht über anhalten.« Hager blickte an Nadine abwärts. »Haben Sie festes Schuhwerk?«

Nadine zog die Schultern hoch. »Wasserdicht sind sie jedenfalls«, antwortete sie unbesorgt. »Haben Sie Taschenlampen an Bord?«

Der Kommissar nickte kurz. »Ja und nein. Ich habe *eine* Taschenlampe, aber dieser Armin wird uns bestimmt bei Bedarf eine zweite borgen.«

»Nach Nachtsichtgeräten brauche ich Sie wohl kaum zu fragen«, fuhr Nadine Spenglein fort und zog die Stirn hoch.

Hager lachte. »Richtig.«

Wenig später hielt der Passat neben Armins Landrover. Durch die winzigen Fensterchen seiner Behausung drang gedämpftes Licht.

»Sie steigen aus und begeben sich unverzüglich in den Wohnwagen«, verordnete Hager und legte den Rückwärtsgang ein.

»Uns Sie selbst?«, erkundigte sich die Kollegin.

»Ich fahr ein Stück zurück und versuche den Wagen so zu parken, dass ihn keiner sehen kann. Es muss ja nicht gleich alle Welt wissen, dass wir im Zeitelmoos unterwegs sind.«

»Okay!« Nadine stieg aus und sprang die wenigen Schritte bis zur Wohnwagentür.

Nachdem sie Armins Behausung betreten hatte, entschwanden die Rücklichter von Hagers Passat hinter einem der vergilbten Vorhänge.

»Ein schönes Wetter haben Sie mitgebracht«, begrüßte sie Armin Adrian und lächelte verhalten.

Nadine blickte sich um und nickte beiläufig. »Was ist denn hier passiert?« Armin schien nicht nur nüchtern zu sein, sondern obendrein Ordnung in seine beengte Welt gebracht zu haben. »Sie haben aber tüchtig aufgeräumt!«

»Extra wegen Ihnen«, sagte Armin und grinste sie an.

Nadine verzog die Mundwinkel. »Danke. Wegen mir hätten Sie sich nicht anzustrengen brauchen. Ich hätte mir auch so Platz verschafft.«

»Sind Sie etwa allein gekommen?«

»Nein«, antwortete Nadine und kontrollierte die restlichen Fenster.

Armin beobachtete sie dabei. »Und wo ist der Kommissar, wenn ich fragen darf?«

»Der versteckt den Wagen.« Nadine wandte sich zu ihm. »Sind die Vorhänge blickdicht?«

»Keine Ahnung.« Armin zog die Schultern hoch. »Ich habe es nicht ausprobiert.«

»Dann muss es eben jetzt sein.« Nadine verließ ohne Umschweife den Wohnwagen.

Armin blickte ihr unschlüssig hinterher. »Kann ich ...« Die Tür flog lautstark ins Schloss. »Dir irgendwie behilflich sein?«, vollendete er seine gut gemeinte Frage.

»Nein!«, hörte er ihre Antwort von draußen.

»Wie Madam wünschen«, sagte er und lehnte sich mit verschränkten Armen gegen die Polster.

Im strömenden Regen lief Nadine geduckt um den Wagen herum. Die Vorhänge gewährten ausreichend Schutz vor neugierigen Blicken. Trotzdem mochte man von außen erkennen können, wenn jemand im Wagen sich bewegte.

Blitze zuckten vom Himmel und hoben die Konturen des Wohnwagens grell vom braungrünen Hintergrund ab. Das Prasseln des Regens auf dem Caravandach übertünchte die kurzfristige Stille. Vor der Tür des Wohnwagens hielt sie inne und warf einen Blick in die Richtung, in der Hager verschwunden war. Noch war nichts von ihm zu sehen. Gewiss manövrierte er in diesem Augenblick seinen Passat in einen verwilderten Pfad hinein. Hoffentlich bekam er ihn später wieder heraus, denn dem niedergehenden Regen nach zu urteilen, verwandelten sich momentan sämtliche unbefestigten Wege in knöcheltiefe Schlammpisten.

Nadine griff nach der Türklinke, warf einen kurzen Kontrollblick in die entgegengesetzte Richtung ... und erstarrte! Im Licht eines Blitzes glaubte sie unweit vor sich vermummte Gestalten auf dem Weg zu erkennen. In lange, dunkle Kutten waren sie gekleidet, die Köpfe unter schützenden Kapuzen verborgen.

Die Mönche!

Selbst nach dem himmlischen Blitzlicht wollte das wahrgenommene Bild nicht weichen. Einem Negativ gleich brannte es sich auf ihrer Netzhaut fest. Nadine glaubte ein hohles Lachen hinter den nächsten Donnerschlägen auszumachen und hielt den Atem an.

Was sollte sie tun? Stehenbleiben und abwarten?

Keine Extratouren, kamen ihr Hagers Worte in den Sinn, *auch wenn es Ihnen noch so sehr in den Fingern kribbelt ...*

Oh ja, es kribbelte, nicht nur in den Fingern, sondern im ganzen Körper.

Ein weiterer Blitz durchzuckte das schwarze Firmament. Der Waldweg wurde abermals für Sekundenbruchteile in gleißendes Licht getaucht. Die Mönche waren verschwunden.

Hat der Wald sie verschluckt?

Haben sie Schutz darin gesucht, weil sie mich bemerkt haben?

Oder ist das alles pure Einbildung?

Nadine öffnete die Tür und schwang sich ins Innere des Wagens.

»Sind Sie sehr nass geworden?«, erkundigte sich Armin. Als Nadine ihm ihr Gesicht zuwandte, zog er die Augenbrauen hoch. »Meine Güte, Sie sind ja völlig durchnässt!«

Nadine setzte sich wortlos zu ihm an die Sitzgruppe. »Sie haben nicht zufällig jemanden lachen hören?«

»Lachen?«, fragte Armin verdutzt. »Nein. Wann?«

»Gerade eben«, präzisierte Nadine.

Armin Adrian schüttelte langsam den Kopf.

»Ich habe ihre Mönche gesehen«, sagte Nadine Spenglein und fixierte ihr Gegenüber.

»Sie haben …« Armin schnappte nach Luft und griff sich an die Kehle.

»Die Mönche, ja«, wiederholte Nadine.

»Sie haben sie gesehen«, fuhr er flüsternd fort. »Hier und jetzt, draußen vor dem Wohnwagen.« Sein Blick wanderte hektisch von einem Fenster zum anderen. An der Tür blieb er für einige Sekunden haften. »Verdammt«, keuchte er, »sie kommen, um mich zu holen.«

»Wieso sollten sie das tun?«, versuchte Nadine ihn abzulenken und ergriff seine Hand. Sie war schweißnass und eiskalt.

»Weil ich Zeuge ihrer Tat geworden bin«, wimmerte Armin, befreite sich von Nadine und vergrub das Gesicht tief in den Händen.

»Seien Sie unbesorgt, so weit werden wir es nicht kommen lassen«, versicherte Nadine.

»Dieses gottverdammte Moor«, entwich es Armin in weinerlichem Tonfall. »Ich wünschte, ich wäre niemals zurückgekommen …«

In diesem Moment öffnete sich die Tür. Armin blickte auf und krallte sich an Nadines Schulter fest. Sie selbst fixierte den Türspalt, in dem im Schein einer Leuchte tausend Regentropfen zappelten.

»Wer ist da?«, forderte Nadine die vermeintlichen Eindringlinge auf.

Ein Keuchen war zu vernehmen, anschließend knarrte das Trittbrett des altersschwachen Wohnwagens. Eine Gestalt wurde sichtbar, die sich schwerfällig und triefend ins Innere kämpfte.

»Halt!«, rief Nadine Spenglein und stemmte sich in die Höhe. »Keinen Schritt weiter!« Der Lichtstrahl der Lampe blendete sie. Sie konnte nicht erkennen, wer sich Zutritt verschafft hatte.

»Keine Bange. Alles in Ordnung. Ich bin es nur. Stecken Sie lieber die Waffe weg. So ein Ding kann leicht von selbst losgehen.« Der Lichtkegel senkte sich. Hagers regennasses Konterfei wurde sichtbar.

»Meine Waffe?« Erst jetzt registrierte Nadine, dass sie ihre Waffe gezogen, entsichert und gegen den Fremden gerichtet hatte. »Oh, entschuldigen Sie ...«

Armin Adrian atmete erleichtert auf. »Sie haben uns vielleicht einen Schrecken eingejagt.«

Fürchtegott Hager schmunzelte. »Ich gebe gerne zu, dass es hier im Moor, und noch dazu während eines Gewitterregens, ziemlich schaurig sein kann, aber das ist lange kein Grund – «

»Ich habe sie gesehen!«, fuhr Nadine dazwischen.

Hager stockte. »Wen haben Sie gesehen?«

»Die Mönche.«

Das Gesicht des Kommissars wurde ernst. »Hier und jetzt?«

»Ja, draußen auf dem Weg.«

»Irrtum ausgeschlossen?«, erkundigte sich Hager.

»Wenn Sie mich so fragen, bin ich mir längst nicht sicher. Ich sah sie nur für den kurzen Augenblick, als ein Blitz den Weg beleuchtete. Danach waren sie verschwunden. Außerdem glaubte ich etwas gehört zu haben.«

»Was?«, fragte der Kommissar ganz Ohr.

»Ein ... Lachen.«

»Sie sind es. Ganz bestimmt«, jammerte Armin Adrian wie unter Schmerzen.

»Hm. Tja.« Der Kommissar rieb sich das Kinn. »Sie bleiben hier – alle beide. Verstanden?« sagte er mit erhobenem Zeigefinger, machte kehrt und verließ erneut den Wohnwagen.

Das Lärmen des Regens auf dem Dach wirkte hektisch, verunsichernd, alarmierend, Angst einflößend. Armin und Nadine tauschten unschlüssige Blicke.

Nach weniger als einer Minute war der Kommissar zurück. Für Armin Adrian indes schien eine quälende Ewigkeit vergangen zu sein. Nadine blickte ihm fragend entgegen.

»Alles sauber. Niemand zu sehen.« Fürchtegott Hager löschte die Lampe, zog den triefenden Mantel aus, legte ihn über die Spüle und setzte sich zu ihnen. »Was nicht heißen soll, dass sich niemand da draußen herumtreibt. Wir sind schließlich aus keinem anderen Grund gekommen. Wenn diese Mönche aus Fleisch und Blut sind, werden sie jetzt wissen, dass unser Freund Armin heute nicht allein ist.«

»Und sich dementsprechend zurückhalten«, sagte Nadine und ein zartes Rosa färbte ihre Wangen. »Tut mir leid, dass ich die Sache vermasselt habe, dabei wollte ich auf Nummer sicher gehen und die Fenster von außen auf ihre Blickdichtigkeit hin kontrollieren.«

Hager lächelte milde. »Ich mache Ihnen keinen Vorwurf, Nadine. Im Gegenteil, was Sie getan haben, war sehr umsichtig und völlig richtig gewesen.«

»Hoffentlich habe ich mir diese Mönche nur eingebildet«, tröstete sich Nadine Spenglein, und kam sich in diesem Augenblick reichlich unprofessionell vor.

»Wir werden sehen«, gab der Kommissar von sich.

Armin begann sich zu beruhigen. »Sie sind ziemlich lange weg gewesen. Konnten Sie ihren Wagen verstecken?«

»Gut und sicher«, antwortete Hager. »Wahrscheinlich zu sicher, denn ich fürchte, dass ein Traktor und eine Seilwinde nötig sein werden, um ihn wieder heraus zu bekommen.«

»Kein Problem«, sagte Armin Adrian. »Ich habe für alle Fälle eine Seilwinde an meinem Landrover.«

»Und was nun?«, erkundigte sich Nadine und blickte von einem zum anderen.

Fürchtegott Hager faltete seelenruhig die Hände auf der Tischplatte. »Bevor sich einer von uns nochmals nach draußen begibt, warten wir zunächst in aller Ruhe das Ende des Gewitters ab.«

Nadine und Armin nickten synchron.

*

Der Weg war kaum zu erkennen. Ein emsiges Bächlein folgte bisweilen seinem Lauf. Schmierig und rutschig war es im Morast. Es ging nur zögernd vorwärts.

Bald stoppte die erste Gestalt neben einem länglichen, schmutzigen Bündel und ließ den Schein der Lampe langsam darüber hinweg gleiten. Kein Zweifel, es war eine Gestalt, ein Mensch – ein Mann.

»Da liegt einer.«

»Wo?«

»Na, da!« Das Licht der Taschenlampe kam über einem bleichen Antlitz zur Ruhe.

»Es ist nicht unsere Schuld.«

»Gewiss, gewiss.« Die erste Gestalt kniete sich langsam neben dem Mann in den Morast und legte ihr Ohr an seinen Mund und seine Nase.

»Diesmal hat es den Falschen erwischt«, kam es anschuldigend unter der ersten Kutte hervor.

»Bestimmt nicht! Ich kenne ihn gut genug. Auch er hat sich versündigt – weit mehr als erlaubt!«

»Atmet er noch?«

»Schwach«, beruhigte die am Boden kauernde Gestalt.

»Ich halt das nicht mehr aus.«

»Ganz ruhig. Was wir getan haben, haben wir aus freien Stücken getan. Keiner hat uns dazu gezwungen. Zu jeder Zeit sind wir uns über unser Tun, über Sinn und Zweck und die damit einhergehende Verantwortung im Klaren gewesen. Es gibt nicht den leisesten Zweifel an der Richtigkeit unseres Handelns.«

»Allmählich zweifle ich an dem Recht, es weiterhin zu tun. Irgendwann muss Schluss sein!«

»Wie du selbst siehst, nimmt es kein Ende. Es geht immer weiter – muss immer weiter gehen.«

»O Gott im Himmel, dereinst man wird uns zur Rechenschaft ziehen«, wimmerte es unter der zweiten Kutte hervor.

»Schluss damit! Niemand wird hinter unser Geheimnis kommen, solange wir schweigen. Und der Zeuge wird ausgeschaltet, wie vereinbart. Was er gesehen zu haben meint, glaubt ihm sowieso keiner. Aber sicher ist sicher.« Unter der Kapuze lachte es bitter.

»Ich habe Angst.«

»Ich auch.«

»Was machen wir mit ihm?«

»Wir überantworten ihn der Gerechtigkeit Gottes.«

»Und wenn er stirbt?«

»War es sein Wille.« Die Kutte erhob sich keuchend. »Halt!« Sie hielt mitten in der Bewegung inne. »Das ist doch …« Die Gestalt bückte sich erneut, langte in den Matsch unter ihren Füßen und zog einen länglichen Gegenstand daraus hervor.

»Was ist das?«

Unter der ersten Kutte drang erneut ein kurzes Lachen hervor. »Etwas, das wir uns schon sehr lange gewünscht haben.«

»Das gibt's doch nicht!«

»Oh doch. Glück muss man haben.« Die erste Gestalt reichte den Gegenstand an die zweite Kutte weiter und beugte sich erneut über den Mann.

»Was suchst du?«

»Was wohl?«

»Verstehe!«

»Sei still!«

»Hat er etwas bei sich?«

»Und ob!« Die erste Gestalt erhob sich und ließ ein kleines Päckchen in ihrer Tasche verschwinden.

»Gut gemacht«, sagte die zweite Kutte anerkennend.

»Und nun lass uns weitermachen.«

»Ja.«

»Wir müssen unser Werk vollenden!«

»Ganz recht.«

Schweigend zogen sie von dannen.

*

Georg trat unruhig von einem Fuß auf den anderen. Das Wasser platschte unter seinen Gummistiefeln. Die Ärmel der Regenjacke eng vor der Brust verschränkt, die Kapuze tief ins Gesicht gezogen, starrte er wie paralysiert auf den Vorhang aus dicken Tropfen, die im Scheinwerferlicht sichtbar wurden.

»Kannst du nicht endlich stillhalten?«, rief Norbert genervt. »Du machst mich ganz nervös.«

»Aber er müsste längst hier sein«, gab Georg zu bedenken. »Du hast ihm am Telefon doch gesagt, wo er hinkommen soll, oder?«

»Meinst du, ich bin blöd?«, meckerte Norbert. »Wenn er nicht kommt, ist das sein Problem, nicht unseres. Er will von uns etwas, nicht umgekehrt, vergiss das nicht.«

»Womöglich hat er dir nicht richtig zugehört, und sucht uns nun ganz wo anders.«

»Bullshit! Er weiß verdammt genau, wo wir uns treffen wollen. Das ist sein Revier. Wenn einer hier jeden Fingerbreit Wald kennt, dann er.«

»Vielleicht hat er es sich bei diesem Sauwetter anders überlegt, sitzt gemütlich mit einem Glas Wein im Wohnzimmer und lacht sich tot über uns, weil wir wie die Deppen im strömenden Regen stehen«, meinte Georg loswerden zu müssen.

Norbert spuckte aus und verzog das Gesicht wie unter Schmerzen. »Quatsch, Meinwald ist die Pünktlichkeit in Person. Und wenn es um Kohle geht, steht der Kerl auf die Sekunde genau vor dir und hält grinsend die Hände auf. Dieses verdammte Arschloch!«

»Wo bleibt er dann?«, beharrte Georg.

»Was weiß ich? Vielleicht geht seine Uhr nach.« Norbert streifte den Jackenärmel hoch und hielt das Zifferblatt seiner Armbanduhr kurz in den Lichtkegel der Scheinwerfer. »Zwanzig nach acht.«

»Vielleicht ist er verhindert worden«, vermutete Georg.

Norbert lachte spitz. »Der und verhindert? Wenn es um fünfundzwanzig Riesen geht? Pah!«

Sie schwiegen beide eine Weile. Das Gewitter ließ nach. Der Regen indes fiel weiterhin wie aus Kannen vom Himmel.

»Wer weiß?«, raunte Georg ruhiger als zuvor. »Vielleicht ist ihm etwas zugestoßen.«

»Schön wär's!«, gestand Norbert. »Ich für meinen Fall wäre absolut dankbar, wenn ein anderer diesem Schwein das Licht ausgeblasen hätte. Ich mach mir ungern an Drecksäcken wie Meinwald die Finger schmutzig.«

»Und was machen wir, wenn er nicht kommt?«, entwich es Georg voller Hoffnung.

»Wir geben ihm noch ein paar Minuten. Wenn er nicht aufkreuzt, fahren wir nach Hause. Basta!«, entschied Norbert.

Georg atmete auf. Obwohl er nach dem Tod seiner Frau mit seinem Schöpfer auf Kriegsfuß stand, gab es hin und wieder Momente, in denen er sich der Allmacht Gottes entsann: *Bitte, bitte!*, flehte er inständig gen Himmel. *Wo immer du auch sein magst, mach, dass er zuhause bleibt und uns nicht in die Quere kommt – nicht in den nächsten fünf Minuten!*

*

Der Regen hämmerte unaufhörlich auf das Dach des Wohnwagens. Die letzten Blitze zuckten grell über den Himmel. Fernes Donnergrollen verhallte zwischen den Baumreihen.

Fürchtegott Hager war schläfrig geworden. Das Nageln der Tropfen begann ihn zu hypnotisieren. Irgendwie war er empfänglich für monotone Geräusche dieser Art. Zuhause war es das gleich bleibende Lärmen des Wäschetrockners aus dem Badezimmer, in der Arbeit das Surren des Lüfters an den wenigen heißen Sommertagen. Er saß schweigend am Tisch und ließ seinen Gedanken freien Lauf:

Ich hätte Nadine nicht mitnehmen dürfen. Es kann gefährlich werden in dieser Nacht.

Was, wenn ihr etwas zustößt? Saalfelder reißt mir den Kopf ab. Von den beiden anderen Kollegen ganz zu schweigen!

Der Rhythmus des Regens hatte etwas Beruhigendes an sich, etwas Anheimelndes, obschon die objektive Situation ganz und gar nicht dazu passen wollte. Hager relativierte das soeben gedachte:

Sie ist kein kleines Mädchen mehr, sondern eine erwachsene Frau, eine Kriminalbeamtin, die gut alleine auf sich aufpassen kann!

Und was war das mit dem Messer?, hielt ihm sein Gewissen entgegen.

Berufsrisiko!, beharrte er trotzig.

Junge Mädchen sollten diesen harten Beruf nicht ergreifen. Wäre sie deine Tochter, hättest du ihr die Polizeiarbeit früh auszureden gewusst, oder?

Blödsinn, ich bin selbst Polizist geworden, obwohl mein Vater nie damit einverstanden war.

Stimmt, gegen die Wünsche und Ziele unserer Kinder sind wir irgendwann machtlos.

Trotzdem, eine Tochter wie Nadine haben wir uns immer gewünscht.

Es ist zu spät!

Ja, leider ...

Fürchtegott Hager entschied, gut auf seinen Schützling aufzupassen, wenn nötig gegen alle Vorschriften und unter Einsatz seines eigenen Lebens.

Nadine Spenglein tat es ihm augenscheinlich gleich, jedoch schärfte bei ihr das monotone Geräusch die Sinne. Sie ließ die wenigen verfügbaren Fakten nochmals vor ihrem geistigen Auge vorübergleiten, musste jedoch alsbald zugeben, dass sich keinerlei zwingende Schlüsse daraus ziehen ließen.

Wie kommen wir weiter?

Das wird vom Verlauf dieser Nacht abhängen.

Und unabhängig davon?

Eine lückenlose Recherche über das Zeitelmoos vornehmen: Gibt es Aufzeichnungen über ähnliche Fälle? Bietet die Vermisstenkartei eventuelle Hinweise, denen nicht gründlich nachgegangen wurde? Liegen ungeklärte Todesfälle aus den letzten Jahren vor? Ich muss die Datenbank des LKA durchforsten.

Wer von bekannten vermissten Personen hat sich oder wollte sich im Fichtelgebirge aufhalten? Wessen Reiseroute führte direkt oder indirekt daran vorbei? Ein Täterprofil muss erstellt werden: Aus welchen Motiven heraus handelt der oder die Täter? Geldgier (finanzielle Verhältnisse des Opfers und seiner Lebensgefährtin prüfen), Rachsucht, Neid, verschmähte Liebe (Jutta Langer hat kein Alibi).

Aller Wahrscheinlichkeit nach stammt der Täter aus der Region. Er ist mit dem Zeitelmoos vertraut. Weil er hier lebt oder hier aufgewachsen ist. Weil er beruflich mit dem Moor oder dem Wald zu tun hat. Förster durchleuchten!

Das Erlebnis mit den Mönchen hielt sie mittlerweile für ein Hirngespinst, quasi eine Fata Morgana im Spiegel der jüngsten Ereignisse.

Armin Adrians anfängliche Hoffnung, greifbare Fortschritte zu erzielen, war der wenig erquickenden Nüchternheit gewichen, dass sich in dieser vermaledeiten Nacht weder handgreifliche Mörder noch nebulöse Kuttenträger dingfest machen lassen würden – von den Geräuschen der vergangenen Nächte ganz zu schweigen.

Er saß da und studierte Nadines Konterfei: Wenn man von der Tatsache absieht, dass sie Polizistin ist, die während einer knallharten Ausbildung auf ihren knallharten Alltag vorbereitet und entsprechend geschliffen wurde, gefällt sie auf den zweiten Blick als ein hübsches, junges Mädchen mit den größten Chancen, der Männerwelt gehörig den Kopf zu verdrehen ...

Armin lächelte verklärt.

Aber welcher Mann hat schon gern eine Frau neben sich im Bett, die hin und wieder das Schießeisen zieht?

»Ist was?« Nadine rümpfte die Nase.

Armin Adrians Blick sprach Bände. »Nö. Wieso?«

»Kann man hier einen Kaffee bekommen?«, fragte Hager und räkelte sich so gut es die beengten Platzverhältnisse zuließen.

»Sorry! Ich fürchte, ich bin ein schlechter Gastgeber«, bekundete Armin Adrian und kämpfte sich hinter dem Tisch hervor.

»Ich könnte auch eine Tasse vertragen«, ließ Nadine wissen, ohne ihn eines Blickes zu würdigen.

»Einmal Kaffee für alle. Sehr wohl die Herrschaften«, sagte Armin und kramte unter der Spüle seinen Wasserkessel hervor.

Wenig später saßen alle drei über ihre Tassen gebeugt am Tisch und übten sich abermals in Schweigen. Der Kaffee war stark und schwarz, weil Adrian Zucker verabscheute und ihm die Milch ausgegangen war.

Nadine und Fürchtegott nippten eher zögernd an dem Getränk. Es war heiß und sie fragten sich beide, wie es Armin fertig brachte, es in großen Schlucken zu trinken.

»Der weckt Tote auf«, bemerkte der Kommissar mit einem Seitenblick zu seiner Kollegin.

Nadine nickte. »So sind wir wenigstens für den Rest der Nacht gut gerüstet.«

Armin Adrian schwieg. Er hatte sich den Abend überhaupt anders vorgestellt. Bisher hatte er nie etwas mit der Polizei zu tun gehabt, sieht man von dem verschwundenen Mädchen in der Lüneburger Heide ab, das zwei Tage später putzmunter in einer Schafscheune vorgefunden worden war. Die Arbeit der Kriminalpolizei kannte er nur vom Fernsehen. Dass sich die Realität von den erfundenen Geschichten der Drehbuchautoren unterschied, war ihm klar, dass es selbst nach einem Mordfall derart schleppend und langwierig vorangehen konnte, hätte er nicht gedacht.

»Polizeiarbeit ist wohl ziemlich eintönig, was?«, sagte er und trank den letzten Schluck Kaffee.

»Das meiste ist Routine«, pflichtete ihm Hager bei und nippte ebenfalls an seiner Tasse.

»Sowie Geduld und Disziplin«, ergänzte Nadine trocken. »Eigenschaften, über die nicht jeder verfügt.«

»Ich weiß, was Sie meinen«, sagte Armin. Er war froh darüber, ein Gespräch in die Gänge gebracht zu haben.

Nadine warf ihm einen ungläubigen Blick zu. »Ach, tatsächlich?«

»Ja doch! Tiere in der freien Wildbahn zu fotografieren, verlangt haargenau das: Geduld und Disziplin.«

»Das klingt ja, als würden sie in der Serengeti arbeiten«, entrann es Nadine mit einem spöttischen Unterton. »Dabei sitzen Sie – «

»Am Arsch der Welt, in einem gottverdammten Hochmoor bei Wolkenbruch und Gewitter. Danke, ich weiß.« Armin Adrian verdrehte die Augen.

Nadine musste lachen. »Willkommen im Club.«

»Still!«, forderte der Kommissar plötzlich ungestüm.

Alle drei lauschten aufmerksam.

»Was ist?«, flüsterte Nadine.

Hager räusperte sich. »Ich habe etwas gehört.«

»Was?«, wollte Armin wissen.

»Ich bin mir nicht sicher«, gestand Hager. »Es war wie ein ...«

»Lachen?«, vermutete Nadine.

»Nein.«

»Sägen?«, fuhr sie fort.

Armins Mund wurde schlagartig trocken. »Sä...gen? Nein, bitte nicht schon wieder.«

»Psst!«, machte Fürchtegott Hager und legte den Zeigefinger an die Lippen.

Nadine hob die Augenbrauen und lauschte aufmerksamer dem Prasseln über ihren Köpfen.

Tatsächlich! Hinter den Geräuschen des Regens war hin und wieder das Ritsch-ratsch einer Säge zu vernehmen. Klar und deutlich. Aber wer um alles in der Welt sollte an so einem Abend in den Wald gezogen sein, um Holz zu machen. Das war absurd.

Obwohl sich keiner der Anwesenden in der Holzwirtschaft auskannte, war allen klar, dass etwas Sonderbares vor sich ging – etwas, das sie durchaus ernst zu nehmen hatten.

»Das ist es«, wimmerte Armin. »Genau dieses Geräusch hat mich in den vergangenen Nächten immer und immer wieder aufgeweckt. Ich hab es mir also keineswegs eingebildet. Verdammt ...«

Hager bat mit einer Geste um Ruhe. »Ich habe nicht daran gezweifelt«, flüsterte er konzentriert. In seinem Gehirn begann es zu arbeiten:

Was geht hier vor sich?
Wieso sägt jemand mitten in der Nacht im finsteren Forst?
Weil er Holz stiehlt?
Weil er nicht gesehen werden will?

Fürchtegott blickte zu seiner Kollegin. »Warum sollte sich jemand, mit einer Handsäge bewaffnet, bei so einem Wetter auf in den Wald gemacht haben?«

»Damit keiner ihn sieht, wenn er Brennholz stibitzt?«, sinnierte Nadine.

»Daran hab ich auch schon gedacht«, antwortete Hager. Die Antwort schien ihn jedoch nicht zu befriedigen. »Welches Motiv könnte es darüber hinaus geben, zu dieser Stunde und bei diesem Wetter ins Moor zu ziehen?«

»Weil er oder sie ... etwas tun, das niemand mitbekommen soll«, sagte Nadine langsam.

»Hm!« Der Kommissar schien noch immer nicht zufrieden.

»Weil er oder sie ... etwas verschwinden lassen wollen«, sann Nadine weiter.

»Wie die L-Leiche im Moor«, stammelte Armin Adrian jetzt sichtlich nervös.

»Wo befinden sich von hier aus gesehen die nächstgelegenen Wassertümpel?«, wollte Hager wissen.

Armin brauchte nicht lange zu überlegen: »In etwa zwei-, dreihundert Meter Entfernung. Ostsüdost.«

»Hm!« Hager rieb sich am Kinn. »Diese Möglichkeit scheidet also auch aus. Die Entfernung ist zu groß.«

»Welche Möglichkeit?«, sagte Armin und blickte von einem zum andern.

»Es sei denn, jemand will etwas vorbereiten«, gab Nadine Spenglein zu bedenken, ohne auf Armin Adrians Frage einzugehen.

Der Kommissar nickte. »Sie meinen, wie diese Bahre, mit der die Leiche transportiert wurde.« Sogleich schüttelte er den Kopf. »Unwahrscheinlich, dazu bräuchte man keine drei Nächte ... drei Nächte ... Wozu, um alles in der Welt, braucht man drei lange Nächte?«

»Das Sägen ging ja nicht die ganze Nacht hindurch«, brachte sich Armin Adrian mangels Interesse seiner Gäste ein. »Es war nur ab und an zu hören.«

»Weil man versucht, etwas zu verbergen«, schlussfolgerte Nadine. »Nämlich das, was man eigentlich beabsichtigt.«

»Verbergen?«, bellte Armin Adrian fast heißer.

»Das könnte heißen ...« Hager biss die Lippen aufeinander. Ein grausamer Verdacht nahm in seinem Kriminalistengehirn Gestalt an. Es war natürlich zunächst nur eine Vermutung (und eine ganz und gar abwegige dazu), aber wie es aussah, schien bei diesem neuen Fall rein gar nichts unmöglich oder undenkbar zu sein.

»An was denken Sie, Herr Hager?«, erkundigte sich Nadine.

»An das Offensichtliche«, raunte Hager düster.

Armin Adrian standen mittlerweile Schweißperlen auf der Stirn. »An was?«

»Wie es aussieht, sind wir keine Nacht zu früh gekommen, um weiteres Unheil zu verhindern«, fügte Hager ernst hinzu.

In diesem Augenblick hörten sie das Schlagen einer Axt. Eins ... zwei ... drei Hiebe.

»Jemand hackt Holz«, sagte Nadine tonlos.

»Das habe ich in den vergangenen Nächten nicht gehört«, gestand Armin, weiß wie die Wand.

Hager wurde ungewohnt geschäftig. »Nein, nein. Hier hackt bestimmt keiner Holz. Wenn ich mich nicht irre, hat jemand eine überaus grausame Falle gebaut, die nun fertig ist und augenblicklich zuschnappen kann!«

»Eine Falle?«, entwich es Nadine und Armin gleichzeitig.

»Ja, die teuflische Falle eines Mörders, der vor rein gar nichts zurückschreckt!«, rief Fürchtegott Hager und mühte sich hurtig hinter dem Tisch hervor.

Armin, kreidebleich und ganz und gar elend anzuschauen, begann zu zittern. »Aber ... w-w-wie ... ich meine ... w-wo soll d-diese Falle sein?«

Nadine schlug sich mit der flachen Hand gegen die Stirn. »Verflucht, sie ist genau hier!«, schrie sie und sprang auf. Ein letzter dumpfer Axthieb war zu vernehmen, ein spitzes Knarren folgte. »Wir sitzen mittendrin!«

»Mittendrin in was?«, kreischte Armin.

»Raus hier!«, brüllte Hager.

Nadine stürzte zur Wohnwagentür, riss sie auf und rettete sich mit einem Sprung ins Freie. Das Knarren wurde aufdringlicher. Armin Adrian, der zwei Sekunden brauchte, um zu realisieren, was vor sich ging, polterte hinter der Sitzgruppe hervor. Hager schob ihn mit einer Hand an sich vorbei und verlieh ihm mit einem heftigen Klaps auf den Rücken Vortrieb. Schlussendlich sprang er als Letzter hinterher, strauchelte und kam hart mit der Schulter auf spitzen Schottersteinen zum Liegen. »Scheiße!«

In diesem Moment bohrten sich die knorrigen Äste einer riesigen Kiefer mühelos in das Wohnwagendach. Der Kommissar warf reflexartig die Hände schützend über seinen Kopf. Es blieb ihm keine Zeit, sich weiter vom Ort des Geschehens zu entfernen, es blieb auch keine Zeit, sich zu vergewissern, wo Nadine und Armin steckten, ob sie in Sicherheit waren oder nicht. Ein Knirschen war zu vernehmen, gleich darauf das Splittern von Holz und Glas. Der mächtige Stamm durchschlug den Caravan, zermalmte alles, was sich ihn in den Weg zu stellen wagte. Hager hörte das Platzen einer der Reifen wie einen Schuss aus nächster Nähe. Mit einem Pfiff sauste ein Gegenstand nur knapp über seinem Kopf hinweg, während ein zweiter seine Hände streifte und eine Sekunde später Metall gegen einen Baum in nächster Nähe klirrte. Mit einem fürchterlichen Ächzen kam der Stamm quer zur Straße und mittig zwischen den Überresten des Wohnwagens zum Liegen. Die Teile der ehemaligen Außenwände, die bis dahin einigermaßen standhaft geblieben waren, senkten sich knirschend zu Boden. Das Material splitterte oder wurde am Rahmen des Caravans abgeschert. Scheppernd kamen die Teile drum herum zum Liegen.

Alsdann wurde es still.

Hagers Ohren benötigten ein paar Sekunden, um erneut das gleich bleibende Prasseln des Regens zu vernehmen. Irgendwo auf dem Weg machte das blecherne Kreiseln einer Radkappe auf sich aufmerksam. In direkter Nähe war ein Pfeifen, ein klagendes Zischen zu vernehmen, das ihn an verdampfende Wassertropfen auf der heißen Herdplatte erinnerte. Er rappelte sich hoch, rieb sich die schmerzende Schulter und starrte in die unergründliche Schwärze, die ihn umgab.

»Nadine? Armin!«, rief er in die Ungewissheit hinein und drehte sich einmal um die eigene Achse. Seine Schulter brannte wie Feuer. Überhaupt fühlte er sich hundsmiserabel.

*

Der Pick-up rumpelte lautstark über den Schotterweg. Norbert hatte es sich nicht nehmen lassen, das Zeitelmoos abzufahren, dabei wollte Georg so schnell es ging nach Hause. Er sah elend aus, und fühlte sich kaum besser. Meinwald Förster war nicht aufgetaucht. Obschon Norbert es mittlerweile für unwahrscheinlich hielt, ihn im Moor anzutreffen, wollte er auf Nummer sicher gehen.

Als der Wagen in die nächste Biegung hinein fuhr, trat Norbert mit voller Wucht auf die Bremse. Sein Vater, der wie immer nicht angeschnallt war, wurde hart gegen das Armaturenbrett geschleudert. Vor ihnen versperrte eine umgestürzte Kiefer den Weg. Aber nicht genug damit. Am rechten Wegrand lagen unter einem mächtigen Stamm die zersplitterten Überreste eines Wohnwagens. Bis auf die Schlussleuchten und das Nummerschild war nicht mehr viel davon zu erkennen.

»Autsch! Verdamm mich!« Georg rieb sich die angestoßene Stirn.

»Wie oft hab ich dir schon gesagt, dass du dich anschnallen sollst?«, schimpfte Norbert.

»Was ist da passiert?«, ignorierte ihn sein Vater.

Norbert pfiff durch die Zähne. »Das sieht gar nicht gut aus, fürchte ich. Wer immer bei dem Sturz in dem Wagen gewesen ist, kann von Glück reden, wenn es ihn schnell und schmerzlos zerquetscht hat.«

»Sieh doch!«, rief Georg. »Der Kerl da mitten auf dem Weg!«

»Das muss dieser Fotograf sein, von dem alle reden«, vermutete Norbert. »Es hieß, er wohne in einem Wohnwagen. Der hat mächtig Schwein gehabt!«

Georg sah ihn fragend an. »Was für ein Fotograf?«

»Himmelherrgott, der, der die Leiche gefunden hat«, antwortete sein Sohn genervt. »Liest du keine Zeitung?«

»Ach, der«, meinte Georg und erinnerte sich. »Na, wenigstens ist ihm nichts passiert.«

»Wie recht du hast«, sagte Norbert entschlossen. »Also brauchen wir uns kaum weiter um ihn zu kümmern.« Geräuschvoll legte er den Rückwärtsgang ein und ließ die Kupplung kommen.

»Willst du nicht wenigstens nachfragen, ob alles in Ordnung ist?«, sagte Georg unschlüssig. »Ein Blitz muss die Kiefer zum Fallen gebracht haben.«

»Und wenn schon! Er lebt, und sein Landrover wurde auch verschont. Wenn er Hilfe braucht, kann er sich selbst darum kümmern.« Der Pick-up fuhr ein paar Meter rückwärts.

»Der Mann winkt uns zu sich!«, rief Georg.

»Ich sehe es«, raunte Norbert mürrisch. »Aber hast du vergessen, wozu wir hergekommen sind? Ich jedenfalls hab keine Lust, den Bullen zu erklären, was ich bei dem Scheißwetter im Moor zu suchen hatte. Du etwa?«

Georg schüttelte sich und beobachtete den wild gestikulierenden Mann, bis er hinter der Kurve ihren Blicken entschwunden war.

Norbert wendete den Pick-up in der nächsten Rückegasse. Schweigend fuhren sie auf Umwegen nach Hause.

*

Der Wald war verzaubert, wie er es immer gewesen war. Unter seiner Magie spielten sich Wunder ab, die nicht in Festmeter verrechnet oder in Statistiken kalkuliert werden konnten. Helle wie dunkle Mächte gaben sich im Dickicht ein Stelldichein. Der Forst lebte und handelte nach seinen eigenen Gesetzen und Regeln.

Er war plötzlich wieder zehn Jahre alt. Unter der Brille seiner Kindheit zerflossen die Grenzen zwischen Sein und Nichtsein, zwischen Traum und Wirklichkeit. Ein Gedanke genügte, die Welt zu verändern, zum Guten wie zum Bösen ...

Die Treibjagd war in vollem Gange. Er rannte und hüpfte über Stock und Stein. Sein Atem keuchte wild, heißer. Unter seinen Füßen knackten Äste, purzelten Steine, schlitterten Moosteppiche vorbei. Das Heulen der Wölfe klang in seinen Ohren wie das Läuten der Totenglocke auf dem Gottesacker. Seine Überlebenschancen waren gleich null.

Was ihn retten könnte, wäre ein Baum, mit dicken Ästen und knorrigem Stamm, an dem er mühelos empor klettern und von dort oben den Rückzug des Rudels abwarten könnte. Es gab allerdings nur wenige Buchen, Eichen, Linden und Ahorne im Forst. Die glattstämmigen Birken boten zu wenig Halt, die Aststummel der Fichten und Tannen zu wenig an Stabilität.

Zielstrebig kämpfte er sich auf eine Linde zu, deren erste Gabelung in erreichbarer Höhe, deren unterste Äste ein schnelles Erklettern verhießen. Doch was war das? Der elende Baum zog sich vor ihm zurück. Die Linde streckte sich gen Himmel, legte die Äste dicht an den Stamm, verschloss den ersehnten Einstieg unter undurchdringlichem Blattwerk.

Bitte, bitte!

Er hörte ein hämisches Lachen. Nicht von der Linde, nicht von den Wölfen, sondern von den Fichten ringsherum. Er drehte sich um die eigene Achse, schneller, immer schneller. Die Bäume trugen die Gesichter derer, die er erpresst und belogen, genötigt und betrogen hatte. Es waren von Schmerzen und Leid gezeichnete Antlitze, tote, leblose Augen in tiefen Höhlen, weit aufgerissene Münder, die ihn beim Namen riefen, die Genugtuung forderten, Sühne für seine Verfehlungen, Rache für seine Untaten. Es war vorbei. Die Jagd hatte ein Ende, die Meute ihre Beute gefunden.

Er strauchelte, stürzte. Bereits im Fallen waren sie über ihm. Das mächtige Alpha-Tier öffnete sein riesiges Maul. Die gefürchteten

Nadelhauer schlossen sich um seine Kehle. Der stechende Schmerz war unerträglich. Ein warmer Blutschwall ergoss sich in seinem Rachen. Er schluckte und schluckte, drohte zu ertrinken ...

Meinwald griff sich an die Kehle. Sein Kopf war unter Wasser geraten, sein Mund hatte sich mit schwarzbraunem Schlamm gefüllt. In seinem Hals brannte es wie Feuer.

Er erbrach sich.

Anschließend hustete er, als wollte sich seine Lunge nach außen stülpen. Auf die Ellenbogen gestützt robbte er wenig später keuchend aus der tiefen Fahrrinne heraus.

*

»Ich bin okay«, vernahm Fürchtegott Hager gedämpft die Stimme der jungen Kollegin aus dem Rettungswagen. »Armin Adrian hat unfreiwillig einen Schutzwall über mir gebildet und deshalb mehr abbekommen. Um ihn sollten sie sich kümmern.«

Der Kommissar vernahm ein Husten. »Soll heißen, ich bin direkt auf sie drauf gefallen.«

Gott sei Dank!, dachte Hager erlöst und fuhr sich mit der Hand über das Gesicht. Alles war gerade noch mal gut gegangen. Er kramte sein Handy ein zweites Mal hervor und musterte es unter dem Licht der Deckenleuchte. Das Display war bei dem Sturz zu Bruch gegangen. Zwar hatte er den Notruf problemlos absetzten können, nun aber zeigte die Anzeige wenig mehr als einen in allen Farben schillernden Regenbogen. Schade, dachte er wehmütig, denn er hatte sich gerade erst an das komplizierte Ding gewöhnt gehabt.

Während er das lädierte Gerät umständlich in seiner Tasche verstaute, fuhr ein weiterer Wagen vor. Die Scheinwerfer blendeten ihn, sodass er nicht erkennen konnte, wer es war. Womöglich Alfons von der Technik, vermutete er. Ein Mann in dunklem Mantel und Hut stieg aus und lief auf die offene Tür des Rettungswagens zu, an der, neben einem Sanitäter, ein Streifenpolizist stand. Er schien sich eine Auskunft einzuholen, denn der Beamte wies genau in seine Richtung. Der Regen hatte zwar etwas nachgelassen, dennoch kullerten die Tropfen unablässig über die Scheiben. Dem Erscheinen nach war es nicht Alfons, der da auf ihn zu kam.

Die Tür des Streifenwagens wurde aufgerissen. Die Deckenbeleuchtung schaltete sich ein. Das bleiche Gesicht seines Vorgesetzten Saalfelders wurde im Türrahmen sichtbar.
Oh nein, nicht auch das noch!, überkam es Hager.
»Sag mal, Fürchtegott«, donnerte sein Chef ungestüm los, »ich hab geglaubt, ich spinne, als mich der Anruf zuhause erreicht hat. Es habe einen Mordanschlag auf zwei Polizisten und einen Fotografen im Zeitelmoos gegeben, teilte man mir lapidar mit. Es gäbe zwar keine Toten, dafür reichlich Verletzte.« Saalfelders Stimme wurde schrill. »Hast du mir etwas zu sagen?«
»Das könnte ich ebenso gut dich fragen«, sagte Hager scharf, und schälte sich mühsam aus dem Sitz. Die geprellte Schulter schmerzte mehr als zuvor, obwohl ihm die Sanitäter ein leichtes Analgetikum verabreicht hatten.
»Komm mir nicht so, Fürchtegott. Ich habe dich gewarnt. Wenn Fräulein Spenglein – «
Der Kommissar baute sich vor seinem Vorgesetzten auf. »Jetzt halt mal die Luft an, Mann! Mir hast du es zu verdanken, dass ihr keine drei Leichen vorgefunden habt. Ich hab meinen Job gemacht, und zwar sehr ordentlich. Derjenige, der hier ein schlechtes Gewissen haben sollte, bist du!«
Saalfelder rang nach Atem. Derart dreist und ungehobelt war ihm Hager bislang nie gegenübergetreten. Das Maß war endgültig voll – übervoll. »Es ist eine Frechheit von dir, dich so aufzuführen! Das allein zöge ein Disziplinarverfahren nach sich, wenn wir nicht über zahllose Jahre hinweg Freunde wären!«
»Freunde? Dass ich nicht lache!« Fürchtegott wich einen Schritt zurück. »Du bist mein Chef, gut, daran kann ich nichts ändern, aber in Zukunft werden wir ausschließlich auf dem Dienstweg miteinander kommunizieren.« Der Kommissar ließ sich zurück auf den Beifahrersitz fallen, griff sich hektisch an die Schulter, versuchte einen Aufschrei zu unterdrücken und schlug genervt die Tür zu.
Fürchtegott muss komplett den Verstand verloren haben, resümierte Saalfelder. Oder das Durchlebte hat derart an seinen Nerven gezehrt, dass er nicht mehr Herr seiner Sinne ist. *Aber, so geht das doch nicht!* »Fürchtegott, augenblicklich redest du mit mir!«, rief Sallfelder gegen die geschlossene Tür.

Leck mich am Arsch!, dachte Hager und stierte mürrisch durch die Windschutzscheibe hindurch in die düstere, von Blaulichtern erhellte Landschaft. Wie Vorgesetzte permanent dazu kamen, stets alles besser wissen zu wollen, war ihm ein Rätsel.

Saalfelder öffnete ein zweites Mal die Autotür. »Von vorne, Fürchtegott, und diesmal ganz in Ruhe.«

»Wie du willst.« Hager musste sich allerdings zu dieser Ruhe zwingen. »Warum hast du das LKA eingeschaltet, ehe überhaupt feststand, dass es sich bei dem Augenfund um einen Mord handelt?«

Saalfelder blickte fragend, aber aufrichtig zu ihm hinunter. »Ich habe das LKA keineswegs eingeschaltet.«

Hager verzog die Mundwinkel. »Natürlich nicht. Die sind von sich aus auf die Idee gekommen, dass es mal wieder Zeit für einen Mord im Fichtelgebirge geworden ist, was? Lachhaft! Verarschen kann ich mich selber.«

»Falls du auf Fräulein Spenglein anspielst, kann ich dir ruhigen Gewissen sagen, dass das Gesuch ihrer Vorgesetzten bereits vor drei Monaten auf meinem Schreibtisch gelandet ist. Ich hab nur keinen rechten Zeitpunkt finden können, das Gesuch um ein Praktikum zu bearbeiten. Der Augenfund wie der Mordfall haben damit rein gar nichts zu tun.«

»Und das soll ich dir glauben?«, raunzte Hager von Saalfelders Worten wenig überzeugt.

»Himmelherrgott!«, schrie sein Chef unbeherrscht. Sein Geduldsfaden war gerissen. »Ich bin verdammt noch mal dein Vorgesetzter! Es ist mir scheißegal, was du mir glaubst und was nicht! Seit wann bin ich verpflichtet, jede meiner Entscheidungen vorher mit dir abzusprechen? Reiß dich am Riemen, Kommissar Hager. Du bist ganz gut in deinem Job, ja, aber du bist bei Weitem nicht der Beste auf der Welt, und auch nicht der, der sich alles herausnehmen darf, kapiert? Wie ich sehe, habe ich in all den Jahren die Zügel zu locker gelassen, aber das lässt sich ganz leicht ändern. Wenn ich dir eine ganz normale Frage stelle, möchte ich gefälligst eine ganz normale und vernünftige Antwort bekommen!«

Hager kämpfte sich abermals ins Freie, rempelte Saalfelder ungestüm aus dem Weg und stampfte an dem Rettungswagen vorbei den Waldweg entlang. Die Unterhaltung war für ihn beendet. Er brauchte jetzt Ruhe, nichts als Ruhe, bevor er Dinge sagte und tat, die er morgen bereute.

»So kommst du mir nicht davon!«, rief ihm Saalfelder gekränkt nach. »So nicht, Fürchtegott! Du kannst dich nicht, wie es dir eben beliebt, aus der Affäre ziehen. Diesmal nicht, hörst du?«

Der Kommissar sah sich einen Augenblick geneigt, seinem Chef Kontra zu bieten. Schlussendlich siegte die Vernunft und er lief auf dem Schotterweg in Richtung der Stelle, an der er seinen Wagen versteckt hatte. Dass er ihn aus der verwachsenen Einfahrt ohne Hilfe herausbekäme, damit rechnete er nicht, dass er an besagter Stelle einem weiteren nächtlichen Besucher des Zeitelmoos' begegnen würde auch nicht.

Mitten auf dem Weg kam ihm eine Gestalt entgegen. Ihre Umrisse schälten sich aus dem finsteren Hintergrund. Der Kommissar kniff die Augen zusammen. Zunächst glaubte er einer Sinnestäuschung erlegen zu sein, dachte an Nadines Sichtung der Mönche, schüttelte sich und sah ein zweites Mal in die genannte Richtung. Ein leises Keuchen verriet ihm, dass er sich nicht täuschte. Augenblicklich blieb er stehen und wartete, bis die Gestalt nahe genug herangekommen war.

»Halt, wer da!«, rief er ihr entgegen.

Statt einer Antwort humpelte die Erscheinung auf ihn zu und blieb direkt vor ihm stehen. Der Kommissar hatte noch immer Probleme, zu erkennen, wer da vor ihm stand.

»Was zum Kuckuck habt ihr mitten in der Nacht hier verloren?«, raunte ihm der Mann angriffslustig entgegen.

Hager war wenig überrascht. Er kannte diese Stimme. »Das könnte ich auch Sie fragen«, entgegnete er zugeknöpft.

»Das ist mein Wald, wie Sie wissen«, raunzte der andere.

»Wieder auf der Jagd nach Verkehrssündern?«, sagte Hager mit betont kritischem Unterton. »Gehen Sie ein paar Meter weiter und Sie werden jede Menge Kennzeichen notieren können.«

»Sehr witzig!«, kläffte Meinwald zurück. »Was zum Teufel ist hier los?«

»Nach was sieht es denn aus?«, konterte Hager.

»Ich bin nicht in der Stimmung, Rätsel zu lösen«, knurrte Förster.

Der Kommissar lachte bitter. »Soso! Na ja, dann werde ich Ihnen sagen, was sich hier zugetragen hat. Ein Mordanschlag auf zwei Polizisten und eine Zivilperson. Was sagen Sie dazu?«

Meinwald schwieg.

»Hat es Ihnen die Sprache verschlagen?«, fügte der Kommissar hinzu. »Oder waren Sie einfach auf diese Begegnung nicht vorbereitet.«

»Was soll das heißen?«, brüskierte sich Förster. »Glauben Sie etwa, ich habe damit etwas zu tun? Lächerlich!«

»Ob ich darüber lachen kann oder nicht, wird sich zeigen. Fürs Erste möchte ich, dass Sie mir minutiös beschreiben, was Sie innerhalb der letzten Stunde gemacht haben.«

Meinwald hatte nicht vor, dem Beamten zu beichten, weshalb er hier war. Das hätte für ihn bedeutet, dem Henker den Strick mitzubringen. Andererseits musste er etwas sagen, damit der Kommissar nicht auf dumme Gedanken oder falsche Schlüsse kam. Förster räusperte sich. »Nun ja, ich war, wie Sie sich denken können, auf der Pirsch.«

»Bei dem Wetter?« Fürchtegott Hager lachte frei heraus. »Das können Sie mir doch nicht erzählen. Mir nicht!«

»Sind Sie selbst Jäger?«, fragte Meinwald spitz.

»Nein, aber wer sollte sich bei diesem Wetter freiwillig auf einen Hochsitz begeben?«

Meinwald knurrte: »Das Wetter kann man sich nicht aussuchen.«

»Verdächtige leider auch nicht«, sagte Hager beinahe belustigt. »Ich erwarte Sie morgen, pünktlich um sechzehn Uhr, im Kommissariat. Und bis dahin sollten Sie Ihre Version dieser Nacht gründlich überdenken.«

Ein weiterer Wagen näherte sich dem Ort des Geschehens. Hager und Meinwald traten zur Seite. Das Auto blieb stehen. Das Fenster der Beifahrerseite surrte nach unten.

»Scheiß Wetter für einen Nachteinsatz, was Fürchtegott!«, schallte es Hager entgegen.

Der Kommissar bückte sich und steckte seinen Kopf in die Fensteröffnung. »Tja, das Wetter kann man sich nicht aussuchen.«

»Sag mal, wie siehst du denn aus?«

»Das erzähl ich dir, wenn ich wieder wach und trocken bin. Bis dahin bitte ich dich, alle Spuren festzuhalten.«

»Im Matsch?« Alfons lachte polternd. »Soll das ein Witz sein?«

Hager schilderte dem Kollegen von der Spurensicherung in wenigen Worten, was vorgefallen war. Meinwald an seiner Seite lauschte aufmerksam. Alfons verabschiedete sich und fuhr die wenigen Meter bis zum Tatort.

»Das ist ja eine unglaubliche Geschichte«, meinte Förster und blickte den roten Rücklichtern hinterher.

»Leider ist es die Wahrheit«, sagte Hager und nahm Meinwald ins Visier. »Sie haben heute dem Wild wohl auf dem Bauch liegend nachgestellt.«

»Wieso?«

Statt einer Antwort wies der Kommissar mit dem Zeigefinger auf Meinwalds vor Dreck strotzende Wachsjacke.

»Ich bin … gestürzt. Tja, das kann selbst einem alten Hasen wie mir passieren.« Er versuchte es überzeugend rüberzubringen, scheiterte jedoch kläglich.

»Wir sehen uns morgen um punkt vier!« Mit diesen Worten überließ Hager den Mann seinem Schicksal und lief gebeugt zu seinem Passat. Dort erwartete ihn bereits die nächste Überraschung.

XVIII.

*I*hr Tag war anstrengend verlaufen. Bereits genervt hatte sie morgens neben dem Kopierer gestanden und den Mann vom Kundendienst um Eile gebeten, was dieser zu ignorieren wusste. Der Landrat höchstpersönlich hatte sie später gerügt, weil er das Protokoll der letzten Kreistagsitzung im Verteiler vorzufinden gehofft hatte. In der Pause war ihr ein Becher Kaffee aus der Hand geglitten und dessen Inhalt hatte sich auf den Boden vor der Maschine verteilt. Sämtliche Telefonpartner hatten sich als übel gelaunt erwiesen, und eine ältere Dame war nicht davon zu überzeugen gewesen, dass die Abholscheine für Sperrmüll nicht in ihr Ressort fielen.

Zwei Stunden vor Dienstschluss hatte sie sich fest vorgenommen, dem Tag eine wohlwollende Wendung zukommen zu lassen. Vergnügt, und die Hektik des Alltags weit hinter sich wissend, bog sie in Röslau von der Hauptstraße ab und hielt wenig später vor dem kleinen Wollgeschäft, über dessen Schaufenster in bunten Lettern *Wollikate für Wollmäuse* prangte. Schwungvoll drückte sie sich gegen die Eingangstür. Das helle Bimmeln des emsigen Glöckchens verscheuchte die letzten trüben Gedanken.

Sie hatte eine andere Welt betreten; eine Welt der Farben und des Wohlgeruchs. Ohne Eile streifte sie an den bis zur Decke reichenden Holzregalen entlang, blieb bisweilen stehen, um einen Strang zu begutachten, ließ ein Wollknäuel nach dem anderen durch ihre Finger gleiten, rieb die Fasern an ihren Wangen, nahm den Duft und die Farbenpracht der Stränge in sich auf, lächelte verklärt und wirkte einigermaßen überrascht, als urplötzlich die Besitzerin des Landens wie aus dem Nichts vor ihr stand.

»Meine neueste Kollektion«, sagte die Frau und lächelte milde. »Handgefärbt! Ich hab sie erst heute Mittag frisch einsortiert und *Frühlingserwachen* getauft.«

»Wie originell!«, entwich es Irmgard verzückt. »Ach, ich würde am liebsten alles kaufen«, beteuerte sie und spürte, wie der Entscheidungsdruck ihr sogleich die Freude raubte.

»Oh, ich weiß, dass meine kleinen Schätze in größtmöglicher Konkurrenz zueinander stehen.« Sie zog einen wirklich aufwendigen, in petrol und blau gehaltenen Strang heraus und legte ihn der Kundin in die Hand. »Wie wäre es damit?«

»Wunderbar. Also ich habe noch nie solche Wolle gesehen. Diese Farben, dieser Duft, diese Intensität. Wie kriegen sie das hin?«

Die Frau grinste. »So schwer ist es gar nicht. Es braucht dazu nur etwas Erfahrung und Gespür für Harmonie. Sie würden staunen, wie leicht einem das von der Hand geht, wenn man es erst ein paar Mal versucht hat. Aber was sage ich, Sie sind ja am Wochenende mit von der Partie, stimmt's?«

»Ehrlich gesagt, ich kann es kaum erwarten«, beteuerte Irmgard ergriffen und studierte ausgiebig das Bündel in ihrer Hand. »Acht...zehn Euro!«, entwich es ihr, als sie den Preis auf dem Etikett bemerkte.

»Nicht gerade ein Schnäppchen«, gestand die Verkäuferin, »aber dafür bekommen Sie 1a Qualität – und die spürt man, hab ich recht?«

»Ist das ...? Wie heißt es doch gleich ...? Lacegarn?«

Die Frau nickte.

»Eigentlich bin ich auf der Suche nach einfacher Sockenwolle«, entgegnete Irmgard entschuldigend. »Mein Mann braucht dringend neue Strümpfe, verstehen Sie?«

Die Verkäuferin wandte sich um. »Da habe ich etwas ganz Besonderes für Sie.« Aus dem Nachbarregal zog sie einen in Braun- und Beigetönen gehaltenen, bereits gewickelten Strang hervor. »Na, was sagen Sie dazu?«

Irmgard wog die Wolle kurz in ihren Händen, als gelte es tatsächlich, deren Gewicht zu prüfen. »Ist das Merino? Es fühlt sich unglaublich weich an.«

Abermals nickte die Frau.

»Herrlich! Aber finden Sie nicht, dass das für einen Mann im reiferen Alter etwas zu gewagt ist?«

Die Verkäuferin kicherte leise. »Wo denken Sie hin? Auch *Mann* trägt heutzutage bunt.«

»Na ja, zu seinem Mantel und den Cordhosen würde es ganz gut passen«, sinnierte Irmgard. »Und ein Knäuel reicht bestimmt für Größe 46?«

»Aber sicher doch.«

Irmgard studierte das Etikett und hätte beinahe losgelacht. »Der Strang heißt Feldhamster?«

»Ja, warum?« Die Verkäuferin grinste zurück. »Finden Sie den Namen unpassend?«

»Nein, nein!«, versicherte Irmgard rasch. »Ich habe mir nur gerade vorgestellt ...« Sie brach mitten im Satz ab. »Lassen wir das. Ich überleg es mir, ja?«

»Sie haben alle Zeit der Welt.« Die Frau machte kehrt. An der Tür zum Hinterzimmer blieb sie stehen. »Wenn Sie Lust und Zeit haben, können Sie sich auch gern ein Weilchen zu uns setzen. Wir sind drei wollverrückte Tanten, die sich jeden Mittwochnachmittag zum Kaffeeklatsch treffen.« Mit einer einladenden Geste wies sie hinter sich in den gemütlichen Nebenraum.

»Also, wenn Sie meinen, und es Ihnen bestimmt nichts ausmacht, gerne!« Irmgard legte das Knäuel neben die Kasse auf die Theke, ging an der Frau vorbei und betrat mit einem kurzen Klopfen gegen den Türrahmen das Hinterzimmer.

Eine junge Frau saß dort an einem kleinen Tisch und strickte, eine zweite saß daneben an einem schmucken Spinnrad und ließ gekonnt Fäden durch ihre Finger auf eine sich drehende Spule gleiten. Auf dem runden Tischchen standen Kuchenteller, Tassen, eine Kaffeekanne und ein Marmorkuchen.

»Nanu, Jakoba«, sagte die alte Frau am Spinnrad, »wir werden doch nicht etwa Zuwachs bekommen?«

»Entschuldigen Sie den Überfall«, exkulpierte sich Irmgard. »Eigentlich wollte ich nur schnell einen Strang Wolle kaufen ...«

»Schnell geht bei uns gar nichts«, lachte die alte Dame am Rad und wies auf den freien Stuhl neben sich. »Du musst erst mal zur Ruhe kommen, Kindchen.«

»Herzlichen Dank.« Irmgard nahm den zugewiesenen Platz ein und blickte in die Runde. »Schön haben Sie es hier.«

»Und ob«, antwortete die Spinnfrau vielsagend. »Da draußen ist die böse hektische Welt, aber wenn man über diese Schwelle tritt, befindet man sich in einer Oase der Ruhe und Geborgenheit.«

»Und Wolle!«, unterstrich Irmgard und griente.

»Herzlich willkommen bei den Röslauer Strickhexen«, sagte Jakoba.

Reihum Händeschütteln.

»Irmgard Hager«, stellte sich Irmgard vor.

»Jutta«, sagte die jüngere Frau am Tisch und lächelte verhalten.

»Wilfriede«, sagte die Dame am Spinnrad, ohne den Fuß vom Pedal zu nehmen.

»Wir duzen uns hier alle«, bemerkte Jakoba. »Also, wenn es dir nichts ausmacht, Irmgard?«

Die Wangen der Angesprochenen überzog ein rosa Schimmer. Normalerweise ging sie mit dem saloppen *Du* eher vorsichtig und zögerlich um. Selbst in der Arbeit duzte sie längst nicht alle Kollegen, obschon sie mit den meisten von ihnen seit Jahrzehnten Schreibtisch an Schreibtisch zusammenarbeitete.

»Natürlich nicht«, sagte sie verlegen und senkte kurz den Blick.

»Wir haben uns letztes Wochenende beim Walkingkurs kennengelernt«, nahm Jakoba das Gespräch auf.

»Im Zeitelmoos?«, sagte Wilfriede und zog die Stirn in Falten. »Wo man den Thomas gefunden hat?« Sie schüttelte sich. »Das wäre nicht mein Ding gewesen.«

»Gott sei Dank haben die meisten von uns den Toten nicht sehen müssen«, tat Irmgard den Frauen kund.

Jutta senkte den Blick und strich sich etwas hektisch mit der Hand über die Augen.

»Zeiten sind das!«, unterstrich Wilfriede mürrisch. »Früher konnte man Tag und Nacht in den Wald gehen, ohne Gefahr zu laufen, dabei umgebracht zu werden. Heut ist man nirgends mehr seines Lebens sicher.«

Jakoba nickte zustimmend.

»Also mein Mann ist gestern Nacht völlig durchnässt und mit einer geprellten Schulter nach Hause gekommen«, begann Irmgard frei von der Leber weg zu erzählen. »Ich habe nicht die geringste Ahnung, was ihm widerfahren ist. In dieser Hinsicht schweigt er wie ein Grab – selbst mir gegenüber. Er nimmt seine Schweigepflicht sehr, sehr ernst.«

Die drei Frauen tauschten fragende Blicke.

»Schweigepflicht?«, sagte Jutta und schielte zu Irmgard.

»Ist dein Mann Arzt?«, vermutete Wilfriede.

»Ihr Mann ist leitender Beamter bei der Hofer Mordkommission«, verkündete Jakoba.

Irmgard vernahm dies nicht ohne Stolz.

»Stimmt«, entfuhr es Jutta. »Der Kommissar hat sich bei mir mit dem Namen Hager vorgestellt. Und das ist im Ernst dein Mann?«

»Ja«, sagte Irmgard und wunderte sich, was diese Jutta mit ihrem Mann zu tun hatte. »Er ist hautnah an dem Fall dran und wird ihn im Handumdrehen gelöst haben«, fuhr sie fort.

»Hat er nicht auch diesen Mord am Epprechtstein im vergangenen Herbst untersucht?«, erkundigte sich Wilfriede und blickte kurz von ihrem Spinnrad auf.

»Sicher«, sagte Irmgard, »und ihn innerhalb einer Woche gelöst!«

Jakoba räusperte sich. »In der Zeitung stand das aber anders, wenn ich mich recht entsinne.«

»Firlefanz«, entschied Irmgard und machte mit der Hand eine wegwerfende Bewegung. »Wer glaubt denn heute noch, was in der Zeitung steht? Diese Schmierfinken schreiben doch, was sie wollen. Ich sage zu meinem Mann immer, dass er sich in dieser Hinsicht über nichts mehr zu wundern braucht. Die Macht der Medien ist allumfassend, habe ich erst kürzlich gelesen. Schon heute wird die Meinung des Volks, werden Trends und die Stimmung im Land von den großen Medienkonzernen gelenkt. Ein Rufmord ist da längst an der Tagesordnung. Und keiner kann etwas dagegen tun. Fühlt man sich ungerecht behandelt und sagt offen seine Meinung, wird es nicht besser, sondern schlimmer. Was wollte ich sagen? Ach ja: Epprechtstein! Meinem Mann und niemandem sonst ist es zu verdanken, dass der brutale Mord in Rekordzeit aufgeklärt werden konnte. Er ist zwar nur Oberkommissar, aber Beförderungen allein machen ja längst keinen guten Ermittler aus. Also ich für meinen Teil würde mit ihm lieber nichts zu tun haben wollen. Im Dienst kann er sehr unnachgiebig und streng sein. Zuhause hingegen ist er zahm wie ein Lämmchen.«

»Da kannst du von Glück reden, Irmgard«, unterstrich Wilfriede. »Die Masse der Mannsbilder kannst du vergessen – und das nicht erst seit heute.«

Jutta zog ein Taschentuch aus der Jeanstasche und schnäuzte sich. »Hoffentlich findet er schnell heraus, was mit meinem Thomas geschehen ist.«

»Mit deinem …?« Irmgard schluckte, als ihr bewusst wurde, was das bedeutete. »Verzeihung. Ich meine … ich wollte nicht …«

»Schon gut«, sagte Jutta leise. »Wie hättest du auch wissen sollen, dass er mein Mann war.«

»Verlobter!«, unterstrich Jakoba.

»Und ein Erzfilou obendrein«, vollendete Wilfriede.

»Aber ich hab ihn geliebt«, sagte Jutta trotzig.

»Ach, Kindchen«, tröstete sie Wilfriede, »freiwillig hätte der dich nie verlassen. Mit dir konnte der machen, was er wollte, und das wusste er sehr genau. Sei doch froh. Wärt ihr erst verheiratet gewesen, glaub mir, hätte er es noch viel, viel bunter getrieben, das kann ich dir sagen.«

»Du bist eine anständige Frau«, sagte Jakoba ernst, »bist jung und ein hübsches Ding. Du kannst viele Männer haben, wenn du willst. Glaub mir, wenn der Richtige kommt, wirst du es wissen.«

»Glück kann man nicht erzwingen«, meinte Wilfriede. »Es braucht seine Zeit.«

Irmgard hatte aufmerksam zugehört. Dass Jutta ein derart grausiges Schicksal mit Anstand und Würde trug, machte sie ihr überaus sympathisch. Sie hätte nicht sagen können, was sie täte, würde ihr Fürchtegott von heute auf morgen aus ihrem Leben verschwinden. »Sie ... ich meine ... du ... bist eine starke Frau«, sagte sie voller Mitgefühl.

Jutta Langer blickte ihr entgegen. »Ich habe mich bisher nie für stark gehalten. Und ich glaub auch nicht, dass ich es jetzt bin. Die ersten Nächte habe ich nur überlebt, weil ich Nachtschicht hatte – ich bin Altenpflegerin – und während dieser Zeit im Aufenthaltsraum drei Schachteln Zigaretten geraucht habe. Momentan fühl ich überhaupt nichts mehr. Ich komm mir einfach leer vor, ausgepowert, da innen drinnen.« Jutta pochte mit der Faust gegen ihre Brust.

»Glaub mir, das gibt sich bald wieder, Kindchen«, sagte Wilfriede nüchtern.

»Und dann wirst du genauso fröhlich sein wie früher«, fügte Jakoba hinzu.

»Oh, ich kann mir gut denken, dass dies ein Weilchen dauern mag«, sah sich Irmgard gezwungen einzuwenden. Die gut gemeinten, aber doch reichlich oberflächlichen Worte der beiden mochte sie nicht ohne Weiteres im Raum stehen lassen. Irmgard übte selten Kritik an etwas oder jemandem (wobei es sich bei diesem Jemand zumeist um Fürchtegott handelte), aber hier und jetzt sah sie sich gezwungen, für Jutta Partei zu ergreifen. »Einen geliebten Menschen zu verlieren, ist nie einfach, egal, ob er dieser Liebe wert war oder nicht. Die eigene Trauer braucht ihre Zeit, und keiner kann sagen, wie lange es dauert. Eines Tages wirst du zurückblicken und erkennen, dass der Schmerz nachgelassen hat, dass du gelernt hast, damit umzugehen, dass du ihm und dir selbst verziehen hast – dass der Weg frei ist für etwas Neues.«

»Ich danke dir«, flüsterte Jutta Langer und schniefte. »Am meisten bin ich froh darüber, nicht allein zu sein. Ich habe Freunde, die in allem, was kommen mag, zu mir stehen – und sie brauche ich jetzt dringender denn je.«

»Das ist doch keine Frage!«, unterstrich Jakoba.

Wilfriede brummte zustimmend und ließ den Faden laufen.

*

Fürchtegotts wie Nadines Vormittag war wie im Flug vergangen. Bei Fürchtegott, weil er eine lange und hitzige Aussprache mit seinem Chef hatte, bei Nadine, weil sie die neuen Fakten an der Tafel notiert und eine Internetrecherche zum Thema Zeitelmoos vorgenommen hatte.

Erst in der Kantine, während der Mittagspause, fanden sie Gelegenheit sich auszutauschen. Der Kommissar knabberte an einem Vollkornbrot herum, während Nadine genussvoll einen Rohkostsalat verdrückte.

»Ist es inzwischen gelungen, Ihren Wagen heil aus dem Wald zu bergen?«, erkundigte sich Nadine bei ihrem Kollegen.

Fürchtegott strich sich mit dem Finger einige Brösel von den Lippen. »Ja, gottlob, und ohne Blessuren, wie man mir versichert hat. Der Matsch stand bis in Türhöhe. Ich hab verdammtes Glück gehabt, dass er nicht abgesoffen ist. Es wäre ein glatter Totalschaden geworden.«

»Und die Sache mit ihrem Chef?«, fragte Nadine vorsichtig.

Hager winkte sogleich ab. »Halb so wild. Saalfelder und ich haben uns schon mehrfach gefetzt, ohne dass einer von uns ernsthaft Schaden genommen hat. Wir seien wie ein altes Ehepaar, meinen viele Kollegen. Ohne regelmäßigen Zoff geht's bei uns nicht.« Fürchtegott musste kurz lachen und verschluckte sich glatt dabei. Der einsetzende Husten klang wie das heißere Bellen eines altersschwachen Kettenhundes. »Es ... geht schon«, würgte der Kommissar hervor, nachdem sein Gegenüber ein sorgenvolles Gesicht angenommen hatte.

»Ich habe mich inzwischen über das Moor schlaugemacht«, verkündete Nadine.

»Und?«, fragte Hager wieder kauend. »Sind Sie fündig geworden?«

»Das kann man sagen: Vor beinahe 70 Jahren – gegen Ende des 2.

Weltkriegs – machten sich ein Trupp SS-Männer und eine Vielzahl von Häftlingen aus dem KZ Buchenwald auf den vermeintlich sicheren Weg nach Flossenbürg. Der Krieg war in diesen Apriltagen des Jahres '45 längst entschieden, und die Order an die Wachmannschaften kam mit dem Verweis, dass die Alliierten quasi vor der Tür standen. Da das Eisenbahnnetz zusammengebrochen war – Lastwagen oder andere Transportmittel standen längst nicht mehr zur Verfügung –, blieb den Gefangenen wie ihren Peinigern nichts anderes übrig, als den langen Weg zu Fuß zu bestreiten. Ein Großteil der KZ-Insassen – ausgemergelt und halb verhungert, wie sie waren – musste diese völlig überflüssige Tortur mit dem Leben bezahlen. Die Ausfälle waren erschreckend hoch. Allein um Wunsiedel herum fanden auf diese Weise 30 Menschen den Tod. Ohne sich lange mit den Leichen abzugeben, wurden sie kurzerhand von den SS-Männern im Zeitelmoos verscharrt.«

Fürchtegott Hager hielt inne. »Das wusste ich nicht, ehrlich!«, gestand er aufrichtig.

»Nicht genug damit«, fuhr Nadine fort. »Als nämlich die alliierten Truppen von der sinnlosen wie unmenschlichen Flucht und deren Folgen erfuhren, zwangen sie Parteifunktionäre wie treue Anhänger des Regimes, die Leichen zu exhumieren und auf dem Wunsiedler Friedhof beizusetzen. Bis auf den heutigen Tag erinnert das Grabmal für die Opfer des Faschismus an die damals ums Leben gekommenen Menschen.«

»Das haben Sie gut gemacht«, pflichtete Hager Nadine bei. »Wissen Sie, bei meinem letzten großen Fall hatte ich einen Archäologen an der Seite, der, ähnlich wie Sie, keine Rast und Ruhe fand, bis er auf die dringendsten Fragen Antworten erhalten hatte. Allein von Berufs wegen würde er uns in dieser heiklen Sache bestimmt hilfreich zur Seite stehen, ausführlich über Opfergaben und dergleichen berichten, die dereinst in Mooren versenkt wurden.« Der Kommissar stopfte sich den letzten Bissen in den Mund. »Insbesondere Moorleichen hätten es ihm über alle Maßen angetan.«

Nadine grinste. »Ich habe ferner die Vermisstendatei nach eventuellen Hinweisen durchforstet.«

»Und?«, fragte Hager immer noch kauend und schluckend. »Spannen Sie mich nicht auf die Folter.«

»Auch hier gibt es einen Hinweis, der er wert ist, näher untersucht zu werden: Ein gewisser Lothar Voit, damals 61 Jahre alt, verheiratet, wohnhaft in Bibersbach, von Beruf Heizungsbauer, wollte eines Abends im Frühjahr 1998 Bier holen gehen und kam nie wieder.«

»Hm«, sinnierte der Kommissar. »Ein typischer Fall, wie aus dem Lehrbuch. Ich dachte bisher, dass es diese Begebenheiten nicht wirklich gibt – zumindest nicht bei uns. Achtundneunzig sagen Sie?«

Nadine nickte.

»Woher haben Sie diese Information?«

»Vom LKA«, antwortete die Kollegin.

»Ach, daher weht der Wind«, gab Hager ohne groß nachzudenken von sich.

Nadine zog die Stirn in Falten. »Was wollen Sie damit sagen?«

»Entschuldigen Sie, so war das nicht gemeint. Ich hatte bereits nach vergleichbaren Fällen gesucht und bin nicht fündig geworden. Deshalb.«

Nadine zog die Schultern hoch. »Ob die Information zutreffend ist, kann ich nicht sagen.«

Fürchtegott Hager lächelte milde. »Zur Sicherheit werden wir der Sache nachgehen.«

»Darf ich das erledigen?«

»Meinetwegen. Finden Sie heraus, ob die Ehefrau noch in der Region lebt, ob es glaubwürdige Zeugen gibt und dergleichen mehr. Das ganze Brimborium.«

»Geht klar, Chef«, sagte Nadine und stopfte sich das letzte Salatblatt in den Mund.

Geht klar, Chef!, wiederholte der Kommissar im Geiste und ergötzte sich an jedem einzelnen Wort.

Hagers Telefon bimmelte, als sie nach dem Essen sein Büro betraten. Ehe er abnahm, blickte er auf das Display. Es war Alfons.

»Hallo, Fürchtegott«, grüßte der lautstark. Im Hintergrund war das Kreischen einer Motorsäge zu vernehmen.

»Was ist denn bei dir los? Macht ihr heimlich Brennholz während der Arbeitszeit?« Dies sollte ein Witz sein, aber sein Kollege bekam es just in den falschen Hals.

»Wegen dir hab ich die halbe Nacht im Wald zugebracht!«, konterte Alfons vorwurfsvoll. »Komm mir bloß nicht mit dummen

Sprüchen, ja? Wir haben Reste der Kiefer mitgenommen – unter anderem den Abschnitt, an dem sich der Fallkerb befindet. Nun versuchen wir akribisch den Spuren der Säge und der Axt nachzugehen. Ansonsten war bei dem Matsch und der Nässe ja nicht viel zu finden. Du solltest mir also dankbar sein, dass ich mich für dich ins Zeug lege. Ich hätte mir die ganze Tortur auch sparen können.«

»Das hast du prima gemacht«, fühlte sich der Kommissar verpflichtet loszuwenden. »Und Adrians Wohnwagen? Ich meine, habt ihr etwas davon retten können?«

»Die Reste wurden vor einer Stunde angeliefert. Nun liegen sie drüben in der Halle und müssen warten, bis wir mit dem Wurzelstock fertig sind. Aber verwertbare Spuren werden wir da kaum finden.«

»Schon klar!« Hager rieb sich am Kinn. Er wusste, dass sich Armins komplette Fotoausrüstung nebst Laptop und allem Drum und Dran darin befunden hatte. »Ich frage weniger wegen mir, sondern wegen Armin Adrian.«

Alfons lachte trocken. »Du bist bei dem Anschlag ja dabei gewesen. Allzu große Hoffnungen braucht er sich nicht zu machen. Den Einschlag hat bestimmt nichts überlebt.«

»Ist euch sonst irgendetwas aufgefallen?«

»Nein. Der verdammte Regen hat ganze Arbeit geleistet. Selbst wenn wir wüssten, wo wir zu suchen hätten, würde es schwierig bis unmöglich werden, etwas zu finden.«

»Verstehe«, sagte Hager gedämpft.

»Was?«, schrie Alfons ihm ins Ohr.

»Melde dich, falls du etwas Brauchbares hast, ja?«, rief Hager zurück. Das Geräusch der Kettensäge erstarb. Die Leitung war unterbrochen.

»Gibt es Neuigkeiten?«, wollte Nadine wissen und musterte das ungläubige Gesicht ihres Gegenübers.

»Bislang nicht«, sagte der Kommissar nachdenklich. »Sie untersuchen gerade die Reste des Baumstamms. Ansonsten hat das Unwetter wohl alle Spuren getilgt.«

Nadine presste die Lippen aufeinander. »Schöne Pleite.«

*

Die Luft im Zimmer war abgestanden. Nachdem er sich von der Toilette zurück an sein Bett gekämpft hatte, warf er einen schnellen Blick aus dem Fenster. Trüb und diesig war der Tag. Kein Wunder nach dem heftigen Gewitter und dem Starkregen in der letzten Nacht.

Links neben ihm lag ein Mann um die siebzig mit Prostatakrebs, rechts ein Jungendlicher, der sich beim Sprung von einem Garagendach den Mittelfuß gebrochen hatte. Das Zimmer stellte eine Art Auffanglager dar, denn die Patienten waren allesamt im Laufe des gestrigen Tages ins Klinikum eingeliefert worden.

Selbstredend gab es keinen Grund, ihn stationär zu behandeln. Er hatte bloß ein paar tiefere Abschürfungen an den Händen und Knien von seinem Sturz aus dem Wohnwagen davongetragen. Na ja, der Schmerz in den Gliedmaßen würde nachlassen, und er durfte das Krankenhaus verlassen, wann immer er wollte. Leider war die Frage notwenig geworden, wohin er anschließend gehen sollte, nachdem seine Bleibe sich in Schutt und Asche verwandelt hatte. Nur zögernd konnte er sich mit dem Gedanken anfreunden, seine Mutter aufzusuchen. Letztendlich sah er fürs Erste keine Alternative zu einem überteuerten Hotelzimmer.

Seinen Auftrag konnte er komplett vergessen, nachdem mit dem Wohnwagen seine Fotoausrüstung und alles andere vernichtet worden waren. Er wagte kaum sich auszumalen, was das für seinen Job bedeuten mochte. Wenn die Versicherung nicht umgehend zahlte, konnte er seine Selbständigkeit an den Nagel hängen und Kolumnen über Eichhörnchen für ein drittklassiges Provinzblatt schreiben.

Armin schüttelte den Kopf.

Sein Blick wanderte kurz über das bleiche Gesicht des alten Mannes. Er schlief. Sein röchelnder Atem klang wie die altersschwache Luftpumpe des Aquariums, das früher in seinem Kinderzimmer gestanden hatte. Da konnte er von Glück reden. Ihm war die Aussicht auf Genesung und eine wie auch immer geartete Zukunft geblieben.

Er rückte sein Kopfkissen zurecht, schlug die Decke zurück, strich das Betttuch glatt und humpelte in Richtung Zimmertür davon.

»Gute Besserung«, flüsterte er dem Jungen zu, der ihn mit neidvollem Blick verfolgte.

Im Stationszimmer herrschte reges Treiben. Das Mittagessen und die Medikamentenausgabe standen bevor. Auf großen Tabletts wurden die vielen kunterbunten Röllchen, Kügelchen und Tropfen nach Zimmernummer und Patient sortiert. Das erforderte von dem zuständigen Pflegepersonal ein hohes Maß an Konzentration.

Äußerst widerwillig riss sich die Schwester von ihrer Arbeit los und wandte sich Armin zu, der in der Tür stand und an den Rahmen geklopft hatte. »Sie wünschen?«

»Ich wäre dann soweit«, sagte Adrian und lächelte verhalten.

»Soweit wofür?«, entgegnete die Krankenschwester mit versteinerter Miene.

»Nach Hause zu gehen.« Armins Lächeln verschwand augenblicklich. *Ein Zuhause ist etwas, das ich nicht habe*, fuhr es ihm wehmütig durch den Kopf.

»Richtig, Sie sind der Zugang von 324«, antwortete die Schwester distanziert und kramte die Patientenakte hervor. »Armin Adrian?«

Armin nickte.

»Dr. Schrumm weiß Bescheid?«

Armin nickte abermals.

Die Schwester hob den Kopf. Stahlblaue Augen musterten ihn sehr eindringlich. Ebenso eiskalt kam die nächste Frage: »Wir haben keine gültige Krankenkassenkarte von Ihnen!«

»Tja, Schwester«, begann Adrian mühsam. »Sie müssen wissen, dass sich mein Zuhause in Luft aufgelöst hat.«

Sein Gegenüber zog ungläubig eine Augenbraue hoch.

»Dr. Schrumm kennt die ganze Geschichte. Ich habe mit ihm vereinbart, meine Karte so bald wie möglich nachzureichen. Er meinte, das wäre in Ordnung. Meine Daten haben Sie ja.«

»Naja, wenn der Doktor das gesagt hat«, entgegnete die Schwester brüskiert und drückte ihm ein Klemmbrett in die Hände. »Unterschreiben Sie hier!«

»Was ist das?«

»Ihre Erklärung, dass Sie auf eigenen Wunsch und eigenes Risiko das Krankenhaus verlassen.«

Armin Adrian unterschrieb die vermeintliche Entlassung und reichte der Frau das Schriftstück zurück. Ohne ein Wort nahm sie es entgegen, legte es auf die Ablage der Theke, nickte ihm teilnahmslos zu und widmete sich erneut den chemischen Heilmitteln ihrer Schützlinge.

Mit verdrießlichen Gedanken im Kopf verließ Armin das Klinikum. Auf dem Besucherparkplatz erwartete ihn, wie versprochen, sein unversehrter Landrover, den ein Polizeibeamter auf die Bitte Hagers hin bereitgestellt hatte.

Er schloss auf, setzte sich vorsichtig auf den Fahrersitz und atmete durch. Was nun bevorstand, würde ein für alle Mal beweisen, ob es ihm in all den Jahren gelungen war, die Vergangenheit zu bewältigen. Er drehte den Zündschlüssel. Der Motor begann nach wenigen Umdrehungen zu brummen. Als er den Parkplatz verließ, schlugen die Erinnerungen über ihm zusammen …

*

Kurz vor vier Uhr nachmittags saßen Fürchtegott Hager und Nadine im Büro bei einer Tasse Kaffee. Während sich die junge Kollegin anschickte, einen ausführlichen Bericht über den gestrigen Abend zu verfassen, erwartete der Kommissar die Ankunft von Meinwald Förster.

Fürchtegott war bereits sehr gespannt auf die Geschichte, die er ihm zu präsentieren gedachte. Denn eine Geschichte würde es sein, die er als Wahrheit zu verkaufen suchte, dessen war sich Hager sicher. Irgendetwas stimmte mit dem Kerl nicht, das sagte ihm seine Spürnase, und die hatte ihn bisher so gut wie nie enttäuscht.

Sieben Minuten nach vier erschien dann auch ein Kollege, der die Ankunft des vorgeladenen Herrn bestätigte. Hager hatte sich bewusst für den Verhörraum entschieden, weil er der Meinung war, dass es bedeutend mehr Eindruck auf Förster mache, wenn er sich mit ihm in dem kahl möblierten Zimmer unter kühlem Neonlicht unterhielt, statt einen Plausch in seinem gemütlichen Büro bei einer Tasse Kaffee abzuhalten – nebenbei würden sie nur Nadine beim Schreiben des Berichts stören.

Als Hager nach einigen bewusst gewählten Minuten endlich den Raum betrat, saß Meinwald Förster mit verschränkten Armen und übertrieben lässigem Pokerface an dem kleinen Tisch und würdigte ihn keines Blickes.

»Schön, dass Sie Zeit gefunden haben«, sagte der Kommissar und nahm ihm gegenüber Platz.

Meinwald entfuhr ein kühles Lachen. »Sehr witzig. Eine Vorladung ist kein Kaffeekränzchen. Ich bin schließlich alles andere als freiwillig gekommen.«

»Da haben Sie auch wieder recht«, gab Fürchtegott Hager von sich und faltete die Hände auf der Tischplatte. »Da Sie nun schon mal hier sind, und ich Sie vergangene Nacht um die lückenlose zeitliche Abfolge Ihrer gestrigen Tätigkeiten, insbesondere denen in den Abend- und Nachtstunden, gebeten habe, bin ich ganz Ohr.« Er drückte den Aufnahmeknopf des Rekorders und sprach zunächst die Kenndaten der Vernehmung auf Band.

Meinwald räusperte sich anschließend. »Da gibt es, wie ich bereits sagte, nicht viel zu erzählen. In einem Revier wie dem meinen ist das ganze Jahr über viel zu tun. Und weil Sie sich gestern über die Jagd lustig gemacht haben – «

»Nicht über die Jagd im Allgemeinen«, rechtfertigte sich Fürchtegott Hager. »Ich meinte lediglich, dass sich bei dem gestrigen Sauwetter kein Jäger freiwillig auf die Pirsch gelegt hätte.«

»Wie dem auch sei«, wiegelte Förster ab. »Fakt ist, dass die Wildschweinpopulation im Zeitelmoos seit letztem Herbst sprunghaft angestiegen ist. Sie können sich wahrlich kaum vorstellen, welch immensen Schaden bereits eine einzige Rotte in einer einzigen Nacht anrichten kann. Inzwischen sind mir und meinen Kollegen sieben an der Zahl bekannt. Wenn man also mehr als genug davon hat, werden sie zum ausgewachsenen Problem. Und ganz nebenbei bemerkt: Wildschweine sind durchaus intelligente Tiere. Die springen Ihnen nicht vor der Flinte herum, bis Sie abdrücken.«

»Jaja, das mag alles gut und schön sein, aber ich bin weder an den Populationsproblemen Ihrer Schweine noch an dem dadurch entstandenen Schaden interessiert. Ich ermittle in einem Mordfall, und seit gestern Nacht zusätzlich in Sachen Mordversuch an meiner Kollegin, an mir selbst und an Armin Adrian«, unterstrich Hager vollmundig.

»Herrschaft, mit Mord habe ich nichts am Hut«, knurrte Meinwald ihm entgegen.

»Mit was dann?«, konterte der Kommissar und lächelte süffisant.

»Ganz ehrlich, Sie drehen mir die Worte im Mund herum. Ist das eigentlich zulässig? Vielleicht sollte ich vorsichtshalber meinen Anwalt zurate ziehen?«

»Bitteschön, es steht Ihnen jederzeit frei, selbst die Mittel zu wählen, die Sie für notwendig halten.« Hager blickte ihm fragend entgegen: »Anwalt oder nicht?«

Meinwald Förster schlug mit der Faust auf die Tischplatte. »Sie wollen mir partout was anhängen, das ist es doch, was Sie beabsichtigen. Aber glauben Sie bloß nicht, dass ich darauf reinfalle. Das wäre ja gelacht!«

Der Kommissar grinste.

»Tut mir aufrichtig leid für Sie, wenn Sie mit Ihren Ermittlungen im Dunkeln tappen. Ich für meinen Teil habe absolut nichts mit Mord oder Anschlägen auf Polizeibeamte zu tun.« Förster lehnte sich in seinem Stuhl zurück, trug eine überhebliche Miene zur Schau und verschränkte erneut die Arme vor der Brust.

Fürchtegott Hager grinste breiter. »Sie würden staunen, wenn Sie wüssten, wie viele Verdächtige ich in diesem Raum bereits sitzen und beteuern sah, dass sie rundherum und überhaupt die besten Menschen auf der Welt seien. Ich erwarte von niemandem, dass er mir gleich auf Anhieb die Wahrheit erzählt, aber ich habe mit den Jahren gelernt, die Spreu vom Weizen zu trennen. Bei Ihnen bin ich mir hundertprozentig sicher: Sie verbergen etwas, und früher oder später werde ich wissen, um was es sich handelt. Vielleicht sind Sie unschuldig an dem Mord, aber hätten Sie nicht – wie Sie mir gegenüber selbst zugegeben haben – allen Grund gehabt, Armin Adrian vorzeitig aus Ihrem Revier zu vertreiben?«

Meinwald entglitt für einen Moment die Kontrolle. »Guter Gott, wir haben alle unsere kleinen Schwächen. Nicht, dass es bei mir etwaige Leichen im Keller zu entdecken gäbe, aber wer ist gänzlich frei von Schuld?« Sogleich hatte er sich wieder im Griff. »Ich weiß genau, worauf Sie anspielen. Ich habe gesagt, ich mag keine Fotografen oder Filmleute, die mir alles zertrampeln und scharenweise Nachahmer anlocken. Stimmt. Aber Sie wissen vielleicht, dass ich diesem Adrian eine unbehelligte Nacht im Zeitelmoos ermöglicht habe, damit er in aller Ruhe seine Bilder machen kann. Glauben Sie im Ernst, ich käme auf den Gedanken, mit derart brutalen

Mitteln Leute fernzuhalten, die, wenn man es genau nimmt, wie Sie und ich nur ihre Arbeit machen?«

»Ich verstehe durchaus, was Sie mir sagen wollen«, gestand Hager, »und ja, Armin Adrian hat davon erzählt, dass Sie ihm eine Nacht spendiert haben, aber just in dieser Nacht sind ihm Mönche erschienen.«

»Mönche«, sagte Meinwald tonlos. Gleich darauf brach er in ein heißeres Lachen aus. »Mönche? Ich habe ja schon viel Blödsinn gehört, aber – «

»Bei Mord hört der Spaß auf«, sagte Hager streng. »Diese Mönche wollten nämlich in Ihrem Moor eine Leiche verschwinden lassen.«

»Und da nehmen Sie ganz automatisch an, ich wäre einer dieser Mönche gewesen.«

»Warum nicht?«

»Ich sage es zum hundertsten Mal: Mit dem Mord im Moor habe ich nicht das Geringste zu tun – und mit dem Unfall auch nicht!«

»Es war ein Mordanschlag«, bekräftigte der Kommissar.

»Meinetwegen.«

»Der Name Thomas Frank sagt Ihnen etwas?«

Abermals entglitt Meinwald die Mimik. »Wer soll das sein?«, sagte er, ehe er sich erinnerte, dass sein Name momentan durch die Presseaufrufe hinreichend bekannt war. »Den Toten meinen Sie? Den habe ich nicht gekannt – woher auch?«, relativierte Förster.

»Wie Sie wollen.« Nun verschränkte der Kommissar die Arme vor der Brust. »Sie haben Ihre Chance gehabt. Heulen Sie mir später nicht die Ohren voll, wenn es bei Ihnen spitz auf Knopf steht. Ich bin kein Unmensch, aber ich hasse es, auf ewig der Wahrheit hinterherlaufen zu müssen.«

Förster schien in diesem Augenblick eine Eingebung zu haben, denn seine Gesichtszüge hellten sich auf. »Wissen Sie eigentlich, dass ich gestern Nacht nicht der Einzige war, der sich im Moor herumgetrieben hat?«

»Soll heißen?«, sagte Hager und befreite sich aus seiner Starre.

»Sagt Ihnen der Name Haber etwas?«

Der Kommissar schüttelte demonstrativ den Kopf.

»Georg Haber? Norbert Haber?«

»Nicht dass ich wüsste.«

»Dann rate ich Ihnen, sich sehr genau mit diesen beiden Herren auseinanderzusetzen.«

»Warum sollte ich das tun?«

»Wenn Sie Leichen in anderer Leute Keller suchen, sind Sie bei den beiden goldrichtig.«

»Würden Sie die Güte haben, mir Ihren Verdacht etwas genauer zu erläutern?«

»Ich bin nicht der Typ Mensch, der andere über die Klinge springen lässt, im Gegenteil. Die Habers, Vater wie Sohn, kenne ich nun seit Jahrzehnten. Der alte Georg holt sich gerne sein Brennholz in meinem Revier. Na ja, er nimmt es mit der Vergabe der Flächen für Selbstwerber nicht so genau. Man könnte sogar sagen, er hält sich an überhaupt keine Absprachen. Das weiß übrigens jeder. Man nennt ihn *Old Woody*. Aber gut, er ist nur ein alter Mann mit wenig Rente. Die Arbeit hält ihn am Leben. Der angerichtete Schaden ist nicht der Rede wert, und so drücke ich bis jetzt beide Augen zu. Da ich nun aber hier sitze und unter Verdacht geraten bin, sieht die Sache anders aus. Erst neulich musste ich beobachten, wie der Schorsch mit seinem Sohn äußerst delikate Dinge aus dem Forst entwendete.« Meinwald spitzte die Lippen.

Hager räusperte sich. Dieser Förster schien eine wahre Fundgrube an Jägerlatein zu sein. »Und was waren das für Sachen?«, erkundigte er sich, nicht ohne Augenzwinkern.

»Knochen«, sagte Förster und fixierte den Kommissar.

Hager staunte. »Knochen?«

»Knochen!«, wiederholte Meinwald mit Genuss.

»Sie meinen Rehgeweihe oder so was in der Art?«

Förster schüttelte den Kopf.

»Tierknochen?«

Meinwald Förster genoss jede Sekunde. »Leider war ich nicht nah genug, um zu sehen, was es für Knochen waren, aber Geweihstangen waren es gewiss nicht, und ich bezweifle, dass es sich um Tierknochen handelte.«

»Woher wollen Sie das wissen?« Noch war der Kommissar von Försters Rede amüsiert. Noch fand er die Gewandtheit und Schlauheit seines Gegenübers als Herausforderung es ihm gleichzutun, sich mit ihm zu messen und ihn zu übertrumpfen.

»Wie gesagt, ich war zu weit weg vom Ort des Geschehens, um mehr sagen zu können. Doch verwunderte es mich, als ich sah, dass die beiden eben diese Knochen auf der Ladefläche ihres Pick-ups verstauten und klammheimlich das Weite suchten.«

Fürchtegott Hager wurde schlagartig ernst. »Und Sie haben nicht nachgesehen, was es da zu bergen gab?«

»Doch, aber die beiden hatten ganze Arbeit geleistet. Außer einer frischen Grube fand ich nicht einen Hinweis«, log Meinwald.

Der Kommissar schwieg. Ihm kamen plötzlich Bilder von geknechteten, sterbenden und verscharrten KZ-Häftlingen in den Sinn. Unbehaglich. Irritierend. Aufwühlend.

Sollte man damals Leichen vergessen haben?

Wussten diese Habers davon?

Sind sie eventuell Nachfahren der Sträflinge?

Oder gar der Peiniger?

Wollten sie ein lang vermisstes Familienmitglied seiner verdienten Ruhestätte zuführen?

Oder unliebsame Spuren vertuschen?

Und was in aller Welt sollte das mit dem Mord und dem Anschlag zu tun haben?

»Kommissar! Hallo?«, meldete sich Förster zu Wort.

»Ähm ...« Hager kehrte in die Gegenwart zurück. Seine Vernehmung hatte tatsächlich eine Wendung genommen, allerdings eine gänzlich andere, als er erwartet hatte. »Ich werde mich darum kümmern«, versprach er seinem Gegenüber und machte sich Notizen.

»War's das gewesen?«, erkundigte sich Meinwald.

»Wenn Sie mir von sich aus nichts weiter zu sagen haben, ja.«

»Dann kann ich also gehen?«

»Sicher.«

Förster setzte ein überlegenes Grinsen auf und erhob sich von seinem Stuhl. »Sie werden mit der Familie Haber ihr reinstes Vergnügen haben«, meinte er loswerden zu müssen.

»Ich muss sie bitten, sich in nächster Zeit zu unserer Verfügung zu halten«, gab ihm der Kommissar mit auf den Weg.

»Keine Bange«, lachte Förster, »ich hatte ohnehin nicht vor zu verreisen.«

*

Armin erwachte, nachdem er vor dem Haus seiner Mutter angehalten hatte, wie aus einem Alptraum. Er konnte sich beim besten Willen nicht an die soeben zurückgelegte Strecke erinnern. Wie in Trance hatte er den Weg in die Vergangenheit angetreten, und zum Glück währenddessen keinen Unfall verursacht. Er stellte den Motor ab und zog den Zündschlüssel. Seine Hände zitterten. Verkrampft hielt er sich für zwei Sekunden am Lenkrad fest, weil ihm unversehens schwindlig geworden war. Zögernd, mit Schmerzen in den Gliedmaßen, verließ er den Landrover. Das Haus sah anders aus, als er es von seinen Träumen her kannte. Es wirkte keinesfalls düster oder abstoßend. Im Gegenteil, es sah einladend aus. Die Fassade hatte einen neuen Anstrich bekommen, die Fenster waren ebenfalls erneuert worden. Nichtsdestotrotz, er vermochte hinter die Kulisse von Heimat zu blicken, und was er dort meinte zu erkennen, war alles andere als verlockend.

Armin drückte den Klingelknopf und hörte von drinnen gedämpft den Dreiklang einer Glocke. Wie lange war er nicht mehr hier gewesen? Im Geiste rechnete er die Jahre rückwärts, kam bald durcheinander, konnte sich nicht konzentrieren und gab es schließlich auf. Er lauschte den Schritten, die nun zu vernehmen waren. Die Tür öffnete sich. Armin hätte nicht sagen können, was er zu erwarten glaubte. Das verzerrte Bild der Mutter aus seinen Träumen? Eine greise alte Frau, gebeugt unter der Last ihrer Verfehlungen?

Die Dame, die er erblickte, konnte nicht seine Mutter sein. Diese Frau strotzte vor Vitalität und Lebensfreude. Indes, ihre Augen schienen ihm vertraut, aber drum herum zogen sich feine Lachfältchen. Ihr Mund war zart und ausdrucksstark, ihre Wangen hellrosa und keineswegs eingefallen. Das Haar war gefärbt, jedoch unterstrich es den Teint einer in die Jahre gekommenen, attraktiven Dame.

Armin schluckte. »Mutter?«, entrann es ihm.

»Mein ... Kind?«, hörte er die Frau antworten, dann schlossen sich zögernd Arme um ihn.

Ob er es wollte oder nicht, er hörte ihr Schluchzen an seinem Ohr, spürte, wie ihr Körper davon geschüttelt wurde, registrierte die

Wärme und Anteilnahme ihrer innigen Berührung, und hätte beinahe selbst ein paar Tränen als Zeichen der Wiedergutmachung und Vergebung vergossen.

Noch während dieser ersten Umarmung keimte die Frage in ihm auf, ob er sich, und allem voran ihr, nicht Unrecht getan hatte. Ob es nichts als sein krankhafter Stolz gewesen war, der sie all die langen Jahre voneinander getrennt hatte. Die Gründe, die ihn dereinst bewogen hatten, Heim und Mutter den Rücken zu kehren, schienen mit einem Mal unbedeutend, nachgerade lächerlich, sein Trotz kindisch und töricht. Als sie ihn aus ihrer Umarmung entließ, hatte er ihr längst verziehen. Das ach so verhasste Unrecht war verflogen, alle Schuld mit einem Mal verbüßt, die Vergangenheit nichtig und unbedeutend.

Wie kann das sein?, fragte er sich, als er hinter ihr über die Schwelle trat. *Was hat sie mit sich und mit mir gemacht?*, überlegte er, als er in ihrem gemütlichen Wohnzimmer auf dem Sofa Platz nahm. *Das ist Hexerei?*, schlussfolgerte er, als sie mit Kaffee und Kuchen aufwartete.

Armin stopfte sich ein erstes Stück in den Mund und nahm einen kräftigen Schluck aus der Tasse. Seine Mutter beobachtete ihn dabei und lächelte selig. Einträchtig schwiegen sie ein paar Minuten.

»Ich habe mich all die Jahre hinweg gefragt, was aus dir geworden sein mag«, sagte seine Mutter leise. »Und nun sitzt du hier bei mir und ich sehe einen Mann vor mir, der seinen eigenen Weg gegangen ist. Ich war ziemlich erstaunt, als mich dein Anruf gestern erreichte, hatte ich doch bereits alle Hoffnung aufgegeben. Aber du sagtest, du seiest wegen eines Unfalles im Krankenhaus und wärst auf der Suche nach einer Bleibe. Ich konnte mir keinen Reim darauf machen – und kann es bis jetzt nicht –, aber ich möchte die Stunde des Wiedersehens keinesfalls mit dummen Fragen vergeuden.« Sie senkte den Blick und wischte sich mit der Hand über die Augen.

»Ich glaube, Fragen sind ein probates Mittel, dieses Wiedersehen damit zu füllen«, antwortete Armin überzeugt. »Es tut mir leid, dass ich dir nicht bereits am Telefon alles erzählt habe. Ich wollte nicht gleich mit der Tür ins Haus fallen. Wie hätte ich ahnen sollen, dass du dich ... ich meine ... dass du ...«

»Dass ich mich verändert habe?«, kam sie ihm entgegen.

Armin nickte und nippte an seinem Kaffee. »Ich habe, als der erste Groll verflogen war, versucht, mir die schönen Momente meiner Kindheit ins Gedächtnis zu rufen: Die Sommer auf dem Fahrrad oder im Freibad, die Ausflüge mit Tante Friede und Onkel Lot. Kannst du dich noch an die Schlittenfahrt erinnern? Es war bereits dunkel, aber der Hang hinter dem Haus glitzerte wie Diamanten. Ich hatte solange gebettelt, bis ihr alle mit nach draußen gegangen seid. Onkel Lot war gegen den einzigen Baum gefahren, der im Grund gestanden hatte. Oder entsinnst du dich an den Diaabend? Nach ihrem ersten und einzigen Urlaub hatte es sich Onkel Lot nicht nehmen lassen, uns seine Bilder zu zeigen. Stundenlang hat er im Wohnzimmer herumhantiert, und nach dem dritten Dia ging die Lampe kaputt.«

»Ich sehe vieles vor mir – jetzt, da du hier bist, in schillernden Farben und ganz so, als sei nie wirklich etwas vorgefallen. Am 16. Dezember 1999 hast du dieses Haus verlassen. Wir sind uns beinahe vierzehn Jahre aus dem Weg gegangen. Glaub mir, während dieser Zeit hatte ich reichlich Gelegenheit, über mich und mein Leben gründlich nachzudenken. Schuld kann grausam sein, vor allem, wenn man sie nicht tilgen kann. Irgendwann begann ich nach dir zu suchen, aber nirgends schien es einen Armin Dünn zu geben. Du warst wie vom Erdboden verschluckt. Da ich keine Ahnung hatte, was du tust, war es umso schwieriger. Es gab Zeiten – vor allem Nächte –, in denen ich beinahe den Verstand verloren hätte. Einzig der Glaube daran, dass es dir gut geht und du ein Leben gefunden hast, das deinen Wünschen entspricht, ließ mich nicht verzagen. So begann ich in den wachen Nächten dich mir so vorzustellen, wie ich es erträumte: mit Frau und Kindern an deiner Seite, einem Buben und einem Mädchen, mit einem Beruf, der dich ausfüllt. Damals wolltest du Biologe werden – Meeresbiologe. Erinnerst du dich?«

Armin senkte den Blick.

»So verstrich Jahr um Jahr, und ich begann mich mit diesem Traumbild abzufinden. Viel lieber wäre es mir natürlich gewesen, an deinem realen Leben teilzuhaben. Eine Großmutter für deine Kinder zu sein, eine Schwiegermutter für deine Frau. Nachdem ich dich in Deutschland nicht gefunden hatte, glaubte ich fest daran, du seiest ins Ausland gegangen. Nach Amerika vielleicht, oder nach

Australien. Dort hast du auf einem Forschungsschiff gearbeitet, später in einer Walstation. Gern habe ich mir solche Dokumentationen im Fernsehen angesehen. Nicht, weil ich hoffte, dich tatsächlich irgendwann vor der Kamera zu sehen, sondern um meinen Träumen Nährstoff zu bieten.« Sie holte Luft und lächelte verklärt. »Jetzt bin ich eine alte Schachtel und zufrieden mit dem, was mir das Leben übrig gelassen hat. Nicht im Traum hätte ich an ein Wiedersehen gedacht. Aber es ist geschehen. Ich danke Gott für diesen Tag – und ich danke dir für deine Gnade.«

»Mutter. Es ... es schmerzt mich, das alles hören zu müssen. Wenn ich nur nicht so egoistisch gewesen wäre. Was immer auch zwischen uns gewesen ist, es wiegt nicht den Kummer auf, den du erdulden musstest. Du hast mich gesucht und nicht gefunden? Das war unmöglich, denn ich hatte den Namen meines Vaters angenommen. Sag nichts, bitte! Ich weiß selbst, dass das unglaublich dumm gewesen ist. Aber zu dieser Zeit war ich nicht gut auf dich zu sprechen. Ich glaube, ich hasste dich mehr als alles andere auf der Welt. Kannst du das verstehen?«

»Es gibt nichts zu verzeihen«, flüsterte seine Mutter ergriffen.

»Du hast recht, damals wollte ich Meeresbiologie studieren. Aber ich bin Journalist geworden.«

»Journalist? Wie interessant. Was machst du?«

»Ich habe mich auf Naturschutzgebiete spezialisiert.«

»Und die Familie?«

»Gibt es bis heute nicht. Ich bin einfach nicht dazugekommen, da ich ziemlich viel unterwegs bin. Eine Familie hat da wenig Platz, verstehst du?«

»Das kann ich sehr gut nachvollziehen. Was trieb dich in die Heimat zurück? Ich bin es doch bestimmt nicht gewesen.«

Armin schüttelte langsam den Kopf. »Nein, ein Auftrag hat mich ins Fichtelgebirge geführt. Eigentlich wollte ich nie wieder hier her zurückkehren, aber ich muss nehmen, was ich bekomme. Weißt du, ich habe mich vor einiger Zeit selbstständig gemacht. Ich bin mein eigener Herr, aber das bedeutet auf der anderen Seite, dass ich an mich herangetragene Arbeiten nicht so einfach mir nichts, dir nichts ablehnen kann. Ich bin gekommen, um eine Reportage über das Zeitelmoos zu machen.«

Das Gesicht seiner Mutter wurde schlagartig fahl und leichenblass. Sie schluckte und griff sich nervös an die Kehle. »Dann bist du der, der ... die Leiche gefunden hat?«, würgte sie hervor.

Armin nickte. »Das war ganz und gar schrecklich.«

»Und du bist der, der ... in einem Wohnwagen im Wald lebt?«

Abermals nickte Adrian. »Du hast wohl davon gehört. Na ja, die Gerüchteküche funktioniert auf dem Land bestens. Mein Verlag hat mir einen altersschwachen Wohnwagen gegönnt. In diesem vegetierte ich dahin, bis ...« Weiter kam er nicht, denn seine Mutter schlang ihn in ihre Arme und drückte ihn so fest, dass er glaubte, keine Luft mehr zu bekommen.

»Wenn ich nur gewusst hätte, dass du ... dass du nur ein paar Kilometer von mir entfernt ... «, heulte sie los. »Ich ... wir ... wir werden uns doch nie wieder verlassen?«

»Mein Beruf wird es mir kaum ermöglichen, in der Gegend zu bleiben. Falls ich ihn, nach allem, was war, überhaupt noch ausüben kann«, sagte Armin verdutzt.

Seine Mutter bemühte sich um Ruhe. Sie wischte sich die Tränen von den Wangen und versuchte zu lächeln. »So habe ich das nicht gemeint. Ich möchte dich nicht an mich binden. Ich wünsche mir nur, dass wir Kontakt halten ... dass ich an deinem Leben ein Stück weit teilhaben darf. Aber so erzähl doch: Was ist geschehen?«

Und Armin erzählte von dem Vorfall im Forst. Seine Mutter lauschte schweigend und zu einem Häufchen Elend erstarrt. Sie schien von einer Sekunde auf die andere um Jahre gealtert – und plötzlich hatte sie eine frappierende Ähnlichkeit mit der Mutter aus Armins Träumen. Adrian selbst schrieb diese seltsame Veränderung dem Umstand zu, dass die Wogen ihres unverhofften Zusammentreffens mit der Angst um sein Leben, oder wenigstens seine Unversehrtheit, kollidierten. Es hätte auch wirklich nicht viel gefehlt, und sie hätte einen toten Sohn zu betrauern gehabt. Armin hatte noch keine Zeit gefunden, selbst über sein Beinaheschicksal nachzudenken. Die Gefahr, in der er augenscheinlich schwebte, war nicht zu unterschätzen, da hatte der Kommissar vollkommen recht. Andererseits hatte der Anschlag womöglich nicht ihm, sondern den Kripobeamten gegolten. Alles drehte sich letztlich um die Frage, wer diese verdammten Mönche waren.

»Wenn du Geld brauchst, mein Junge, dann sag es ruhig. Ich konnte die letzten Jahre einiges auf die hohe Kante legen.«

»Nein, Mutter!«, sagte Armin entschieden. »Ich bin bestimmt nicht gekommen, um dich anzupumpen, oder um mir irgendeine Schuld in barer Münze auszahlen zu lassen.«

»Es ist schon okay. Du brauchst kein schlechtes Gewissen zu haben. Wie viel bräuchtest du für den Anfang?«

Adrian sog die Luft durch die Nasenflügel. »Ich glaube, für den Anfang würde mir ein Schnaps reichen.«

»Kommt sofort«, sagte seine Mutter. Sie erhob sich und verließ das Wohnzimmer.

Armin Adrian blickte ihr unschlüssig hinterher.

*

Letztlich war der Tag für sie beide anstrengend verlaufen. Nach dem Abendbrot verfolgte Hager die Tagesschau, während Irmgard in der Küche für Ordnung sorgte. Da sie sich nicht auf ein gemeinsames Fernsehprogramm einigen konnten, entschied Irmgard früh ins Bett zu gehen. Fürchtegott schloss sich ihr kommentarlos an. Selten gingen sie vor neun in die Federn. Wenn überhaupt, dann an kalten Winterabenden, wo es bereits um halb fünf dunkel wurde. Bettgespräche waren während ihrer Ehe so ungewohnt und selten wie sexuelle Aktivitäten.

Draußen war es glockenhell. Obwohl Irmgard die Vorhänge zugezogen hatte, war das Tageslicht unmöglich draußen zu halten.

Sie gähnte demonstrativ. »Ach ja, war das ein Tag.«

»Wem sagst du das«, brummte Fürchtegott zustimmend.

»Den ganzen Vormittag über nichts als Ärger und Stress«, fuhr seine Frau fort.

»Jaja«, stimmte ihr der Kommissar zu, »es gibt Tage, die dürfte es nicht geben.«

»Und es gibt Tage, an denen die ganze Menschheit schlechte Laune zu haben scheint.«

»Gab es Ärger im Büro?«, erkundigte sich Fürchtegott und rückte sein Kissen zurecht.

»Nein, weißt du, es war der Tag insgesamt, der mir auf die Nerven ging. Gottlob ist mir rechtzeitig eingefallen auf dem Heimweg im Wollgeschäft vorbeizuschauen. Ach, ich könnte den ganzen Laden leer kaufen ...«

Dann mach's doch!, war der Kommissar geneigt loszuwerden, hätte er nicht genau gewusst, dass sie seinen lapidaren Einwand in den falschen Hals bekommen hätte. So lauschte er ergeben ihrem monotonen Singsang und wurde schläfrig dabei.

»... Das sind teure Stränge. Da ist man leicht mit zwanzig Euro dabei, aber die Qualität kann sich sehen lassen. Die sind so weich. So was hast du noch nie gefühlt. Richtig zum Reinkuscheln ...«

Antworten brauchte er bei dieser Art Vortrag fast nie zu geben, und wenn sie mit einer Fangfrage kontrollieren wollte, ob er ihr auch ohne Wenn und Aber an den Lippen hing, konnte er sich mit einem *Ja-naja-weißt-du* herausreden. Das klappte seit Jahren ganz prima und er hatte nicht vor, daran in Zukunft etwas zu ändern.

»... Ich hab extra für dich Sockenwolle gekauft – in braun-beige! Zunächst dachte ich, dass das für einen Mann in deinem Alter vielleicht etwas zu gewagt sei, aber Jakoba hat mich rasch vom Gegenteil überzeugt. Er heißt Feldhamster.« Irmgard musste kichern. »Ist das nicht drollig?«

»Hm!«, brummte der Kommissar im Halbschlaf und zählte anstatt schneeweißer Schäfchen braun-beige Hamster, die über ein abgeerntetes Kornfeld flitzten.

»... Deine Hosen sind ja alle viel zu kurz. Ich hab dir schon tausendmal gesagt, dass du dringend neue brauchst, aber ich rede ja gegen eine Wand. Deine Sparsamkeit in Ehren, aber du bist ein Mann, der tagein, tagaus mitten in der Öffentlichkeit steht. Was sollen denn die Leute denken, wenn du wie ein Penner herumläufst. Na, lassen wir das. Jedenfalls bin ich kurzerhand zu den Wollhexen eingeladen worden. Und stell dir vor ...«

Bereits auf der Schwelle zum Traumland, hörte er einen Satz, der ihn sogleich wieder munter werden ließ: » ... diese Jutta ist tatsächlich die Freundin des Mannes, den Betty im Moor gefunden hat. Ist das nicht ein Zufall?«

»Moment mal«, sagte Fürchtegott lauter als beabsichtigt. »Sie heißt Jutta Langer, wohnt in Bad Alexandersbad und arbeitet dort als Altenpflegerin?«

»Ja!« Irmgard schielt zu ihm herüber. »Wieso?«
»Was hat sie erzählt?«
»Nichts, was du nicht bereits wüsstest. Sie ist die Jüngste im Bunde, etwas schüchtern, aber ganz nett.«
»Ihr habt euch gewiss über den Mord an ihrem Freund unterhalten, oder?«, mutmaßte der Kommissar.
»Ja schon, aber ich wollte nicht gleich mit der Tür ins Haus fallen. So was tun nur Leute wie du. Wir haben uns ganz kurz darüber unterhalten, was den Mörder wohl veranlasst haben könnte, eine derart grausame Tat zu begehen.«
»Und?«, hakte der Oberkommissar nach.
Irmgard wirkte leicht genervt. Mit seiner Fragerei hatte er ihre schöne Geschichte völlig durcheinandergebracht »Was und?«
»Ich meine, zu welchem Schluss seid ihr gekommen?«
»Zu gar keinem, wenn du es genau wissen willst. Wir wollten Jutta nicht unnötig damit quälen, das ist doch sonnenklar.«
»Wusstest du, das Ende des Zweiten Weltkriegs KZ-Häftlinge im Zeitelmoos verbuddelt wurden?«, fuhr Fürchtegott redselig fort.
»KZ-Häftlinge?« Irmgard war sichtlich erstaunt. »Aber bei uns gab es doch gar kein KZ.«
»Sie kamen aus Buchenwald – zu Fuß wohlgemerkt – und sollten nach Flossenbürg verlegt werden.«
»Das Flossnbürg in der Oberpfalz meinst du?«
»Ganz recht. Leider waren die meisten den Strapazen des langen Marsches nicht gewachsen. Allein um Wunsiedel herum kamen dreißig Menschen ums Leben. Und weil man nicht wusste, wohin damit, verscharrte man sie im Zeitelmoos.«
»Jetzt, wo du es sagst, erinnere ich mich. Warte mal, hat nicht der Landrat zum soundsovielten Jahrestag eine Rede dazu auf dem Wunsiedler Friedhof gehalten?«
»Das kann schon sein. Es gibt dort eine Grabstätte für die Opfer des Faschismus.«
»Richtig. Ich glaube, ich habe damals die Rede für ihn sogar ins Reine getippt. Aber woher weißt du davon?«
»Das hat meine Kollegin recherchiert. Peinlich, wenn man sich vor der eigenen Haustür so wenig auskennt.«
»Wie alt ist eigentlich diese ... Nadine?«

»Keine Ahnung«, antwortete Fürchtegott wahrheitsgemäß. »Mitte zwanzig, würde ich sagen.«

»Dann pass gut auf dich auf.« Irmgard hob ermahnend den Zeigefinger.

»Was soll das denn nun wieder heißen?« Fürchtegott stemmte sich mühsam auf die Unterarme und sah seiner Frau fragend ins Gesicht.

»Ich mein ja nur. In deinem Alter überrascht einen nur allzu leicht der zweite Frühling«, entwich es ihr kühl.

»Also bitte!« Der Oberkommissar konnte sich ein Lachen nicht verkneifen. »Das meinst du nicht im Ernst, oder? Nadine und ich ... nein, weißt du ...«

»Sieh dich vor, Fürchtegott!«, sagte Irmgard streng. »Du wärst nicht der Erste, den es wie aus heiterem Himmel erwischt.«

»Irmgard, ich – «

»Ehe du dich versiehst, bist du dieser Nadine auf den Leim gegangen«, schnitt sie ihm das Wort ab. »Ich bin selbst eine Frau und weiß, was für Flausen sich unsereins in den Kopf setzen kann. Wehret den Anfängen! Das ist doch einer deiner Lieblingssprüche. Ich hoffe für uns beide, dass du dich im entscheidenden Augenblick daran erinnerst.« Mit einem flüchtigen Kuss auf die Wange gab sie ihrem Mann zu verstehen, dass sie müde und ihre Unterhaltung damit beendet war.

Fürchtegott Hager brauchte ein bisschen länger, bis er in den wohl verdienten Schlaf fand – mit oder ohne Feldhamster.

XIX.

Der Sommer zeigte sich von seiner besten Seite, dabei war es gerade mal Ende Juni. Im Fichtelgebirge stand man derart anhaltenden Schönwetterlagen sehr skeptisch gegenüber. Nicht etwa, weil man abergläubisch war, sondern aus jahrelanger wie leidvoller Erfahrung gelernt hatte, günstige Wetterbedingungen mit Vorsicht zu genießen. Wenn länger als zehn Tage die Sonne vom Himmel lachte, verhieß das im Anschluss nichts Gutes, zumal dann, wenn dieser Umstand verdächtig früh im Jahr auftrat. Es hatte in der Vergangenheit tatsächlich Sommer gegeben, die sich nach zwei angenehmen Juniwochen verabschiedet, die nichts als Aprilwetter und Temperaturen weit unterhalb der zu erwartenden Werte gebracht hatten. Im Prinzip teile das Klima des Mittelgebirges das Jahr in zwei Monate Frühling, einen Monat Sommer, drei Monate Herbst und sechs Monate Winter auf – zumindest was den Temperaturverlauf anbelangte. Die Menschen rund um die Berge hatten sich in Jahrhunderten daran gewöhnt, hatten sich damit abgefunden oder arrangiert. Wer dies nicht konnte, verließ die Gegend bereits in jungen Jahren. Aus diesem Grund ist es leicht nachvollziehbar, dass die wenigen Sommertage nicht nur das Gemüt erwärmten, sondern auch die Hormonproduktion der Fichtelgebirgler zu Höchstleistungen anspornten.

Der Nordostoberfranke ist in puncto Sex nicht prüde oder frigide (auch wenn vieles diesen Anschein erwecken mag). Es wird eventuell weniger als anderswo über das Thema Nummer eins geredet, dies jedoch stellt eine grundlegende Charaktereigenschaft des Franken dar und ist für alle wichtigen Lebensbereiche anwendbar. Allgemeingültig ist hingegen die Tatsache, dass, wer sich die Hörner in jungen Jahren nicht abstoßen konnte, zumeist im fortgeschrittenen Alter der fixen Idee verfällt, das Versäumte nachholen zu können. Insbesondere Männer sind diesem Irrglauben allzu häufig erlegen.

Der Mann, von dem hier die Rede ist, hatte seine besten Jahre gerade hinter sich gebracht, ohne der Fleischeslust hinreichend gefrönt zu haben. Seine Frau schätzte zwar die traute Zweisamkeit über alles, stand der Notwendigkeit der fleischlichen Gelüste jedoch eher skeptisch gegenüber. Die wenigen Male, wo er sie, nach langer wie zäher Überredungskunst, zu dieser ehelichen Pflicht bewegen konnte, reichten bei Weitem nicht aus, seinen Liebeshunger zu stillen. So begnügte er sich mit Pornofilmchen, die er bisweilen in einer stillen Dachkammer über eine improvisierte Leinwand in Gestalt eines weißen Betttuchs flimmern ließ. Eigentlich hatte er den Super-8-Projektor dereinst angeschafft, weil er seinem Patenkind lustige Trickfilme präsentieren wollte. Doch die Zeit eilte dahin. Die Interessen des Jungen hatten sich rasch gewandelt. Bei einem

Steifzug durch Hof hatte er einen Verleih entdeckt, der im Hinterzimmer eine Auswahl besagter Filme in diesem Format bereithielt. Zwar stand im Wohnzimmer ein teures Videogerät unter dem Fernseher, aber dort konnte und wollte er sich beim besten Willen nicht seiner Leidenschaft widmen. Er liebte es, im Sommer ins Freibad zu gehen und Frauen zu beobachten. In ihren knappen Bikinis wurde nur wenig von dem verhüllt, was seine Aufmerksamkeit erregte. In der Stadt konnte er stundenlang auf einer Bank sitzen und die Miniröcke von Teenagern bestaunen. Realen Sex hätte er von sich aus nie und nimmer gewagt. Seine Fantasie wurde von anderer Seite angespornt.

Er hatte nicht die geringste Ahnung, wer ihm diese eindeutige Einladung hatte zukommen lassen, auch hielt er sich weder für ausgesprochen begehrenswert noch attraktiv. Im Prinzip war er ein langweiliger Geselle, sah man von der alljährlichen Grillfete ab, die seine Kumpels von der Freiwilligen Feuerwehr organisierten und an denen er, Bier weit über den Durst intus, Geschichten und Anekdoten zum Besten gab, die, wie alle wussten, nicht auf seinem Mist gewachsen waren. Dieser seltsame Zettel, den er unter dem Scheibenwischer seines Kombis vorgefunden hatte, passte ganz vorzüglich zu dieser Sammlung fiktiver Geschehnisse, und so konnte er nicht umhin, sich den weiteren Verlauf der Ereignisse in schillernden Farben auszumalen.

Womöglich handelte es sich um eine Leidensgenossin, jemanden, dem es ähnlich erging wie ihm. Dass es eine simple Verwechslung war, zog er ernsthaft in Betracht, dass es sich um einen Schabernack seiner Arbeitskollegen handeln könnte, wog er ab – auf den Gedanken, dass es eine Falle sein könnte, kam er nicht.

Seine Einbildungskraft gaukelte ihm bereits in der Nacht zuvor herrlich frivole Bilder vor:

Von der Prärie kommend, einen perfekten Sonnenuntergang im Rücken, ritt er der einsam gelegenen Farm entgegen. Die Stunden der Trennung hatte er mit dem Kalkül des Mannes ertragen, der wusste, was er wert war. Seine Sporen glitzerten in den letzten Strahlen des scheidenden Tageslichts, ehe er von seinem Pferd sprang. Er machte sich kaum die Mühe, es anzuleinen. Mit festen Schritten stapfte er der Haustür entgegen, die just in dem

Augenblick geöffnet wurde, als er vor ihr angekommen war. Da stand sie, wild und schön, mit der Unschuld der Landfrau in ihren mandelbraunen Augen. Ihr schwarzes Haar glänzte wie Ebenholz, ihr roter Mund gierte nach innigen Küssen, ihr ganzer Körper lechzte nach der starken Hand des Cowboys. Und so nahm er sie und flog mit ihr über die Schwelle. Mit dem Fuß warf er die Tür ins Schloss, trug sie hinüber in ihr Schlafgemach und ließ sie sacht auf die Decken fallen. Seine Libido kochte, während er ihr übers Haar strich. Mit der Zunge die Tiefen ihrer Mundhöhle auslotend suchten seine Hände nach den Hügeln der Sehnsucht, wurden fündig und fegten mit einem Streich die letzten Hüllen hinfort …

Noch am Morgen waren die Bilder der Nacht lebendig, selbst wenn es kein Pferd war, das er bestieg. Auch die Sonne versank nicht im Westen, sondern mühte sich hinter den Wipfeln der Fichten empor. Die Prärie war dem Dunkel des Waldes gewichen, und die Farm einer windschiefen Hütte an einem verwachsenen Tümpel.

Sein Blick streifte am gegenüberliegenden Ufer entlang. Soweit er sich erinnern konnte, hatte er als Kind diesen Ort das letzte Mal aufgesucht. Fast meinte er die behelfsmäßigen Schiffchen aus Rinde, Stöckchen und Bast auf dem schwarzen Wasser treiben zu sehen.

Langsamen Schrittes umrundete er den Waldweiher.

Er war ganz Auge und Ohr. Irgendwo in der Ferne hämmerte ein Specht nervös gegen einen Baumstamm; ein ertrinkendes Insekt kräuselte die Wasseroberfläche. Und plötzlich sah er sie unweit vor sich: eine Frau in einem weißen, wallenden Gewand. Ihr goldenes Haar lockte sich bis weit über ihre Brüste. Ihr Gesicht konnte er nicht erkennen, aber es wirkte weiß wie Porzellan, edel, aristokratisch, unschuldig.

Sie winkte ihm zu, und er glaubte ein Lächeln auf ihren Lippen zu erkennen.

Zielstrebig folgte er ihr zunächst am Ufer, alsbald einen schmalen Waldweg entlang. Die Fichten waren jung, standen eng beisammen, streiften im Vorbeigehen seine Schultern. Der Pfad mäanderte durch den Bestand, schien erst kürzlich angelegt worden zu sein, denn die Stümpfe und Späne am Boden waren frisch, rochen betäubend nach Harz und Erde. Der Weg fand ein abruptes Ende – mitten im Dickicht des Forstes.

Wohin ist die schöne Maid entflohen?, fragte er sich enttäuscht.

Die dritte Möglichkeit – die, die er nicht in Erwägung gezogen hatte – dünkte ihn jäh als die Zutreffende. Ich bin in eine Falle geraten, gestand er im letzten Moment der Klarheit, ehe er von einem massigen Knüppel niedergestreckt wurde.

*

Alle Träume waren dahin. Dumpfe Schwärze hatte sich um ihn herum ausgebreitet. Er begann zu frieren, von innen heraus. Da war kein Licht, kein strahlender Gang, kein tröstendes Geistwesen, kein mitleidiger Gottvater.

Schwebe ich im luftleeren Raum?

Oder stürze ich in bodenlose Tiefe?

Wenn es keinen Gott gibt, gibt es keinen Teufel!

Wenn es keine Sünde gibt, wozu braucht es Sühne?

Das Ende sah anders aus als es der Herr Pfarrer von der Kanzel verkündet hatte. Es war geradezu unspektakulär, langweilig, trostlos, wie sein ganzes Leben.

Er stutzte.

Wieso ist es mir möglich, dies zu denken?

Bin ich zu einem Astralwesen geworden? Zu einem ruhelosen Dämon, dazu verurteilt, auf ewig zwischen den Welten herumzuspuken?

Die Finsternis wich. Farbtöne mischten sich in die Schwärze. Spiralen begannen sich vor ihm zu drehen – kaleidoskopisch, als hätte er sich allzu heftig die Augen gerieben. Bald wurden explodierende Fächer und surrende Girlanden daraus.

Und dann kam der Schmerz. Gerade in dem Augenblick, als er das seltsame Schattenspiel zu hinterfragen begann. Mit ganzer Macht legte er sich über ihn, drohte, ihn in Stücke zu reißen, pochte in jeder Faser, fiel polternd und scheppernd, einem wütenden Unhold gleich, über ihn her.

Er versuchte zu schreien, aber wo war der Mund, aus dem dieser Schrei hätte ertönen können? In der widerwärtigen Stille kochte der Schmerz, ließ alle Atome seines Wesens überschäumender Milch gleich bis an die Grenzen des Universums spritzen. Jeder Partikel trug ein Quäntchen der Qual mit sich hinfort. Als die große Leere ihn erwartete, setzte abrupt die Gegenbewegung ein. Innerhalb einer kaum messbaren Zeitspanne vereinten sich die Einzelteile seines Selbst in einem einzigen Punkt. Der Schmerz kehrte zurück.

Da wusste er, dass er lebte.

Blinzelnd öffnete er die Augen. Ein helles Oval wurde von einem dunklen, fransigen Rand begrenzt. Dieser helle Teil begann sich nach und nach zu differenzieren. Dunkle Gebilde nahmen Gestalt an, gewannen an Form und Bedeutung. Er befand sich nach wie vor im Wald, jedoch an anderer Stelle als zuvor.

Vor ihm lag eine Schneise der Verwüstung: Abgeknickte Bäume säumten seine Flanken, teils über-, teils untereinander liegende Baumleichen bildeten die Mitte. Offenkundig befand er sich in einem Windbruchgebiet, das von der Macht des letzten Sturms zeugte. Was allerdings die Peripherie seiner Wahrnehmung anbelangte, so brauchte er hier etwas länger, um sich darüber klar zu werden, um was es sich handelte. Die ausgefransten Ränder waren entblößte Wurzeln. Er brauchte eine Weile, bis er herausfand, warum sie sich um ihn herum gruppierten.

Es überkam ihn eine böse Vorahnung. Sogleich wollte er sich erheben und die Flucht antreten, als er realisierte, dass er dazu gar nicht in der Lage war. Beide Arme waren hinter seinem Rücken an einer dieser Wurzeln gefesselt. Seine Hände ertasteten das Ende eines klammen Stricks. Er zerrte und zog verzweifelt an der Schnur, ruckte hin, ruckte her, löste indes bloß ein paar Erdklumpen über sich, die bröselnd und dumpf auf seinem Schädel landeten.

Er kannte die großen Wurzelteller, die sich aus dem Boden hoben, wenn die dazugehörigen Fichten Sturm oder Schneelast zum Opfer gefallen waren. Ohne Pfahlwurzel waren sie auf Geröll oder anderweitigen Halt angewiesen. Fehlte das eine wie das andere, mussten sie der Unbill des Wetters trotzen.

Direkt unter einem dieser Wurzelteller zu sitzen bereitete ihm ein mulmiges Gefühl. Man erzählte sich von alters her allerhand Geschichten darüber; in manchen Sagen und Mythen hatten sie Einkehr gefunden. Er selbst kannte die Geschichte seines Nachbarn, der in den 60er Jahren als Holzfäller gearbeitet und jeden Tag mit dem Moped in den Forst gefahren war. Im Frühling und Herbst stand das Aufarbeiten von Windbrüchen auf der Tagesordnung. Gefährlich war diese Arbeit allemal. Wer jemals einen Wurzelteller nach der Abtrennung des Stamms in seine alte Lage zurückpoltern sah, ahnte, was es heißen mochte, in diesem Augenblick darunter begraben zu werden. Das Moped des Nachbarn, eine weißrote Zündapp Super-Kombinette, war auf derart absonderliche Weise verschwunden.

»Nein, das glaub ich einfach nicht«, entwich es ihm.

»Du kannst dich anstrengen, soviel du willst. Du wirst davon nicht loskommen«, hörte er eine Stimme neben sich. Entsetzt musste er mit ansehen, wie sich eine vermummte Gestalt von links in die Bildmitte schob. Sie trug eine Art Kutte mit einer Kapuze über dem Kopf. Obschon die Stimme darunter gedämpft klang, und obwohl sich deren Besitzer alle erdenkliche Mühe gab, diese zu verstellen, wusste er, wem sie gehörte.

»Was w-willst du von mir?«, stotterte er.

»Was wohl?«, kam prompt die Antwort. »Du weißt genau, warum du hier liegst.«

»Aber ... ich ...«

»Für Beteuerungen ist es reichlich spät, mein Guter«, sagte die Gestalt kühl. »Du hast deine Chance gehabt, und hast sie nicht genutzt.«

»Was hab ich getan?«, rief er ungestüm und wurde von einem Hustenanfall heimgesucht.

Unter der Kapuze lachte es bitter. »Wir wissen beide, was du vorhattest, nicht wahr?«

»Aber ...« Er rang nach Atem. »Ich habe es nicht getan!«

»Du hattest es vor. Das genügt.«

»Woher willst du das wissen?«, beharrte er.

»Ich weiß es, und du weißt es.«

»Nein!«, schrie er schmerzhaft.

»Wie dem auch sei«, entgegnete die Gestalt trocken. »Ich habe mein Urteil gefällt.«

»Verdammt!«, fluchte er. »Was glaubst du eigentlich, wer du bist? Gott im Himmel? Oder Rächer auf Erden?«

Die Kutte hob die Schultern. »Such dir etwas aus, aber beeil dich, denn es wird die letzte Entscheidung sein, die du zu treffen hast.«

Es durchzuckte ihn wie ein Blitzschlag. »Du hast vor, mich hier auf Nimmerwiedersehen verschwinden zu lassen? Wegen nichts und wieder nichts?«

»Eben das.«

»Weiß sie, was du mir antust? Hast du es ihr gesagt?«

Die Kutte schwieg.

»Na los, auf was wartest du noch?«, rief er bitter. »Töte mich! Lösch mich aus! Tu, was du willst, aber erwarte nicht von mir, dass ich um Gnade flehe.«

»Selbst wenn du es tätest, es würde dir nichts nützen«, verkündete die Gestalt vor ihm. »Denn du bist nicht der Erste, den ich seiner gerechten Strafe zuführe.«

Hatte er bis dahin eine winzige Chance gesehen, seinem Schicksal zu entrinnen, so ließ diese neue Bemerkung alle Hoffnung schwinden.

»Es gibt Dinge, die sind unverzeihlich.«

»Und du bestimmst, was dazugehört?« Er konnte ein verzweifeltes Lachen nicht unterdrücken.

Unter einem der Kuttenärmel kam ein anklagender Finger zum Vorschein. »Ich selbst weiß, wie es sich anfühlt, verraten zu sein, allein in Kummer und Gram zurückgelassen zu werden. Vor vielen Jahren habe ich mir geschworen, dem ein für alle Mal ein Ende zu setzen.«

»Das ist Wahnsinn!«, schrie er ihr entgegen.

»Was weißt du davon? Du kannst nicht mitreden. Dein Leben verlief bis auf den heutigen Tag in der wohlwollenden Ebene zwischen Gewissheit und Bequemlichkeit. Leiden musstest du niemals – gelitten haben andere.«

»Welche anderen?«

»Deine Frau zum Beispiel. Dein Patenkind.«

»Lüge!«, kreischte er. »Das ist alles gelogen! Niemals hat sich jemand bei mir beschwert. Ich habe meine guten wie meine schlechten Seiten, meine Vorzüge und meine Geheimnisse. Aber die hat jeder. Du bist kein Mensch, wenn du dir nicht eingestehst, Fehler zu haben. Verflucht, es gibt keinen Gott, der von uns verlangt ihm nachzueifern! Es gibt nur uns. Was wir aus unserem Leben machen, ist und bleibt unsere Entscheidung.«

Die Kutte vor ihm verharrte in Schweigen gehüllt.

Es mochten Sekunden oder Minuten verstrichen sein, bis sich die Kapuze auf und nieder bewegte. »Ich muss gestehen, was du soeben gesagt hast, trifft haargenau ins Schwarze: Leben ist das, was wir daraus machen. Nicht mehr, aber auch nicht weniger.« Mit diesen Worten entfernte sich die Kutte aus seinem Sichtkreis.

»Halt ein! Tu es nicht!«, schrie er der Verzweiflung nahe.

Niemand antwortete ihm.

Er hörte ein leises Geräusch, welches er nicht orten konnte, schlussendlich das Knattern eines Zweitaktmotors.

Eine Kettensäge!

Hinter ihm, am Stamm des umgestürzten Baumes, drang das Blatt der Säge mühelos ins Holz. Unter dem Kreischen des Werkzeugs teilte sich unaufhaltsam der Stamm vom Wurzelstock. Dem unter Spannung stehenden Gebilde entrann ein Ächzen und Stöhnen. Noch behielt der Wurzelteller seine Lage, jedoch erschütterte das Vordringen des Schneidblattes seine Grundfeste.

»Hör auf!«, mühte er sich ab. »Bitte! Du kannst von mir verlangen, was du willst, nur lass mich nicht hier und jetzt vor die Hunde gehen!« Wie von Sinnen zog er an der vermaledeiten Schnur, schnitt sie sich tief ins Fleisch und spürte kaum den damit verbundenen Schmerz. Er schrie wie am Spieß, verfluchte sie, verwünschte sich und sein Leben, appellierte an die jedem Menschen innewohnende Gnade, an das Recht auf Menschlichkeit.

Umsonst.

Der Stamm wurde durchtrennt, Zenitmeter für Zentimeter. Abermals rieselte Erde in Kaskaden auf ihn herab. Ab und an waren Steine mit dabei, jedoch war keiner groß genug, ihm die Sinne schwinden zu lassen. Und so musste er jede unerträgliche Sekunde des Martyriums hautnah miterleben.

»Hilfe! So helft mir doch!«, brüllte er sinnlos in den Wald hinein. Es gab niemanden, der ihm helfen konnte.

Seine Schreie verebbten nach und nach im anklagenden Geräusch der Kettensäge. Der Rest des Holzes – diese drei, vier Zenitmeter, die für das notwenige Gleichgewicht sorgten – wurde mühelos durchtrennt. Der Stamm polterte zu Boden.

Die Säge verstummte.

Die Schweißperlen auf seiner Stirn hatten sich zu dicken Tropfen vereint. Sein Blick wanderte irr und rastlos von einer Seite zur anderen. Sein Mund stand offen. Speichel troff daraus hervor. Da erschien die Kutte ein letztes Mal vor dem bereits bebenden Wurzelteller.

»Hilf mir«, flehte er sie an. »Noch ist es nicht zu spät. Mach mich los, bitte, bitte, und alles, was passiert ist, soll niemand erfahren. Ich bin nicht der Unmensch, für den du mich hältst. Ich kann es dir beweisen, wenn du mich lässt. Ich bin nur ein Mann, der schwach geworden ist. Aber ich habe meinen Fehler eingesehen. Verdammt, ich bin längst geläutert! Ich werde alles wiedergutmachen, du bekommst mein Wort drauf. Mach mich los, bitte. Ich … ich möchte nicht …«

»Was geschieht, muss geschehen. Du kannst nichts mehr daran ändern. Ich habe beschlossen, deinem Leben ein Ende zu setzen. Heute. Hier. Du bist bereits tot, mein Freund.«

»Das stimmt nicht!«, brüllte er von Sinnen. »Es ist nie zu spät! Der Weg zur Umkehr bleibt bis zum Schluss offen!«

»Nicht für mich. Nicht für dich.«

Der Wurzelteller bewegte sich langsam abwärts. Geröll und Erde trafen ihn wie eine Lawine. Etwas davon geriet ihm in die Augen, nahm ihm die Sicht. Er jammerte und weinte ob der Schmerzen, die ihm auf der Seele brannten.

»Vater unser im Himmel …«

Ein größerer Stein traf ihn mitten auf dem Kopf und riss eine klaffende Platzwunde in sein Schädeldach.

»Geheiligt werde Dein Name …«

Blut rann ihm über die Stirn. Er war sich seiner ausweglosen Lage bewusst. Alle Hoffnung war vergebens.

»Dein Reich komme …«

Der Sargdeckel klappte tiefer. Sein Rücken wurde mit ihm nach vorne gebogen. Er spuckte, als ein Blutschwall seinen Mund umströmte.

»Dein Wille geschehe …«

Weiter schloss sich die grausame Gruft über seinem Leben. Ein stechender Schmerz lähmte die verbliebene Beweglichkeit. Seine Rückenwirbel wurden gegen die Bandscheiben gepresst. Jetzt brüllte er wie am Spieß. Nicht in der Hoffnung auf Rettung, sondern um Erlösung flehend.

Der tonnenschwere Wurzelteller schloss sich über ihm. Sein Schrei erstarb jäh unter dessen Last. Sein Rückrat war gebrochen, seine Sinne erloschen.

Die Gnade des Todes ist allumfassend.

Als der Wurzelstock seine alte Position eingenommen hatte, trat tiefes Schweigen ein.

Die Gestalt verharrte vor dem Grab. »Fahr zur Hölle!«, raunte es unter der Kutte hervor. Dann drehte sie sich um und entfernte sich gemäßen Schrittes.

XX.

Am Donnerstagmorgen holte Hager Nadine vor ihrem Hotel ab. Er brauchte nicht lange zu warten, bis sie am Eingang erschien.

»Haben sie gut geschlafen?«, fragte er, nachdem sie eingestiegen war.

Nadine nickte. »Wie ein Stein.«

»Sehr gut«, sagte der Kommissar und fädelte seinen Wagen in den Verkehr ein. »Wir werden uns heute etwas genauer mit der Familie Haber beschäftigen. Ich habe vor dem Einschlafen noch über das nachgegrübelt, was Förster gesagt hat. Wir müssen der Sache unbedingt auf den Grund gehen.«

»Sie halten ihn demnach für glaubwürdig?«, sagte Nadine und zog die Stirn in Falten. »Also bei mir hat der Kerl keinen besonders vertrauenswürdigen Eindruck hinterlassen.«

»Er verschweigt uns etwas, das steht fest. Aber ich habe ihn in die Enge getrieben. Was er über die Habers gesagt hat, muss nicht zwangsläufig der Wahrheit entsprechen, aber irgendetwas musste er sagen. Was wäre leichter, als andere ans Messer zu liefern?«

»Ich bin schon gespannt, was die Habers zu diesem Vorwurf sagen werden«, meinte Nadine.

»Ich auch.«

»Vielleicht gelingt es uns, die beiden Parteien gegeneinander auszuspielen.«

»Wenn wir es geschickt anstellen«, antwortete der Kommissar und wirkte zufrieden.

»Haben wir die Adresse?«, hakte Nadine nach.

Hager nickte. »Sie wohnen in einem der kleinen Dörfer, unweit vom Moor entfernt.«

Nadine blickte aus dem Fenster auf das hektische Treiben der Stadt. »Bei diesem Fall scheint sich überhaupt alles auf engstem Raum abzuspielen.«

*

An der Tür zu Hagers Büro lief ihnen Saalfelder über den Weg. Nadine grüßte den Vorgesetzten, hielt sich aber tunlichst zurück, weil sie fürchtete, der Streit zwischen den beiden Männern könnte erneut entfachen. Diesmal jedoch öffnete Saalfelder persönlich die Bürotür und bat die beiden, mit einer gut gemeinten Geste, einzutreten. »Auf ein Wort, wenn ich bitten darf«, sagte der Chef und schloss leise die Tür hinter seinem Rücken.

Fürchtegott Hager eilte zu seinem Schreibtisch und bezog dahinter Stellung. »Was gibt's?«, fragte er und klang dabei sehr geschäftig.

»Ich habe den Bericht gelesen«, verkündet Saalfelder, und sah von einem zum anderen.

O je!, bangte Hager und sog Luft durch die Nasenflügel. »Und? Was ist damit?«

Der Chef setzte wider Erwarten eine zufriedene Miene auf. »Sehr außergewöhnlich!«

Außergewöhnlich?

Hager überdachte innerhalb von zwei Sekunden, was nun folgen würde. Ein langatmiger Hinweis auf die Richtlinien beim Verfassen von Protokollen? Eine sonst wie geartete Kritik, die schwerlich nachzuvollziehen war? Ein Seitenblick zu Nadine verriet ihm, dass sie die gleichen Fragen quälten.

»Außergewöhnlich gut geschrieben«, erlöste Saalfelder die beiden. »Ich habe selten so einen umfassenden wie aufschlussreichen Report gelesen. Hast du heimlich ein Seminar besucht?« Er blickte Hager wohlwollend entgegen.

»Nein. Wann hätte ich das tun sollen?«, gab ihm der Kommissar zur Antwort. »Frau Spenglein hat ihn geschrieben«, *weil ich keine Zeit dazu hatte*, wollte er hinzufügen, ließ es jedoch bleiben.

»Sehr schön!«, strahlte der Chef und wandte sich der Angesprochenen zu. »Fräulein Spenglein, also ich muss schon sagen, die heutige Ausbildung ist ihr Geld wert. Sie besitzen das Talent, Fakten und Zusammenhänge ohne Schnörkel und Beiwerk auf den Punkt zu bringen.«

Nadine nickte unbeabsichtigt. »Danke. An der Hochschule haben wir diesen Punkt bis zum Exzess durchgekaut.«

»Wirklich sehr gelungen«, eiferte sich Saalfelder und wandte sich erneut dem Kommissar zu. »Da kannst du es wieder mal sehen. Von wegen lückenhafte Hochschulausbildung. Die Praxis mag dem Gelernten den letzten Schliff geben, aber ohne Theorie tappt man von vornherein im Dunkeln.«

»Hm.« Hager räusperte sich. Kurz war er geneigt, dem Chef zu widersprechen, verzichtete aber, nach einem abermaligen Seitenblick auf Nadine, die aufgestellte These Saalfelders an Ort und Stelle zu diskutieren.

»Wie geht es in dem Fall voran?«, fragte Saalfelder arbeitsam. »Gibt es Neuigkeiten?«

»Wir werden uns heute mit der Aussage von Meinwald Förster beschäftigen. Vielmehr mit den Personen, die er beschuldigt hat. Es kann sein, dass wir einen Haussuchungsbefehl benötigen, womöglich zwei«, erläuterte Hager in gleicher Manier.

»Fleißig, fleißig!«, tönte der Chef vollmundig. »Aber bedenkt bitte, dass der zuständige Richter in dieser Woche nur vormittags erreichbar ist.«

Fürchtegott Hager verzichtete zu fragen, weshalb dies so sei, und wandte sich demonstrativ der überquellenden Ablage auf seinem Schreibtisch zu.

»Na, dann will ich euch beide nicht länger von der Arbeit abhalten«, sagte Saalfelder, und rieb sich die Hände. »Alles Gute jedenfalls, und auf baldigen Erfolg!« Mit diesen Worten machte er kehrt und verließ zügig das Büro.

Nadine und der Kommissar tauschten fragende Blicke. Hager verdrehte die Augen und Nadine Spenglein musste sich die Hand vor den Mund halten.

XXI.

Obwohl das Frühsommerwetter zurückgekehrt war, hielt sich im Zeitelmoos hartnäckiger Dunst. Als sie auf der Kuppe hinter Wunsiedel links abbogen, gerieten sie unvermittelt in einen Mix aus Hochnebel und wallenden Schwaden, die sich anschickten, zu Boden zu sinken. Die Landschaft wirkte fahl und farblos. Das Dorf, nur aus wenigen verstreut liegenden Gehöften bestehend, empfing sie düster und abweisend. Wie sich sogleich herausstellte, waren die einzelnen Hausnummern chronologisch nach dem Erbau der Gebäude vergeben worden. Den Beamten blieb nichts anderes übrig, als sich in einem der Anwesen nach der Familie Haber zu erkundigen. Hager bog in den erstbesten Hof ein und stoppte unweit eines dampfenden Misthaufens.

»Ich bin gleich wieder da«, sagte er, und verließ den Wagen.

Der Bauernhof wirkte verlassen und leer. Nicht einmal ein Hund bellte ihm an seiner Kette entgegen. Dafür war der ganze Hofraum durch den Regen aufgeweicht und matschig. Fürchtegott balancierte um die größten Löcher herum und gelangte bald zur Haustür, die nur angelehnt war.

»Hallo!«, rief er, als er im Flur angekommen war. Die Schmutzspur, die er hinterließ, war unvermeidbar.

Irgendwo hörte er das Knarren einer Tür, anschließend schlurfende Schritte, die sich ihm näherten.

Eine Frau in hochgekrempelten Jeans und einem Holzfällerhemd wurde im Gang sichtbar. In einer Hand hielt sie einen Eimer, in der anderen etwas, das aussah wie eine futuristische Taschenlampe. Sie musterte ihn kritisch von Kopf bis Fuß. »Ja?«

»Entschuldigen Sie, wenn ich einfach so eindringe, aber die Tür stand offen.«

»Unsere Tür steht immer offen«, sagte die Frau mir mürrischem Unterton. »Was wollen Sie?«

»Ich bin auf der Suche nach der Familie Haber«, sagte der Kommissar und bemerkte, wie der Kopf der Frau an Schieflage gewann.

»Sie sind von der Polizei, oder?«

Hager stutzte. »Wie kommen Sie darauf?«

»Man sieht es Ihnen an«, antwortete die Bauersfrau knapp.

Der Kommissar überdachte kurz das Gesagte, kam aber zu keinem nennenswerten Ergebnis. Über die Jahre hatte man ihn für einen Hausierer, für einen Landstreicher, einmal sogar für einen Zeugen Jehova gehalten. Die meisten Leute machten sich kaum mehr die Mühe, einem Menschen direkt ins Gesicht zu sehen, sonst würden sie unverkennbar die stets wachsamen wie forschenden Augen des Gesetzeshüters erblicken. Diese Bauersfrau bildete demgemäß eine Ausnahme.

»Was wollen Sie von den Habers? Hat der Schorsch was ausgefressen?«, fragte sie argwöhnisch.

»Nichts von Belang«, sagte Hager salopp. »Ich wüsste nur gerne, wo ich sie finden kann.«

»Geradeaus, die übernächste Einfahrt links, der letzte Hof vorm Wald«, gab die Frau kund und drängte sich ohne ein weiteres Wort zu verlieren an ihm vorbei zur Haustür.

Hager sah ihr zwei Sekunden lang nach. Schlussendlich folgte er und trat ins Freie.

»Da drüben«, ergänzte die Bäuerin mit einem Wink in den Nebel hinein und verschwand im gegenüberliegenden Stall.

Der Kommissar stakste schweigend zu seinem Passat zurück.

»Der Nebel wird immer dichter«, empfing ihn Nadine.

»Hm«, brummte Hager und startete den Motor.

»Was ist vorgefallen?«, erkundigte sich die Kollegin.

»Dieser Volksstamm raubt mir noch den letzten Nerv«, gab Fürchtegott Hager von sich, und fuhr mit durchdrehenden Reifen vom Hof.

*

Zwei Minuten später hielten sie vor dem erwähnten Anwesen. Das Haus war klein; Stallungen waren nicht auszumachen. Neben einer Scheune fanden sich etliche kleinere Schuppen nebst einer Doppelgarage rund ums Haus verteilt. Diese Garage war bestimmt vor Jahren erbaut, jedoch nie fertiggestellt worden. Es fehlten der Putz und das rechte Tor, das linke stand offen. Ein Auto befand sich nicht darin, dafür lehnte ein klappriges Fahrrad hinten an der Wand. Unter dem verrosteten Gepäckträger klemmten eine Handsäge und ein Jägerbeil.

Hager und Nadine stiegen aus. Die Kollegin schlang sogleich fröstelnd die Arme um sich. Der Kommissar suchte vergebens seine Schuhe an einem Grasbüschel sauber zu bekommen.

An der Haustür angelangt, drückte Hager auf die Klingelplatte, die neuer als alles andere, dafür etwas schief in der Einfassung angebracht war. Ein schrilles Läuten wurde im Innern des Gebäudes hörbar.

Nach knapp einer halben Minute näherten sich kaum vernehmbare Schritte. Die Tür wurde geöffnet. Vor ihnen stand eine Frau Anfang dreißig. Sie trug schwarze Leggings und ein rosa Sweatshirt. Ihr Gesicht wirkte farblos und verhärmt.

»Ja?«, fragte sie zögernd.

»Kommissar Hager von der Kripo Hof«, sagte Fürchtegott und hielt ihr seine Marke entgegen. »Und das ist meine Kollegin Nadine Spenglein vom LKA München. Dürften wir kurz reinkommen?«

»Was wollen Sie von uns?«, entwich es der Frau sichtlich eingeschüchtert.

»Wir haben nur ein paar Fragen«, sagte der Kommissar und legte ein wohldosiertes Lächeln an den Tag.

»Bitte.« Die Frau trat zur Seite und ließ den ungebetenen Besuch gewähren.

Hager mühte sich, seine Schuhe auf dem Abstreifer einigermaßen sauber zu bekommen, was jedoch abermals kläglich scheiterte. Schlussendlich folgte er Nadine und Frau Haber in die Küche.

»Nehmen Sie Platz«, sagte die Frau und wies auf die beiden Stühle vor dem Tisch. Sie selbst setzte sich auf die hölzerne Bank an der Wand.

»Entschuldigen Sie, dass wir so unangemeldet bei Ihnen hereinplatzen«, begann Hager das Gespräch. »Wie Sie sich denken können, ermitteln wir wegen des Mordes im Zeitelmoos. Sicher haben Sie davon gehört.«

Die Frau nickte und knetete ihre Hände.

»Sagt Ihnen der Name Meinwald Förster etwas?«, fragte Nadine. Ihre Blicke trafen sich. »Natürlich. Er ist der zuständige Förster. Jeder hier kennt ihn.«

»Selbstverständlich«, antwortete der Kommissar ruhig. »In besagter Mordsache haben wir unter anderem auch Herrn Förster vernommen. Und er hat uns in diesem Zusammenhang ihren Namen genannt.«

»Unseren Namen?« Das rechte Auge der Frau begann zu zucken. »Ich wüsste nicht, was wir damit zu schaffen haben sollten?«

»Nun, aus diesem Grund sind wir hier«, relativierte Früchtegott Hager. »Wissen Sie, kürzlich wurde ein Mordanschlag auf mich und meine Kollegin verübt. An dem Abend, als das Gewitter tobte.«

Die Frau zögerte einen Augenblick, blickte nervös von einem zum andern. »Damit haben wir nichts zu tun!«, platzte es aus ihr heraus. »Keiner von uns hat an diesem Abend das Haus verlassen. Bei dem Wetter jagt man keinen Hund vor die Tür«, fügte sie um Überzeugung bemüht hinzu.

»Wohl wahr«, pflichtete ihr der Kommissar bei. »Nun denn, lassen wir das fürs Erste. Uns ist ferner zu Ohren gekommen, dass ihr Schwiegervater gern das eine oder andere Scheit Holz mitgehen lässt.«

Die Frau atmete sichtlich auf. »Wegen dieser Sache sind Sie also gekommen? Hören Sie, der Georg ist ein alter Mann, der nie nichts in seinem Leben verbrochen hat. Gut, mit dem Holz da nimmt er es nicht so genau, aber das ist seine Art, keiner wird ihn mehr ändern können. Wenn Meinwald sich über ihn beschwert hat, frage ich mich, warum er es uns nicht selbst sagt. Förster ist nicht auf den Mund gefallen. Falls er vorhat, uns anzuzeigen, werden wir den entstandenen Schaden selbstverständlich auf Heller und Pfennig begleichen.«

»Wir haben den Hinweis bekommen, dass ihr Schwiegervater und ihr Mann kürzlich ganz andere Sachen aus dem Forst geborgen haben sollen«, fuhr Hager behutsam fort.

Die Frau erbleichte. »Was für Sachen?«
»Sie haben keine Ahnung, von was wir reden?«, vergewisserte sich Nadine Spenglein.
»Natürlich nicht! Nein!«, rief die junge Frau erbleichend.
»Ist ihr Schwiegervater zuhause?«, erkundigte sich Fürchtegott Hager.
»Ja«, gestand Bettina und blickte abermals nervös von einem zum andern. »Wenn er nicht im Wald herumstreunt oder Holz macht, sitzt er in seiner Stube.«
»Wenn es keine allzu großen Umstände macht, würden wir uns jetzt gern mit ihm unterhalten«, sagte Hager nüchtern.
»Bitte!«, flehte ihn Bettina an. »Er ist ein Mann, der gern mal ein Gläschen über den Durst trinkt. Sie dürfen nicht alles glauben, was er Ihnen erzählt. Seit seine Frau gestorben ist, steht es nicht zum Besten mit ihm. Dekadenz, oder wie sich das schimpft«, beteuerte sie hilflos.
»Demenz«, sagte Nadine und zeigte ein schmales Lächeln.
»Wie dem auch sei. Ein paar Worte werden wir persönlich an ihn richten müssen«, sagte Fürchtegott Hager bestimmt.
»Die ganze Aufregung um den Mord und so hat den Armen arg mitgenommen«, versicherte die Frau. »Muss das denn wirklich sein? Bestimmt wird er Ihnen nicht mehr erzählen können als ich. So wie es aussieht – «
»Tut mir leid, aber im vorliegenden Fall geht es nicht anders«, wiegelte Hager ab. »Ihr Schwiegervater hat hier im Haus eine eigene Wohnung?«
»Ein Zimmer, ja«, berichtigte ihn Bettina. »Soll ich ihn holen?«
»Nicht nötig. Sie brauchen uns nur zu sagen, wo wir ihn finden. Alles Weitere können Sie getrost uns überlassen«, beharrte der Kommissar.
Die Frau sprang auf und eilte davon. An der Küchentür angekommen sagte Hager: »Bevor ich es vergesse. Ihr Mann ist nicht zufällig zuhause?«
Die Frau hielt mitten in der Bewegung inne und blickte ihm aus ängstlichen Augen entgegen. »Nein. Wieso? Er ist in der Arbeit. Wollen Sie mit ihm sprechen? Soll ich ihn anrufen, damit er nach Hause kommt?«

»Das ist im Moment nicht nötig«, besänftigte sie der Kommissar. »Eins vielleicht noch: Was für einen Wagen fährt Ihr Mann?«

»Einen Toyota«, sagte die Angesprochene tonlos.

»Was für einen Toyota?«

»Einen Pick-up, warum?«

»Nur so«, sagte Hager flüchtig und erhob sich von seinem Stuhl. »Sie können uns jetzt ihrem Schwiegervater vorstellen, Frau Haber.«

*

Georg saß an seinem kleinen Tisch und starrte auf seine brüchigen Hände. Gleich am Morgen hatte er zwei Flaschen Bier geleert. Das hatte ihn müde werden lassen. Als Bettina sein Zimmer betrat, blieb er ganz ruhig. Er machte sich nicht die Mühe aufzublicken, sondern gebot den Gästen mit einer kurzen Geste Platz zu nehmen.

Hager und Nadine leisteten seiner Einladung folge. Bettina war unschlüssig an der Tür stehengeblieben.

»Du kannst ruhig gehen«, wandte sich Georg an seine Schwiegertochter. »Ich komme klar.«

»Meinst du wirklich?«

Georg nickte, woraufhin Bettina mit sorgenvoller Miene langsam die Zimmertür ins Schloss zog.

»Ich bin Oberkommissar Hager von der Kripo Hof«, sagte Hager leise. »Das ist meine Münchner Kollegin Nadine Spenglein.«

Georg nickte schweigend.

»Können Sie sich vorstellen, weshalb wir Sie heute aufsuchen?«, fuhr Hager im gleichen Tonfall fort.

»Nein«, antwortete Georg kühl. »Ich hab meiner Lebtage nichts mit der Polizei zu schaffen gehabt. Ich wüsste nicht, was ich angestellt haben sollte. Das Leben im Dorf geht seinen Gang. Wir haben alle viel zu tun. Da bleibt wenig Zeit für Dummheiten.«

»Jaja, das klingt alles schön und gut«, gab ihm Hager zu verstehen, »aber da Sie es selbst angesprochen haben – die vermeintlichen Dummheiten meine ich –, möchte ich Sie zunächst fragen, was es mit dieser Holzsache auf sich hat.«

»Ah, von daher weht der Wind«, sagte Georg leichthin. Ein Stein fiel ihm vom Herzen. Wenn diese Beamten nur deshalb bei ihm aufgekreuzt waren, würde er sie im Handumdrehen loswerden. »Wissen Sie, vor Jahren hat man sich einen Dreck darum geschert, was mit dem vielen Holz im Wald geschieht. Da hat man seine Ölheizung aufgedreht und fertig. Die Holzpreise waren im Keller und die Waldbesitzer hatten alle Hände voll zu tun, mit den strengen Auflagen der Forstbehörde klarzukommen. Draußen im Wald türmten sich die Reste von Einschlägen und Windbrüchen. Das sah vielleicht aus. Man konnte kaum mehr Spazierengehen, so hoch lag der Unrat. Dann stiegen die Ölpreise. Der ein oder andere erinnerte sich an die gute alte Zeit des Holzofens, und da genügend Brennholz vorhanden war, zogen die Menschen abermals in den Wald. Das nahm natürlich überhand, sodass die Förster sich gezwungen sahen, die Vergabe zu regeln. Künftig nannte man sie Selbstwerber und teilte ihnen ein abgestecktes Areal zu, in dem sie ihr Holz schlagen durften. Das ist richtige Knochenarbeit. Da kommt man mächtig ins Schwitzen und weiß, warum man abends todmüde ins Bett sinkt – von den vielen Unfällen mit Kettensägen möchte ich gar nicht erst reden. Gottlob benötigt man heute einen Motorsägenführerschein, bevor man unvorsichtigerweise den Kopf verliert. Das wird streng kontrolliert. Außerdem – «

»Entschuldigung, wenn ich Sie in Ihrem hochinteressanten Bericht unterbreche«, fuhr Hager dazwischen. »Wir sind weniger an der Historie der Brennholzbeschaffung, sondern mehr an Ihren Waldaktivitäten interessiert.«

»Darauf wollte ich eben zu sprechen kommen«, meinte Georg und fuhr gelassen fort: »Schon als Kind war ich tagein, tagaus im Forst unterwegs. Es gibt keinen schöneren Spielplatz, das können Sie mir glauben. Wenn ich mir da meine Enkelin ansehe ...«

Hager warf Georg unmissverständliche Blicke zu.

»Ist ja gut, ist ja gut! Also ... ich bin, seit ich denken kann, in den Wald gezogen und habe mir von dort mein Holz geholt. Nennen Sie es Angewohnheit. Wenn sich etwas über Jahrzehnte hinweg eingeschliffen hat, kann man es nicht mehr ändern. Bisher hat Meinwald immer ein Auge zugedrückt, da ich nicht wirklich finanziellen Schaden anrichte. Im Gegenteil, ich sorge dafür, dass der Wald sauberer wird. Wenn ich mir eine Abteilung vorgenommen hab, sieht es danach aus wie früher: wenig bis gar kein Unterholz, keine herumliegenden Äste, über die man leicht stolpert. So eine Arbeit kann keiner bezahlen.«

»Wir sind, ehrlich gesagt, in erster Linie nicht wegen Ihrer Holzdiebstähle gekommen«, mischte sich Nadine in die Unterredung.

Der Kommissar beobachtete die Reaktion des Alten.

Georg stutzte. »Nicht?« Er bekam ein langes Gesicht. Zugleich ahnte er, dass Meinwald womöglich mehr als seine Holzdieberei an die Polizei verpfiffen haben mochte. Insgeheim ballte er die Fäuste und verfluchte den elenden Kerl. Nach außen hin schaffte er es, seine Erregung unter Kontrolle zu halten.

»Wie Sie bereits vermutet haben, hatten wir eine Unterredung mit Herrn Förster«, sagte Nadine. »Und ja, darin kamen unter anderem auch ihre Gewohnheiten in puncto Brennholz zur Sprache. Uns liegt keine Anzeige vor. Hauptsächlich ging es um etwas ganz anderes.«

»Ich wüsste nicht, was es ansonsten über mich zu berichten gäbe«, sagte Georg mit unschuldiger Miene. »Ich bin ein alter Mann, dem wenig geblieben ist im Leben.«

»Von der Sache mit Ihrer Frau hat uns Ihre Schwiegertochter berichtet. Das tut uns sehr leid«, sagte Nadine aufrichtig.

»Meinwald Förster hat uns etwas von …« Hager hielt inne und fixierte sein Gegenüber. »Knochen erzählt.«

Georg schluckte. »Knochen?«

»Knochen«, wiederholte Hager.

Georg überlegte, was er tun sollte. Dieser verfluchte Meinwald wollte sie offensichtlich ins offene Messer laufen lassen. Oder war es die letzte Warnung, der von ihm geforderten Schweigegeldzahlung nachzukommen? Aber er hatte sich bislang bei keinem von beiden gemeldet, nachdem er das vereinbarte Treffen hatte sausen lassen. Woher sollte er wissen, was in dieser vermaledeiten Situation das Richtige war? Jetzt wünschte er sich Bettina an seine Seite, oder Norbert, dem immer etwas Passendes einfiel.

Unangenehmes Schweigen belagerte den Raum. Das Ticken der alten Küchenuhr über dem Tisch klang hektisch, auffordernd in seinen Ohren. Die forschenden Blicke der Beamten zwangen ihn zum Handeln.

»Knochen«, sagte er nach einer Weile und rieb sich das Kinn. »Na ja, die findet man hin und wieder im Forst. Reste verendeter oder gerissener Tiere.«

»Es sollen keine Tierknochen gewesen sein«, sagte Hager und lehnte sich zurück.

»Sondern?« Georg versuchte abermals seine Erregung herunterzuwürgen. Seine Hände zitterten. Er wünschte sich weit, weit weg, tief in einen endlosen Wald hinein, in dem er den Rest seines nutzlosen Lebens unbehelligt verrinnen lassen konnte.

»Menschenknochen«, sagte Nadine ernst.

Georg entwich ein bellendes Lachen. »Ha! Das … das ist nicht ihr Ernst?«

»Ist es!«, unterstrich Hager.

»Und … ich meine, was soll ich damit zu tun haben?«

Nadine räusperte sich. »Das würden wir gerne von Ihnen erfahren.«

»Von mir?« Georgs Zeigefinger bohrte sich in seine Brust.

»Eigentlich sind wir hauptsächlich aus diesem Grund gekommen«, fügte Fürchtegott Hager hinzu.

»Also … ich … was?« Georg hielt inne. Meinwald hat nichts Genaues erzählt, vermutete er nüchtern. Wie auch, er wird sich hüten, die ganze Wahrheit preiszugeben. Schließlich und endlich ist es seine Garantie, sein Druckmittel. Außerdem wissen wir genug über ihn und seine kleine Nebenbeschäftigung. Das reicht locker für ein paar Jährchen. Georg räusperte sich und riss sich am Riemen. Bisher hatte er sich tapfer geschlagen. Warum sollte es nicht so weitergehen? Wenn er nichts sagte, mit dem sie ihn festnageln konnten, mussten sie wieder gehen. Meinwald selbst sah sich wohl von ähnlich unangenehmen Fragen in die Enge getrieben. Deshalb hatte er den Beamten die Sache mit den Knochen aufgetischt. Nun musste Georg zusehen, dass er nicht selbst es war, der die Wahrheit ausplauderte. »Kann es sein, dass Meinwald Sie beide verarscht hat?« Mehr fiel ihm auf Anhieb nicht ein.

»Herr Haber!«, begann der Kommissar streng. »Wir ermitteln hier in einem Mordfall und seit Kurzem zudem wegen dreifachen Mordversuchs. Da sind Scherze ziemlich fehl am Platze. Und ich kann ihnen versichern, dass ich nicht darüber lachen werde, falls es sich als solcher herausstellen sollte.«

»Mordversuch?« Georg runzelte die Stirn, gleichzeitig sah er den zerstörten Wohnwagen und den winkenden Mann auf der Straße vor sich. Wenn es ihm gelungen war, Norberts Nummernschild zu erkennen, würden sie sich unter den ungünstigsten Umständen wegen unterlassener Hilfeleistung verantworten müssen. »Wen wollte man denn umbringen?«, fragte er vorsichtig.

»Das können wir Ihnen beim Stand er derzeitigen Ermittlungen leider nicht sagen«, bemerkte Nadine, und warf ihrem Vorgesetzten einen rückversichernden Blick zu.

»Sie oder ihr Sohn waren während des Gewitters neulich nicht zufällig im Moor unterwegs?« Fürchtegott Hager spitzte die Lippen.

»Im Moor?« Georg lachte bitter. »Bei dem Sauwetter?«

»Ganz genau«, unterstrich Hager und lächelte smart.

»Nein!«, antwortete Georg trotzig.

Das Lächeln des Kommissars hielt an. »Ihr Sohn fährt einen Pick-up, nicht wahr?«

»Pick ... up?« Georg stelle sich dumm. Das war das Beste, was er im Augenblick tun konnte, außerdem klappte diese Masche ansonsten ganz vorzüglich.

»Ein mehr oder weniger geländetauglicher PKW mit offener Ladefläche hinter dem Führerhaus«, kam es bei Nadine wie aus der Pistole geschossen.

»So einen Wagen fährt der Norbert, ja.« Georg blickte unterwürfig drein. »Und?«

»Solch ein Auto wurde in dieser Nacht gesehen«, sagte Hager wissend.

»Nein?«

»Doch!«

»Wo?«

»Im Zeitelmoos. Just an der Stelle, wo der Anschlag verübt wurde.«

»Nicht möglich?«

»Doch.«

»Also Sachen gibt's.«

Nadine beugte sich zu dem alten Mann. »Sie und Ihr Sohn waren vorgestern Nacht im Moor unterwegs. Zu welchem Zweck?«

»Niemals!«, beharrte Georg ungestüm.

»Weshalb?«, forderte Hager erneut von seinem Gegenüber.

»Es gibt einen Augenzeugen«, versicherte Nadine und warf dem Kommissar einen flüchtigen Blick zu.

Fürchtegott Hager kräuselte für den Bruchteil einer Sekunde die Stirn. Alsdann hatte er sich wieder im Griff. Nadine versuchte es mit einem Bluff. Ob der Alte darauf hereinfiel, würde sich gleich zeigen. Er selbst hatte in dem Tohuwabohu der Nacht außer einem Paar blendender Scheinwerfer und der Tatsache, dass der Wagen eine Ladefläche besaß, nicht viel mehr erkennen können. Solche Autos gab es massenweise in der Gegend.

»Herrschaft!«, brüllte Georg gereizt. Jetzt musste er es darauf ankomme lassen. »Wir sind nicht im Moor gewesen! Weder mein Sohn noch ich! Schluss, aus, basta!« Georg hatte die Lust an diesem Verhör endgültig verloren. Sollten sie ihn doch mitnehmen und einbuchten. Er würde schweigen.

»Wie sie meinen. Wir können den Wagen ihres Sohnes harrfein auseinandernehmen, wenn Sie es darauf ankommen lassen wollen«, sagte Hager ruhig.

»Irgendetwas werden wir finden«, unterbreitete Nadine. »Die Untersuchungsmethoden der Kriminaltechnik haben sich in den letzten Jahren zur Höchstform entwickelt. Denen entgeht nicht die kleinste Kleinigkeit, nicht die winzigste, unsichtbarste Spur.«

»Haben Sie uns wirklich nichts zu sagen?«, drängte Hager.

Georg war ob der neuerlichen Faktenlage geneigt, Meinwald Förster ans Messer zu liefern. Schließlich hatten sie ihm, und nur ihm, diese missliche Lage zu verdanken. Im letzten Augenblick besann er sich eines Besseren. »Ich hab alles gesagt. Von irgendwelchen Knochen weiß ich nichts. Und jetzt gehen Sie bitte!«

»Wie alt sind Sie?«, erkundigte sich Nadine dessen ungeachtet.

Georg sah sie fragend an. Er hatte keine Ahnung, worauf sie hinauswollte. »Achtundsechzig, wieso?«

»Kennen Sie das Grabmal für die Opfer des Faschismus auf dem Friedhof in Wunsiedel?«, fuhr Nadine fort.

»Das Grabmal für ...« Georg zögerte. »Ja ...«

»Wissen Sie, wer dort begraben liegt?«

Georg Haber suchte nach Worten. »Irgendwelche Gefangenen.«

»KZ-Insassen, die, von Buchenwald kommend, auf dem Weg nach Flossenbürg an Not und Gram gestorben und von ihren Henkersknechten im Zeitelmoos wie Hunde verscharrt wurden«, präzisierte Nadine.

Georg nickte still vor sich hin.

»Gab es in Ihrer Familie Personen, die im KZ umgekommen sind?«, fragte Fürchtegott Hager leise.

»Wir sind keine Juden!«, bellte Georg heißer.

»In den Konzentrationslagern der Nazis kamen nicht nur Juden ums Leben«, äußerte Nadine. »Jeder, der sich gegen das Regime stellte, konnte dort landen.«

»Aus meiner Familie jedenfalls nicht«, raunte Georg bitter. »Ich sag's noch mal: Bitte gehen Sie jetzt.«

Hager gab auf. Die Stimmung des Alten ließ für den Augenblick kein Fortkommen erkennen. Georg Haber würde ihnen verschweigen, was er wusste. Ohne überzeugende Druckmittel kämen sie bei ihm nicht weiter.

Und Georg Haber schwieg verbissen. Nicht einmal einen Gruß hatte er für die Beamten übrig, als sich diese in aller Form von ihm verabschiedeten.

*

»Was denken Sie über die beiden?«, fragte der Kommissar zu Nadine gewandt, als sie wieder draußen im Wagen saßen.

»Die Frau wirkte sehr nervös auf mich. Aber das kann daran liegen, dass sie noch nie etwas mit einer Mordermittlung zu tun hatte. Der Alte hingegen wusste geschickt seine Aufregung zu verbergen. Er ist unseren direkten Fragen ausgewichen, ähnlich wie dieser Meinwald. Ich halte ihn für ein ziemliches Schlitzohr. Aber als Mörder?« Nadine schüttelte demonstrativ den Kopf.

»Auch mir kam die junge Frau ziemlich hibbelig vor. Das mag gewiss an der Tatsache gelegen haben, dass wir von der Mordkommission sind.« Hager schmunzelte vor sich hin. »Dieser Georg Haber ist ein gewiefter Kerl. Wir sollten ihn und seinen Sohn etwas näher unter die Lupe nehmen.«

»Haben Sie mitbekommen, wie er auf die KZ-Sache reagiert hat?« Der Kommissar nickte. »Ja, aber ziehen Sie daraus bitte keine voreiligen Schlüsse. Das Fichtelgebirge ist vom Zweiten Weltkrieg weitgehend verschont geblieben. Neben dieser lästigen Hess-Geschichte und dem Tod der Gefangenen gibt es wenig Unrühmlichkeiten, deren sich die Menschen schämen müssten.«

»Sind Sie sich da sicher?«, warf Nadine ein.

Hager wirkte überrascht. »Was wollen Sie damit sagen?«

»Ich will damit sagen, dass die Verbrechen des Hitlerregimes und damit einhergehend die Aussöhnung mit den Opfern bis auf den heutigen Tag nicht aufgearbeitet sind.«

»Ja ... nein«, druckste Hager herum. »Lassen Sie uns von etwas anderem reden.« Der Kommissar räusperte sich. »Wir brauchen umgehend eine Hausdurchsuchung.«

»Meinen Sie, wir werden etwas finden? Die haben reichlich Zeit bis dahin alle Spuren zu beseitigen.«

»Das werden sie, falls sie etwas zu verbergen haben, aber wir haben sie nervös gemacht. Da begeht man leicht einen Fehler, der sich schwer wiedergutmachen lässt.«

»Wir sollten uns sputen«, sagte Nadine.

»Ich weiß.« Hager drehte den Zündschlüssel.

»Was ist eigentlich mit Armin Adrian?«, erkundigte sich Nadine, während sie den Sicherheitsgurt anlegte.

Fürchtegott Hager zuckte mit den Schultern. »Der liegt, soviel ich weiß, im Krankenhaus.«

»Was wird er nach seiner Entlassung tun?«

»Keine Ahnung«, gestand Hager und legte den ersten Gang ein. »Sein Hab und Gut ging bei dem Anschlag flöten. Er wird sich wohl oder übel ein Zimmer nehmen müssen – oder vorzeitig abreisen.«

»Sollten wir uns nicht nach ihm erkundigen?«

»Das werden wir«, antwortete Hager und stutzte. Sein Passat begann zu ruckeln. Obwohl er das Gaspedal durchtrat, blieb der Wagen an der Einmündung zur Straße mit einem kläglichen Laut liegen.

Just in diesem Moment näherte sich in rasantem Tempo ein Pick-up der Einfahrt. Der Fahrer des Wagens wurde übergebühr unwirsch, nicht nur, weil er wegen der liegen gebliebenen Beamten zum Anhalten gezwungen wurde.

XXII.

Saalfelder höchstpersönlich hatte sich nach dem Missgeschick mit Hagers Wagen und einem Anruf von Nadine Spenglein um die eiligen Durchsuchungsbefehle gekümmert. Wie es ihm in der Kürze der Zeit gelungen sein mochte, den zuständigen Richter ohne genaue Kenntnis der Faktenlage von der Notwendigkeit der Beschlüsse zu überzeugen, blieb ungewiss. Hager vermutete, dass die Eile des Richters (es ging bereits auf Mittag zu) und Saalfelders Mitgliedschaft im Golfclub ausreichend Anlass dazu gaben, es mit der nötigen Sorgfaltspflicht nicht ganz genau zu nehmen.

Norbert hatte widerwillig Fürchtegotts Passat in eine Werkstatt nach Wunsiedel geschleppt. Dort angekommen ließ man Hagers Wagen wenig später auf einer der Hebebühnen stehen. Die Mittagspause hatte begonnen.

Hager schlich unter dem geliebten Gefährt herum und begutachtete Auspuffrohre, Federbeine und den Motorblock, völlig außerstande, nennenswerte Schlussfolgerungen ziehen zu können.

»Hallo! Was tun Sie da?«, hörte er die Stimme einer Frau, fuhr herum, stieß sich den Kopf an einer Antriebswelle und kroch unter dem Wagen hervor.

»Das ist mein Auto«, sagte er entschuldigend und rieb sich den angeschlagenen Schädel.

»Haben Sie sich verletzt?«, erkundigte sich die Frau brummig.

Der Kommissar musterte die Dame kritisch von Kopf bis Fuß. Sie war in einen viel zu kurzen Rock gepresst, trug eine billige, geblümte Bluse, aus der ihr üppiger Busen hervorquoll, und war viel zu grell und äußerst unvorteilhaft geschminkt. »Nein, nein, nur leicht angestoßen.«

»Genau aus diesem Grund haben Kunden in der Werkstatt nichts verloren«, monierte sie streng. »Bitte warten Sie wie alle andern in der Annahme!«

Hager gehorchte und verließ schweigend die Werkstatt.

»Provinztussi«, entfuhr es Nadine missfällig, als Fürchtegott bei ihr angekommen war. Sie hatte vor einer der beiden Glastüren gewartet und den Anpfiff mitbekommen. »Die bildet sich weiß Gott was ein, dabei sollte ein Blick in den Spiegel genügen.«

»Tja!« Fürchtegott Hager hob schlapp die Schultern. »Da bleibt selbst einem Oberkommissar für einen Moment die Spucke weg.«

Nadine Spenglein grinste. »Was Anmut und Liebreiz anbelangt werden Sie nicht sonderlich verwöhnt.«

Hager verzichtete auf eine Stellungnahme.

In diesem Augenblick bog ein Steifenwagen in den Hof der Werkstatt ein. Am Steuer saß Wachtmeister Müßiggang, daneben sein Kollege Wischnewski.

»Danke, dass Sie so schnell kommen konnten«, sagte der Kommissar flüchtig. Er und Nadine bezogen ihre Plätze auf der Rücksitzbank.

»Wenn uns Ihre junge Kollegin so nett darum bittet«, meinte Wischnewski süffisant.

»Na, Herr Hager, was macht der Fall Zeitelmoos?«, erkundigte sich Müßiggang und blickte kurz in den Rückspiegel, bevor er den Blinker setzte und die Kupplung kommen ließ.

»Es geht voran«, antwortete Hager knapp.

»Das hört man gern«, sagte Müßiggang und bog in die Straße ein.

»Ihr Auto ist stehen geblieben?«, erkundigte sich sein Kollege.

»Ja.« Fürchtegott Hager hatte absolut keine Lust, dieses Thema vor den Kollegen breitzutreten.

»Es ist immer das Gleiche mit diesen Kisten. Kaum hast du sie ein paar Jährchen, kommen die Probleme«, meinte Müßiggang loswerden zu müssen.

Wischnewski entwich ein bellendes Lachen. »Sprichst du von deiner Beziehung oder von deinem Auto?«

Nadine verdrehte die Augen.

»Im Ernst«, fuhr Kollege Müßiggang fort. »Nach fünf Jahren ist die Luft raus.«

Wischnewski setzte erneut zu einer Lachkanonade an.

»Meine Herrn!«, sagte Fürchtegott Hager streng. »Wir haben es eilig, und ehrlich gesagt bin ich momentan nicht zu Scherzen aufgelegt. Wenn Sie beide also die Güte hätten, uns schnellstmöglich ans

Ziel zu bringen, wären wir Ihnen außerordentlich dankbar. Die KTU erwartet uns. Ferner darf ich Sie bitten, uns bis zum Ende der Untersuchung zur Verfügung zu stehen. Das Gelände ist ziemlich weiträumig, da können wir jeden Mann gebrauchen.«

»Selbstverständlich«, sagte Müßiggang in dienstlichem Eifer und rügte seinen Beifahrer mit strafenden Blicken.

*

Als Alfons gegen dreizehn Uhr mit seiner Mannschaft auf dem Hof der Habers anrückte, drückte er gleich zu Beginn Hager die geforderten Unterlagen in die Hand. »Tag, Fürchtegott. Da hast du deine Unterlagen, mit einem schönen Gruß von Saalfelder.«

»Danke, Alfons. Das ist das erste Mal, dass ich mich auf eine Antwort von ihm freue.« Er überflog beide Beschlüsse und ließ einen davon in seiner Manteltasche verschwinden.

»Was gibt's hier zu tun?«, sagte Alfons betriebsam.

»Wir sind auf der Suche nach Knochen«, gab Hager von sich.

Alfons rieb sich am Kinn. »Menschlichen Ursprungs?«

Der Kommissar nickte. »Durchsucht mir jeden Winkel, okay? Und lasst euch Zeit. Ich möchte die Familie mürbe machen. Von selbst rücken die nicht mit der Wahrheit raus. Sie sollen wissen, dass wir es ernst meinen.«

Alfons schmunzelte. »Das ist eine unserer leichtesten Übungen. Wir werden den Laden haarfein auseinandernehmen, versprochen.«

»Gebt mir auf alles acht, was euch in die Hände kommt. Was nicht koscher scheint, sofort zu mir.«

»Geht klar, Fürchtegott.« Alfons wandte sich seinen Mannen zu und teilte den Trupp für die bevorstehende Durchsuchung ein.

»Und was sollen wir tun?«, erkundigte sich Wischnewski bei Hager.

»Ihr unterstützt die KTU. Alfons wird euch anweisen. Wenn ich euch brauche, melde ich mich.«

»Verstanden«, antwortete Müßiggang und gesellte sich mit seinem Kollegen zu der Gruppe in Weiß.

In diesem Moment kam Norbert Haber aus dem Haus gestürzt. Wutentbrannt kam er auf die Beamten zu und blieb schnaubend vor dem Kommissar stehen. »Das also ist der Dank dafür, was?«

Hager lächelte smart. »Ich fürchte, ich verstehe nicht ganz …?«

»So danken Sie es mir, dass ich Ihre Kiste abgeschleppt habe!«, wetterte Haber junior ungestüm los. »Was soll das überhaupt für ein Aufmarsch sein? Ich dachte, Sie wollten sich bei uns nur ein wenig umsehen, stattdessen rücken Sie mit einer ganzen Armee an. Das soll wohl ein Witz sein?«

»Durchaus nicht«, versicherte Fürchtegott Hager. »Sehen Sie, nachdem ihr Vater es heute Vormittag vorgezogen hat, sich einer Mitarbeit zu entziehen, bleibt uns gar nichts anderes übrig, als selbst nach den fehlenden Antworten zu suchen.«

»Dürfen die das?« Bettina kam ihrem Mann mit verschränkten Armen über den Hof entgegen geeilt. Ihr Blick war starr auf die Männer von der Kriminaltechnik gerichtet.

»In diesem Polizeistaat sicher«, raunte Norbert finster. »Als Bürger dieses zweifelhaften Landes muss man sich heutzutage alles gefallen lassen.«

»Das mit dem Polizeistaat will ich überhört haben«, sagte Hager die Ruhe selbst. »Sie dürfen sich selbstverständlich zu gegebener Zeit über die Maßnahme beschweren. Das steht ihnen frei. Abwenden können Sie es nicht.«

»Da siehst du's«, murrte Norbert und ballte die Hände zu Fäusten.

Bettina sah unschlüssig zu ihrem Mann. »Haben die überhaupt so eine Durchdingsbumsgenehmigung?«

»Eine richterliche Anordnung zur Durchsuchung von Privatwohnungen nach Papagraph 102 der Strafprozessordnung liegt vor«, antwortete Nadine spitz.

»Wo denn?«, ereiferte sich Bettina.

Hager hielt ihr das Schriftstück unter die Nase.

»Lass sie doch.« Norbert legte verkrampft den Arm um die Schulter seiner Frau und versuchte seine Wut unter Kontrolle zu bringen. »Wenn es denen Spaß macht, in fremder Leute Sachen zu wühlen, bitteschön! Finden werden die nichts.« Er würdigte das Schreiben keines Blickes.

»Von Spaß kann keine Rede sein«, mischte sich Alfons ein, der sich soeben auf dem Rückweg zu seinem Wagen befand, um eine der Kisten mit KTU-Krimskrams auszuladen. »Ich würde es eher ein leidiges Übel nennen.«

»Das ist eine Unverschämtheit!«, schrie ihm Norbert unbeherrscht hinterher.

»Bleiben Sie bitte ganz ruhig«, bat Nadine Spenglein den aufgebrachten Mann. »Auf die Art machen Sie alles nur schlimmer.«

»Haben Sie auch was zu sagen?«, rüffelte Norbert zurück.

»Jetzt reicht's, Herr Haber!«, fuhr der Kommissar dazwischen. »Sie geben augenblicklich Ruhe, sonst muss ich Sie für die Dauer der Durchsuchung in Gewahrsam nehmen.«

»Bitte!«, schrie Norbert und streckte ihm demonstrativ beide Hände entgegen. »Nehmen Sie mich fest! Führen Sie mich ab! Schleifen Sie mich meinetwegen quer durchs ganze Dorf. Dann muss ich wenigstens nicht mit ansehen, wie Sie mein Hab und Gut auf schamlose Weise entweihen.«

Hager riss der Geduldsfaden. »Wenn Sie nicht augenblicklich still sind, werde ich Ihren Vorschlag tatsächlich in Erwägung ziehen. Schluss jetzt!«

»Norbert, sieh doch!«, rief Bettina und wies mit der Hand Richtung Straße.

Die Blicke aller folgten ihrem Fingerzeig. Direkt vor der Einfahrt hielt ein Kleinbus, dem nun die jüngste des Hauses, Luisa Haber, entstieg. Die Blicke ihrer Schulkameraden klebten an den Fensterscheiben, selbst die Busfahrerin konnte nicht umhin, dem Geschehen auf dem Haber-Hof ihre ganze Aufmerksamkeit zu widmen.

»Da sehen Sie es selbst«, jammerte Bettina. »Wir werden zum Gespött des ganzen Dorfes. Alle werden daheim erzählen, dass bei den Habers ein ganzes Überfallkommando eingedrungen ist. Luisa!« Sie eilte ihrer Tochter entgegen, die sich über die vielen Autos und Menschen, und ganz besonders über den Streifenwagen wunderte, der mitten in der Einfahrt parkte.

Norbert biss die Zähne aufeinander. »Verflucht, sehen Sie denn nicht, was Sie mit dem ganzen Theater anrichten?« Hilflos musste er zusehen, wie seine Tochter, mit ängstlichem Blick, an der Hand ihrer Mutter ihr Zuhause betrat.

»Papa!«, rief sie ihm weinerlich entgegen. »Was machen diese Leute bei uns?«

»Die suchen nur was, Schatz«, versuchte er sie zu trösten.

»Haben wir denn etwas verloren?«, sagte Luisa bei ihm angekommen und streckte ihm die Arme entgegen.
»So könnte man es sagen«, bestätigte er und nahm sein Töchterchen auf den Arm.
»Alles in Ordnung, Schatz«, fügte Mutter Bettina wenig überzeugend hinzu.
Die Lage entspannte sich nach und nach. Alfons und sein Team durchsuchten zunächst das Wohnhaus. Als sie in Georgs Zimmer kamen, saß dieser nach wie vor an seinem Tisch und grübelte vor sich hin. Ohne ein Wort stand er auf und verließ den Raum. Langsam schlurfend trat er ins Freie, von wo aus der Rest seiner Familie die ungeheuerliche Aktion verfolgte.
»Elende Saubande«, raunte er bei ihnen angekommen. »Dass ich so was auf meine alten Tage noch miterleben muss.«
»Ich werde keinen Schritt mehr ins Dorf setzen«, versicherte Bettina.
»Scheiß Bullen!«, fluchte Norbert leise und spuckte vor die Garageneinfahrt.

*

Während die KTU im Haus zugange war, spazierten Hager und Nadine auf dem Grundstück herum. Zwischen Wohntrakt und Scheune hindurch gelangte man in einen kleinen Obstgarten, der von einem längst baufällig gewordenen Zaun umgeben war. Viele der silbergrauen Staketen waren gebrochen oder fehlten gänzlich. Sämtliche Querbalken waren vermodert und hingen bis zum Boden herab. Die Säulen aus Granit standen wie betrunkene Zinnsoldaten außerhalb von Reih und Glied. Nur in einer Ecke hatte man drei der Säulen aufgerichtet und die dazugehörigen Zaunfelder waren mit neuen Riegeln und Stangen versehen. Dahinter begann ein dreireihiger Holzstoß, dessen Ausmaße Hager nie für möglich gehalten hätte. Der Kommissar zählte im Vorbeigehen die Schritte. Erst bei Nummer 57 war Schluss.
»Ich fasse es nicht«, meinte Nadine verblüfft.
»Das reicht für Jahrzehnte«, sagte der Kommissar einigermaßen baff.

Nadine blickte die langen Reihen entlang. »Von harmloser Holzklauerei kann also keine Rede sein.«

»Wohl kaum. Das ist Holzdiebstahl im großen Stil«, pflichtete ihr Hager bei.

»Wie lange mag er daran gearbeitet haben?«, erkundigte sich Nadine kopfschüttelnd.

Hager zog die Schultern hoch. Er hatte nie im Leben eine Säge oder Axt in die Hand genommen. »Ich habe irgendwo gelesen, dass Brennholz einige Jahre trocknen muss, bevor man es verheizen kann.« Er ließ seinen wachen Blick über die Reihen wandern, und tatsächlich wirkten die Scheite am Anfang des ersten Stoßes älter als die nachfolgenden. »Aber selbst dann bräuchte es etliche eiskalte Winter, um den Vorrat ernsthaft zu gefährden.«

»Was mag Holz dieser Menge wert sein?«, erkundigte sich Nadine und legte einen Finger an die Unterlippe.

»Scheitholz ist gefragt wie nie. Da lagern sicher Abertausende. Immerhin scheint er es ausschließlich für den Eigenbedarf zu verwenden.«

Nadine hob zweifelnd eine Augenbraue: »Trotzdem, da haben über Jahrzehnte hinweg alle zugesehen, ohne auf die Barrikaden zu steigen?«

»Diese Dörfler stecken allesamt unter einer Decke. Da kratzt eine Krähe der andern kein Auge aus.« Hager hielt abrupt inne. »Holla! Was haben wir denn da Interessantes?« Er ließ Nadine stehen und lief um das Ende der ersten Reihe herum. »Das sollten Sie sich ansehen!«, rief er.

Nadine eilte ihm entgegen.

»Sind das nicht die gleichen Folien, wie die, die bei der Leiche im Moor gefunden wurde?«, entfuhr es ihr, nachdem sie bei Hager angekommen war.

»Bingo!« Fürchtegott Hager schnalzte mit der Zunge und setzte sich in Bewegung. Gemeinsam liefen sie den engen Gang entlang und kontrollierten die grünen Folien, mit denen der letzte Holzstapel komplett abgedeckt worden war. An dessen Anfang blieben sie stehen.

»Täusche ich mich, oder fehlt da wirklich eine?«, sagte Nadine und sah zu Hager, dessen Gesicht so etwas wie Zuversicht zeigte.

»Die letzte Plane fehlt«, sagte er konzentriert. »Sehen Sie, das Holz ist sehr nass.«

»Von dem Wolkenbruch«, entfuhr es Nadine.

Der Kommissar nickte. »Es hat also bestimmt einige Tage schutzlos dagelegen.«

Nadine ging neben Fürchtegott in die Hocke. »Die unteren Schichten hingegen sind trocken.«

»Das passt«, frohlockte Hager. »Endlich haben wir eine erste heiße Spur. Kommen Sie!«

»Wo wollen Sie hin? Zu Georg Haber oder zu seinem Sohn?«, vermutete Nadine Spenglein.

»Zu beiden. Aber wir werden uns aufteilen«, entschied Fürchtegott Hager eifrigen Schrittes. »Sie knöpfen sich Sohn Norbert in der Küche vor – allein, versteht sich. Ich nehme den Alten in seinem Zimmer in die Mangel. Jeder nimmt sich einen Streifenpolizisten mit, die wir an den Türen postieren. Es soll alles nach einer knallharten Vernehmung aussehen. Wenn's Probleme gibt, lassen Sie es mich wissen.« Fürchtegott rieb sich die Hände. »Wäre doch gelacht, wenn wir heute nicht weiterkämen. Ich bin gespannt, was uns die beiden zu sagen haben.«

In dem Durchgang zwischen Haus und Scheune kam ihnen Alfons entgegen. »Aha, da seid ihr abgeblieben.«

»Gibt's Neuigkeiten?«, erkundigte sich Fürchtegott.

Alfons schüttelte den Kopf. »Wir sind mit dem Wohnhaus so gut wie durch. Negativ. Nicht der kleinste Hinweis auf Knochen lässt sich finden.«

Hager lächelte. »Dafür sind wir fündig geworden.«

»Im Ernst? Wo?«

»Da hinten bei den Holzstößen.« Hager dreht sich um und wies in die genannte Richtung. »Kannst du dich an die grüne Plane erinnern, in der unser Opfer eingewickelt war?«

Alfons nickte.

»Der dritte Stoß wurde damit abgedeckt. Aber was viel wichtiger ist: Die letzte Plane fehlt.«

»Glück muss man haben, was?« Alfons lachte polternd. »Ich hätte nie im Leben gedacht, dass wir die Herkunft des Stoffes nachweisen können.«

»Freu dich nicht zu früh«, relativierte Fürchtegott. »Noch ist es eine Vermutung. Der Alte wird bestimmt nicht zugeben wollen, dass seine Plane mit dem Mord etwas zu tun hat.«

»Und, hat sie?«

Hager zögerte mit seiner Antwort.

»Aber alles stimmt«, tat Alfons lautstark kund. »Hab ich dir nicht gesagt, dass die Plane unseres Opfers zuvor zum Abdecken von Holz verwendet wurde?«

»Ja, schon, aber wir sollten auf Nummer sicher gehen. Der Alte ist ein sturer Bock. Wir müssen erst das Untersuchungsergebnis abwarten.«

»Welches du morgen auf deinem Schreibtisch liegen haben wirst«, versicherte Alfons und grinste jovial.

»Nehmt dieses Holzlager gründlich unter die Lupe«, sagte der Kommissar. »Falls nötig, reißt die ganzen Stapel auseinander. Ich will, dass uns nicht der kleinste Hinweis durch die Lappen geht.«

»Wird gemacht, Fürchtegott«, versprach der Chef der Kriminaltechnik und setzte die Masse seines Körpers in Bewegung.

»Herr Hager?«, meldete sich Nadine Spenglein an der Haustür angekommen zu Wort.

»Was gibt's, Nadine?«

»Kann ich Polizeimeister Müßiggang als Türsteher bekommen?«

Der Kommissar sah sie zwei Sekunden fragend an. Dann lachte er. »Aber klar doch, schließlich wollen wir beide nicht riskieren, dass dieser Hitzkopf Wischnewski auf dumme Gedanken kommt, hab ich recht?«

*

Fünf Minuten später saß Nadine in offizieller Mission am Küchentisch. Wachtmeister Müßiggang hatte an der Tür den ihm zugewiesenen Platz bezogen. Mit verschränkten Armen, den Blick starr nach vorne gerichtet, stand er davor wie ein Fels in der Brandung. Frau Bettina und Töchterchen Luisa hatten sie mit sanfter Gewalt von Vater Norbert losreißen müssen. Nun kauerten beide nebeneinander auf der Couch im Wohnzimmer, wobei diesmal Luisa versuchte, ihre Mutter zu trösten. Norbert Haber selbst saß aufrecht und schweigsam der Beamtin gegenüber. Er würdigte sie keines Blickes.

»Herr Haber«, begann Nadine die Vernehmung. »Wir haben bei den Holzstößen hinter dem Haus grüne Abdeckplanen gefunden. Die letzte in der Reihe fehlt allem Anschein nach. Was können Sie mir dazu sagen?«

Norbert lachte spöttisch. »Schön für Sie. Da haben Sie den Fund Ihres Lebens gemacht, wie?«

»Wenn ich Sie wäre, würde ich diese Tatsache nicht auf die leichte Schulter nehmen«, sagte Nadine Spenglein ernst.

»Und wieso? Was soll an einer alten Plane so wahnsinnig interessant sein?«

Nadine nahm ihr Gegenüber fest ins Visier. »Die Tatsache, dass sie aller Wahrscheinlichkeit nach mit dem Mord im Zeitelmoos in Zusammenhang steht.«

»Was?« Norbert lachte abermals, jedoch bellender als zuvor. »Von welchem Zusammenhang reden Sie?«

Nadine ließ die Katze aus dem Sack. »Die im Moor gefundene Leiche war mit genau so einer Plane verschnürt.«

Norbert schüttelte den Kopf. »Und da gehen Sie vorsichtshalber mal davon aus, dass es sich dabei um genau die Plane handelt, die bei uns fehlt. Wissen Sie eigentlich, wie viele dieser gottverdammten Abdeckplanen allein hier im Dorf rumliegen?«

Nadine lächelte smart. »Nein, aber Sie dürfen mir gern eine Liste schreiben.«

»Eine Liste wovon?«

»Von den Planen und ihren Besitzern. Dann können wir eine nach der anderen unter die Lupe nehmen und feststellen, ob irgendwo eine fehlt.«

»Das soll ein Scherz sein, oder wie?«

»Keineswegs«, versicherte Nadine. »Wenn es diese Folien hier zu Dutzenden gibt, werden wir uns eine nach der anderen anschauen.«

»Das war nur so dahergesagt«, konterte Norbert. »Kein Mensch führt Buch über Abdeckplanen.«

»Schade«, bekundete Nadine, »es hätte Sie entlasten können.«

»Herrgott noch mal!«, ereiferte sich Norbert. »Bei Ihresgleichen muss man ja aufpassen wie ein Schießhund.«

»Es geht um nichts weniger als um Mord«, sagte Nadine Spenglein streng. »Sie und Ihr Vater stehen nach dem Fund der Planen unter Mordverdacht. Das lässt sich keinesfalls mit ein paar dummen Bemerkungen abtun.«

»Wir stehen wegen einer beschissenen Abdeckfolie unter Mordverdacht? Wer sagt denn, dass es unsere Plane ist? Wer sagt überhaupt, dass eine unserer Planen verschwunden ist? Ich hab sie nicht gezählt, mein Vater ebenso wenig.«

»Ob es ihre Folie ist, wird die Kriminaltechnik feststellen.«

»Wie soll das gehen?«

»Darüber würde ich mir in Ihrer Lage nicht den Kopf zerbrechen. Bei uns sind Spezialisten am Werk, für die der Nachweis ein Kinderspiel sein wird. Sie sollten sich jetzt besser überlegen, ob es nicht an der Zeit ist, reinen Tisch zu machen.«

Norbert lachte los. »Mit was denn?«

»Etwa mit einem Geständnis.«

»Geständnis? Was sollen wir denn gestehen? Dass wir unsere Planen nicht angebunden haben? Hören Sie: selbst wenn sich herausstellen sollte, dass es sich bei Ihrer Folie um eine von unseren handelt, könnte absolut jeder sie weggenommen haben. Der Garten ist frei zugänglich. Glauben Sie im Ernst, wir wären so dumm, unsere eigene Plane bei einem Mord zu verwenden?«

»Über die Dummheit von Mördern könnte man Bücher schreiben«, entgegnete Nadine leichthin.

»Jetzt reicht's!« Norbert sprang auf. »Ich lass mir von Ihnen doch keinen Mord anhängen!«

»Setzen Sie sich bitte wieder hin«, ermahnte ihn Nadine.

»Einen Dreck werd ich tun!«, schrie Norbert.

»Augenblicklich!«

»Ich denk nicht dran!«

Nadine gab dem Kollegen an der Tür einen Fingerzeig.

Polizeimeister Müßiggang, bereits in Habachtstellung, verließ die Tür und trat auf Norbert Haber zu. »Setzen Sie sich«, sagte er im Befehlston.

»Und wenn ich es nicht tue?«, tönte ihm Norbert angriffslustig entgegen.

Nadine entfuhr ein kaltes Lachen. »Wenn Sie sich nicht augenblicklich freiwillig hinsetzen, wird mein Kollege Sie mit Gewalt dazu zwingen. So einfach ist das.«

Norbert zögerte, schlussendlich gab er nach und setzte sich wie befohlen zurück an den Tisch. »Und jetzt?«, murmelte er düster.

»Mit Ihrem Verhalten machen Sie alles nur schlimmer, und außerdem bleibt uns kaum etwas anderes übrig, als Ihren Aufriss einem Schuldgeständnis gleichzusetzen.«

»Aber ich habe niemanden umgebracht«, wimmerte Norbert dem Ende nahe. »Und mein Vater ebenso wenig.«

»Sie müssen es nicht selbst getan haben«, merkte Nadine an. »Sie könnten Helfershelfer sein, könnten die Plane dem Mörder zur Verfügung gestellt haben. Es gibt mehrere Möglichkeiten. Helfen Sie uns den Täter zu finden.«

Norbert schwieg beharrlich.

»Dienstagnacht wurde mitten im Zeitelmoos ein Anschlag verübt«, begann Nadine von Neuem.

»Ich hab keine Ahnung, wovon Sie reden«, murrte Norbert.

»Wo waren Sie am Dienstagabend?«

»Dienstagabend?«

»In der Nacht, in der das Unwetter tobte.«

»Ach, die meinen Sie«, sagte Norbert unschuldig. »Da war ich natürlich zuhause. Wir alle waren zuhause.«

»Das wissen Sie mit Sicherheit?«

»Ja. Warum?«

»In eben dieser Nacht wurde ein Baum so gefällt, dass er dabei den Wohnwagen eines Fotografen zertrümmert hat.«

»Aha«, brummte Norbert teilnahmslos. »Sachen gibt's.«

»Die Anklage hierzu lautet: Mordversuch in drei Fällen.«

Norbert lachte spitz. »Wieso in drei Fällen? Hatte der Kerl Hund und Katze dabei?«

»Nein«, zischte Nadine und fixierte ihr Gegenüber. »Mein Kollege und ich sind zu dem Zeitpunkt mit im Wohnwagen gewesen.«

Norbert stutzte. Alsdann kehrte er in seine ablehnende Haltung zurück. »Da haben Sie aber verdammtes Glück gehabt, was?«

»Und der Täter verdammtes Pech, denn bei Mordanschlägen auf Polizeibeamte werden alle Hebel in Bewegung gesetzt, den Schuldigen zu finden – vom Strafmaß ganz abgesehen.«

Norbert lehnte sich zurück. »Schön, und wie sollen wir diesmal daran beteiligt gewesen sein?«

»Sie oder ihr Vater könnten den Baum gefällt haben«, sagte Nadine ohne Umschweife.

»Aus welchem Grund hätten wir das tun sollen?«

»Um einen Zeugen zu beseitigen.«

Norbert stutzte abermals. »Was für einen Zeugen?«

»Den Zeugen, der beobachtet hat, wie der Leichnam im Moor versenkt werden sollte.«

Norbert schluckte. Allmählich dämmerte ihm, was diese elenden Bullen eigentlich von ihnen wollten.

Nadine sah es und wusste, dass sie ihren Verdächtigen jetzt genau da hatte, wo sie ihn haben wollte. »Zum Glück gibt es für die Tat am Dienstag einen glaubwürdigen Zeugen«, fuhr sie fort.

»Wenn er gesehen hat, wer an der Kiefer sägte, frage ich mich, warum er es nicht verhindert hat«, startete Norbert einen unüberlegten Versuch.

Nadine lächelte einvernehmend. »Das war jetzt Pech, Herr Haber.«

Norbert hatte nicht die geringste Ahnung, wovon die Frau sprach. Er sah sie fragend an.

»Ich habe nicht gesagt, dass es sich bei dem Baum um eine Kiefer handelte.«

»Na ... dann ... hat es halt in der Zeitung gestanden«, stammelte Norbert unschlüssig.

»Der Mordanschlag wurde bis heute nicht an die Presse weitergegeben.« Nadines Lächeln verstärkte sich. »Tja, Herr Haber, dumm gelaufen für Sie.«

Norbert schluckte und wich ihrem bohrenden Blick aus. Aus Unachtsamkeit war er selbst in die Falle getappt. Nun hieß es, den angerichteten Schaden zu begrenzen. Er schloss die Augen und versuchte sich zu konzentrieren – es misslang. Seine Gedanken kreisten fortwährend um die Nachtaktion im Zeitelmoos, um die Trümmer des Wohnwagens und um den Mann am Weg, der ihnen verzweifelt gewunken hatte. Schlussendlich zwang er sich zur Ruhe und öffnete die Augen. »Also schön, was wollen Sie wissen?«, sagte er kraftlos.

»Sehen Sie, es geht doch«, antwortete Nadine Spenglein und war sich ihrer Sache ziemlich sicher.

*

Georg saß auf seinem alten Stuhl und hatte die Hände auf der Tischplatte gefaltet. Kommissar Hager war, nachdem er den Raum betreten hatte, kurz zum Fenster gegangen, um sich zu vergewissern, dass Alfons mit seinem Trupp von hier aus sichtbar war. Zufrieden setzte er sich an den schmalen Tisch.

»Wir haben Ihr Haus durchsucht und nichts Verdächtiges finden können«, nahm Hager die Vernehmung auf.

Georg schmunzelte in sich hinein. »Die Mühe hätten Sie sich demnach sparen können«, sagte er mit sichtlichem Behagen.

»Nicht ganz«, warf der Kommissar ein.

Georg hob den Blick und legte die Stirn in Falten.

»Hinter dem Haus lagert Ihr Holz, nicht wahr?«, fuhr Hager fort.

Der Alte nickte unsicher geworden.

»Diese grünen Planen, mit denen sie die letzte Reihe abgedeckt ist, woher haben Sie die?«

Georg musste kurz überlegen. »Aus irgendeinem Baumarkt. Warum?«

»Sind Sie selbst es gewesen, der sie gekauft hat?«

»Mein Sohn hat sie besorgt.«

»Wann ist das gewesen?«

»Vor ein ... zwei Jahren vielleicht«, erbot sich Georg.

»Können Sie mir sagen, wie viele es waren?«

Georg hob die Schultern. »Eine ganze Menge jedenfalls.«

»Genauer können Sie es nicht sagen?«

»Nein. Wozu?«

»Sie benutzen diese Planen ausschließlich, um Ihr Holz damit abzudecken?«, forschte Hager weiter.

»Ja.«

»Ist Ihnen eine davon kürzlich abhandengekommen?«

»Nicht dass ich wüsste.«

»Ganz sicher?«

»Herrschaft, wozu wollen Sie das so genau wissen?« Georgs anfängliche Gelassenheit wich zunehmendem Unbehagen. Er begann hektisch seine Finger zu kneten.

»Eine dieser grünen Planen wurde vor ein paar Tagen im Zeitelmoos gefunden«, offenbarte der Kommissar.

Georg machte ein langes Gesicht. »Sind Sie da ganz sicher?«

»Noch nicht, aber das wird sich bald ändern.«

Georg schwieg vorsichtshalber.

Fürchtegott Hager sah ihn sehr eindringlich an. »Interessiert es Sie gar nicht, wozu Ihre Plane verwendet wurde?«

Der Alte wich dem Blick des Kommissars aus. Seiner Frage, und vor allem der Antwort darauf, konnte er nicht entkommen.

»In ihr wurde die Leiche gefunden«, sagte Hager emotionslos.

Georg griff sich an die Kehle. »Mein Gott«, raunte er düster.

»Vielleicht können Sie sich jetzt erinnern, ob Ihnen eine abhandengekommen ist?«, wiederholte der Kommissar sein Anliegen mit Nachdruck.

»Verstehe«, sagte Georg tonlos und starrte ins Leere.

»Meine Leute sind soeben dabei, ihr Holzlager auseinanderzunehmen.«

»Mein Holz…?« Georg fuhr herum und warf einen Blick aus dem Fenster. Was er dort sah, ließ ihn Tränen in die Augen steigen.

Etliche Männer in weißen Overalls wuselten geschäftig zwischen seinen penibel aufgeschichteten Reihen herum. Allem Anschein nach hatte man die Folien des letzten Stapels bereits entfernt. Die Hälfte der Scheite hatte man abgetragen und achtlos auf einen Haufen geworfen.

»Die machen mir ja alles kaputt«, wimmerte er los. »Sehen Sie sich das an, die bringen alles komplett durcheinander.«

»Ich sehe es«, gestand Hager leichthin. »Und ich rate Ihnen, mir unverzüglich Auskunft über den Verbleib dieser einen Plane zu geben. Andernfalls werden wir gezwungen sein, alle drei Stöße komplett abzutragen.«

Georg drehte sich um und sah den Kommissar flehend an. »Bitte, nur das nicht! Ich sag ja alles, was Sie wissen wollen! Bitte, bitte!«

»Setzen Sie sich«, befahl der Kommissar.

Und Georg setzte sich. Er schien plötzlich um Jahre gealtert zu sein.

»Wenn Sie mir sagen, was ich wissen will, werde ich meinen Leuten das Zeichen zum Abbruch der Untersuchung geben.«

»Los, dann fragen Sie schon«, drängte Georg mit gebrochener Stimme.

»Was können Sie mir über den Verbleib der grünen Folie sagen?«

Der Alte fuhr sich über die Lippen. »Vor ein paar Tagen bin ich raus in den Garten und hab die Planen des hintersten Stoßes abgenommen und zusammengelegt. Es war herrliches Wetter. Ich hab sie weggemacht, damit die Sonne hin kann.«

»Und weiter?«, drängte Hager.

»Als ich ans Ende kam, merkte ich, dass die letzte Plane verschwunden war. Ich hab natürlich danach Ausschau gehalten. Die Dinger sind nicht billig, müssen Sie wissen. Ich lauf also im Garten herum, rüber zum Feld und bis zum Wald. Ab und zu weht mir der Wind eine fort. Das ist nicht weiter schlimm, weil die Dinger recht schwer sind. Bisher hab ich alle wiederfinden können.«

»Und diesmal?« Fürchtegott Hager war ganz Ohr.

»Diesmal war sie wie vom Erdboden verschluckt«, sagte Georg und schluckte.

»Soso!« Der Kommissar wirkte sichtlich enttäuscht. »Soll heißen, Sie haben nicht die geringste Ahnung, wer sie entwendet oder wohin sie verschwunden sein könnte.«

Georg nickte.

Kruzitürken!, dachte Hager und biss die Lippen aufeinander. Er war sich fast sicher gewesen, dass Haber senior zumindest wissen würde, wer sie entwendet hatte.

»Vergangenen Dienstag wurde ein Mordanschlag auf einen Fotografen, meine Kollegin und mich verübt«, fuhr er nach einer Weile fort. »Ein Baum wurde so gefällt, dass er die Unterkunft des Fotografen, einen Wohnwagen, in der auch wir uns zu diesem Zeitpunkt befanden, in einen Schrotthaufen verwandelt hat. Nur um Haaresbreite entgingen wir dem sicheren Tod. Als ich nachher auf dem Weg stand, kam ein Auto um die Ecke. Ich habe versucht, mich bemerkbar zu machen, aber der Wagen machte kehrt und verschwand in der Dunkelheit. Ich weiß, dass es der Pick-up Ihres Sohnes war. Und nun möchte ich minutiös von Ihnen wissen, was Sie in dieser Nacht im Moor zu suchen hatten.«

Georg krümmte sich wie unter Schmerzen. Was sollte er tun? Der Kommissar selbst war der Mann am Weg gewesen. Machte leugnen in Anbetracht dieser Tatsache überhaupt noch einen Sinn? Er überlegte, was wohl Norbert zu der Anschuldigung gesagt hatte. Hatte er alles zugegeben? Dann war sein Schweigen nutzlos. Hatte er hingegen geschwiegen, würde ein Geständnis alles kaputtmachen. Georg befand sich in einer Zwickmühle. Ängstlich schielte er zum Fenster hinaus und sah die Männer ihr grausames Werk verrichten.

»Dienstagabend?«, sagte er nach einer Weile zögernd.

Hager nickte.

»Am Nachmittag bin ich mit meinem Fahrrad kurz im Wald gewesen. Heimwärts hatte ich den ganzen Gepäckträger voll schöner Knüppel.« Georg hielt kurz inne und warf dem Kommissar einen rückversichernden Blick zu. In seiner Miene konnte er nicht die Spur dessen ablesen, was er von seiner Geschichte hielt. »Zuhause angekommen hab ich gemerkt, dass ich meine Säge verloren hatte.« Georg hob erneut den Blick, senkte ihn jedoch gleich wieder. »Tja, wissen Sie, so eine Säge wächst einem ans Herz. Die hat schon so mache Stunde mit mir verbracht. Gute deutsche Wertarbeit! So was verliert man nicht gern. Und als der Norbert später heimkam, bat ich ihn, noch mal mit mir raus zu fahren und nach der Säge zu suchen. Und dann kam dieses Gewitter und der Regen, und Norbert meinte, es hätte wenig Sinn, weiterzusuchen. Na ja, da haben wir uns ins Auto gesetzt und wollten zurückfahren. Plötzlich lag da der Baum quer über der Straße und Norbert konnte gerade noch bremsen. Ich hab mir den Kopf angeschlagen. Dann sind wir umgekehrt und auf einem andern Weg nach Haus gefahren.«

»Demnach haben Sie Ihre Säge also nicht gefunden«, vergewisserte sich Fürchtegott Hager.

Georg nickte betreten.

»Reden wir von der Säge, die draußen in der Garage auf ihrem Fahrrad liegt?«, fragte Hager spitz.

»Draußen auf dem ...« Georgs Unterkiefer klappte nach unten. »Nein, nein, das ... das ist ... meine Ersatzsäge«, stammelte er.

»Soso, ihre Ersatzsäge.« Fürchtegott schien wenig überzeugt.

»Aber die ist bei Weitem nicht so gut wie die andere«, setzte Georg vorsichtshalber hinzu.

Der Kommissar verzog die Mundwinkel. »Ich glaube Ihnen kein Wort!«

Georg schnappte nach Luft. »Aber – «

»Haben Sie den Mann nicht gesehen?«

»Welchen Mann?«, fragte der Alte verdutzt.

»Der Dienstagnacht nach dem Unglück mitten auf der Straße gestanden und gewunken hat«, vollendete Hager.

»N…ein«, log Georg. »Bei all dem Durcheinander, den Blitzen und dem Regen, konnte man ja fast nichts sehen. Wir waren heilfroh, dass wir nicht den Baum gerammt haben.«

Fürchtegott Hager schnaubte. »Herr Haber, sie wollen mir ernsthaft weismachen, dass Sie und Ihr Sohn in einer Nacht- und Nebelaktion nach einer kleinen Säge gesucht haben, wo es, wie Sie selbst sagen, fast nichts zu sehen gab und die meiner Überzeugung nach draußen am Gepäckträger Ihres Fahrrads liegt?«

»So wie ich es Ihnen gesagt habe, hat es sich zugetragen«, antwortete Georg knapp.

»Das ist gelogen, Herr Haber. Sie wissen es und ich weiß es. Ich denke, Sie sitzen bereits tief genug in der Tinte.«

»Wird man uns wegen der Sache mit dem … na ja, Sie wissen schon, was ich sagen will … Weiterfahren was anhängen?«, setzte er schüchtern hinzu.

»Deswegen nicht«, merkte Hager mürrisch an, »aber Sie und Ihr Sohn werden sich womöglich wegen dreifachen Mordversuchs, wegen Mordes und was weiß ich zu verantworten haben, wenn es Ihnen nicht baldmöglichst gelingt, mich von Ihrer Unschuld zu überzeugen.«

»Und was wird aus meinem Holz?«, winselte Georg kleinlaut und beobachtete, wie die Männer von der Spurensicherung ein Scheit nach dem andern entfernten.

»Tut mir leid für Sie«, sagte Hager und warf einen grimmigen Blick aus dem Fenster, »aber das muss jetzt erst recht gründlich untersucht werden.«

XXIII.

Meinwald Förster trieb sich den ganzen Vormittag über im Forstamt herum. Zwar gab es dort für ihn nur wenig abzuklären, dafür erfuhr er umso ausführlicher den neuesten Klatsch und Tratsch rund um den Forstbetrieb. Wer glaubt, Forstbedienstete seien nüchterne Beamte, die zu keinerlei Übertreibung oder Mutmaßungen neigen, der täuscht. Genau in diese Gattung zählte unter anderem die Geschichte von dem Baum, der auf dem Wohnwagen gelandet war. Woher der Erzähler diese hatte, konnte Meinwald nicht in Erfahrung bringen – aus sicherer Quelle, hieß es einsilbig. Man wollte jedoch wissen, dass der junge Naturschützer den Anschlag nur mit viel Glück und lebensbedrohlichen Verletzungen überlebt hatte. Auch war von einem fremden Fräulein die Rede, mit der er sich ein paar nette Stunden zu zweit hatte machen wollen, die jedoch der Baum mitten im Akt unschön beendet hatte. Es hieß ferner, ein Jäger habe sich in dieser Nacht in der Gegend herumgetrieben (womöglich der Freund des Mädchens), und er sei es auch gewesen, der seinen Nebenbuhler samt Geliebter habe beseitigen wollen. Wer dieser Weidmann sein mochte, darüber rätselte bereits das ganze Forstamt mit Feuereifer. Meinwalds Name wurde in dessen Gegenwart mit keiner Silbe erwähnt. Danach gefragt, sagte er schlicht, er wisse von nichts, schilderte aber erschöpfend die Begegnung mit dem leitenden Kommissar als aufschlussreichen Kollegenplausch auf Augenhöhe.

Zufrieden verließ Meinwald kurz nach dreizehn Uhr das Amt. Weil sein Heimweg ohne große Abweichung am Anwesen der Habers vorbeiführte, wollte er dem Schorsch und seinem Sohn einen kurzen Besuch abstatten. Vordergründig, um sich für sein Versäumnis am Dienstag zu entschuldigen, hauptsächlich jedoch, um an die erste Rate Bares zu erinnern.

Als er sich dem Hof näherte, staunte er nicht schlecht. Der Anblick des Streifenwagens und der KTU-Kombis verführte seinen harten Mund zu einem befriedigenden Grinsen. Tja, sieht ganz danach aus, als nähmen sie euch die Bude auseinander, schmunzelte er in sich hinein. Das soll euch Warnung genug sein, es mit Freund Meinwald nicht zu verscherzen.

Seine Bemerkung dem Kommissar gegenüber hatte genau das erreicht, was er beabsichtigt hatte, nämlich jedweden Verdacht von sich auf die Habers zu lenken. Bei Ihnen, da war er sich mehr als sicher, würde man bestimmt etwas finden, das geeignet war, den geschürten Verdacht zu festigen.

Ein letzter Blick in den Rückspiegel brachte sein Herz zum Hüpfen. Meinwald lachte, bis es ihm Tränen in die Augen trieb. Der Anblick der Gruppe weißer Mäuse auf der Wiese hinter dem Haus war das Schönste, was er seit Langem gesehen hatte. Die Tatsache, dass sie Georgs Holzstöße zerstörten, wärmte sein kaltes Herz.

»Good bye, Old Woody, wir sehen uns später«, lachte Meinwald höhnisch und trat voller Wonne aufs Gaspedal.

*

Daheim angekommen drückte er zunächst seiner Frau einen flüchtigen Schmatz auf die Wange – was sonst ganz und gar nicht seine Art zu sein pflegte –, alsdann genehmigte er sich einen Drink aus der Hausbar im Wohnzimmer. Richtig vergnügt und redselig war er an diesem frühen Nachmittag, und seiner Frau schwante bisweilen, einen völlig Unbekannten vor sich zu haben – den Mann, den sie früher in ihm gesehen hatte?

»Wir sollten uns heuer eine Reise gönnen«, sagte er leichthin, nachdem er den zweiten Cognac sichtlich genossen hatte.

»Und an was hast du gedacht?«, fragte seine Frau ungläubig. Sie kannte ihn nur vom Sparen und Arbeiten, vom Knausern und Schuften, und sie wusste, dass er die bei ihrer Hochzeit versprochene Mittelmeerkreuzfahrt schuldig geblieben war.

»An eine …« Meinwald erhob sich, lief zum Barfach und schenkte sich in aller Ruhe nach. Als er zu seiner Frau zurückkam, lächelte er schief: »Kreuzfahrt vielleicht?«

»Meinwald!« Sie erhob sich und schlang ihm ungestüm die Arme um den Hals. »Und ich dachte all die Jahre, du hättest es längst vergessen.«

»Hab ich nicht.« Meinwald versuchte seinen Cognac im Glas zu behalten und griente in sich hinein. »Weißt du, ich wollte auf Nummer sicher gehen, Schatz. Damals hatten wir weiß Gott das Geld für wichtigere Dinge auszugeben. Und den Kindern sollte es auch an nichts fehlen. Du darfst nicht vergessen, dass wir unser Leben, und alles, was wir erreicht haben, aus eigener Kraft bestreiten mussten. Da gab es keine Erbschaften oder Eltern, die uns bereitwillig unter die Arme gegriffen hätten. Nun, da unser Leben gesichert, unsere Töchter bald versorgt und wir endlich ein klein wenig an uns denken dürfen, ist es an der Zeit, es sich bequem zu machen.«

»Und du meinst, eine Mittelmeerkreuzfahrt können wir uns ohne schlechtes Gewissen leisten?«, strahlte sie ihm entgegen.

Meinwald nickte. »Ohne Gewissen und ohne Einschränkungen. Das ganze Brimborium.«

In diesem Augenblick der beiderseitigen Nähe und Glückseligkeit (wenn auch aus völlig unterschiedlichen Motiven heraus) platzte störend die Glocke an der Haustür.

»Wer mag das sein?«, sagte sie und löste sich widerstrebend aus seiner Umarmung.

»Wahrscheinlich die Post«, meinte Meinwald und nippte an seinem Cognac. Das mit der Kreuzfahrt war ihm nur so herausgerutscht, ein leidiger Fehlgriff im Rausch von Spott und Weinbrand. Keine zehn Pferde brächten ihn ernsthaft dazu, zwei Wochen oder länger mit Aberhunderten aufgedunsener Arschlöcher an Bord eines dieser schwimmenden 5-Sterne-Hotels zu verbringen. Ein Angeltörn auf der Ostsee wäre ganz nach seinem Geschmack. Zwei Wochen auf einem Kutter die Küste entlang, von Rostock über Stettin bis nach Danzig oder Königsberg ... Kurz sah er sich kapitale Lachse, Dorsche und Heringe in Massen aus dem Baltischen Meer ziehen, als seine Aufmerksamkeit urplötzlich ins Hier und Jetzt zurückkatapultiert wurde. Elisabeth kam bleich wie ein Geist auf ihn zu geschwebt.

Ein Blatt in ihren Händen erregte seine Aufmerksamkeit. Er las es und bekam schlagartig einen trockenen Mund. Der Rest Cognac im Glas vermochte daran wenig zu ändern. So ging er erneut zum Schrank und schenkte abermals nach. Als er sich umdrehte standen dieser Kommissar und seine Begleiterin bereits mitten im Wohnzimmer.

»Sie schon wieder«, begrüßte er den unangemeldeten Besuch. »Haben Sie sich nicht bereits bei Habers reichlich zu schaffen gemacht?«

»Fürwahr, das hat sich schnell herumgesprochen«, gab ihm Hager lächelnd zur Antwort. »Und nein, unsere Neugierde ist gerade erst erwacht.«

»Wie schön für Sie«, brummte Meinwald unwirsch. »Demnach sind sie bei Habers nicht fündig geworden.«

»Wie kommen Sie darauf?«, erkundigte sich Fürchtegott Hager interessiert.

»Weil Sie allem Anschein nach vorhaben, den ganzen Zinnober bei uns zu wiederholen«, gab Förster mürrisch von sich.

»Ach wissen Sie, unsere Ausbeute kann sich bis jetzt durchaus sehen lassen. Aber Sie haben vollkommen recht, wenn Sie annehmen, dass wir uns von der anstehenden Durchsuchung und Ihrer Vernehmung weitere Aufschlüsse und Antworten erhoffen.«

»Schön«, raunte Meinwald und trank sein Glas in einem Zug leer. »Tun Sie, was Sie nicht lassen können. Aber beeilen Sie sich.«

Hager grinste breit. »Weil Sie sonst zu betrunken sind?«

»Nein«, kläffte Förster zurück, »weil mir sonst von Ihrer guten Laune schlecht wird!«

»Dürfen wir uns setzten?«, fragte der Kommissar.

Meinwald nickte trotzig in Richtung der Sitzmöbel.

»Soll ich bleiben?«, äußerte Elisabeth Förster ratlos und blickte in die Runde.

»Nein, Himmelherrgott!«, rüffelte sie Meinwald an. »Sieh zu, dass die Lakaien dieses Herrn nichts kaputtmachen. Und falls doch, fotografier alles, damit wir später Ersatzansprüche geltend machen können.«

Elisabeth warf den Beamten entschuldigende Blicke zu.

»Für den Augenblick ist Ihre Anwesenheit tatsächlich nicht notwendig«, sagte Hager ruhig. »Meine Leute werden nach und nach eintreffen. Aber ich darf Sie bitten, sie von ihrer Arbeit nicht abzuhalten. Sie werden ihr Möglichstes tun, alles so zu hinterlassen, wie sie es vorgefunden haben.«

Frau Förster nickte stumm und verließ geräuschlos das Wohnzimmer.

»Ich nehme an, dies ist Ihre erste Hausdurchsuchung«, sagte Hager zu Meinwald.

»Ja, wieso?«

»Weil Sie sich ausschließlich um etwaige Schäden sorgen.«

Förster sah ihn misstrauisch an. »Um was würden Sie sich sorgen, wenn Sie an meiner Stelle wären?«

Fürchtegott Hager lächelte. »Um etwaige Spuren oder sonstige Indizien.«

Meinwald lachte frostig. »Sie können es immer noch nicht akzeptieren, was? Ich habe mit dem Mord im Zeitelmoos und mit dem Anschlag auf Sie und Ihre Kollegin absolut nichts zu tun.«

»Sie missverstehen Ihre Lage, Herr Förster. Wir sind hier, um den Schuldigen zu finden. Sie hingegen stehen vor uns, um Ihre Unschuld zu beweisen. Das sind zwei grundverschiedene Ausgangspunkte.«

»Lassen wir die Haarspalterei. Kommen Sie zur Sache«, knurrte Meinwald Förster genervt.

»Es geht nach wie vor um ihre Version der Nacht des Anschlags. Sie haben, nachdem wir uns begegnet sind, zugeben müssen, während des Gewitterregens im Revier gewesen zu sein, angeblich, weil sie Jagd auf Wildschweine machten.«

»Und ich habe Ihnen gesagt, dass ich nicht der Einzige gewesen bin, der zu dieser Zeit etwas im Wald zu erledigen hatte«, konterte Förster.

Hager nickte. »Das hat sich bestätigt. Vielen Dank für den Hinweis.«

»Was wollen Sie dann von mir?«

»Wir wollen endlich die Wahrheit hören«, sagte Nadine streng.

»Drei Männer sind bei widrigstem Wetter im Forst unterwegs, aus Gründen, die zumindest uns mehr als schleierhaft erscheinen«, fuhr der Kommissar fort.

»Ein Attentat wird verübt. Keine der Personen will damit etwas zu tun haben«, sagte Nadine Spenglein und fixierte Meinwald.

»Kommt Ihnen das nicht reichlich seltsam vor?«, setzte Hager hinzu. »Was würden Sie denken, wenn Sie an unserer Stelle wären?«

Meinwald schwieg und blickte grimmig von einem zum anderen.
»Ich würde mich endlich aufraffen und nach den tatsächlichen Tätern suchen.«

»Oh, das tun wir«, lachte Hager. »Ganz gewiss sogar.«

»Noch mal von vorne, Herr Förster«, sagte Nadine. »Wann haben Sie an besagtem Tag beschlossen, sich des Nachts auf die Pirsch zu legen?«

»Jedenfalls lange bevor das Unwetter überhaupt in Sicht war«, bellte Meinwald. »Auch wenn Sie es mir nicht glauben werden, aber ich plane meinen Tagesablauf im Voraus, sonst könnte ich meine Arbeit komplett vergessen. Das Wetter spielt dabei nicht die geringste Rolle, auch wenn Sie das als …«, Meinwald schluckte den Begriff Sesselfurzer herunter und riss sich am Riemen, »… als Büromenschen kaum nachvollziehen können. Zugegeben, Wildschweine kamen mir in dieser Nacht nicht vor die Linse, aber den Versuch war es wert. Das Jagdglück ist dem Weidmann weit weniger holt, als es der Rest der Menschheit für möglich hält. Unsereins wird ja allerorts als schießwütiger und mordlüsterner Geselle eingestuft, dabei ist unsere mühsame und aufopfernde Tätigkeit erst der Garant für ein funktionierendes Ökosystem.«

»Ehrlich, uns kommen gleich die Tränen«, gab Nadine Spenglein belustigt von sich.

»Ich verbitte es mir, sich über mich und Leute meines Standes lustig zu machen!«, rief Meinwald brüskiert. »Derartige Bemerkungen gehen unter die Gürtellinie. Ich ziehe auch nicht schamlos über Sie und Ihre Methoden her, obwohl es mir geradezu auf der Zunge brennt.« Meinwald raffte nach seinem Glas, polterte zur Hausbar und schenkte nach.

»Würden Sie sich Ihren Alkoholkonsum bitte für später aufheben«, ermahnte ihn Nadine ungefällig.

Meinwald Förster ignorierte es und kippte das Glas in einem Zug hinunter. Im selben Augenblick betrat Alfons das Wohnzimmer.

»Entschuldigt, dass ich störe«, sagte der Mann lautstark, »aber da gibt es etwas, das ihr wissen müsst.«

Alle Blicke waren auf den Cheftechniker gerichtet.

»Macht nichts, Alfons«, sagte Hager trocken, »wahrscheinlich kommst du gerade im richtigen Moment. Was gibt's?«

»Ich hab mir gerade den Waffenschrank vorgenommen. Eine der Schrotflinten fehlt. Ich dachte, das interessiert dich.«

»Aha!« Fürchtegott Hager wandte sich wieder Meinwald Förster zu, der vor seiner Bar stand und aussah, als hätte man ihm mitgeteilt, sein ganzes Revier stünde in Flammen.

»Die ... muss wohl ... noch in meinem Wagen liegen«, würgte er hervor.

»Sie geben zu, nicht zu wissen, wo sich Ihre Waffen befinden?«, sagte Nadine spitz.

»Schludrigkeit sollte einem Profi als Garant für ein funktionierendes Waffengesetz nicht unterkommen«, setzte Hager mit Kalkül hinzu.

»Ich bin bei dem ganzen Theater bislang leider nicht dazu gekommen, sie ordnungsgemäß wegzuschließen«, behauptete Meinwald.

»Bei welchem Theater?«, hakte Spenglein nach.

Meinwald ließ die Schultern hängen. »Ich bin zufällig gegen Mittag am Hof der Habers vorbeigefahren. Als ich sah, was da vor sich ging, war mir klar, dass ich der nächste Kandidat sein würde.«

»Zufällig, soso«, meinte Nadine amüsiert.

»Ja, zufällig, denken Sie mal!«, schrie ihr Förster entgegen.

»Wie dem auch sei«, fuhr Hager dazwischen. »Vielleicht besäßen Sie nun die Güte, meinem Kollegen das fehlende Gewehr auszuhändigen.«

Meinwald saß in der Klemme. Er wusste nur zu gut, dass die Flinte weder in seinem Wagen noch sonst wo bei ihm herumlag. Sie war in der Nacht im Moor nach seinem Sturz auf seltsame Weise verschwunden. Ob sie dabei im Morast versunken oder von jemandem während seiner kurzen Bewusstlosigkeit entwendet worden war, wusste er nicht zu sagen. Er hatte wirklich noch keine Zeit und Ruhe gefunden, sich auf die Suche danach zu machen. »Tja ...« Förster kratzte sich am Hinterkopf. »Ich fürchte fast, das kann ich nicht. Nicht im Augenblick, verstehen Sie?«, gestand er kleinlaut.

Hager und Alfons tauschten abwägende Blicke.

»Meinwald Förster, wir brauchen Ihnen wohl kaum zu sagen, was das für Sie heißt«, sagte Nadine in Polizistenmanier.

»Sie können mir die Waffe also nicht zeigen?«, vergewisserte sich Alfons.

Meinwald schüttelte langsam den Kopf.

»Gut, dann mach ich erst mal weiter, ja?«, sagte der Chef der Kriminaltechnik zu den Beamten. Fürchtegott nickte, woraufhin er aus dem Wohnzimmer stapfte und hinter sich geräuschvoll die Tür ins Schloss zog.

Schweigen legte sich über den Raum. Meinwald stand da wie ein begossener Pudel. Die Beamten registrierten dies nicht ohne Häme.

»Ich denke, es ist jetzt an der Zeit, auszupacken«, sagte Hager in die Stille hinein.

Förster schwankte zu einem der Sessel und ließ sich schlapp darin niedersinken. Sein Mund war wieder ganz trocken geworden.

*

Der Kommissar und Nadine hatten sich im Anschluss an die Vernehmung von den Wunsiedler Kollegen zur Werkstatt fahren lassen. Irgendein marodes Massekabel war bei Hagers Passat ersetzt, der Bordcomputer neu gebootet worden. Unerhörte 350 Euro sollte er dafür hinblättern.

»Sapperament!« Hager hieb mit der Faust gegen das Lenkrad. »Alle drei haben Dreck am Stecken, aber keiner will mit der Wahrheit rausrücken. Es ist zum Verrücktwerden!«

»Wir sind nicht wirklich einen Schritt weitergekommen«, resümierte Nadine bitter.

»Diese sturen Böcke!«, wetterte der Kommissar. »Was müssen wir tun, um sie aus der Reserve zu locken? Das darf doch alles nicht wahr sein!«

»Wir brauchen stichhaltige Beweise«, sagte Nadine lustlos.

»Aber eben die werden wir aller Wahrscheinlichkeit nach nicht bekommen. Die Kerle sind sich ihrer Sache ziemlich sicher, sonst würden sie nicht munter drauflos lügen, dass sich die Balken biegen.«

Es war gegen halb fünf. Sie befanden sich auf dem Rückweg nach Hof. Irgendwo hinter ihnen fuhr der Tieflader, auf dem sich der Pick-up von Norbert Haber befand; ein zweiter war bereits unterwegs, der Meinwalds Wagen einer genauen Untersuchung zuführen sollte. Georgs Fahrrad nebst Säge und seine Sammlung grüner

Abdeckplanen waren ebenfalls sichergestellt worden und befanden sich auf dem Weg ins Labor. Die kriminaltechnische Untersuchung des Anwesens der Försters näherte sich seinem Ende, die Chancen auf den entscheidenden Durchbruch waren verschwindend gering.

Hager wusste, dass sie sich mit ihrer Ermittlungsarbeit an den beiden Parteien festgebissen hatten. Die eingeschlagene Richtung geriet immer mehr zu einer Sackgasse, und bald würden sie auch deren unrühmliches Ende erreicht haben. Der Kommissar überlegte fieberhaft, was sie in der Eile des Gefechts (und unter dem Druck von verwertbaren Ergebnissen) übersehen hatten. Es konnte sich lediglich um einen Flüchtigkeitsfehler handeln, dessen war er sich sicher. Irgendwo waren sie vom rechten Weg abgekommen, hatten sich zu sehr auf Försters und Habers eingeschossen, ohne in andere Richtungen zu ermitteln. Es war einfach zu verführerisch gewesen, mit den beiden Katz und Maus zu spielen. Freilich stellte sich mittlerweile die Frage, wer hier die Katzen und wer die Mäuse waren. In Gedanken ging Fürchtegott die Ereignisse zurück, bis hin zum Fund der Leiche im Moor. Immer wieder ließ er die getätigten Vernehmungen und Ortsbesichtigungen vor seinem Geiste vorüberziehen: Seinen Besuch im Greifvogelpark, gleich zu Beginn des Falls. Seine Befragung von Jutta Langer. Das erste Zusammentreffen mit Armin Adrian. Hager stockte. Was war eigentlich aus ihm geworden? Sie wollten sich nach seinem Befinden und seinem Verbleib erkundigen. Er nahm sich vor, dies noch vor Dienstschluss nachzuholen, zumal er wenig Lust auf Saalfelders bohrende Fragen und damit einhergehend den unvermeidbaren Bericht über die bislang ausgebliebenen Fortschritte verspürte.

Im Büro angekommen schnappte er sich den Telefonapparat und ließ sich mit der Station, auf der Adrian gelegen hatte, verbinden.

Bereits eine Minute später legte er den Hörer langsam auf den Apparat zurück.

»Was ist los?«, erkundigte sich Nadine, als sie den Zweifel in seinem Gesicht wahrnahm.

»Armin hat das Krankenhaus bereits gestern früh verlassen«, sagte er tonlos. »Auf eigenen Wunsch.«

»Und wo befindet er sich jetzt?«, wollte Nadine wissen.

»Keine Ahnung«, gestand Hager. »Das hat er niemandem gesagt.«

Nadine zog die Stirn in Falten. »Das erscheint mir recht seltsam. Er hätte uns wenigstens Bescheid geben können. Schließlich ist auch er irgendwie in den Fall verwickelt.«

Der Kommissar atmete hörbar aus. »Und ich habe mir nicht mal Namen und Adresse seiner Mutter geben lassen. Als ich ihn das erste Mal im Kommissariat befragt habe, hat er nur erwähnt, dass sie irgendwo hier in der Gegend wohnt, dass er sie lange Jahre nicht gesehen hat und dass es ihm gar nicht recht war, ins Fichtelgebirge zu kommen. Nachdem er alles verloren hat, kann er – falls er nicht zurück nach Kempten in seine Wohnung gefahren ist – eigentlich nur bei ihr oder in einem Hotel untergekommen sein.«

»Ich hatte mich schon gewundert«, sagte Nadine.

»Über was?«

»Über das entsprechende Fragezeichen an Ihrer Wand. Wir sollten umgehend herausfinden, wo sie wohnt.«

»Mein Fehler«, gestand der Kommissar. »Könnten Sie das nachholen? Der Nachname Adrian ist hierorts nicht geläufig. Es dürfte nicht schwer sein, die infrage kommenden Personen ausfindig zu machen. Ich werde derweil unseren Boss über die magere Ausbeute des Tages in Kenntnis setzen.«

»Wird sofort erledigt«, antwortete Nadine und machte sich sogleich an die Arbeit. »Viel Glück beim Chef.«

Hager nickte, stand auf und schlurfte müde zur Bürotür. Er wollte sich heute mit niemandem mehr streiten, mit seinem Vorgesetzten schon gar nicht.

*

Eine Viertelstunde später kehrte Hager an seinen Arbeitsplatz zurück. Es hatte tatsächlich keinen neuen Streit zwischen den beiden Männern gegeben. Saalfelder hatte überraschenderweise gute Laune an den Tag gelegt (was wohl dem bevorstehenden Theaterbesuch am Abend zuzuschreiben war).

»Wie ist es bei Ihnen gelaufen?«, wollte der Kommissar wissen, während er sich die linke Schläfe rieb.

»Es gibt in den Landkreisen Hof und Wunsiedel nur vier Familien beziehungsweise Personen, die den Nachnamen Adrian tragen. Augenscheinlich kommt keine davon als Armins Mutter infrage. Sonderbar, nicht?«

»Außerordentlich sonderbar.« Hager lehnte sich schlapp in seinem Sessel zurück. »Es muss einen triftigen Grund geben, warum er mit seiner Mutter gebrochen hat. Er wollte partout nicht darüber reden. Anderseits war er wegen der Tragödie im Moor und der Beruhigungsspritze vom Krankenhaus doch recht angeschlagen.«

»Wenn seine Mutter nicht verheiratet war, könnte Adrian der Name des Vaters sein«, überlegte Nadine.

»Damals war es nicht üblich, den Namen des Vaters anzunehmen«, antwortete Hager erschöpft.

»Es gab ein Zerwürfnis mit seiner Mutter. Womöglich war das der Grund, den Namen zu wechseln«, fuhr die Kollegin fort.

»Müsste dann nicht der Name der Mutter als quasi Geburtsname in seinem Personalausweis vermerkt sein?«, gab Hager zu bedenken. Er konnte sich an einen derartigen Eintrag nicht erinnern.

Nadine Spenglein hob schlapp die Schultern.

»Wer sind die gefundenen Personen dieses Namens?«, wollte der Kommissar wissen.

»Augenblick.« Nadine zog ihre Notiz zu Hilfe. »Eleonore und Bertram Adrian, verheiratet, 72 und 77 Jahre alt, wohnhaft in einem Seniorenheim in Bad Alexandersbad. Sie stammen ursprünglich aus Hannover.«

Hager hielt inne. *Arbeitete Jutta Langer nicht in einem Altenheim in Alexandersbad?* Sogleich schüttelte er den Kopf und ließ matt einen Kugelschreiber zwischen den Fingern kreisen.

»Simon Adrian, 23, Student an der Fachhochschule, kommt aus der Nähe von Salisbury, England.«

Der Kommissar warf den Kugelschreiber auf die Ablage zurück und gab ein missmutiges Grunzen von sich.

»Und Eva Adrian, vierundvierzig, ledig, Bankangestellte in Marktredwitz.«

»Lassen wir es für heute gut sein, Nadine.« Hager erhob sich schwerfällig aus seinem Sessel. »Morgen ist auch noch ein Tag. Vielleicht haben wir da mehr Glück.« Er wandte sich zum Gehen. »Nicht, dass ich es vergesse: wir brauchen Kontoeinsicht für Habers und Försters, und auch für Jutta Langer und Thomas Frank. Ich möchte wissen, ob in den letzten Monaten auffällige Buchungen getätigt wurden.«

Nadine sah ihn fragend an.

»Nur zur Sicherheit. Diesem Meinwald traue ich einiges zu, was sich nicht mit Recht und Ordnung in Einklang bringen lässt. Und die beiden Habermänner stehen ihm in dieser Hinsicht in nichts nach.«

Nadine nickte verständig.

»Ferner darf ich Sie bitten, gleich morgen früh ihre Suche nach dem Namen Adrian auf Verstorbene auszuweiten. Und wir brauchen Armins Geburtsurkunde. Bei Fehlanzeige müssen wir uns wohl oder übel sämtliche Hotels und Pensionen vorknüpfen.«

»Mach ich«, sagte Nadine und erhob sich ebenfalls.

»Und, was werden Sie heute Abend anstellen?«, erkundigte sich der Kommissar, nachdem er seinen Mantel angezogen hatte.

»Och, nichts weiter, fürchte ich. Der Tag hat mich ziemlich geschafft.«

Fürchtegott lächelte milde und öffnete Nadine die Bürotür. »Wem sagen Sie das?«

XXIV.

Letzte Nacht hatte er sich wieder einmal so richtig verausgabt. Lola war aber auch ein versautes Luder. Nach einer halben Flasche Wodka konnte man mit ihr machen, was man wollte. Je abartiger der Sex, desto geiler wuchs sie über ihre beschränkten Sinne hinaus, desto mehr spornte sie zugleich die Libido ihres Partners zu Höchstleistungen an. Erst gegen sechs Uhr morgens war er völlig groggy nach Hause gekommen, hatte kurz geduscht und war eilends in seine Arbeitsklamotten geschlüpft. Lolas Ausdünstungen klebten nach wie vor in seiner Nase, auch wenn die Frühnebel den Duft nach Erde und Fichtengrün fest in dem steinernen Kessel banden. Manni schnappte sich den Kanister von der Ladefläche des Transporters und füllte gemächlich die Tanks der beiden Pumpen.

Gottlob hatte sein Chef mit zwei Leuten die Dinger bereits am Montag angeliefert. Schweres Heben fuhr ihm sogleich in die Lendenwirbel; seine Bandscheiben waren für Belastungen nicht ausgelegt. Wie er gehört hatte, war der Steinbruch seit Ende der 70er Jahre der Natur überlassen worden. Was sein Boss sich von einer Reaktivierung versprach, war ihm ein Rätsel. Was soll's? Er würde nach diesem Einsatz für die nächsten Wochen Ruhe vom Amt haben. Der Rest war ihm ohnehin schnuppe.

Nachdem er den leeren Kanister zurückgestellt hatte, startete er die beiden Maschinen und sah genüsslich zu, wie sich die C-Schläuche zuckend mit Wasser füllten. Sie erinnerten ihn an die Kreuzotter im Schrebergarten seiner Großmutter, die sie an einem heißen Sommernachmittag mit dem Spaten zerteilt hatte, nachdem das Tier es gewagt hatte, ihn mitten im Spiel zu stören. Leider hatte seine Oma nicht lange genug gelebt, um alle künftigen Störungen zu beseitigen, und so sah er sich eines Tages gezwungen, auf eigene Faust zu agieren. Es brachte ihn zwei Vorstrafen wegen gefährlicher Köperverletzung und hundertzwanzig Stunden gemeinnützige Arbeit in einer Behindertenwerkstatt ein.

Manfred setzte sich auf einen verwitterten Granitblock in nächster Nähe der Pumpen und steckte sich genüsslich eine Zigarette an. Er inhalierte tief und lächelte vor sich hin. Wenn nichts dazwischen kam, würden die Aggregate diesen vierten Tag benötigen, um den Wasserspiegel endlich sichtbar zu senken. Um den ganzen Kessel wasserfrei zu bekommen, würden locker der kommende Montag und der Dienstag draufgehen. Und er brauchte nichts weiter zu tun, als die Sache zu überwachen und bei Bedarf Sprit nachzufüllen. Falls eine der Pumpen ausfiel, ein Filter verstopfte oder ein Schlauch platzte, brauchte er nur den Boss anzurufen. Er hatte gleich am Anfang unmissverständlich klar gemacht, dass er sich mit Technik nicht auskannte. Also Arbeit ganz nach seinem Geschmack.

Manni schnippte die Kippe beiseite und sah sich um. Der alte Steinbruch lag ziemlich abgelegen mitten im Wald an einem Schotterweg, der für die Allgemeinheit gesperrt war. Ein breiter Pfad führte hinein in den ovalen Kessel. Die steilen Felswände an seinem anderen Ende ragten gut zehn Meter senkrecht in die Höhe. Links oben befanden sich auf einer Wiese die Ruinen ehemaliger

Hebevorrichtungen, rechts von ihm lief der Granitbruch flach bis auf das Niveau des Waldes aus. Mit Ausnahme der Grasfläche standen die Bäume dicht an dicht. *Ein nahezu perfekter Ort, um es ungestört zu treiben!*, sinnierte Manni und sogleich übermannten ihn die frivolen Bilder der letzten Nacht.

Zu dem Job im Steinbruch hatte ihn die Arbeitsagentur genötigt. Er hatte schlecht absagen können, denn eigentlich war er kerngesund und mit seinen 38 Lenzen auch ein Mann in den besten Jahren. Vor einiger Zeit hatte er eine Stelle abgelehnt und sich damit eine Sperre von sechs Monaten eingehandelt. Solch grobe Schnitzer würden ihm nicht mehr unterlaufen. Inzwischen hatte er dazugelernt. Harz IV war für ihn eine tolle Sache. Wenn er es schlau anstellte, konnte er sein ganzes Leben lang auf der faulen Haut liegen und andere für sich malochen lassen. Nach der Hauptschule (natürlich ohne Abschluss) hatte er sich mit Gelegenheitsjobs eine Zeit lang über Wasser gehalten. Aber die Erträge waren mäßig; der dafür nötige Einsatz viel zu ermüdend gewesen. Eine Ausbildung hatte er von vornherein abgelehnt. Andi hatte beim Bund den LKW-Führerschein gemacht und tingelte seither von einer Spedition zur anderen. Sein Leben auf Deutschlands Autobahnen zu verbringen war nicht sein Ding. Atze und Helm waren Spezialisten wenn es darum ging, ihr Leben ohne große Anstrengungen zu meistern. Sie waren es auch gewesen, die ihn auf den rechten Weg der Erkenntnis geführt hatten. Wenn man von Haus aus keine Kohle hatte, blieb einem gar nichts anderes übrig, als sein Leben in die treu sorgende Hand des Staates zu legen. Mit Arbeit konntest du hierzulande kein Geld verdienen, denn die immensen Steuern und Abgaben wurden dazu verwendet, maroden Staaten unter die Arme zu greifen, Bankenbosse jeglicher Verantwortung zu entheben oder massenweise Ausländer ins Land zu locken. Die logische Folge war eine Art gesellschaftspolitisches Kismet, das mehr und mehr Bürger als probates Mittel zur Grundsicherung ihres Lebens anstrebten. Was die Politik nicht zu vergiften wusste, erledigten die Medien mit einer Flutwelle aus anspruchsloser Hetzpropaganda.

Nachdem Manni, in frivolen Gedanken versunken, eine weitere Zigarette geraucht hatte, spürte er die morgendliche Kälte in allen Gliedern. Er raffte sich auf und begab sich, wie bereits die Tage zuvor, auf eine kurze Runde um den Steinbruch. Das wärmte auf, und gleich anschließend würde er das Sandwich und die Flasche Bier wegputzen, die er sich auf dem Hinweg besorgt hatte. So stapfte er den kurzen Anstieg zur Wiese empor und besah sich ein weiteres Mal die Überreste der alten Gerätschaften. Als er am oberen Rand des Kessels stand und seinen Blick über die Wasseroberfläche unter sich gleiten ließ, stockte er. Etwas in der Mitte des Kraters erregte seine Aufmerksamkeit.

Was zum Teufel mag das sein?

Bislang war ihm dieser Umstand nicht aufgefallen. Der dunkle Rand des ehemaligen Wasserstandes ließ erkennen, dass sich dieser bereits um einige Meter gesenkt hatte. Es war also nicht weiter verwunderlich, wenn nunmehr Dinge auftauchten, die sich zuvor im tiefen Wasser befunden hatten.

Gefährlich nahe am Abgrund kniff Manni die Augen zusammen und erahnte die rechteckigen Umrisse eines schwarzen Schattens. Er wich einen Meter zurück und kratzte sich am Hinterkopf. Anschließend folgte er dem schmalen Pfad ums Rund herum, weil er hoffte, von der anderen Seite einen besseren Blick auf dieses seltsame Phänomen zu erhaschen. Manfred war eigentlich nicht neugierig, aber er hatte genügend Zeit und ließ sich von jedweder Abwechslung bereitwillig ablenken.

Auf der gegenüberliegenden Seite angekommen (wo die Bäume bis zum Rand der Steilwand wuchsen und nur eine spitze Felsnase freien Blick in die schwindelnde Tiefe gewährte), suchte er erneut nach dem Schatten, und wurde fündig. Von hier sah das Gebilde im Wasser ganz anders aus. Das rechteckige Etwas war zu einem Vieleck verschwommen, das sich im Dunkel des Wassers verlor.

Manni dachte jetzt angestrengt nach, was zeitnah zur Folge hatte, dass er sich in unkontrollierten Bildern verlor. Bei dem Objekt konnte es sich eigentlich nur um einen Granitbrocken handeln, der, nach Einstellung der Arbeiten, mitten im Steinbruch verblieben war. Doch Manfred sah zunächst ein U-Boot durch die Wasseroberfläche brechen, später einen Fischsaurier schäumend den Fluten entsteigen, zuletzt ein mit einer Leiche versehenes Auto blubbernd und triefend am Haken eines Kranwagens. Manni schüttelte sich. Aller Hollywood-Fantasie zum Trotz erinnerte der Schatten in seiner Form tat-

sächlich an einen PKW. Aber wie konnte es das geben? Wie sollte ein Auto an diesen abgelegenen Ort gekommen sein? Und wozu?
Um es auf Nimmerwiedersehen verschwinden zu lassen!
Manni scherte sich für gewöhnlich einen Dreck um die Belange seiner Mitmenschen. Nichtsdestotrotz hatten der ungewisse Schatten und die naheliegende Vermutung längst seinen geruhsamen Tagesablauf durcheinandergebracht. Wenn er als Finder eines verschollenen Wagens daherkäme (der mit etwas Glück vielleicht sogar mit einem Verbrechen in Zusammenhang stand), würde er es womöglich auf die Titelseiten etlicher Schmierblätter schaffen. Einmal im Rampenlicht zu stehen, einmal wirklich wichtig sein und etwas zu sagen zu haben, waren Grund genug die gewohnte Lethargie für kurze Zeit abzulegen.

Manfred hetzte los, sprang über Wurzeln und Äste, und schaffte so den Rest der Umrundung in rekordverdächtigen zwei Minuten.

Abgekämpft und nach Luft ringend stand er neben dem Firmentransporter, öffnete die Fahrertür und schnappte sich das Handy von der Ablage.

»Was gibt's?«, meldete sich sein Chef nach etlichen Klingelzeichen ruppig zu Wort.

»Ich bin's ... der Manni. Ich denk ... Sie sollten sich mal was ansehen«, sagte er atemlos.

»Hast du Scheiße gebaut oder was?«, kläffte ihm die Stimme sogleich ins Ohr. »Falls ja, ist es besser für dich, es gleich zuzugeben. Ich kann Drumherumgerede ums Verrecken nicht ausstehen.«

»Ich? Woher denn!« Manfred gab ein Glucksen von sich. »Bei mir doch nich'«. Am anderen Ende der Leitung klang es, als habe er sich verschluckt.

»Du bist besoffen! Verflucht, ich hab dir klipp und klar verboten, dich während der Arbeit volllaufen zu lassen. Es ist immer das Gleiche mit euch Pennern.«

»Ich bin stocknüchtern, ey!«, schwor Manni Stein und Bein.

»Was willst du? Ich hab meine verdammte Zeit nicht gestohlen!«, rief sein Chef unbeherrscht.

»Im Steinbruch liegt was, das dort nie nich' hingehört«, sagte Manni trocken.

»Komm zur Sache, Mann!«

Manni drückte lächelnd das Gespräch weg. *Warts ab, du Wichser!*, dachte er und warf das Handy auf die Ablage zurück.

Bis zum Eintreffen seines Chefs aß er genüsslich sein Sandwich und ließ im Anschluss daran Steine über die Wasseroberfläche springen. Die Flasche Bier wollte er sich für später aufheben.

XXV.

Fürchtegott Hager hatte an diesem Morgen sein Büro mit der gleichen Niedergeschlagenheit betreten, wie er es am Abend zuvor verlassen hatte. Der Fernsehfilm im Ersten war flach, das monotone Geklapper der Stricknadeln seiner Frau einschläfernd gewesen. Gegen zehn war er todmüde ins Bett gekrochen und genauso unausgeschlafen am nächsten Morgen erwacht. Die ausbleibenden Erfolge im aktuellen Mordfall kratzten zunehmend an seiner Berufsehre. Obendrein fühlte er sich gegenüber Nadine kein Bisschen als Profi, geschweige denn als alter Hase, der sein Wissen und Können wohlwollend an die nächste Generation weiterzugeben suchte.

Nadine Spenglein hingegen strotzte nur so vor Energie und Unternehmungsgeist. Sie wuselte hierhin und dorthin und hatte bereits wenig mehr als eine Stunde nach Dienstbeginn sämtliche Informationen beisammen, um die sie der Kommissar am Abend zuvor gebeten hatte.

»Es gibt Neuigkeiten«, strahlte sie und nahm auf einem der Stühle Platz.

Fürchtegott Hager blickte ihr mit zusammengekniffenen Lippen von seinem Schreibtisch aus entgegen. »Dann lassen Sie mal hören«, sagte er zerknirscht.

»Die Konten der Familie Haber lassen allesamt keine Unregelmäßigkeiten erkennen, wenn man davon absieht, dass sie arg in den Miesen stehen, also ihre Dispos komplett am Limit laufen. Die Försters sind, wie es aussieht, auffallend sparsam. Mit fünfhundert Euro kommen die einen ganzen Monat aus. Es gibt ein Sparkonto, auf dem 20.000 Euro liegen und einige Wertpapiere. Jutta Langer kommt plus/minus null über die Runden. Aber jetzt kommt's: Thomas Frank hat in den letzten Monaten regelmäßig 2.000 Euro abgehoben.«

»Hm.« Hager kratzte sich am Kinn. »Am Anfang oder am Ende des Monats.«

»Das variiert.«

»Jutta Langer und er haben eine gemeinsame Wohnung. Es könnte sein Anteil zu den Lebenshaltungskosten gewesen sein. Außerdem hatten sie vor, in Kürze zu heiraten.«

»Zweitausend Euro? Das scheint mir doch ein bisschen viel für die Provinz.«

»Na ja, Frank war ein junger Mann. Was haben sie sonst noch herausgefunden?«

»Ich bin nochmals die Vermisstendatei durchgegangen. Und jetzt halten Sie sich fest! Es gibt einen höchst interessanten Fall um einen Mann namens Stephan Adrian. Letzter bekannter Wohnort Röslau. Er war im Jahr 1980 dreißig Jahre alt und verschwand im Mai spurlos auf dem Weg zu einer Fortbildung nach Wolfsburg.«

»Ach nein!« Hager versuchte, sich besagten Fall ins Gedächtnis zu rufen. Damals hatte er gerade im zweiten Jahr bei der Mordkommission unter seinem ausgezeichneten Kollegen und Lehrmeister Helmut Stronski gearbeitet, der leider viel zu früh an Krebs erkrankt und wenig später verstorben war. »Ich kann mich gar nicht daran erinnern«, gestand der Kommissar.

»Das ist auch über 30 Jahre her.«

»War er Armins Bruder?«

»Bruder oder Vater«, meinte Nadine smart.

»Und die näheren Umstände?«, erkundigte sich Hager.

»Da müsste ich mich erst in die Akte einarbeiten. Ich habe mir das Wichtigste als PDF auf einen Stick gezogen.« Sie kramte ein fingernagelgroßes Ding aus der Hosentasche und legte es auf eine der Ablagen auf Hagers Schreibtisch.

Fürchtegott nickte verständig. »Wissen Sie, ob der Fall abgeschlossen wurde?«

»Ja. Jakoba Adrian, die Ehefrau des Vermissten, ließ ihn 1985 für tot erklären.«

Der Kommissar stockte. »Jakoba sagen Sie?« Irgendwie war ihm der Name geläufig, obschon er hierorts reichlich selten anzutreffen war. »Haben wir eine Adresse?«

»Ja«, sagte Nadine, »aber ob die nach all der Zeit noch stimmt?«

»Warum haben wir Armins Mutter bei unserer ersten Suche nicht gefunden?«, überlegte Hager angestrengt. Das Telefon klingelte. »Einen Moment.« Der Kommissar griff nach dem Apparat und hielt sich den Hörer ans Ohr.

»Morgen, Fürchtegott«, sagte eine vertraute Stimme gut aufgelegt. »Tja, da staunst du, was? Normalerweise bist du es, der Aufträge erteilt. Heute ist es genau anders herum.«

Hager war plötzlich ganz Ohr. »Was gibt's denn, Alfons?«

»Heute Morgen erhielten die Kollegen von der Selber Wache einen Anruf von einem gewissen Werner Kleinteich. Er ist Steinmetz und hat einen kleinen Betrieb in Niederlamitz – hauptsächlich Grabsteine, Skulpturen, so was in der Art. Er hat vor, einen alten Steinbruch auf dem Kleinen Kornberg zu reaktivieren. Aus diesem Grund lässt er seit Anfang der Woche Wasser aus dem vollgelaufenen Kessel pumpen. Der Typ, der sich vor Ort darum kümmert, hat ihn um acht angerufen, weil er seltsame Formen im sinkenden Wasser zu erkennen glaubte. Kleinteich fährt hin, weil er annimmt, sein Mitarbeiter habe einen über den Durst getrunken. Er will ihn zur Schnecke machen, aber siehe da, der Kerl hat recht. Im Wasser liegt ein Wagen, wie es aussieht ein ziemlich neuer. Er verständigt die Polizei. Eine Streife fährt vorbei. Weil der Wagen nach wie vor im tiefen Wasser liegt, holt man Taucher von der DLRG und die Feuerwehr. Eine Stunde später hat man einen nagelneuen BMW X3 mit Wunsiedler Kennzeichen auf dem Trockenen und den Halter ermittelt.«

»Doch nicht etwa Thomas Frank?«, sagte Hager aufgeregt.

»Bingo! Es ist der Wagen unseres Mordopfers.«

»Und wieso hast du vor mir von der Sache erfahren?«

Alfons lachte polternd. »Das wüsstest du gerne, was? Na ja, es ist ganz einfach: Einer der Taucher von der DLRG ist mein Schwager Toni. Wir haben uns erst kürzlich abends bei einem Bierchen über den Fall unterhalten, und er hat mich gleich angerufen, bevor die Kollegen es konnten.«

»Endlich«, frohlockte Hager. »Wir sind schon unterwegs.«

»Langsam, langsam, Fürchtegott, das ist längst nicht alles«, bremste Alfons ihn aus.

»Gibt's noch mehr Neuigkeiten?« Der Kommissar sprühte vor Ungeduld.

»Der BMW ist nicht das einzige Fahrzeug, dass ... sagen wir mal ... auf ungewöhnliche Weise entsorgt wurde.« Alfons genoss jede Sekunde.

»Jetzt red schon!«, drängelte Hager.

»Wir fanden ferner einen uralten Ford Taunus und einen aufgemotzten Golf GTI. Beide Fahrzeuge müssen verdammt lang im Wasser gelegen haben. Jahrzehnte vielleicht.«

»Habt ihr Leichen gefunden?«

Nadine horchte auf und spitzte die Lippen.

»Negativ.«

»Und sonstige Hinweise?«

»Soweit sind wir noch nicht.«

»Okay. Alle bleiben, wo sie sind. Keiner verlässt den Fundort. Wir kommen sofort!«, rief Fürchtegott Hager und warf den Hörer auf den Apparat zurück.

»Was ist vorgefallen?«, erkundigte sich Nadine neugierig.

Hager sprang von seinem Sessel auf und hechtete in Richtung Garderobe. »Wissen wir, mit welchem Verkehrsmittel dieser verschwundene Dingsbums Adrian angeblich nach Wolfsburg unterwegs gewesen sein will?«

Nadine drehte sich verdutzt zu ihrem Kollegen um. »Mit seinem Privatwagen, warum?«

Hager raffte nach seinem Mantel. »Was war das für ein Auto?«

Nadine warf einen flüchtigen Blick auf ihre Notizen. »Ein Golf GTI, Baujahr 1978.«

Der Kommissar hielt inne. »Morgenstund hat Gold im Mund!«, rezitierte er feierlich, und wirkte unerwartet betriebsam.

*

Die direkte Zufahrt zum Steinbruch war hoffnungslos mit Einsatzfahrzeugen verstopft. Hager hatte seinen Passat vorne am

Weg zwischen dem Steifenwagen der Kollegen, einem verschmutzen Jeep, den zwei Kombis der KTU und einem rostigen Firmenwagen abstellen müssen. Vorbei ging es an einem Feuerwehrauto, dem Wagen der DLRG, hin zu einem Tieflader, auf dem sich bereits Franks triefender BMW befand.

Hager verschaffte sich einen ersten Überblick. Im Bruch wuselten einige Männer in Weiß um die Überreste der beiden anderen Fahrzeuge herum. Schräg dahinter waren eine junge Frau mit Diktiergerät und ein Mann in abgetragenen Jeans und blauer Arbeitsjacke in ein angeregtes Gespräch vertieft.

Der Kommissar ließ Nadine stehen und schritt energisch auf die Pressetussi zu, die ihr erstes Opfer bereits in der Mangel hatte. Ihr Kollege war mit Feuereifer dabei, die beiden Autos und die Leute der KTU auf Speicherkarte zu bannen. »Wer hat Sie denn so schnell gerufen?«, rief ihr Hager gereizt entgegen.

Die Journalistin wandte sich kurz von dem Mann ab und grinste ihm jovial entgegen. »Ob Sie es glauben oder nicht! Wir haben einen anonymen Anruf erhalten.«

»Soso!«, konterte Fürchtegott Hager ungläubig. »Was Sie nicht sagen!« Bis jetzt waren die Untersuchungsergebnisse im Fall Zeitelmoos seltsamerweise in den eigenen Reihen geblieben. Der Kommissar überlegte für einen Augenblick, ob es Sinn machte, die Urlaubsliste der laufenden Woche zurate zu ziehen, sobald sie im Kommissariat waren. Der seit Jahren klaffenden Lücke in der Verschwiegenheitspflicht seines Vereins waren sie trotz zahlreicher Vermutungen nicht wirklich näher gekommen.

»Sind Sie der leitende Beamte?«, fragte die Frau und hielt ihm ihr Aufnahmegerät unter die Nase.

»Der bin ich, aber aufgrund der laufenden Untersuchung darf ich Sie bitten, den Fundort vorerst zu verlassen. Wie Sie selbst sehen, ist die Spurensuche in vollem Gange. Etwaige Neuigkeiten können Sie dem Polizeibericht entnehmen.«

»Steht der Fund der Autos mit dem Zeitelmoosmord in Zusammenhang?«, fuhr die junge Journalistin unbeeindruckt von Hagers Ermahnung fort.

Der Kommissar musste Luft holen. »Auch dazu ist es reichlich zu früh. Bitte gehen Sie jetzt, und ihren Kollegen nehmen Sie gleich mit.« Wenn es etwas gab, das Fürchtegott hasste wie die Pest, waren es aufdringliche, uneinsichtige Pressefuzzis, die man mit guten Worten kaum loswerden konnte.

»Eine letzte Frage, Herr Kommissar: Wenn der Fund der Autos mit dem Mord in Zusammenhang steht, werden dann weitere Opfer zu erwarten sein?«

»Jetzt reicht's!«, wetterte Hager. »Noch ein Wort von Ihnen und ich lasse Sie mit Polizeigewalt entfernen. Schnappen Sie sich ihren Fotoheini und verschwinden Sie – augenblicklich!«

Die Frau lächelte schief. »Wird es eine Pressekonferenz geben?«

»Ja!«, keifte ihr der Kommissar unwirsch entgegen.

»Wann?«

»Sie werden bestimmt die Erste sein, die es erfährt. Guten Tag!«

»Und Ihr Name war noch gleich?«

»Oberkommissar Hager!«, kläffte er ihr entgegen und wandte sich dem Mann zu, den die Journalistin eben in die Mangel genommen hatte. »Und Sie sind?«

»Der Manni«, sagte dieser und setzte, nachdem er das puderrote Gesicht des Kommissars sah, hinzu: »Manfred Neumann, der Pumpenwächter. Hab heut morgen geglaubt, mich laust der Affe. Ich lauf so um den Steinbruch rum – so früh isses scheißkalt hier draußen – und was seh' ich? So 'n Auto im Wasser. Den fetten BMW da. Ich ruf gleich den Boss an und sag's ihm. Is' ja sonnenklar, dass man den Bull… – sorry, tut mir leid, ey – der Polizei hilft, wo's nur geht.«

»Und Sie haben nicht zufällig bei der Zeitung angerufen?«

»Ich?« Manni bekam schlagartig rote Ohren. »So was würd' ich doch nie machen. Ehrlich, Mann!«

»Schon klar. Wer ist ihr Chef?«, fragte Hager kurz angebunden.

»Der da vorn, der sich mit dem Dicken unterhält«, antwortete Manni kleinlaut und wies in die erwähnte Richtung.

Fürchtegott suchte Alfons in der Meute. Während er auf ihn zu schritt, pfiff die Pressetussi ihren Begleiter von den Fundstücken zurück. Gemeinsam verließen sie gestikulierend den Steinbruch.

»Kommissar Hager von der Kripo Hof«, stellte er sich nach einem kurzen Nicken zu Alfons dem Mann neben ihm vor. »Sie sind der Besitzer des Steinbruchs?«

»Nein, aber ich habe eine Abbaugenehmigung. Werner Kleinteich.« Hager bekam seinen festen Händedruck zu spüren. »Wenn Sie die sehen wollen – die Genehmigung meine ich – müssen Sie mit ins Büro kommen.«

»Nicht nötig«, sagte der Kommissar. »Ihr Mitarbeiter hat sie also angerufen und Ihnen erzählt, was er gefunden hat.«

»Ja, ich dachte zunächst, der Kerl ist besoffen.«

»Warum?«

»Weil diese Typen von der Arbeitsagentur meist nichts Besseres im Sinn haben«, antwortete Kleinteich knapp.

»Können Sie sich vorstellen, wie diese Autos in Ihren Steinbruch gekommen sind?«

Kleinteich schüttelte entschieden den Kopf. »Keinen Schimmer. Der Bruch lag Jahrzehnte still. Manche nehmen es wohl mit der biologischen Müllentsorgung allzu wörtlich.«

»Hat man Ihre Aussage und die Ihres Mitarbeiters aufgenommen?«, erkundigte sich Hager.

»Ja, das haben Ihre Kollegen gemacht, nachdem sie gesehen haben, was hier los ist.«

»Gut. Von mir aus war's das gewesen. Falls Ihnen oder Ihrem Mitarbeiter noch etwas einfallen sollte, können Sie mich jederzeit anrufen.« Hager drückte dem Mann seine Karte in die Hand.

»Wann kann ich weitermachen?«, erkundigte sich der Unternehmer mit besorgtem Blick auf die Mannschaft der Kriminaltechnik.

»Wenn Sie das Abpumpen meinen, so kommt uns dieser Umstand sehr entgegen. Sie werden verstehen, dass wir den Grund des Steinbruchs erst untersuchen können, wenn kein Wasser mehr darin ist. Sobald es trocken wird, fangen wir damit an. Bis dahin werden wir Beamte abstellen, die das Terrain Tag und Nacht im Auge behalten.«

»Wenigstens kann ich vorerst ohne Zeitverlust weitermachen«, sagte Werner Kleinteich und machte ein verdrießliches Gesicht. »Der Spaß kostete mich auch so schon genug.«

»Wie lange wird es dauern, bis der Steinbruch komplett leer ist?«

»Heute um fünf ist eigentlich Schluss bis Montag. Am Dienstag vielleicht.«

»Könnten Sie oder Ihr Mitarbeiter nicht bleiben und die Pumpen weiterlaufen lassen?«

»Rund um die Uhr meinen Sie?« Kleinteich lachte kühl. »Wer soll mir die Überstunden und Nachtzuschläge bezahlen? Sie etwa?«

»War nur so eine Idee, damit Sie schneller Ihre Arbeit aufnehmen können. Na ja, ich werde sehen, was ich tun kann. Bitte haben Sie Verständnis für die Unannehmlichkeiten.«

Der Steinmetz brummelte noch etwas vor sich hin und ließ Hager stehen. Im gleichen Moment trat Nadine auf ihn zu.

»Die beiden Autos da sehen ziemlich unheimlich aus. Man könnte meinen, sie hätten hundert Jahre im Wasser gelegen.«

»O ja, das Werk des Menschen zerfällt beständig, wenn es seiner Obhut entbehrt«, gab der Kommissar kryptisch von sich und schielte auf die mit rostroten bis grünbraunen Belägen verkrusteten Automobile.

»Kommissar Hager?« Einer der Steifenbeamten kam auf die beiden zu geeilt. »Wir haben jetzt die ehemaligen Halter der beiden älteren Fahrzeuge ermittelt.«

»Lassen Sie hören«, sagte Hager neugierig und spitzte die Ohren.

Der Polizist räusperte sich kurz. »Der vorsintflutliche Ford gehörte einem gewissen Lothar Voit, ehemals wohnhaft in Bibersbach bei Wunsiedel.«

»Der eines Abends im Frühjahr 1998 Bier holen wollte und seither nie wieder aufgetaucht ist«, entrann es Nadine wie aus der Pistole geschossen.

Hager bekam große Augen. »Und der Golf?«

»Der GTI war bis Dezember 1980 auf einen Stehpan Adrian aus Röslau zugelassen.«

»Und danach?«, erkundigte sich Nadine.

»Wurde er endgültig stillgelegt«, sagte der Beamte und blickte von einem zum andern.

»Von wem?«, wollte Nadine wissen.

»Das steht nicht da. Aber mit etwas Glück gibt es noch die Abmeldeunterlagen im Archiv der Zulassungsstelle.«

»Nach über dreißig Jahren?«, zweifelte Nadine.

»Sie haben uns einen wirklich großen Dienst erwiesen«, sagte der Kommissar sichtlich erlöst. »Gut gemacht, Kollege.«

»Gern geschehen«, sagte der Beamte verdutzt und ging zu seinem Kollegen zurück, der den Tieflader erklommen hatte.

Hager sog die frische Waldluft in seine Lungen und ließ zufrieden den Blick über die Szene schweifen. Er grinste und schüttelte den Kopf, als er auf einem Granitblock im Auslauf des Bruchs Manni den Pumpenmann erkannte, der wie ein Baby an einer Bierflasche nuckelte.

Alsdann kehrte seine Aufmerksamkeit zu Nadine zurück. »Eines steht fest«, sagte er überzeugt, »wir haben es in allen drei Fällen mit ein und demselben Täter zu tun. Und wenn ich mich nicht irre, werden wir die zwei fehlenden Leichen im Zeitelmoos zu suchen haben.« Er blickte kurz auf seine Mühle Sport. Es war kurz nach halb elf. »Ich fahre jetzt zurück ins Kommissariat und verschaffe mir unter anderem Einblick in die Akte zum Verschwinden von Stephan Adrian.«

»Und ich?«, sagte Nadine und trug einen Schmollmund zur Schau.

»Sie bleiben derweil hier und sehen und hören sich um. Alfons wird sich um Sie kümmern.«

»Eigentlich hatte ich vor, den Fall zusammen mit Ihnen abzuschließen«, entwich es ihr widerstrebend.

Fürchtegott Hager lachte leise. »Keine Bange, Nadine, Sie werden bestimmt dabei sein, wenn wir den oder die Mörder dingfest machen. Sie haben mein Wort.«

*

Zwei Stunden später kam Hager zurück, um Nadine aus der Obhut der KTU zu befreien. Er wirkte reichlich aufgekratzt.

»Sie werden nicht glauben, was ich herausgefunden habe«, begann Hager, nachdem sie beide eingestiegen waren und der Wagen sich auf dem Schotterweg in Bewegung gesetzt hatte.

»Ich kann mir auch so denken, wer das Auto abgemeldet hat«, gab Nadine leicht verschnupft von sich.

»Da bin ich aber gespannt.«

»Es war Adrians Frau, Jakoba, wie immer sie auch heißen mag.«

»Vollkommen richtig. Aber ich weiß jetzt auch, warum wir Armin Adrians Mutter im Einwohnerverzeichnis zuvor nicht finden konnten.«

»Weil sie nach der Für-Tod-Erklärung ihres Mannes ihren Mädchennamen angenommen hat«, sagte Nadine leichthin. »Armin Adrian hat den Namen seines Vaters behalten.«

»Donnerwetter!«, rief Hager. »Nadine, Sie sind großartig. Sie werden es beim LKA noch weit bringen. Schade, dass ich Sie nicht für immer behalten kann. Wenn Sie mir jetzt noch sagen, wie dieser Voit in unser Schema passt, quittiere ich den Dienst und gehe freiwillig in den vorzeitigen Ruhestand.«

Nadine Spenglein schenkte dem Kollegen jetzt ein herzerfrischendes Lächeln. »Sie machen Scherze, Herr Hager. Ich bin keine Hellseherin. Woher sollte ich das wissen?«

»Der dritte im Bunde, dieser Lothar Voit, war verheiratet mit Wilfriede Voit, einer geborenen …?« Hager blickte auffordernd zu Nadine, die nur die Stirn runzelte. »Dünn.«

»Der Name sagt mir rein nichts«, gestand Nadine Spenglein.

»Mir sagte er auch nichts, bis ich die Akten zum Verschwinden der beiden anderen Männer in die Hände bekam. Ein Name taucht in beiden Akten auf.«

»Der Name Dünn«, schlussfolgerte Nadine.

»Richtig. Und damit haben wir die unleugbare Verbindung zwischen den Fällen. Wilfriede Voit und Jakoba Adrian sind …?«

»Schwestern!«, rief Nadine und wirkte zufrieden. »Und die beiden sollen klammheimlich ihre Ehemänner um die Ecke gebracht haben?«

»Die beiden haben einen Wollladen in Röslau und so eine Strickgruppe, zu der auch Jutta Langer gehört.«

»Woher wissen Sie das nun wieder?«

»Hat mir meine Frau erzählt. Sie ist letzthin eben dieser Gruppe beigetreten.«

Nadine schmunzelte. »Da sollten Sie künftig gut auf sich aufpassen.«

»Wieso?«

»Damit Sie nicht der nächste Kandidat sind.« Nadine konnte ein Lachen nicht unterdrücken. »Und da heißt es immer: Stricken sei gut für die Psyche!«

»Nun, dieser Aussage steht nichts entgegen. Wenn die beiden – oder die drei – tatsächlich für die Morde an ihren Partnern verantwortlich sind, verfügen sie über reichlich gute Nerven.«

»Wo fahren wir eigentlich hin?«

»Direkt zu Armins Mutter, Jakoba Dünn, alias Adrian.«

»Wie es aussieht, sind damit unsere Verdächtigen aus dem Schneider«, bemerkte Nadine.

»Trotzdem möchte ich die ganze Gesellschaft heute versammelt bei uns im Kommissariat haben.«

»Heißt das, dass wir sechs Haftbefehle benötigen?«

Hager musste im Geiste nachrechnen. »Vorerst nicht, wir belassen es bei einstweiligen Festnahmen. Unsere bisherigen Verdächtigen sind nicht koscher, und ich will endlich wissen, was sie uns die ganze Zeit über verheimlicht haben. Sie kümmern sich um Förster und die Habers, Wilfriede Voit und Jutta Langer. Die Kollegen in Wunsiedel sollen die ganze Meute einsammeln und schnellstmöglich nach Hof schaffen.«

Nadine nickte befriedigt und zog ihr Handy aus der Jeanstasche.

XXVI.

Der Laden in Röslau sah von außen genau so aus, wie ihn Irmgard beschrieben hatte: In der breiten Front des Wohnhauses befand sich ein buntes Schaufenster, links daneben eine Ladentür. Beiden war anzusehen, dass sie erst später in das ehemalige Wohnhaus eingepasst worden waren. Darüber prangte ein handgemachtes Schild, auf dem *Wollikate für Wollmäuse* zu lesen war. Wie vermutet parkte Armins Landrover auf der gegenüberliegenden Straßenseite. Dahinter stand ein roter Kleinwagen.

Das Bimmeln der Eingangsglocke über der Tür führte bald zum Erscheinen von Jakoba Dünn, an die sich Hager nur bruchstückhaft erinnern konnte. Das Tohuwabohu in der Walkinggruppe hatte er nur am Rande mitbekommen, nachdem die Leiche im Moor gefunden worden war. Das Ladeninterieur bestand hauptsächlich aus einer massiven Theke, auf der eine antiquierte Registerkasse thronte. Daneben befanden sich auf der einen Seite Strickbücher und Anleitungen in einem Zeitschriftenständer, auf der anderen ein Spinnrad wie aus Großmutters Zeiten. Kunterbunte Wollknäuel stapelten sich ringsum in bis zur Decke reichenden Holzregalen. Es roch penetrant nach Schafwolle, sodass Hager beinahe die Luft wegblieb.

»Hallo«, sagte Jakoba. »Wie kann ich Ihnen behilflich sein?«

»Grüß Gott«, sagte Hager und bemühte seine Dienstmarke. »Ich bin Oberkommissar Hager von der Hofer Kriminalpolizei. Das ist meine Kollegin Nadine Spenglein vom Landeskriminalamt.«

Jakoba Dünn zog für den Bruchteil eines Augenblicks die Stirn in Falten. Sogleich hellte sich ihr Gesicht auf. »Sie müssen Irmgards Mann Fürchtegott sein, richtig? Ihre Frau hat beim vergangenen Treffen unserer Strickgruppe ausführlich über Sie und Ihre Tätigkeit berichtet.«

Hager biss kurz die Zähne aufeinander. »Jaja, der bin ich.«

»Bestimmt sind Sie auf der Suche nach einem Wollstrang, mit dem Sie Ihre Gattin überraschen wollen«, trällerte Jakoba los.

»Wir sind rein dienstlich hier«, versicherte Nadine, ohne die geringste Anteilnahme.

»Ach so ... ja dann ...« Jakoba wirkte verunsichert.

»Wir würden uns zunächst gerne mit Ihrem Sohn unterhalten«, sagte Hager schnell. »Er hat Hals über Kopf das Krankenhaus verlassen, ohne uns Bescheid zu geben. Wir wussten zunächst nicht, wo wir ihn suchen sollten.«

»Oh! Das ... das tut mir leid«, stotterte Jakoba und versuchte ein Lächeln. »Nach all der Aufregung müssen Sie es ihm nachsehen, dass er sich nicht ordnungsgemäß bei Ihnen abgemeldet hat. Folgen Sie mir, bitte!«

Sie verließen den Laden durch die Hintertür, passierten einen Flur und stiegen eine steile Treppe empor. Bald saßen sie in einem geräumigen Wohnzimmer mit wuchtiger Ledersitzgruppe und umlaufender Wohnwand in Eiche rustikal. Jakoba bot Getränke an, die mit Dank abgelehnt wurden. Nur kurz verließ sie den Raum und kam wenig später mit Sohn Armin im Schlepptau zurück.

»Kommissar Hager«, grüßte dieser freundlich und schüttelte ihm die Hand. »Nadine«, fuhr er fort und schenkte ihr ein Lächeln.

»Sie haben uns einiges Kopfzerbrechen bereitet«, sagte Hager und nahm erneut auf dem Sofa Platz.

»An der Nase herumgeführt trifft es besser«, sagte Nadine reichlich distanziert und verweigerte ihrem Gegenüber jegliche Form von Wiedersehensfreude.

»Entschuldigen Sie, aber das ist wirklich nicht meine Absicht gewesen. Jetzt, wo Sie es sagen, wird mir klar, dass ich mich reichlich albern benommen habe, so mir nichts, dir nichts zu verschwinden. Das sieht ja aus, als wollte ich mich klammheimlich aus dem Staub machen.«

»In der Tat«, unterstrich Nadine Spenglein. »Wir waren kurz davor, Sie zur Fahndung auszuschreiben.«

Armin Adrian lachte bellend. »Sie sind immer noch davon überzeugt, dass ich etwas mit der Sache zu tun habe?«

»Mein Sohn hat bestimmt nichts damit zu tun«, fuhr Jakoba dazwischen. »Zu kriminellen Taten ist mein Armin nicht fähig.«

»Sie sagen es«, bemerkte Hager und fixierte Adrians Mutter. »Der Fall ist so gut wie gelöst. Es hat uns reichlich Mühe und Nerven gekostet, aber jetzt wissen wir mit ziemlicher Sicherheit, wer den Mord im Zeitelmoos zu verantworten hat.«

»Das ist eine gute Nachricht«, sprudelte es aus Armin hervor. »Man kann also das Moor wieder betreten, ohne Gefahr zu laufen, umgebracht zu werden.«

»Ich denke nicht, dass man Sie, Herr Adrian, tatsächlich umbringen wollte«, sagte der Kommissar mit Nachdruck.

»Nicht?« Armin stutzte. »Demnach hatte man es also auf Sie beide abgesehen.«

»Möglich«, entgegnete Nadine Spenglein kühl.

»Aber das werden wir sicherlich in Bälde erfahren«, fügte Hager hinzu. »Wo ist ihr Vater?«

Armin zuckte zusammen »Mein ... Vater?«

»Stephan Adrian«, präzisierte Nadine.

»Er ist tot«, sagte Jakoba mit Grabesstimme. »Er fuhr im Mai 1980 zu einer Fortbildung und wurde seitdem nie wieder gesehen.«

»Das ist die offizielle Version der Geschichte«, meinte Nadine. »Wir würden jetzt ganz gern die Wahrheit hören.«

Armin bedachte seine Mutter mit forschenden Blicken.

»Von mir?« Jakoba lachte bitter. »Wie kommen Sie darauf? Ich habe nicht die geringste Ahnung, was ihm auf dem Weg von hier nach Wolfsburg dazwischengekommen ist. Nicht einmal Ihre Kollegen konnten das Rätsel lösen.«

»Ich würde es Mord nennen«, sagte Nadine tonlos.

Jakoba lachte dünn. Es klang wie zerspringendes Glas. »Das ist lächerlich. Wer sollte Grund gehabt haben, ihn umzubringen?«

»Ganz ehrlich, wir haben Sie im Verdacht«, konterte Hager und fixierte die Frau neben sich im Sessel.

Jakobas Gesicht wurde zu Stein. »Wieso hätte ich ihn umbringen sollen?«

»Sagen Sie es uns«, forderte Nadine.

»Was ... was hat das alles zu bedeuten?«, rief Armin und blickte ängstlich in die Runde.

»Nichts, mein Sohn, rein gar nichts«, sagte Jakoba salbungsvoll.

»Wir kommen soeben von einem Steinbruch auf dem Kleinen Kornberg«, sagte Hager und zog eine Augenbraue hoch.

»Wir haben den GTI ihres Mannes gefunden«, fügte Nadine hinzu.

»Und den BMW von Thomas Frank.«

»Nicht zu vergessen den Ford Ihres Schwagers.«

Es entstand eine Pause. Niemand regte sich. Hochspannung lag in der Luft. Man konnte das Knistern beinahe hören, spüren konnten es alle im Raum.

Fürchtegott Hager holte zum finalen Schlag aus: »Wo im Zeitelmoos haben Sie, Jakoba Dünn, die Leichen von Stephan Adrian und Lothar Voit verbuddelt?«

»Mutter! Nein!«, entwich es Armin.

Jakoba holte tief Luft. Ein leises Röcheln aus ihrer Lunge war zu vernehmen. »Das ist absurd. Sie verschwenden Ihre und unsere Zeit. Wenn Sie nichts als Märchen zu präsentieren haben, möchte ich Sie bitten zu gehen.«

»Sie können es uns glauben, Märchen haben wir in diesem Fall bereits zu Genüge gehört«, sagte der Kommissar mit reichlich Hohn in der Stimme.

Aus Armins Gesicht war sämtliche Farbe entwichen.

Von unten platzte das Läuten der Ladenglocke in die angespannte Atmosphäre. »Sie entschuldigen mich kurz. Kundschaft.« Jakoba Dünn erhob sich aus ihrem Sessel – jugendlich, unberührt, selbstsicher.

Die übrigen drei Personen sahen zu, wie sie gemessenen Schrittes den Raum verließ, würdevoll und majestätisch wie eine Prinzessin.

*

»Kruzifix!«, fluchte Hager und betätigte hektisch den Anlasser. Ohne sich anzuschnallen, warf er den ersten Gang ein und wendete mit durchdrehenden Reifen auf der Straße. Um Haaresbreite hätte er dabei Armins Landrover gerammt. Schnell schaltete er in den zweiten Gang und fuhr wie ein Irrer die Ortsdurchfahrt hinab. *Wie dumm kann man sein!*, fuhr es ihm durch den Schädel. Sie hatten gewartet und angenommen, Jakoba würde die Kundin im Laden bedienen. Als sie wenig später den Motor eines Kleinwagens aufheulen hörten, wussten sie, dass sie einen schwerwiegenden Fehler begangen hatten. Der Kommisaar war aufgesprungen, hatte Nadine in wenigen Worten die Anweisung gegeben, sich um den völlig am Boden zerstörten Armin zu kümmern, und war die Treppe hinuntergeeilt. Beinahe wäre er längelang gestürzt. Unter im Laden hatten ihn die fragenden Augen der verdatterten Kundin verfolgt. Der Kleinwagen hinter Armin Adrians Geländewagen war mitsamt seiner Besitzerin verschwunden.

Unten an der Kreuzung zur Hauptstraße musste er vor dem Stoppschild bremsen. Hager erkannte im letzten Augenblick die verlöschenden Bremslichter des roten Suzukis. Der Wagen war nach rechts in Richtung Wunsiedel abgebogen. Leider blieb keine Zeit, das mobile Blaulicht aufzupflanzen. Rigoros drängelte er sich in die Autoschlange. Er erntete massenweise Hupen und Kopfschütteln. Ein jüngerer Fahrer zeigte ihm gar den Stinkefinger. Der Kommissar beobachtete genervt den Gegenverkehr. Erst kurz vor dem Kreisverkehr am Ortsausgang gelang ihm ein gewagtes Manöver, was weitere Unmutsäußerungen der übrigen Verkehrsteilnehmer hervorrief. Mit gut 70 Sachen schlitterte er in den Kreisverkehr, riss das Lenkrad herum und rumpelte über die Bordsteinkante.

Wo war Jakoba Dünn abgeblieben? War sie in Richtung Weißenstadt abgebogen? Nein. Auf der langen Gerade von Röslau nach Brücklas erkannte er einen roten Kleinwagen. Sie musste es einfach sein. Ohne zu blinken driftete er die Ausfahrt entlang und trat anschließend erneut das Gaspedal bis zum Bodenblech durch. Sein Passat spuckte und ruckelte. Derartige Manöver war er von seinem Besitzer nicht gewöhnt. Alsdann heulte der Motor auf und er beschleunigte den Wagen ohne Patzer und Panne.

Am Ortsschild von Brücklas angekommen, näherte sich die Tachonadel der 120. Schnell prüfte Hager mit einem Blick die Situation. Die steile Ortsdurchfahrt war, soweit er sie einsehen konnte, frei. Ohne zu bremsen, ließ er den Passat bergauf rollen. Oben, in einer Kuppe, beschrieb die Straße eine uneinsehbare Rechtskurve. Fürchtegott Hager war konzentriert wie nie. Er wollte eben wieder aufs Gaspedal treten, als er den Traktor erkannte, der direkt vor ihm gemächlich durch die Kurve zuckelte. Der Kommissar trat voll auf die Bremse und schloss instinktiv die Augen. Die Reifen quietschten lautstark, ehe er das Knattern des Antiblockiersystems in seinem rechten Fuß spürte. Er öffnete vorsichtig die Augen. Vor ihm ragte das Heck eines verkoteten Miststreuers auf.

»Scheiße!«, schrie Hager. Es dauerte unendlich lange, bis die Kurve auslief und er die nächste Chance bekam, den leidigen Bauern zu überholen.

»Idiot!«, brüllte er und zeigte dem Landwirt die geballte Faust. Da erkannte er den entgegenkommenden Linienbus. Bremsen oder Vollgas? Diese Frage marterte seine ohnehin überforderten Sinne. Wie ein Profi stieg er kurz aber heftig auf die Bremse. Der Traktor neben ihm schnellte davon. Eine kurze Rechtsdrehung des Lenkrads brachte den Passat auf die rechte Spur zurück.

Der Bus dröhnte hupend an ihm vorbei. Überrascht von seinem eigenen Rauditum wartete Hager auf die folgende, gut einsehbare Gerade. Er zog es vor, sein Können (allem voran sein Glück) kein weiteres Mal auf die Probe zu stellen. Als er letztendlich überholte, war die Straße vor ihm komplett frei.

Eigentlich hätte er sich die Tortour sparen können, denn in Höhe der Haltestelle Zeitelmoos angekommen, erkannte er sogleich den Suzuki rechts auf dem Parkplatz. Er bog ab und hielt direkt neben dem Wagen.

Wieso bist du hier her gefahren?
Um unsere Vermutungen zu bestätigen?

Der Kommissar stieg aus und sah sich um. Vor seinen Augen führte ein Pfad direkt in den Wald hinein. Es blieb ihm wenig anderes übrig, als seinem Instinkt zu folgen, und der führte ihn geradewegs in das Moor hinein.
Was hast du vor?
Willst du dich verstecken?
Hager mochte fünfzig oder hundertfünfzig Schritte weit gekommen sein (die unablässige Gedankenflut in seinem Kopf hatte sich weit abseits zeitlicher Dimensionen bewegt), als er ein leises Rascheln hinter sich vernahm. Der Wald war dicht geworden und vor sich glaubte er eine Lichtung auszumachen. Fürchtegott Hager drehte sich langsam um. Er sah gerade noch den Knüppel, der auf ihn hernieder sauste.
Blackout.

*

»Armin, bitte«, sagte Nadine und verfolgte Adrian, der rastlos im Wohnzimmer auf und ab lief und dabei unablässig seine Hände knetete. »Kommissar Hager wird sich melden, sobald es Neuigkeiten gibt.«

Armin Adrian hielt inne und starrte sie fragend an: »Was würdest du an meiner Stelle tun?«

Nadine brauchte nicht zu überlegen. »Ich würde der Beamtin klarlegen, aus welchem Grund ich mit meiner Mutter gebrochen habe.«

»Grund?« Armin überdachte die an ihn gestellte Bitte. »Was hat das damit zu tun?«

»Wahrscheinlich sehr viel«, antwortete Nadine, und bemühte sich neutral zu bleiben.

Armin kam zu ihr und setzte sich schräg gegenüber auf die Couch. »Der Grund ist ganz einfach: Frauen bringen nichts als Unglück, hat sie immer gesagt. Allmählich wird mir klar, was sie damit gemeint hat.«

»Haben Sie wirklich nichts geahnt?«

»Nicht in dieser Dimension«, antwortete Armin zerschlagen. »Als ich zur Welt kam, war mein Vater bereits verschollen.« Er hob den Kopf: »Tot, meine ich. Ich wuchs in einer überbehüteten Kinderwelt auf. Tante Wilfriede und meine Mutter lasen mir jeden Wunsch von den Augen ab. Als ich älter wurde und erstes Interesse am anderen Geschlecht zeigte, behandelten die beiden mich weiterhin, als sei ich ein kleines Kind, dem man die böse Welt verbieten muss. Ich durfte nicht fortgehen, mich nur mit Freunden treffen, die sie persönlich kannten. Es dauert eine Weile, ehe ich begriff, dass ich die ganze Zeit über im goldenen Käfig gesessen hatte. Ich war ihr ein und alles, ihr ganzer Stolz und Sonnenschein. Aber ich wurde auch nach und nach ihr Gefangener, ihre Vorstellung von einem perfekten Mann.«

»Sie meinen, ohne die Gier nach dem Weiblichen, nach Sex und Abenteuer.«

»Sex?« Armin lachte bitter. »Dieses Wort wurde bei uns nie in den Mund genommen. Es war Sünde, es war widerwärtig – es war falsch. Aber, Herrgott, ich wollte meine eigenen Erfahrungen sammeln. Ich wollte mein Leben selbst in die Hand nehmen und die unumstößliche Maxime der beiden am eigenen Leib verifizieren oder falsifizieren.«

»Und deshalb haben Sie die beiden verlassen«, sagte Nadine ruhig.

»Ihr Getue brachte mich allmählich um den Verstand. Ich wusste, was sie letzten Endes damit erreichen würden. Aber das ist Gift für einen Halbwüchsigen, dem die Welt zu Füßen liegt.« Armin räusperte sich. »Darf ich mich zu dir setzen?«

Nadine runzelte die Stirn und wirkte für einen kurzen Moment angreifbar.

»Nein, nein! Nicht so, wie du denkst«, sagte Armin schnell. »Ich habe meine Erfahrungen bereits gesammelt – und die Theorie verworfen. Ich würde mich nur einfach gern neben dich setzen.«

»Von mir aus«, sagte Nadine widerstrebend und rutschte unnötigerweise bis ans Ende des Dreisitzers.

Armin erhob sich und setzte sich steif neben sie. »Danke. Du hast mir einen großen Dienst erwiesen.«

»Geht es Ihnen jetzt besser?«, erkundigte sich Nadine mit einem flüchtigen Seitenblick.

»Nicht wirklich«, gestand Armin. »Noch nicht.« Er legte vorsichtig und kaum spürbar den Kopf an ihre Schulter.

Nadine wich zunächst zur Seite, dann ließ sie ihn gewähren, weil sie das Beben in seiner Brust spürte.

»Verdammt, es ist alles so schrecklich«, jammerte er herzerweichend. »Ich wollte partout nicht zurückkehren. Aber ich brauchte dringend diesen Auftrag. Ich bin momentan ziemlich knapp bei Kasse, weißt du? Und nach dem Anschlag und dem Aufenthalt im Krankenhaus blieb mir keine andere Wahl, als für ein paar Tage hier her zu kommen. Zunächst dachte ich im Ernst, sie hätte sich grundlegend geändert. Das Wollgeschäft, das ganze Drumherum. Sie wirkte auf mich so jungendlich und dynamisch, so ganz anders, als ich sie in meiner Erinnerung hatte. Ich glaubte beinahe, ich hätte ihr damals unrecht getan. Und jetzt das! Ich … ich … fühl mich so … verdammt beschissen.«

»Es ist okay. Lass es einfach raus«, flüsterte Nadine leise und strich ihm mit der Hand sachte über das Haar.

Armin wurde von der Nähe und der Präsenz der Ereignisse heftig geschüttelt. Er holte ein paar Mal tief Luft. Dann redete er weiter und weiter. Schließlich ließ er den Tränen endlich freien Lauf und heulte an ihrer Schulter wie ein kleines Kind.

*

Das Dunkel um ihn herum bekam Lücken. Er meinte einzelne Lichtspitzen zu erkennen, die in senkrechter Anordnung die Finsternis durchdrangen. Sein Kopf brummte. Als er mit einer Hand danach fühlte, ertastete er eine Beule und eine zähe Flüssigkeit drum herum. Er versuchte sich aufzurichten, aber seine Sinne (und vor allem seine Muskeln) verweigerten ihm den Dienst.

Fürchtegott konnte sich gerade noch an die wilde Verfolgungsjagd und an das Bushalteschild vorne an der Straße erinnern. Jeder weitere Versuch, die Gedächtnislücke zu schließen, verebbte in Wellen stechender Schmerzen.

»Wo … wo bin ich?«, fragte er in die Ungewissheit hinein.

»Weit ab von jeglicher Hilfe«, kam es zurück.

Hager musste zunächst überlegen, ob es sein zurückkehrender Verstand war, der ihm die Antwort gegen hatte, oder ob die Worte von außerhalb seines Körpers gekommen waren. Sein getrübter Blick durchstreifte die fremde Umgebung. Plötzlich glaubte er den Umriss eines Menschen darin wahrzunehmen.

»Sie haben Glück«, fuhr die Stimme von eben fort.

»Glück?« Hager gab ein mattes Grunzen von sich. »Was soll dieser ... Zustand mit Glück zu tun haben?«

»Sie werden wahrscheinlich leben«, kam prompt die Antwort. »Dieses Glück blieb Ihren Vorgängern versagt.«

Allmählich dämmerte ihm, was vorgefallen war. »Sie haben die drei Männer umgebracht. Warum?«

»Können Sie selbst in dieser für Sie brenzligen Situation nur an Ihren Beruf denken? Das ist traurig für einen Mann Ihres Alters«, sagte Jakoba leise.

»Wenn Sie schon von ... Glück reden. Haben meine Vorgänger wenigstens die Möglichkeit gehabt, ihr Schicksal ... zu begreifen?«

»Ich habe es ihnen ohne viele Worte klar vor Augen geführt.«

»Und die Gründe?«

»Lagen auf der Hand.«

»Warum zum Teufel haben Sie ihnen das angetan? Autsch!« Der Kommissar hielt sich den schmerzenden Schädel.

»Denken Sie an Ihre Frau.«

»An meine ... Frau?«

»Glauben Sie, dass für Irmgard das Leben an Ihrer Seite eine Bereicherung ist?«

»Sie hat sich nie über etwas ... beschwert.«

»Das ist nicht gleichbedeutend mit einem erfüllten Leben.«

»Was soll das heißen? Herrgott ...«, raunte Hager verzweifelt und schnappte nach Luft.

»Versöhnung. Gerechtigkeit. Rache«, sagte Jakoba ruhig. »Es gibt viele Wege, sein Leben in die richtigen Bahnen zu lenken.«

»Wo haben Sie die ... Leichen verscharrt? Irgendwo hier ... im Zeitelmoos?«

»Das werden sie früher oder später erfahren, glauben Sie mir«, orakelte Jakoba Dünn.

»Sie haben Ihre Taten nie ... bereut, was?«

Jakoba hob den Kopf und starrte gegen die düstere Decke. »Reue ist etwas für schwache Menschen. Sie bereitet keinerlei Genugtuung, nur ein schlechtes Gewissen.«

Hagers Augen hatten sich mittlerweile an das Zwielicht in dem Raum gewöhnt. Er schien sich in einer Art Fischerhütte zu befinden.

An den Wänden hingen Netze, eine Axt, ein Kescher. Links stand ein alter Eimer, gegenüber ein Paar Gummistiefel mit hohem Schaft. Die Lichtspeere ringsum waren Lücken in der Bretterverschalung. Nun erkannte er auch Jakoba deutlich vor sich. Sie hielt ein Gewehr in den Händen, das auf ihn gerichtet war.

»Wollen Sie mich erschießen?«, fauchte er ihr entgegen. »Nur zu! Bloß, es wird Ihnen verdammt wenig nützen.«

»Wenn Sie mich so fragen? Ja, ich hatte vor, sie zu töten. Aber nicht jetzt, nicht heute.«

»Und was soll das wieder heißen?«, keuchte der Kommissar, und versuchte sich aufzurichten.

»Bleiben Sie, wo Sie sind.«

Fürchtegott Hager ließ sich ergeben zurücksinken.

»Ihre Frau hat mir erzählt, Sie hätten eine junge Kollegin bekommen. Ist es die Frau, mit der sie gekommen sind?«

Hager konnte sich keinen Reim darauf machen. »Ja. Wieso?«, keuchte er tonlos.

»Irmgard sagte mir im Vertrauen, dass sie sich sehr des Mädchens angenommen hätten.«

»Das Übliche. Nadine ist eine junge Kollegin ... aus München. Sie wurde mir für die Lösung des Falls zugeteilt.«

»Und was empfinden Sie für sie?«

»Was ich ...?« Hager gab ein Glucksen von sich. »Sie glauben ...?«

»Haben Sie sich in sie verliebt?«

»Nein, Himmelherrgott! Sie ist nur eine unerfahrene Beamtin, die nach Hof entsandt wurde, um vor Ort einen ersten großen Fall zu bearbeiten.«

»Es fällt mir ehrlich gesagt schwer, Ihnen das zu glauben.«

»Aber es ist die Wahrheit.« Hager traten die ersten Schweißperlen auf die Stirn.

Jakoba schien den Gehalt seiner Worte zu überdenken. »Sie und Irmgard haben keine Kinder bekommen. Warum?«

Hager schwieg. Er hatte nicht vor, auf diese Frage eine Antwort zu geben. Wieso redete er überhaupt mit einer des mehrfachen Mordes Verdächtigen freimütig über Dinge, die nur ihn etwas angingen? Plötzlich wurde ihm bewusst, dass die Rollen vertauscht waren. Nicht er versuchte ein Geständnis aus der Frau herauszulocken, sondern Jakoba unterzog ihn einer höchstpeinlichen Befragung. Ja, mehr noch: sie hielt Gericht über ihn! Das konnte, das durfte nicht sein.

»Ist das ihr Gewehr?«, sagte er, und versuchte sich auf seine eigentliche Rolle in dem Drama zu konzentrieren.

»Nein.«

»Dann gehört es Meinwald Förster. Wie sind Sie dazu gekommen?«

»Ich habe es im Wald gefunden«, antwortete Jakoba wahrheitsgemäß.

»Im Wald? Wann?«

»An dem Abend, an dem ich beinahe meinen eigenen Sohn umgebracht hätte.«

»Demnach wussten Sie nicht, wer der Fotograf in Wirklichkeit ist?«

»Natürlich nicht. Es hieß nur, irgendein Naturschützer habe sein Lager im Zeitelmoos aufgeschlagen. Ich hatte keine Ahnung, wozu er gekommen war, aber ich musste befürchten, dass er Geheimnisse enthüllt.«

»Verstehe. Und wer waren die Mönche, die Ihr Sohn bei der Bestattung von Thomas Frank gesehen haben will?«

»Das bin auch ich gewesen.«

»Aber es waren drei!«

»Das tut nichts zur Sache.«

Hager versuchte, sich zu konzentrieren. Es gab hundert Fragen, die bislang unbeantwortet geblieben waren. »Noch mal zurück zu dem Gewehr. Sie sagen, Sie hätten es im Wald gefunden.«

»Es lag neben Förster. Ich fand ihn rein zufällig, auf dem Rückweg vom Wohnwagen.«

»Nach dem Anschlag.«

Jakoba nickte. »Meinwald muss im Schlamm und Matsch gestolpert und auf einen Stein gefallen sein. Er war ohnmächtig, als ich ihn fand. Das Gewehr lag neben ihm im Morast. Ich habe die Gelegenheit genutzt.«

»Und was hatten Sie ursprünglich damit vor – außer einen Kriminalbeamten damit zu bedrohen?«

Jakoba hob die Schultern. »Die Zeit hätte es mit sich gebracht. Ich bin nicht mehr die Jüngste. Eine Kugel abschießen geht schneller und einfacher als …« Sie stockte und lächelte verklärt. »Jetzt hätte ich doch beinahe ein Geheimnis verraten.«

»Bitte, nur zu«, spornte sie der Kommissar an.

Jakoba schüttelte langsam den Kopf. »Nein, mein Freund. Was ich gesagt habe, ist schon viel zu viel gewesen. Den Rest herauszufinden bleibt Aufgabe der Polizei.«

»Meinwald Förster. Was hat er mit der ganzen Sache zu tun?«, beeilte sich Hager loszuwerden.

»Nichts, aber Ihre Kollegen sollten diese Hütte hier genauer unter die Lupe nehmen.«

»Wozu?«

»Das werden Sie sehen.«

»Und Jutta Langer? Hat sie vorher gewusst, was Sie ihrem Mann antun würden?«

Jakoba schwieg.

»Norbert Haber?«

»Ist unschuldig.«

»Georg Haber?«

»Der arme Georg. Er ist ein bedauernswerter Mensch. Ich habe es all die Jahre über nicht fertiggebracht, ihm etwas anzutun.« Jakoba lächelte in seliger Erinnerung: »Es gab eine Zeit, in der er geradezu verschossen war in mich. Aber das ist lange her – sehr, sehr lange.«

»Hat er mit den Morden etwas zu tun?«

Jakoba sah ihn eindringlich an. »Wer ist schuld am Leid dieser Welt? Der, der vermeintlich Unrechtes tut, oder der, der es nicht zu verhindern weiß?«

»Ich … verstehe nicht.«

»Können *Sie* immer die richtige Antwort geben?«

Hager schwieg für einen Moment. Das Frage und Antwortspiel würde bald ein wie auch immer geartetes Ende finden, dessen war er sich sicher. »Eine Frage habe ich noch«, beeilte er sich. »Wir fanden an Armins Wohnwagentür einen Zettel mit einem Gedicht über das Zeitelmoos. Haben Sie das Gedicht verfasst?«

Jakoba lachte dünn. »Nein, aber ich habe es dort angebracht. Vor vielen, vielen Jahren – ich ging damals noch zur Schule – hat es mir jemand in mein Deutschheft geschrieben. Die Stunde zuvor hatten wir Reime durchgenommen und *Der Knabe im Moor* gelesen. Ich weiß nicht mehr, wer der junge Künstler gewesen ist, aber es hat mir im Leben gute Dienste erwiesen. Es hat mich ... auf den rechten Weg gebracht.« Sie hielt inne und schien für einen Augenblick in der Vergangenheit zu verweilen. Ihr Gesicht entspannte sich. Im Dämmer wirkte sie um Jahrzehnte verjüngt. Dann bohrten sich die tiefen Wunden des Lebens erneut in ihr Antlitz. »Und nun muss ich mich leider von Ihnen verabschieden. Bestimmt sind sie kein schlechter Kerl, aber die Umstände, unter denen wir uns begegnet sind, lassen mir keine Chance es herauszufinden. Leben Sie wohl, Herr Kommissar.«

Hager zuckte zusammen und schloss die Augen. Jetzt schwitze er aus jeder Pore. Jede Sekunde rechnete er damit, von einer Schrotladung aus der Büchse wie ein Sieb durchlöchert zu werden. Seltsamerweise beschäftigte ihn das, was Jakoba über ihn und seine Frau gesagt hatte:

Denk an deine Frau! Glaubst du, dass das Leben mit dir für sie eine Bereicherung ist?

Ich habe mir nichts vorzuwerfen!

Du könntest dich mehr um sie kümmern. Sie ist oft sich selbst überlassen und sucht die Nähe zu dir.

Wieso bekomme ich davon nichts mit?

Weil du nur an dich denkst!

Ein Knall durchbrach seine Überlegungen. Fürchtegott hielt die Luft an. Er erwartete Schmerzen in seiner Brust, in seinem Kopf. Doch da war nichts. Beglückt verzog er den Mund zu einem Grinsen. Immer hatte er damit gerechnet, im Dienst den Tod zu finden, hingestreckt von einem Verbrecher, dem es völlig gleichgültig war, ob er einen Menschen mehr oder weniger umgebrachte. Der einzige Wunsch, dem er dieser Tatsache entgegenzusetzen wusste, war, schnell und schmerzlos sterben zu dürfen. Dieser Wunsch hatte sich allem Anschein nach erfüllt. Der letzte Gedanke sollte seiner Irmgard gelten, die zwar in finanzieller Hinsicht versorgt, den angezweifelten Vorzug seiner Gegenwart jedoch bis in die Ewigkeit eingebüßt hatte.

Mit sich mehr oder minder im Reinen wartete er auf das letzte große Mysterium. Er lauschte in sich hinein, wühlte in den hintersten Winkeln seines Verstandes. Als er Stimmen gewahr wurde, die

lauter und lauter wurden, öffnete er blinzelnd die Augen. Fürchtegott befand sich nach wie vor in der windschiefen Fischerhütte, und die Stimmen, die an sein Ohr drangen, waren kaum die liebreizender Engel.
»Hallo?«, rief er, ohne nachzudenken. »Hallo! Ist da wer?«
Wenig später wurde die Tür aufgerissen. Ein Gesicht, von gleißendem Licht umgeben, lugte in die Hütte. Und das Beste war: er kannte dieses Antlitz. Abermals wähnte er sich in himmlischen Gefilden. Alsdann brach seine Fantasie in sich zusammen. Das Gesicht wirkte sehr besorgt und angespannt.
»Herr Hager! Sind sie okay? Sie bluten ja!«
»Ähm ... ja. Nur eine leichte Kopfverletzung«, brach es aus ihm hervor.
»Kommen Sie schnell!«
Hager raffte sich auf. Kurz wurde ihm schwarz vor Augen. Er taumelte und musste sich an der Wand abstützen.
»Vielleicht bleiben Sie besser, wo Sie sind«, meinte Nadine, aber Hager ließ sich nicht aufhalten. Er stolperte hin zur Tür und an Nadine vorbei ins Freie. Die Helligkeit blendete ihn. Er musste sich die Hand vor die Augen halten. Vor ihm befand sich ein schmaler Pfad, links ein Teich. In diesem Weiher erkannte er einen Menschen. Er stand mitten im Wasser und mühte sich mit etwas ab, das vor ihm in den aufgeworfenen Wellen schwamm.
»Kommissar!«, hörte er Armins schrille Stimme. »Rasch! Helfen Sie mir! Meine Mutter!«
Nadine sprang an ihm vorbei. »Sie bleiben, wo Sie sind«, sagte sie streng. »Eine Leiche reicht vollkommen.« Und schon stakste sie in den Teich hinein, direkt auf Armin und seine bereits leblose Mutter zu.
Fünf Minuten später war der ganze Spuk vorbei.
Nadine und Armin war es trotz Anstrengungen nicht gelungen, Jakoba Dünn ins Leben zurückzuholen. Beide knieten neben ihrer bleichen Leiche. Armin Adrian wurde wie von Krämpfen geschüttelt.
»Vielleicht ist es besser so«, flüsterte der Kommissar vor sich hin.
Das Wasser des Weihers war schwarz und unergründlich. Jakobas Gesicht hingegen wirkte jung und unschuldig. Armins Schreie aus

Wut und Verzweiflung hallten durch den Forst. Nadine legte ihm sacht den Arm um die Schulter.

Hagers Sinne waren hellwach. Es lief ihm eiskalt über den Rücken. Wieder einmal hatte sich ein Bild in seiner Erinnerung eingebrannt, von dem er wusste, dass er es nie im Leben wieder loswerden würde.

XXVII.

Am späten Nachmittag saßen Nadine und Fürchtegott Hager schweigend im Büro. Den Kopf des Kommissars zierte ein Verband, der ihm das Aussehen eines Kalifen verlieh. Nadine versuchte, so gut es ging, das Erlebte ohne Emotionen in Berichtform zu pressen. Sie hatte von einem Kollegen eine Hose bekommen, die ihr reichlich weit um die Beine und nackten Füße flatterte.

»Kommen Sie voran?«, erkundigte sich Hager.

Nadine Spenglein nickte, ohne aufzublicken.

»Ich hätte nicht gedacht, dass der Fall ein so rasches und unschönes Ende nimmt«, entwich es dem Kommissar nach einer Weile.

Nadine sah von ihren Unterlagen auf. »Verbrecher sind wohl selten das, für was wir sie halten.«

»Sie meinen, Menschen wie du und ich, die einfach nur Pech im Leben hatten?«

Nadine nickte abermals.

»Wie kommen Sie als junger Mensch damit klar?«

»Ich versuche, mich daran zu gewöhnen«, sagte Nadine leise und wandte sich erneut ihrem Bericht zu.

»Nun gut. Bringen wir die Sache zu Ende.« Der Kommissar raffte sich hoch und schenkte der Kollegin ein tröstendes Lächeln.

»Kann ich hier bleiben?«, fragte Nadine wie nebenbei. »Sie wissen schon, der Bericht und so …«

Fürchtegott Hager nickte und verließ das Büro.

*

»Verflucht noch eins!«, brüllte ihm Meinwald bereits an der Tür entgegen. »Haben Sie mal auf die Uhr gesehen? Wissen Sie eigentlich, wie spät es ist?«

Hager nahm geruhsam gegenüber des aufgebrachten Försters Platz und richtete das Mikrofon aus. »Das Verbrechen kennt keinen Feierabend«, sagte er und kontrollierte den Aufnahmerecorder.

»Zum Teufel damit!«, wetterte Meinwald ungestüm. »Ich habe keine Lust, wie ein Schwerverbrecher behandelt zu werden. Das wird Folgen haben!«

»Herr Förster. In der Tat ist es etwas später geworden, als ich es beabsichtigt habe. Nichtsdestotrotz liegen uns nunmehr die wesentlichen Fakten zu dem Fall vor.«

»Dann kann ich ja wieder gehen«, sagte Meinwald mürrisch und wollte sich von seinem Stuhl erheben.

»Sie bleiben«, sagte Hager streng.

»Verdammt und zugenäht!« Meinwald ließ sich auf den Stuhl zurückfallen. »Sagen Sie mal, was ist Ihnen eigentlich passiert? Sind Sie gegen die Wand gelaufen?«, höhnte er und verschränkte die Arme vor der Brust.

»Manchmal möchte man tatsächlich gegen die Wand laufen«, versicherte Hager und schaltete den Recorder auf Aufnahme. »Vernehmung von Meinwald Förster, wegen des Vorwurfs der Erpressung in mehreren Fällen. Freitag, fünfundzwanzigster Mai, siebzehn Uhr neunundvierzig.«

Meinwalds Kinnlade hing für einen Moment schlapp nach unten. »Hab ich richtig gehört?«, sagte er kreidebleich. »Erpressung?«

»Herr Förster. Wir haben vor wenigen Stunden unter den Bodenbrettern ihrer Hütte im Zeitelmoos eine Geldkassette mit annähernd 100.000 Euro in großen Scheinen gefunden. In der Kassette fand sich ferner eine Liste mit Namenskürzeln und Daten diverser Kunden. Interessanterweise tauchen darin die Kürzel T.F. und G.H. auf. Was können Sie mir dazu sagen?«

»Rein gar nichts werde ich Ihnen sagen. Erst verdächtigen Sie mich des Mordes an diesem Kerl im Moor, dann wegen des Anschlags auf Sie, und jetzt soll ich Geld im Zeitelmoos versteckt haben?«

»Die Abkürzung T.F. steht für Thomas Frank«, fuhr Hager routiniert fort. »Er hatte in den letzten Monaten vor seinem Tod nacheinander rund 8.000 Euro von seinem Konto abgehoben. Sechsmal wird in der Liste das Kürzel aufgeführt.«

»Darf ich fragen, von was Sie reden?«, keifte Förster ihn an.

»G.H. scheint der neueste Eintrag zu sein. Dahinter ein Fragezeichen. Wie viel sollte Georg Haber bezahlen? Mit was haben Sie ihn und Thomas Frank erpresst? Bei Letzterem vermute ich eine Affäre. Er und Jutta Langer wollten in Kürze heiraten. Hätte sie von seinen Eskapaden gewusst, wäre die Hochzeit ins Wasser gefallen.«

»Ihre Vorwürfe sind geradezu grotesk«, ereiferte sich Förster. »Haben Sie auch nur einen einzigen Beweis für Ihre Anschuldigungen?«

»Wir haben einen brauchbaren Fingerabdruck. Den müssen Sie übersehen haben. Einer meiner Kollegen wird ihn gleich anschließend mit den Ihren vergleichen. Ferner liegt uns eine glaubhafte Zeugenaussage vor.«

Meinwald Förster schwieg.

»Was haben Sie Georg Haber und den anderen gegenüber in der Hand?«

Meinwald schluckte. »Zeugenaussage? Von wem?«

»Das tut im Augenblick nichts zur Sache.«

Förster biss sich auf die Lippen. »Ohne meinen Anwalt sage ich überhaupt nichts mehr.«

Meinwalds Schweigen war ein erstes Schuldeingeständnis. Es würde dauern, bis alle Einzelheiten seines lukrativen Nebenjobs ans Tageslicht träten. Ob mit oder ohne Anwalt, um eine Verurteilung und eine saftige Haftstrafe würde er nicht herumkommen.

*

Georg Haber, den Hager anschließend vernahm, gab nach einigem Zögern schlussendlich zu, dass er die verbliebenen Überreste von Stehpan Adrian zermalen und auf dem nahen Feld verstreut hatte, bevor die Kripo auf den Hof gekommen war. Vor 32 Jahren, als die Tat von Jakoba verübt worden war, war er unfreiwilliger Zeuge gewesen. Die heimliche Liebe zu ihr hatte all die Jahre sein Schweigen genährt, obschon ihn die Tatsache, in eine Mörderin verliebt zu sein, hin und wieder arg zugesetzt hatte. Nach dem Tod seiner Frau hatte er mehrmals versucht, Jakoba über seine Gefühle ihr gegenüber in Kenntnis zu setzen, aber er hatte es doch nie übers Herz gebracht. Stattdessen ertrank er seinen Kummer in Alkohol. Seinem Sohn hatte er die ganze Wahrheit erst erzählt, nachdem die Leiche von Thomas Frank im Moor gefunden wurde. Er fürchtete, dass Jakoba auch an dieser Tat zumindest beteiligt gewesen war. Aus Angst vor einer Durchsuchung des Moores bargen er und Norbert die Reste von Stephan Adrian in einer Nacht- und Nebelaktion. Keiner der beiden rechnete damit, just in dieser Nacht von Meinwald Förster gesehen zu werden. Erst als er bei ihnen auftauchte, wussten sie, dass er Zeuge geworden war.

»Nicht der Alkohol hat mich all die Jahre kaputt gemacht, sondern die Angst um Jakoba. In zahllosen durchwachten Nächten habe ich hin und her überlegt, was zu tun sei, um das drohende Schicksal abzuwenden.« Georg stöhnte auf. »Mir ist nichts eingefallen.«

»Was glauben Sie, warum Jakoba dies alles getan hat?«, erkundigte sich der Kommissar.

Georg Haber hob schlapp die Schultern. »Sie und Wilfriede hatten eine harte Kindheit. Ich kannte ihren Vater nur vom Hörensagen, aber Erich muss ein ziemlicher Kotzbrocken gewesen sein – gegen sich selbst und gegen andere. Er hatte sich Söhne gewünscht, die den Hof übernehmen sollten. Aus Jakob und Wilfried wurden Jakoba und Wilfriede. Die beiden hatten von Anfang an keine Chance.« Georg fuhr sich über die Augen. »Keine noch so harte Kindheit rechtfertigt, was die beiden getan haben, ich weiß.«

»Sie sagen das so, als wüssten Sie ganz sicher, dass die Morde von beiden geplant worden sind.«

»Ich kann es nicht mit Sicherheit sagen, aber als Wilfriedes Mann verschwand, hab ich mir so meine Gedanken gemacht. Als die Leiche im Moor gefunden wurde und die Geschichte von diesen Mönchen umging, war ich fast sicher.«

»Wie viel hat Förster für sein Schweigen von Ihnen verlangt?«

»Sie wissen davon?«

»Wir haben ihn festgenommen.«

»Wir wollten uns in der Nacht des Anschlags auf den Wohnwagen mit ihm treffen, aber er kam nicht. Gott sei Dank. Norbert hatte vor, ihn sich so richtig zur Brust zu nehmen.«

»Wollte er ihn umbringen?«

»Nein, nein, das nicht!«, rief Georg besorgt. »Norbert ist ein guter Junge, auch wenn er oft ziemlich ruppig daherkommt. Er hätte ihn krankenhausreif geprügelt – mehr nicht. Da er aber, wie gesagt, nicht kam, weiß ich bis heute nicht, welche Summe er tatsächlich von uns erpresst hätte. Die Rede war von 25.000.«

»Wussten Sie, dass Sie nicht die einzigen waren, die er erpresste?«

Georg wich dem Blick des Kommissar aus und schüttelte den Kopf. »Nein, nein, aber genau das ist diesem Dreckskerl zuzutrauen.« Georg biss die Zähne zusammen. »Was geschieht nun mit mir, Herr Kommissar?«

»Es wird zumindest eine Anklage wegen Verschleierung eines Verbrechens geben.«

»Darf ich meinen Sohn noch einmal sehen?«

»Sicher. Wir werden auch ihn wegen Mitwisserschaft vernehmen müssen.«

Georgs Hände begannen zu zittern. »Werden wir beide dafür sitzen müssen?«

»Das habe ich nicht zu entscheiden«, sagte Hager. Er hatte plötzlich ein klein wenig Mitleid mit dem Alten.

»O jemine«, ächzte Georg, »das wird Bettina das Herz brechen.«

*

Jutta Langer wurde von einer Beamtin in den Verhörraum geführt. Ihr war anzusehen, dass sie lange geweint haben musste. Ihre Nase war ganz rot und ihre Augen waren aufgequollen und blutunterlaufen. Wie ein Häufchen Elend kauerte sie gegenüber und hielt sich ein Taschentuch unter die wunde Nase.

Fürchtegott Hager war sich der Schonungslosigkeit seiner Tätigkeit wieder einmal in vollem Umfang bewusst. »Frau Langer. Wissen Sie, warum ich sie habe festnehmen lassen?«

Jutta hob ein klein wenig den Kopf. Ihre Augen starrten auf die weiße Tischplatte. »Ich wusste von Anfang an, dass es schiefgehen würde«, wisperte sie undeutlich.

»Sie müssen etwas lauter reden, Frau Langer, sonst kann man Sie nicht hören. Das Gespräch wird aufgezeichnet.«

»Darf ich rauchen?«

»Von mir aus.« Hager stand kurz auf und holte den Aschenbecher von dem Beistelltisch neben der Tür.

»Ich sagte, dass ich genau wusste, dass es misslingen würde.« Mit zittrigen Händen fummelte sie eine Zigarette aus der zerknüllten Schachtel hervor und entzündete sie.

»Erzählen Sie davon«, bat Hager emphatisch. »Von Anfang an.«

»Thomas und ich waren eine ganze Zeit lang wirklich glücklich miteinander. Es gab keinen Streit oder so was in der Art. Ich dachte, wir wären füreinander bestimmt. In unseren Tagen den richtigen zu finden ist schwer geworden. Ich habe das am eigenen Leib erfahren müssen. Es gibt nur wenige Männer, die so einfühlsam und gleichzeitig stark und zielstrebig sind wie Thomas. Das imponierte mir. Wir verstanden uns auf Anhieb. Nach zwei, drei Monaten kam es mir vor, als würden wir uns seit Jahren kennen. Wir zogen zusammen und wenig später schmiedeten wir bereits Hochzeitspläne. Wie töricht von mir!« Sie inhalierte tief. »Ich schwebte im Siebten Himmel«, sagte sie abwesend. »Doch dann kam die Ernüchterung. Die gemeinsamen Abende wurden von Monat zu Monat seltener. Schulungen und Arbeitstreffen, hieß es von Thomas' Seite. Ich wurde misstrauisch – «

»Und Sie begannen, seine Sachen zu durchsuchen«, fügte Hager wissend hinzu.

»Richtig.« Jutta Langer legte den halb gerauchten Glimmstängel in den Aschenbecher und schnäuzte sich. »In diese Zeit fiel auch ... meine erste Teilnahme an einem Strickkurs für Anfänger.«

»Bei Jakoba Dünn.«

»Ja.« Jutta stopfte das Taschentuch in die Hosentasche zurück und lachte verzweifelt. »Dass daraus ein Kurs Wie-bringe-ich-meinen-Liebsten-um werden würde, ahnte ich nicht.«

»Wie hat Jakoba Dünn es angestellt, Ihnen den Mord schmackhaft zu machen?«

»Anfangs hat sie von sich und ihrer Schwester erzählt. Wie es als Mädchen auf einem Bauernhof war, was für ein Scheusal ihr Vater war und wie ihre Mutter ein Leben lang darunter gelitten hatte. Für sie waren Männer sex- und machtbesessene Tyrannen, die ohne Gegenwehr nicht zu stoppen waren. Nie und nimmer habe ich so über Thomas gedacht, das müssen Sie mir glauben.« Jutta zog an der Zigarette. »Mein Fehler war, den beiden von ihm und meiner Vermutung zu erzählen. Alles Weitere war nur eine Frage der Zeit.«

Hager runzelte die Stirn. »Wieso? Ich meine, was haben die beiden mit Ihnen gemacht?«

»Nicht viel«, antwortete Jutta Langer. »Eigentlich gar nichts. Sie haben sich hin und wieder erkundigt, wie es um uns steht, ob er nach wie vor seine Abende außer Haus verbringt und dergleichen mehr – Frauengespräche eben. Eines Nachmittags, während der Strickrunde von Jakoba, fragte mich Wilfriede, ob es nicht an der Zeit wäre, Thomas einer Prüfung zu unterziehen. Sie sagte, sie sei es leid zuzusehen, wie schlecht es mir ginge. Wie sie sich das vorstelle, fragte ich, und sie sagte, dies sei ganz einfach: Ein paar Zeilen auf einem Blatt Papier unter die Scheibenwischer seines Autos geklemmt würden genügen. Die Nacht darauf brachte ich den von Jakoba geschriebenen Zettel an Thomas' Wagen an. Am darauffolgenden Tag verkündete er mir freudestrahlend, dass er Freitag nach Nürnberg zu einem Treffen ehemaliger Studienkollegen eingeladen sei und bereits heute Abend aufbrechen wolle. Es schmerzte mir in der Brust, als ich dies Jakoba und Wilfriede tags darauf erzählte. Sie hätten ihm einen saftigen Denkzettel verpasst, hieß es von den beiden. Was sie getan hatten, konnte ich nicht in Erfahrung bringen. Dann kam Thomas nicht nach Hause. Ich saß wie auf Kohlen. Wenn ich gewusst hätte …« Jutta begann zu weinen. Sie zog ihr Taschentuch erneut hervor und wischte sich die Tränen aus dem Gesicht. »Thomas hatte mich verletzt. Ich wollte, dass er dafür büßt. Aber doch nicht so …« Ein Schütteln lief durch Jutta Langers zierlichen Körper. Sie zündete sich eine neue Zigarette an und inhalierte. »Was dann geschah, kam für mich völlig unerwartet. Mitten in der folgenden Nacht kam Jakoba bei mir vorbei und bat mich, ihr zu folgen. Wir fuhren ins Zeitelmoos und dort fand ich Wilfriede und ein verschnürtes Paket vor. Etwas sei schief gelaufen, hieß es von beiden. Thomas sei tot und müsse augenblicklich verschwinden.« Jutta Langer blies erneut den Rauch an die Decke. »Mein Gott, sie sagten es so, als sei ihnen die Milch übergekocht. Ich glaubte den Verstand zu verlieren. Jakoba beschwor mich, ich müsse jetzt stark sein und das alles bald vorbei wäre. Zum Schluss drückte sie mir eine alte Kutte in die Hand.«

Der Kommissar sah sie eine Weile schweigend an.

»Warum ich das mitmachte, wollen Sie wissen?« Jutta lachte heißer. »Was hätte ich tun sollen? Zur Umkehr war es längst zu spät. Thomas war mausetot. Mein ganzes Leben, meine Träume, meine Hoffnungen, alles war mit einem Mal zunichte gemacht. Wissen Sie, wie das ist, wenn einem der Boden unter den Füßen weggezogen wird? Es bleibt nichts als die Angst vor der eigenen Courage.«

Hager nickte und gab sich für den Augenblick zufrieden.

*

Wilfriede Voit hatte Platz genommen, ihr Strickzeug ausgepackt und gleich zu erzählen begonnen. Nicht wie jemand, dem diverse Morde zugrunde gelegt wurden, sondern wie jemand, der vorhat, einen Roman zu erzählen – den Roman seines Lebens.

Hager hatte eine ganze Weile zugehört, dann erwogen, ob er die Frau unterbrechen und sie an die eigentliche Vernehmung erinnern sollte. Schlussendlich hatte er ihren Worten geduldig gelauscht.

»… Diese kahlen Stümpfe im verschneiten Winterwald verfolgen mich gelegentlich bis in meine Träume.« Wilfriede Voit sah von ihrer Strickarbeit auf. »Ich ertappe mich dabei, wie ich sie mit einem Kinderreim auszähle: eins, zwei, drei, vier, fünf, sechs, sieben, wo ist denn der Franz geblieben? Franz ist tot wie eine Maus, lauf schnell weg, denn du bist raus.«

Hager räusperte sich. Seine Stimme klang belegt. »Wann kamen Sie auf den Gedanken, Ihren Mann zu töten?«

»Lothar hatte unter dem Dach eine Kammer für Armin eingerichtet – mit so einem Filmapparat und einem Betttuch als Leinwand. Als der Junge klein war, haben sie oft zusammen lustige Filme da oben angesehen. Später ließ das Interesse von Armin nach und das Kinderkino geriet in Vergessenheit. Irgendwann beim Frühjahrsputz entdeckte ich unter einem Stapel der alten Filmchen Lothars neue Leidenschaft: schmutzige, eklige Filme, von deren Verpackungen allein mir ganz schlecht wurde. Braucht ein Mann so etwas, um leben zu können? Nein. Ich erzählte gleich meiner Schwester davon.«

Hager stockte. »Und das reichte aus, um ihn zum Tode zu verurteilen?«

»Es ging nicht um ihn, sondern um mich«, stellte Wilfriede unbekümmert fest.

»Wie haben Sie Ihren Mann umgebracht?«

»Wir haben ihn bewusstlos geschlagen und unter einen Wurzelteller geschleppt.«

Hager hielt die Luft an. »Und weiter?«

»Dann haben wir den Baumstamm abgesägt – wumm!« Wilfriede Voit machte eine entsprechende Handbewegung.

Hager griff sich an die Kehle. Jetzt verstand er nur zu gut, was Jakoba in der Hütte mit *Glück* gemeint hatte. »Und Thomas Frank?«, fuhr er zögernd fort.

»Leider stand im Moor kein geeigneter Wurzelteller zur Verfügung. So mussten wir auf den erprobten Ausweichplan zurückgreifen. Wir haben ganz in der Nähe eine Fallgrube mit drei spitzen Holzpfählen versehen und ordentlich abgedeckt. Sie war vom Waldboden nicht zu unterscheiden. Jakoba wollte mehr Pfähle setzen, aber wie sich zeigte, hatte es auch diesmal gereicht, denn der mittlere traf genau ins Ziel. Leider war die Grube zu flach und die Wildsäue haben die Leiche in der ersten Nacht ausgebuddelt.«

»Erprobter ... Ausweichplan?«, würgte der Kommissar hervor.

Wilfriede nickte. »Wir hatten das Ganze bereits bei Jakobas Mann ausprobiert.«

Hager konnte nicht mehr. Sein Hals war staubtrocken. Seine Kehle brannte wie Feuer. »Wir unterbrechen die Vernehmung für heute.«

»Schade«, sagte Wilfriede und stopfte ihr Strickzeug sogleich in die mitgebrachte Tasche zurück. »Ich hätte noch stundenlang erzählen können.«

Hager stoppte die Aufnahme.

»Sie müssen sich beeilen«, sagte Wilfriede und erhob sich von ihrem Stuhl. »Wissen Sie, wir haben beide Krebs. Da ist nichts mehr zu machen. Na ja, Jakoba hat es bereits hinter sich, aber meine Tage sind auch gezählt.«

Der Kommissar übergab Wilfriede Voit wortlos an die wartende Kollegin vor der Tür. Gemeinsam ging sie mit der alten Frau den langen Flur entlang.

Fürchtegott blickte ihnen schweigend hinterher. Die alte Dame wirkte am Arm der Polizistin so zerbrechlich, so harmlos und unschuldig. Sie redete mit seiner Kollegin, und er glaubte kurz ein Kichern zu vernehmen.

Hager fuhr sich mit der Hand über den Nacken. Seine Meinung über die Weisheit des Alters war mächtig ins Wanken geraten. Auch seine Schultern waren total verspannt. Er fühlte sich wie durch den Fleischwolf gedreht ...

*

Woher Jakoba Dünn von Meinwalds Räubereien wusste, blieb ein Rätsel. Wahrscheinlich hatte sie ihn irgendwann auf einer ihrer Waldrunden in seinem Versteck entdeckt.

Ob Förster etwas über Jakobas Morde wusste, konnte nicht ermittelt werden. Meinwalds Anwalt hatte ihm geraten, es bei den Erpressungen zu belassen.

Die Leiche und die Begräbnisstätte Lothar Voits würden sie niemals finden. Wilfriede schwieg dazu eisern auch an allen folgenden Tagen. Vielleicht war es nicht an der Zeit und ihren Umwälzungen, die letzten Geheimnisse zu lüften. Auch der Verfasser des Gedichts vom Zeitelmoos würde für immer anonym bleiben.

Was bleibt zu sagen?

Nadine Spenglein blieb bis zum Ende der Ermittlungsarbeiten. Gemeinsam übergaben sie ihre Akte der Staatsanwaltschaft. Saalfelder war mehr als zufrieden.

Als Hager sie zum Bahnhof fuhr, war beiden wehmütig ums Herz. Ihr Abschied hingegen verlief kurz und schmerzlos. Nachdem Nadines Zug den Bahnsteig verlassen hatte, blickte ihm Hager hinterher. Erst als er seinen Augen entschwunden war, trotte er zu seinem Wagen zurück. Er spürte sogleich der Lücke nach, die sie hinterlassen hatte, und wunderte sich, dass er nichts dergleichen finden konnte.

Er fuhr nicht auf direktem Weg nach Hause, sondern gönnte sich eine Spritztour über die Dörfer. Mit Wonne schob er eine Kassette in sein Autoradio, drehte die Lautstärke bis zum Anschlag und lauschte der Lustigen Witwe von Franz Lehar. Die Kindsmisshandlung konnte warten. Zunächst freute er sich auf einen gemütlichen Abend mit Irmgard.

Den Walkingkurs besuchten sie beide nicht mehr. Und auch die Strickleidenschaft seiner Frau hielt sich fortan in Grenzen. Dafür lud Fürchtegott sie am Wochenende zum Essen ein. Irmgard wusste nicht genau, was vorgefallen war, aber Fürchtegott schien sich dieser Tage ganz zu ihrem Wohlwollen verändert zu haben.